무궁화

지은이

장혁주(張赫宙, Chang, Heok-joo)

1905~1998. 대구 출생. 1932년 일본 잡지 『개조(改造)』에 일본어로 쓴 소설 「아귀도(餓鬼道)」로 일본 문단에 등단하며 주목받았다. 「아귀도」는 식민지 조선 농민들의 비참한 생활상을 그려 조선과 일본 문단 양쪽에서 좋은 평가를 받았다. 이후 서울과 도쿄를 오가며 조선어와 일본어로 창작했다. 그러나 조선어 작품에 대한 조선 문단의 반응에 만족하지 못한 데다 개인적인 사건까지 겹쳐 1936년경 일본으로 건너간 것으로 알려져 있다. 도쿄에서 '해방'을 맞이한 뒤 1952년에는 일본으로 귀화, 일본어 글쓰기를 지속했다. 식민지 시기 발표된 대표적인 한국어 작품으로는 「무지개」(1933~1934) 외에 『삼곡선(三曲線)』(1934)과 같은 장편소설이 있다. 한국전쟁을 취재해서 쓴 『아, 조선(嗚呼朝鮮)』(1952)으로 일본에서 성공적으로 재기했으며, 노구치 가쿠츄(野口赫宙)라는 필명으로 평생 꾸준히 작품 활동을 했다.

엮고옮긴이

장세진(張世眞, Chang, Sei-jin)

한림대학교 한림과학원 교수. 연세대학교 국문과 대학원에서 공부했다. 1945년 이후 미국이 개입해서 형성된 동아시아의 냉전 문화에 관해 논문과 책을 써왔다. 저서로는 『상상된 아메리카』(푸른역사, 2012), 『슬픈 아시아』(푸른역사, 2012), 역서로는 『냉전문화론-1945년 이후 일본의 영화와 문학은 냉전을 어떻게 기억하는가』(너머북스, 2010) 등이 있다.

무궁화 장혁주 소설 선집 2

초판인쇄 2018년 11월 13일 **초판발행** 2018년 11월 19일

지은이 장혁주 **엮고옮긴이** 장세진 **펴낸이** 박성모 **펴낸곳** 소명출판 **출판등록** 제13-522호

주소 서울시 서초구 서초중앙로6길 15, 1층

전화 02-585-7840 **팩스** 02-585-7848 **전자우편** somyungbooks@daum.net **홈페이지** www.somyong.co.kr

ISBN 979-11-5905-333-7 04810
   979-11-5905-331-3 (세트)

값 14,000원 ⓒ 장세진, 2018

장세진 엮고옮김

無窮花

장혁주
소설 선집
2

무궁화

A NOVEL COLLECTION OF CHANG, HEOK-JOO
MOO-GOONG-HWA

소명출판

일러두기

1. 이 책은 고단샤(講談社)에서 1954년 간행된 『無窮花』을 완역한 것이다.
2. 본문의 표기는 현행 한글맞춤법을 따랐다.
3. 몇몇 지명이나 국가명은 현행 한국어의 사용 용례에 따라 고쳤다.
   ex) 북조선(北朝鮮) → 북한, 일미전쟁 → 미일전쟁
4. 단락나누기는 원문의 호흡을 살리기 위해 원문을 따랐다.
5. 주석은 모두 역자 주이며 원주인 경우 '저자 원주'라고 표기하였다.

두 개의 혀, 또 하나의 삶

이중언어 세대의 글쓰기와 장혁주

1.

한국문학사에서 장혁주(1905~1998)는 그다지 명예로운 이름이 아니다. 문학 연구자들이 주로 1940년대 전반 그의 일본어 전시 협력물을 집중적으로 비판해왔다는 점만 보아도 그러하다. 그러나 당시 제국 일본의 국책에 협력하지 않은 문인들의 숫자가 오히려 더 적었고, 사회주의자들의 전향 역시 일반적이었던 상황을 고려하면 장혁주의 일관된 '불명예'에는 좀더 특별한 무언가가 있는 게 아닐까. 어떤 의미에서, 식민지 시기 장혁주의 친일 행적보다 더 문제시된 데에는 해방 이후 그의 일본 국적 취득(1952)을 통한 귀화, 그리고 전전과 전후로 이어지는 장혁주의 일관된 '일본어 글쓰기'가 좀더 크게 작용한 것으로 보인다. 한국어로 쓰인 작품들을 연구한다는 한국문학사의 '자명한' 관점에서 본다면, 그의 일본어 텍스트들은 작가의 친일 전력을 비판적으로 언급할 때를 제외하고는 진지한 연구의 대상이 되기 어려웠던 것이 사실이다.

그러나 2000년대 이후, 한국문학계에서는 이중언어bilingual 세대 작가의 창작이라는 입장에서 장혁주 문학을 재평가하려는 시도가 이루어지고 있다. 넓게 말해, 이중언어 세대란 일본어가 필수 외국어의 지위에서 조선의 공식어인 국어國語로 격상된 1911년 이후 공식적인 제도 교육을 받기 시작한 세대를 가리킨다고 할 수 있다. 시기적으로 보면, 1905년생인 장혁주는 식민지 조선의 초창기 문인들, 예컨대 이광수(1892년생), 염상섭(1897년생), 김동인(1900년생)보다는 후배인 한편, 일본문단과 조선문단 사이를 오가며 두 언어로 창작이 가능했던 김사량(1914년생)과 같은 본격적인 이중언어 세대보다는 연배가 훨씬 높다. 사실상 장혁주는 이중언어 세대 작가의 원조 격이라 할 수 있는데, 그의 경우 교육이라는 제도적인 요인 이외에도 창작의 언어로서 일본어를 능숙하게 구사하려는 개인적 의지와 노력이 상당하게 투여된 유형이기도 하다.

물론, 장혁주의 일본어 글쓰기에 대한 평가가 쉽게 바뀌기는 어려워 보인다. 동일한 이중언어 작가이면서도 민족적 저항의 이름으로 한국 전쟁 중에 일찍 생을 마감한, 예의 김사량의 경우를 생각한다면 더욱 그러하다. 그러나 장혁주의 일본어 텍스트, 특히 해방 이후 일본어 텍스트를 조금 다른 맥락 속에 놓아보면 어떨까. 더 이상 제국이 아닌 장소에서 계속해서 마이너리티로 살아가야 했던 구舊 식민지인들의 삶과 그들의 언어라는 맥락 속에서라면, 그의 소설은 문학사뿐만 아니라 사회사적으로도 다시 한번 살펴볼 만한 기록이 아닐까. 실제로, 장혁주의 일본어 글쓰기나 귀화라는 선택은 장기간 식민 통치를 겪은 민족의 경우라면, 그 수가 많든 적든 나타날 개연성이 높은 유형이다. 특별히 작가가 아니더라도, 자신이 살던 땅에 계속 남기를 원한 이들에게 귀화라는 생존 방식이 고려할 수 있는 하나의 선택지였던 것만은 틀림없는 사실이기 때문이다.

더욱이, 전후 일본처럼 자국 내에 쭉 거주해왔던 소수민족 집단을 외국인으로 규정하면서 갑자기 시민으로서 권리의 제한을 두었던 경우라 한다면, 이 개연성은 더 높아질 수밖에 없다. 물론, 이 사태는 패전 일본을 장악하여 동아시아 냉전이라는 흐름에 심대하게 관여하게 된 미국의 점령정치가 작동한 결과이다. 덧붙여, 여기에는 다민족 제국의 과거를 깨끗이 지워내고 일본 열도만의 일국 체제를 지향한 전후 일본 정치의 구조적 맥락이 개입되어 있었다. 이 전후 일본 에스닉 정치의 정점에는 물론 전쟁 책임에서 완전히 면제된 '상징천황'이 놓여 있다. (이 책의 뒷부분에는 전후 미점령당국과 일본 정부의 협업이라는 배경하에 장혁주의 귀화와 『아, 조선』을 분석한 글을 함께 실었다.) 전후의 복잡했던 동아시아의 여러 사정들을 고려해보면, 역사적 맥락에서든 한국문학사의 시각에서든 장혁주의 텍스트는 좀더 적극적으로 알려지고 이야기될 필요가 있다. 그러기 위해서는, 무엇보다 제대로 읽혀야 하지 않을까.

2.

해방 이후 장혁주의 텍스트 중에서 한국어로 먼저 소개될 만한 가치가 있다고 판단되는 작품은 크게 두 가지 범주로 나눌 수 있다. 첫 번째는 한국의 상황을 소재로 하고 있는 작품들, 특히 1951년 7월 마이니치毎日 신문사의 후원으로 취재차 한 달간 한국을 방문한 이후 창작된 한국전쟁 관련 글쓰기이다. 두 번째 그룹의 텍스트는 일본 귀화를 선택하게 된 배경이나 그로 인한 내적 갈등, 그리고 전후 일본 사회에서 귀화인으로 생활하면서 겪을 수밖에 없는 어려움들을 소재로 한 자전적 내용의 소설들이다. 『편력의 조서編曆の調書』(新潮社, 1954)가 대표적이다.

우선 첫 번째 부류의 작품에 한정해 살펴보면, 장혁주는 한국전쟁 취재 이후에 다양한 르포 기사와 단편들, 그리고 두 편의 장편소설 『아, 조선』(1952)과 『무궁화』(1954)를 일본 매체에 발표하게 된다. 장혁주가 해방 이후 조선 땅을 처음 밟았던 때는 샌프란시스코 조약(1951)이 체결되기 이전이었던 만큼, 적어도 국내가 아닌 국제법상으로는 일본 내 조선인이 아직 일본인의 신분을 공식 인정받을 수 있었던 시기였다. 덕분에 그는 일본 국적을 소지한 뒤에, 일본 신문사의 특파원이라는 안정된 자격으로 전쟁 중인 한국에 입국할 수 있었다. 일본 국적과 일본어 글쓰기라는 이 조건들은 장혁주가 한반도의 전쟁을 남이나 북 가운데 어느 한쪽을 선택하지 않고 제삼자로서 거리를 두고 관찰할 수 있는 결정적인 물적 토대로 작용했다. 게다가 이 조건들은 한국 정부의 공식 검열로부터도 자유로울 수 있는 사유가 되기도 했다.

실제로, 이 소설은 주인공 '성일'이 북한 의용군에 강제 징집되어 무고한 남한 인민들을 살상하게 되는 경험을 자세히 묘사한다. 그러나 『아, 조선』이 흔한 반공소설에 머무르지 않는 이유는 다른 한편으로 이 작품이 남한 정부에 의해 자행된, 양민을 상대로 한 국가 폭력의 양상에도 같은 비중으로 초점을 맞추고 있기 때문이다. 북한 의용군에서 탈출한 '성일'이 다시 남한 국민방위군에 징집된다는, 이 파란만장한 설정으로 인해 당시 남한에서는 신문 보도조차 자유롭게 허용되지 않았던 거창 양민 학살 사건이나 대대적인 국민방위군 부정 사건들이 이 소설에서는 상당히 비판적인 어조로 자세하게 다루어질 수 있게 된다.

어찌 보면, 소설 전체가 국가에 의해 철저하게 유린당한 난민들의 이미지로 가득하다고 할 수 있는데, 소설의 마지막 장면은 의미심장하게도 수용소(거제도 포로수용소로 짐작되는)를 배경으로 삼고 있다. 당시 포로들에게 주어진 남과 북이라는 선택지 중에서 '성일'이 자신이 살던 남쪽을 원한다는 점은 의심의 여지가 없다(물론, 『광장』의 이명준처럼 제3국을 택한 소수의 포로도 있기는 했다). 그러나 '성일'은 현존하는 남북 정치 체제 어느 쪽에도 진정으로 마음을 주지 않는 인물 유형이기도 하다. "이승만도 김일성도 없는 어딘가 먼 땅에 가서 살 수 있다면 얼마나 좋을까 (…중략…) 그는 정치가 없는 작은 섬에서 천국과 같은 생활을 하는 사람들을 상상하며 선망했다"라는 구절에서와 같이, '성일'의 회의와 환멸은 에두름이 없는 직접적인 언어로 표현되었다. 한국전쟁을 소재로 다룬 1950년대의 한국어 작품들이 극심한 이데올로기적 편향을 보이거나 그렇지 않으면 추상적인 이데올로기 부정으로 흘렀던 것과 좋은 대조가 될 수 있는 부분이다. 일본어로 쓰인 『아, 조선』의 아이러니한 선취라고 해도 좋을 것이다.

남과 북, 양자 모두에 대한 거리두기와 함께 이 소설에서 서사를 이끌어가는 또 다른 축은 기독교로 상징되는 미국의 압도적인 영향력이다. 참화로 인해 생겨난 전쟁 고아의 모티브들이 자주 등장하는 이 텍스트는 사실 미국의 전후 냉전 정책이라는 지평 속에서 독해될 가능성 역시 충분하다. 그런 까닭에, 후원자patron의 자격으로 인종적으로, 문화적으로 생소했던 아시아 국가들과 전후 새롭게 관계를 맺었던 우호적인 미국의 이미지를 이 텍스트 안에서 찾아내는 것은 그리 어려운 일이 아니다. 『아, 조선』이 우경화된 미점령당국GHQ의 검열 체제를 통과하여 일본 미디어에 정식으로 게재될 수 있었던 사정이기도 하다.

3.

오래전 『아, 조선』에 관해 논문을 썼던 이래, 한동안 이 소설을 잊고 있다가 번역할 엄두를 감히 내게 된 것은 전적으로 한국 인문학계의 연구 현실 덕분(!)이다. 밀린 이자를 갚는 것처럼 논문 쓰기가 일상을 압박감으로 죄어올 때, 이 숨 막히는 쿼타quota의 세계에서 조금이라도 벗어나 다른 종류의 작업, 다른 종류의 글쓰기를 해보고 싶다는 바람이 솔직히 가장 컸다. 매일 오전, 규칙적으로 번역에 썼던 시간들은 더디게 보이기는 하지만 차곡차곡 쌓여가는 성과들을 체감할 수 있었던, 나로서는 기분 좋은 시간이었다.

이 책을 번역하게 되기까지 많은 인연과 만남, 그리고 도움들이 있었다. 조금 길더라도, 이 자리에서 그 분들을 하나하나 밝히고 싶다. 먼저, 이중언어 세대라는 관점에서 1950년대 문학을 다시 읽고 계신 연세대의 한수영 선생님은 나의 장혁주 번역 계획에 첫 번째로 힘을 실어주신 분이다. 아울러, 『장혁주 소설 선집』이라는 프로젝트를 선뜻 받으신, 소명출판의 박성모 사장님께도 못지않은 감사를 드린다.

번역이라는 작업은 여러가지 절차상의 번거로움과 어려움이 함께 따르는 일이다. 저작권 문제로 일본에 거주하고 있는 유족과 연락이 난 망한 시점에서, 큰 도움을 주신 동국대의 황종연 선생님께도 이 지면을 빌어 인사드리고 싶다. 무엇보다, 한국의 낯선 연구자를 일본의 유족에 게 직접 연결하고, 그 분들을 안심시켜 주신 규슈산업대학九州産業大學의 시라카와 유타카白川豊か 선생님의 도움은 결정적이었다. 흔쾌히, 번역 을 허락해주신 유족 대표 노구치 요시오野口嘉男 님께는 두고두고 오랫 동안 감사드리고 싶다. 서툰 나의 일본어 편지에, 몸 상하지 않게 천천 히 하라며 생면부지의 번역자를 격려해주신 일도 함께.

역시 오래전 일이지만, 신촌의 '한일문학연구회'에서 여러 선생님들 과 이 책을 함께 읽은 것도 적지 않은 도움이 되었다. 특히, 세미나의 일 원이었던 다지마 데츠오田島哲夫 선생님은 나의 쏟아지는 질문 공세를 고스란히 감수하면서, 난감하고 해괴한(!) 번역 실수들을 꼼꼼하게 바 로잡아 주셨다. 최종 단계의 매끄러운 한국어 번역을 위해서는 송태욱 선생님에게 빈번하게 조언을 구했다. 번역의 실수는 자신 없어 고심한 부분에서가 아니라 의외로 스스로 잘 안다고 생각하는 부분에서 나온 다는 것을 이번 작업을 통해 확실히 알게 되었다. "인간이 곤경에 빠지 는 건 뭔가를 몰라서가 아니"라 "뭔가를 확실히 안다는" 착각 때문이라 는, 마크 트웨인의 저 유명한 경구처럼.

언어들 사이에 위계가 명백히 존재하는 한, 이중언어라는 화두는 단 지 식민지 시기를 살았던 몇몇 예외적 작가들의 문제로 끝날 일은 아니 라고 생각한다. 어떤 의미에서, 소위 '보편어'의 권위와 '힘' 있는 언어에

대한 갈망이라는 문제는 그때보다 더했으면 더했지 결코 덜한 시대가
아니니 말이다.

2018년 11월
장세진

차례

무궁화

무궁화

모란 그림이 붙어 있는 장지에 귀를 바싹 갖다 대고 할머니가 자고 있는지 어떤지 확인하던 옥희는 '할머닌 일어나셨어' 생각했다. 차분하게 가라앉은 숨소리가 규칙적으로 들려왔지만, 괴어 있는 공기를 때때로 긴 한숨이 들썩거리고 있었기 때문이다. 옥희는 살그머니 장지를 열었다. 마루 쪽 장지에서 비치는 어스레한 빛 속에 조용하게 누워있는 할머니를 보았다. 다섯 자 길이의 요를 삼분의 일이나 남겨둔 채, 오른 쪽 뺨을 베개에 대고 눈을 감고 있던 할머니가 눈을 가늘게 떴다.

"할머니! 아버지가 돌아오셨어요. 오늘 아침 석방돼서 검사국 구치소를 나오셨대요."

"……." 할머니는 비단 같은 작은 주름투성이의 눈꺼풀을 무겁다는 듯이 위로 올리고는, 옥희에게 알았다는 뜻으로 잠깐 눈동자를 움직였다.

"사랑에 손님들이 많이 보여요. 아버지를 문안하러들 오셨는데, 아버지한테 정치운동에서 손을 떼라고 권하는 사람은 없어서 전 걱정이에요! 아버진 틀림없이 또 누군가에게 책임을 떠맡고 무서운 일을 당하실 거예요."

"……." 할머니는 바싹 마른 몸을 가만히 옆으로 한 채 원래 시선 그대로였다.

"학교에서 친구들한테 너희 아버지는 반 이승만파라며. 토지개혁으로 농지가 개방된 게 분해서 남북협상파[1]가 되셨다지. 그런 심술궂은 말을 듣는 게 죽을 정도로 괴롭단 말예요. 순희 걔는 뒤에서 험담을 하는 최목사 딸하고 머리채를 서로 잡아당기면서 한바탕 싸움을 시작하는 거죠. 한심해 죽겠어요. 제가요, 생각해봤는데요. 할머니가 한 마디 그렇게 말씀해주시면, 아버지도 반성하실 것 같아요."

듣고 있는 것인지 아닌지 생기 없이 시들한 할머니의 피부로는 어떤 반응도 짐작할 수가 없었다. 옥희는 자기가 있는 곳과 할머니가 있는 곳 사이를 구분하는 문지방에 선 채로, 하고 싶은 말을 계속할까 그만둘까 생각했다. 할머니는 누구든 말을 걸어오는 것을 꺼려했고, 자신의 방에 누가 들어오는 것도 싫어해서 마루 쪽 장지문은 손잡이의 가죽 끈을 옭아매 묶어두어 하녀 등이 들어오는 것을 막고 있었다. 할머니에게 말을 걸거나 식사를 나르고 혹은 화장실에 따라가곤 하는 것은 모두 옥희한테 한정된 일이었다.

할머니의 신경을 들썩거리게 하는 것은 좋지 않다고 판단해서 옥희는 소리가 나지 않도록 무거운 장지를 문틀 위로 올려서 옆으로 미끄러지게 했다.

그러자 가라앉은 목소리로 할머니가 말했다.

"그 아이 좋을 대로 하도록 놔두는 게 좋지."

---

1 이 소설에서 남북협상파, 중간파는 같은 의미로 쓰였다. 통일민족국가를 건설하려는 해방기의 정치 노선이었으며, 실제로 당시에도 이러한 이름들로 혼용되어 불렸다. 이들은 좌우연립정권을 통해 통일민족국가를 건설하려 했고, 남한만의 단정을 주장하는 이승만 세력과 대립했다. 1948년 4월 남북협상의 실패 이후 남한만의 5·10 총선거를 거치면서 남북협상파는 급격히 위축되었다. 1948년 8월 단정 수립 후에는 이승만 세력에 의해 전향과 숙청의 주 대상이 되었다.

옥희는 그 말이 어디서부터 새어나오는지 확인하려는 듯이 할머니의 움직이지 않는, 약간 큰 입을 바라보았다. 그 말이 품고 있는 의미의 중대함을 알아차리고 아직 한자 정도 남아 있는 문틈을 재빨리 모두 닫아버렸다. 옥희는 마음속에 무언가 일렁이는 느낌이 들었다. 그것을 피하기라도 하려는 듯이 자신의 책상 앞으로 가 붉은 견직으로 가장자리를 처리한 방석 위에 앉았다. 그리고 영어와 생물, 수학 등 그러한 교과서를 빽빽이 꽂아둔 작은 책장과 그 위 벽에 걸려있는 액자 속 성모를 바라보았다. 자신의 마음에 지금 막 떠오른 이미지를 액자 속 성모로 슬쩍 바꿔치기라도 하려는 듯했다. 어쩌면 그것은 마음속에서 격렬한 감정이 될 법한 몹쓸 것이어서, 확실히 정체를 붙들어보려고 하면 미끄러지듯 빠져나가 사라지곤 한다. 더욱이 그녀는 그렇게 되리라는 것을 알고 있었다.

할머니는 어떤 흉사에도 놀라거나 허둥대는 일이 없었다. 대수롭지 않은 일에 화를 내거나 눈물을 흘리거나 하는 일이 여자의 습성이라고 생각하는 옥희에게 할머니만큼은 모든 여성들로부터 멀리 떨어져 있는 숭고한 존재였다.

옥희는 문득 할머니와 관련된 여러 가지 전설적인 이야기들을 떠올렸다. 세간에서는 할머니를 두고 정렬貞烈부인이라는 이름으로 존경하고 있다. 정렬부인의 남편인 의암 선생의 의거가 배경이 된 것은 틀림없었다. 옥희는 할머니의 입에서 할아버지의 그 의거에 관한 이야기를 한 번 들은 적이 있다.

"할아버지께서는 사당 한가운데 바르게 앉으셨지. 선조의 위패 앞에 우선 분향을 하고 조상님들께 신주神酒² 잔을 올리셨단다. 그런 다음, 천천히 서슬 퍼런 칼을 꺼내 한방에 목을 내리치셨어. 피가 세차게 터져 나와 제단을 물들이고, 마루에 용龍 자를 그리며 흘렀지. 그 흔적은 아직도 남아 있어. 돌아가신 기일에는 선명하게 나타나거든."

"할머니는 그때 뭘 하고 계셨어요?"

"할머닌, 옆에서 보고 있었지."

"어째서 그걸 말리지 않으신 거예요?"

"그렇게 하는 게 올바른 거니까. 할아버지 이름을 욕되게 하지 않는 수단이라고 믿었기 때문이야."

"어머. 그럴까요."

"너희들한테는 의암 선생의 행동이 이해되지 않으려나."

그것이 1910년 6월 25일의 일이었다. 한일합병이 성립되려는 것에 비분강개하여 매국 정객들에게 본보기를 보이기 위한 것이었다고 할머니께 설명을 들었지만, 그렇게 해본들 결국 한일합병은 돼버리고 말지 않았나, 하는 의문이 옥희의 어린 마음에 남아 있었다. 할아버지의 처참한 최후가 너무나 비통해서 옥희는 아무리 해도 할머니처럼은 생각할 수 없는 것이었다.

"그때 내게는 아들 둘이 남겨졌지. 난 아이들이 정치가가 되는 것은 피하고 싶었어. 가산을 지키고 소작인과 하인들을 격려해서 재산을 늘렸단다. 그런데 네 아버지 명인은 총독부에 대항해서 민족 갱생을 위해 공장을 일으키고 학생들을 길러냈지. 네 숙부 명상은 형보다도 과격한 기질이어서 형처럼 온화한 수단에는 기뻐하지 않고 독립 지하운동에

---

2 신주(神酒) : 신령에게 올리는 술이라는 의미로, 여기서는 조상들의 영혼에 술을 바친다는 뜻.

가담하더니 끝내 만주로 망명했어. 역시 피는 물보다 진했던 거야. 그것도 자연이 하는 일이라 생각하고 난 포기했단다."

총독통치 36년간 이 김씨 일가는 그러한 연유로 인해 풍운 속에 있었다. 그런데 대동아전쟁 무렵부터 명인은 지방 관헌과 타협해서 제사 공장을 지켰다. 그렇게 하지 않으면 원료 배급을 타낼 수 없었던 데다가 공장에서 일하는 노동자들의 생활이 끊기기 때문이었다.

그러자 느닷없는 종전. 일본 세력은 패퇴하고 이 나라에는 혼란이 일어났다. 명인은 친일파로 거론되고, 정부파로부터 배척당했다. 그것은 명인이 정부파의 권유에 응하지 않고, 반 정부 협상파로 기울었기 때문이었다.

그러한 정치의 분쟁은 옥희가 가장 싫어하는 것이었다. 이번 5월 16일로 열여섯 번째 생일을 맞은 옥희에게 인생은 전부 봄의 들판 같이 아름답고 평화로운 것이어야 했다.

'그런데, 신탁통치를 받아야 하느니 말아야 하느니, 받아야 한다고 주장한 지주 대표 민주당 당수 송진우 선생은 암살당하고,[3] 그 뒤를 이어 장덕수[4] 씨도 암살당했다. 사회당의 여운형[5] 씨는 어느 당의 하수인

---

3 1945년 12월『동아일보』의 오보로 시작된 신탁통치반대운동은 좌익세력과 우익세력 간의 대결 구도를 확고하게 형성하게 만들었던 해방기 정치적 분수령 중의 하나였다. 해방 이후 친일이라는 비판을 집중적으로 받았던 우익은 이 사건을 계기로 오히려 좌익을 민족반역자, 매국노로 비판하면서 전열을 재정비하고 정치적 반격에 나서게 된다. 당시 김구와 임시정부는 매우 강경한 태도로 반탁운동을 주도한 반면, 신탁통치에 찬성 입장을 신중하게 표명했던 한국민주당의 송진우는 1945년 12월 30일 암살당했다. 송진우가 암살된 뒤 김구의 임시정부세력과 이승만 계열이 연합하여 우익은 '비상국민회의'를 조직했고, 이 조직은 이후 '대한국민대표민주의원(약칭 민주의원)'의 모체가 되면서 다시 남한 단정 세력으로 이어진다. 이후 김구는 뒤늦게 남북협상파에 가담해서 남한 단정을 반대하지만, 이 과정의 끝에서 김구는 1949년 6월 안두희에 의해 암살되었다.

4 장덕수(1894~1947) : 언론인 · 정치가. 1920년『동아일보』창간과 더불어 초대 주필과 부사장을 지냈다. 3 · 1운동 당시에는 독립 운동 자금 모금 활동과 연루되어 경찰의 처분을 받기도 했

인 건가? 남북통일을 도모한 김구 선생의 하수인은 검거는 되었지만,
아직 유죄 판결은 내려지지 않은 상태다.'

독립을 축하하고 마음으로부터 만세를 불렀던 것도 잠깐, 이 나라에
는 추한 광풍뿐이었다. 옥희는 그런 것을 생각하면 조금도 유쾌하지가
않았고, 김구 암살 이후 협상파 간부로 간주된 옥희 아버지는 친일법에
걸려 체포되어 최근 반년 동안 불행하게 지내왔다.

억울한 죄가 풀려 아버지가 무죄의 몸의 되게 해주세요 — 옥희는 어
머니 이마리아가 광신자처럼 심야 기도를 드리는 옆에서 함께 그렇게
빌었다.

'안절부절 못할 것 같은 생각은 이제 하지 말자. 아버지가 돌아오신
걸 뭐.'

그리고서 옥희는 아버지의 귀택을 축하하는 연회 준비로 부산한 주
방 쪽을 엿보러 갔다.

조리장 쪽에서 웅성거리는 소리가 들려온다. 아주머니들이 고기를

다. 1938년 홍업구락부(興業俱樂部) 사건에 연루된 이후 일제가 사상전향 공작을 위해 조직한
단체인 시국대응전선사상보국연맹(時局對應全鮮思想報國聯盟)의 간부를 지냈고, 기관지『사상
보국(思想報國)』의 발간을 주도하였다. 해방 이후에는 송진우·김성수 등과 함께 한국민주당
의 창당을 주도하고, 외교부장과 정치국장 등을 지냈다. 이승만이 주도한 독립촉성중앙협의회
(獨立促成中央協議會)와 대한독립촉성국민회·비상정치회의를 포함한 우파 세력의 이론가였
다. 1947년 12월 2일 현직 경찰과 학생에게 자신의 집에서 암살당하였다.

5   여운형(1886~1947) : 독립운동가, 정치가. 호는 몽양. 경기도 양평 출신. 1914년 난징의 금릉
(金陵) 대학에서 영문학을 전공했다. 1917년 상하이로 옮겨 본격적인 독립 운동을 시작, 1919년
상해임시정부의 외무부 차장으로 활동했다. 1920년 사회주의 계열의 상해파 고려공산당과 이
르쿠츠크 고려공산당에 가입했다. 1929년 상하이에서 일제 경찰에 체포되어 3년을 선고받고
1932년 출옥하였다. 1944년 8월 일본의 패전을 예상하고 조선건국동맹을 조직한 것으로 알려
져 있다. 해방이 되자 조선건국준비위원회의 결성을 주도했고, 조선인민당 당수, 미군정 장관
의 고문을 맡기도 했다. 김규식, 김창숙 등과 함께 통일 임시정부 수립의 필요성을 주장하며 통
일전선운동을 펼치다 십여 차례 테러를 당했다. 1947년 7월 19일, 혜화동 로터리에서 한지근에
게 저격당해 서거했다.

썰고 닭 뼈를 두드리고, 마늘을 으깨고 고기를 구웠다. 그 냄새들에 실려 부엌일을 하는 아랫사람들을 지도하고 꾸짖는 어머니의 목소리가 들려온다. 이마리아라는 세례명으로 교회에서 소중하게 여겨지는 옥희의 어머니는 많은 수의 하녀들과 요리사들을 격려하고 인원 수가 많은 손님들을 위해 요리를 준비할 때 가장 활기가 있고, 유쾌해지는 것이었다. 옥희는 그럴 때의 어머니를 보는 것이 무서웠다. 어머니는 머리카락 끝까지 신경을 곤두세워 요리하는 아주머니를 꾸짖고, 부엌일하는 아랫사람들에게 야단을 퍼붓는다. 그리고는 아랫사람들과 똑같이 다루어져서는 안 되는 숙모에게까지 그 야단이 미치는 것이었다. 숙모는 이마리아보다 상층의 양반 계급 출신으로, 이웃사람들로부터 예산댁이라 불리우며 존경받고 있었다.

옥희 어머니는 자신의 친정이 흔한 평민 집안이라는 것을 부끄러워했다. 그랬기 때문에 친정이 부자라는 사실을 내세우면서도 이마리아의 가족에게 기대어 생활하는 동서를 으스대며 바라보는 것이었다. 옥희는 어머니가 숙모를 질투하고 괜히 미워하는 데는 정당한 이유가 있다는 것도 인정했다. 그렇지만 숙모가 이러니저러니 해도 남편이 행방을 감춘 이후부터 세 살짜리와 그 해 태어난 갓난아이 두 아이를 거느리고 오늘까지 가정을 지켜온 점에 대해서는 충분히 동정할 만한 일이라고 생각했다. 그런 까닭으로 지금도 반쯤은 불안한 기분으로 주방에서 새어나오는 어머니의 목소리를 음미하고 있었던 것이다. 어머니의 목소리는 그럭저럭 평정한 듯 했다. "그 접시를 이쪽으로 건네 줘요." "숯불이 약하네." "그렇게 세게 부채질을 하면 덴뿌라가 눌러 붙잖아. 대장간에서 풀무 부는 일이라도 했나 봐." "어머나, 이 생선! 숯인지 생선인지 모르게 돼버렸네! 이런 걸 손님 상에 올려놓을 수 있을 것 같아?" "저기 말이야. 그쪽 상에는 콩나물 조림 접시가 모자라네." 이렇게 말할 때의 어머니는 기분이 썩 좋은 듯했다. 그럭저럭 오늘은 숙모가 말을 듣지 않고 넘어갈 것 같다고 후유 가슴을 쓸어내렸다. 옥희는 거울처럼 닦여진 마루에 허리가 가늘고 다섯 자 두 치[6]도 더 되는 날씬한 모습을 비춰보면서 주방으로 다가갔다.

하얀 소매 있는 앞치마 밑에 감색 치마 저고리를 받쳐 입은 어머니. 어머니는 나전 세공으로 매화가지 위에 참새를 새겨놓은 커다란 상에 침모와 요리 아주머니, 부엌일 하는 아랫사람들이 날라 오는 놋쇠 그릇들을 격식에 맞추어 나란히 늘어놓고 있었다. 제사와 보통의 응대는 상차림의 방법이 달랐다. 몹시도 번거로운 그런 법식을 옥희 어머니는 이 김씨 집안에 시집 와서 시어머니인 정렬부인에게 배웠던 것이다. 그런데 지기 싫어하는 성격의 그녀는 불과 1년도 채 지나지 않아 이 법식들을 완전히 외워버렸다. 그러나 어렸을 때부터 법식을 익힌 숙모와 달라서 옥희 어머니는 어떤가 하면 제사용과 연회용의 상차림을 혼동하는 경우가 있었다. 작년, 사당에서 행해진 할아버지의 서른 세 번째 기일에 제사상에 올린 음식 가운데 상어 꼬치구이가 놓여진 것을 숙모가 발견했다.

"형님, 제사 때는 꼬치구이는 쓰지 않는다고 배웠는데 제가 잘못 알고 있는 걸까요." 부드럽게 주의를 주었더니

"그건 고맙지만 — 동서야말로 잘못 알고 있어. 채소 요리는 절에서

---

6 한 자는 약 30.3cm이고 한 치는 한 자의 10분의 1인 약 3.03cm이다. 다섯 자 두 치이면 약 157.5cm 정도이다.

사용하는 거잖아? 요즘 제사에 비린 것을 쓰지 않는다는 거, 웃기잖아. 뭣하면 어머니께 여쭤볼까" 하고 목소리를 높이지 않으려고, 참으로 힘껏 노력하는 것이었다.

동서의 언짢은 심기에 깜짝 놀라 옥희의 숙모는 입을 다물고, 한 발자국 물러나서 동서가 상을 차리는 것을 묵묵히 보고 있었다. 그러나 또 다시 자기도 모르게

"어머나, 형님, 잠깐! 그 젓가락은 다시마튀각 접시 위에 옆으로 놓는 것보다 저쪽 도라지 무침…"

"참 말도 많네. 일일이 말참견을 하라고 댁에서는 가르칩디까?" 결국 이마리아는 있는 그대로의 성깔을 드러내고 말았다.

"뭐라구요? 저희 어머니를 왜 비난하시는 거죠? 제 어머닌 그런 조심성 없는 분이 아니예요."

"왜 아니겠어? 그렇다면, 여기는 나한테 맡겨둬요. 이 김씨 집안 상속자는 나니까."

으흑, 하고 눈물을 흘리며 숙모는 손수건으로 얼굴을 닦고 사당 밖으로 나갔다. 거기 대추나무 아래 쭈그리고 앉아 분한 눈물에 어쩔 줄을 몰랐다.

옥희는 그날의 일을 기억하고 있었다. 아직 아홉 살밖에 안 된 어린 아이였지만, 어머니의 무서운 태도가 너무 과했기 때문에 울며 뛰쳐 나간 숙모가 불쌍해졌다. 뭔가 위로의 말은 없을까 하고 대추나무 아래로 가서 숙모의 어깨에 손을 얹었다.

"가엾어라, 숙모……"
하는 말끝에 울어버린 옥희였다.

"어머, 옥희야!"

숙모는 깜짝 놀라 사당 쪽을 보았다.

"괜찮아. 숙모는 이제 안 울 거야. 어머니한테 야단 들을 테니, 그만 울자." 숙모는 당황해서 사라졌다.

옥희는 살짝 주방을 엿보고는 숙모가 부엌일 하는 아랫사람들에 섞여 바지런하게 움직이고 있는 것을 보았다. 신분으로 말하자면, 부엌에서 해 올린 상차림을 담당해 마땅한 숙모였지만, 옥희 어머니는 그것을 허락하지 않았다. 고용인인 침모에게 그 일을 맡기고, 숙모에게는 부엌에서 설거지와 음식을 삶거나 굽는 역할을 맡게 했다. 하녀들 속에 섞여 있는 숙모를 보고, 옥희는 가슴이 더 미어질 것만 같았다. 설령 분가를 했다 하더라도 대갓집의 주부이다. 그런데 본가에 오면 하녀 취급인 데다 그것을 감내할 수밖에 없는 상황을 숙모는 체념하고 있었다. 그런 숙모의 모습이라든지 동만주에서 공산 게릴라 무리에 들어가 있다는 둥 하얼빈 감옥에서 옥사했다는 등 갖가지 소문의 남편 소식을 기다리면서 미망인 생활을 하고 있는 숙모가 옥희에게는 딱하고 가엾게 느껴졌다.

"그 상은 한쪽 다리가 휘어져 있어요. 상 놓을 때 주의하세요."

옥희는 어머니가 지금 막 하녀 두 사람이서 상을 꺼내온 것을 보고, 퍼붓듯이 말하는 것을 보았다. 그 상은 일본제로 해방 전에 구입한 가마쿠라보리鎌倉彫[7]였다. 끼웠다 뺐다 할 수 있는 다리였지만, 다리 한쪽의 끼움 장치가 고장 나 안쪽으로 굽어져 있다. 이 상은 뭔가 기쁜 일이라

---

7   가마쿠라보리[鎌倉彫] : 가마쿠라의 전통 공예품을 일컫는 명칭.

든지 객실에 귀한 손님이 있을 때 사용하는 것이었다. 해방 전의 귀한 손님이란 일본 관리들로 정해져 있었다. 그 사람들은 이 훌륭한 가마쿠라 조각을 너도나도 칭찬하고 일본 물건을 보는 기쁨을 이야기하곤 해서 옥희 아버지는 체면을 세웠다. 그러나 실제로는 그 손님들은 일본 물건보다 조선 물건을, 예를 들면 나전세공 등을 진기하게 여겼다.

중년의 하녀와 나이 어린 하녀가 마주보고 그 상을 들어 올렸지만, 키가 맞지 않아 국물이 순간 흘러내려 허둥거렸다. 그러자 "그것 봐요. 그것 봐. 조심하라니까!" 옥희 어머니는 갑자기 "자넨 뭘 멍하니 하고 있는 거야? 빨리 닦아". 거기서 왔다갔다 하던 숙모에게 트집을 잡기 시작했다.

어머니의 성격으로는 기분이 좋을 때는 마구 좋다가도, 한 번 삐끗하면 갑자기 돌변하여 히스테리를 부리는 것이었다. "늘 이러니까, 내가 악역을 맡을 수밖에 없지 않겠어. 잔소리가 많은 건 내 탓이 아니라니까. 지겨워 죽겠어." 옥희 어머니가 성을 내며 말하고 있는 것이라든지 "그렇구 말굽쇼" 하며 침모 등이 아첨하고 있는 것이 비굴하게 보였다. 옥희는 부엌에서 재빨리 물러나 마루로 돌아왔다.

그때 거기 툇마루에 유리창을 등지고 앉아 있던 사촌 누이 영희가 손가방과 나란히 놓여 있던 자수 상자를 집어 들고는 감탄하며 보고 있었다. 그 하얀 즈크[8] 가방은 옥희의 여동생 순희 것이었다. 좀처럼 사이좋게 지낸 일이 없는 두 사람이 함께 돌아오다니, 별 일도 다 있네 옥희가 생각하는 순간, 방에서 나온 순희가

---

8 즈크 : 네델란드어 doek의 일본어 표기. 굵은 베실 또는 무명실로 두껍게 짠 직물. 돛, 천막, 가방, 신발 등을 만드는 천으로 사용된다. 영어의 캔버스(kanvas)에 해당된다.

"그만 둬!" 하고 입을 뾰로통히 내밀고 눈꼬리를 치켜올렸다. 자수 상자를 영희 손에서 빼앗고 손가방을 집어 들더니 휙 방으로 사라졌다. 쾅 하고 매몰차게 닫는 문소리가 옥희의 신경을 곤두서게 했다.

옥희는 겸연쩍게 자신의 얼굴을 바라보는 영희에게

"늦었네, 쭉 학교에 있었어?" 말을 걸었다.

"발레 시합이 있었잖아! 맹연습이야, 매일." 영희는 자기 어머니를 닮아 둥근 얼굴을 하고 있다.

"그래? 올해는 우승할 것 같아?"

"아니. 가망 없어. 공주여학교가 제일 센데 뭘."

"너, 햇볕에 타서 얼굴이 까매졌다." 옥희는 눈으로 영희의 평평한 볼과 커다란 입, 턱 근처를 구석구석 훑듯이 빤히 쳐다보았다.

"아이, 싫어. 언니. 난 태어날 때부터 까맸거든" 하고 부끄러운 듯 눈가가 붉어진다. "언니한테 할 얘기가 있어. 잠깐 우리 집에 와주지 않을래?"

"나한테?" 옥희는 사촌 여동생을 보았다. 뭔가 이유가 있는 듯한 시선이었다. "그래? 그럼, 너희 집으로 가자꾸나."

그러자 방 안에서 쫑긋 귀를 기울이며, 언니가 조금도 자신의 기분을 헤아려 주지 않을 뿐 아니라 사촌 여동생에게 친하게 구는 것이 아니꼬왔던 순희가

"일부러 뒷집까지 갈 필요는 없잖아? 비밀 이야기라면, 내가 비켜줄게" 하고 바늘로 찌르듯이 말했다.

"비밀 이야기 아니야." 영희는 얼굴이 새빨개졌다.

"괜찮아." 옥희는 가만히 사촌 여동생에게 눈짓을 하면서 "순희는 쓸데없이 의심이 많네. 뭐가 어때서. 내가 뒷집에 가면 안된다는 규칙이

라도 있니?" 장지문을 열고 여동생과 얼굴을 마주했다.

순희는 새침하게 콧등에 주름을 잡아 모으고 언니를 노려보았다. 어머니를 닮은 긴 얼굴에 작은 눈과 날카로운 코가 차갑게 정돈되어 있다. 어머니를 꼭 닮은 격한 기질의 그녀는 좋고 싫음이 분명하고 타인과 허물없이 사귀는 편이 아니었다.

옥희는 동생을 지나치게 놀려서 울기라도 하면 곤란하겠다 생각했지만, 동생이 수놓고 있는 금강산과 호랑이 그림이 8할 넘어 완성된 것에 눈길을 주고는

"어머나, 귀여운 호랑이다! 저런 호랑이라면, 고양이 대신 길러보고 싶네" 하고 놀렸다.

"시끄러! 고양이든 호랑이든 무슨 상관이야. 뒷집에든 뒷산에든 빨랑 가버리라구." 거침없이 내뱉으며 순희는 쾅 하고 장지문을 닫아버렸다.

옥희는 쓴웃음을 지으며 사촌 여동생에게 눈짓을 했다. 자신은 툇마루를 따라, 그리고 영희는 안뜰에서 본채를 끼고 동쪽으로 돌았다. 그리고 옥희가 툇마루를 오른쪽으로 직각으로 꺾어 툇마루 끝 막다른 곳의 비상구를 통해 나오려는 순간, 사당 앞을 달려온 사촌 여동생과 만났다. 거기에 준비되어 있던 나무 샌들을 아무렇게나 걸쳐 신고 뒤뜰로 내려갔다. 기와집의 뒷문을 열고 나가면, 거기 넓은 마당은 탈곡장이었다. 농가 머슴들과 일일 고용인들이 묵는 초가집과 마구간, 돼지우리가 구석에 세워져 있다. 탈곡장을 곧장 가로질러 오래된 은행나무 아래 있는 아담한 기와집으로 옥희 등은 들어갔다. 대문이라는 것은 이름뿐이고, 형태만은 기와지붕에 양쪽으로 열리는 문이면서 옥희 집의 중문 정도 크기밖에 되지 않았다. 네 칸밖에 되지 않는 작은 본채에 사랑이 단

한 칸뿐인 집이었다. 대문에서 안뜰이 보이지 않도록 화단을 놓아 마루는 가려져 있었다.

화단에는 백일홍 꽃봉오리가 부풀어 오르고, 봉선화가 가득 피어 있었다. 뜰의 징검돌 사이에 솔잎과 모란이 오색의 꽃을 피우고 있어 가장이 없는 집을 그나마 위로하며 장식하고 있는 듯했다.

본채는 동쪽 끝에서부터 주방, 내실, 마루, 작은방으로 조촐하게 정돈되어 있고, 우물가 장독대의 항아리 수도 적어 썰렁하였다. 소작미 100석 정도의 분가 재산을 받기로 되어 있기는 했지만, 이 집의 가장이 행방불명이 된 후부터는 본가에서 관리하는 가운데 어느 사이엔지 원래대로 되돌아 간 형편으로, 매달 양식과 조미료까지 본가에서 적당히 나눠주는 식이 되어 버렸다. 언제나 연회장처럼 흥청거리는 자신의 집과 비교해볼 때, 이 집은 불이 꺼진 듯 쓸쓸하여 옥희는 영희가 가엾어지는 것이었다.

옥희는 사촌 언니가 자기 집에 온 것이 기뻐서 자신의 방에서 방석을 가져 온다, 가장 시원할 것 같은 마루 안쪽으로 손을 잡아끌다시피 해서 맞아들인다, 하고 있다. 하얀색 옥양목 블라우스에 감색 스커트 제복 차림을 한, 말 수 적고 눈에 띄지 않는 존재인 이 소녀는 자신이 주인 역할을 연기한다는 사실을 자각하고 조금은 들떠 있었다. 그런 탓일까 순식간에 밝아지는 얼굴이 되는 것을 보고 옥희는 생각했다. '불쌍해라! 작은 아버지가 돌아오신다면, 이 아이는 얼마나 행복할까.'

"언니! 나 큰아버지에 관해 언니한테 알려주고 싶은 게 있어." 말하며 영희는 얼굴이 새빨개졌다.

"아버지? 뭔데?" 옥희는 무언가 있는가 보다, 알아차리고는 조금 놀랐다. 영희의 평평한 볼이 주홍빛으로 물들어 불타는 것 같았다. '이 아이는 뭔가 말하기 거북한 게 있구나' 옥희는 생각했다. 앞으로 일년 후면 여자 고등학교를 졸업하는 나이의 옥희는 요즘 갑자기 어른이 된 듯한 처지에 놓인 자신을 의식하고 있었다.

"나 말이야 —" 영희는 눈을 내리깔았다. 눈을 내려 깔자 홑 눈꺼풀이 약간 부풀어 올라 반달 같은 눈썹이 슬퍼보였다.

"이런 일을 섣불리 말해서는 안 될 것 같기는 한데……"

"괜찮아! 무슨 말을 들어도 신경 안 써."

"큰아버지의 신변이 아주 위험하다고 오빠가 그랬어."

"위험하대? 물론 정치적인 일이겠지?" 옥희는 깜짝 놀라 흥분했지만 애써 침착하게 물었다.

"저기 — 난 아무것도 몰라. 오빠가 친구들 집회에서 듣고 왔는걸."

"집회?"

흠칫하듯이 영희는 다시 얼굴이 빨갛게 물들었다. 그러니까 말하지 않고 있었더라면 좋았을 텐데 하고 생각하면서

"언니, 알고 있지 않아? 오빠들은 시내에 비밀 아지트가 있어". 자백해버리는 듯한 말투였다.

"그래?" 옥희는 가만히 사촌 동생의 얼굴을 바라보았다. 얼굴을 내리깔고 있는 영희의 이마 선이 가지런하지 않은 것을 비로소 알아차렸다. 이런 이마를 가진 사람의 운명은 좋지 않은데 생각하면서 "자, 역시 좌익 집회?"

"으응 —" 영희는 아차 싶었다. 하지만 이 언니라면 괜찮을 거야 하고 생각을 고쳤다. "선생님 그룹도 함께야."

"그래?" 옥희는 아무렇지도 않다는 듯이 받아넘겼다.

영희의 오빠 치준은 고교를 졸업하는 길로 소학교의 조교가 되었다. 치준과 동갑인 옥희의 둘째 오빠 인준도 큰오빠인 영준도 시내 의과대학에 다니고 있었다. 사촌 형제들이 모두 대학에 진학했는데도, 치준은 스스로 대학에 진학하는 것을 단념했다. 본가에 학비를 청하러 가는 것이 유쾌하지 않은 데다가 자신을 위해 어머니가 공연히 주눅 드는 생각을 하는 것이라고, 뒤틀린 기분에서 취직한 것이었다.

"자, 아버지를 누군가가 노리고 있다는 거네?" 옥희는 중대한 비밀을 알게 된 자신의 입장에 곤혹스러움을 느끼면서 물었다.

"큰아버지는 우도 아니고 좌도 아니잖아? 그리고 정부는 나날이 반동화 되고 있고 진보주의자들을 압박하잖아. 그래서 중도적인 입장을 가진 사람들이 좌에서도 우에서도 공격받아 설 자리가 없어진다고 하는데."

'어머…… 애가!' 옥희는 어이가 없어 놀랐다. 아직 여학교 학생이라면서 이렇게나 조숙한 것일까, 하고 놀랐다.

"아버지는 남북협상파야! 남과 북의 단독정권 수립에 반대하고, 남북이 분할된 지금의 상황이라면 차라리 신탁통치를 받는 쪽이 낫다고 말씀하셔."

"바로 그거야! 신탁통치에 찬성하는 정치가는 모조리 암살당한대. 난 큰아버지가 암살당하는 광경을 상상하면 소름이 끼쳐."

"어머나!" 옥희는 암살이라는 말을 듣자 현기증이 났다. 최근 수 년 동안 그녀가 가장 듣고 싶지 않아하는 말을 하필이면 다른 사람도 아닌 사촌 여동생의 입에서 듣게 될 줄이야! "이제 됐어. 말하지 말아줘. 너도 그렇지, 그렇게 무서운 말을 잘도 입에 담는구나" 하며 말을 가로막았다.

"아니, 난…… 언니 미안해. 나, 그럴 생각이 아니었는데. 내가 사과할게."

영희는 허둥지둥하며 말했다.

옥희는 그 둥근 얼굴의 포동포동한 볼에서 핏기가 가시고, 지금이라도 기절하는 것은 아닐까 걱정이 될 정도였다. 영희는 사촌 언니 앞에서 손을 마주 모으며

"아아, 언니. 미안해. 정말, 어떡하지".

"괜찮아."

옥희는 이윽고 기분을 돌렸지만, 최근 몇 년 동안 암살된 정치가들이 여전히 마음에 단단히 들러붙어 있었다.

"너희들은 그런 무서운 말을 어떻게 아무렇지도 않게 말할 수 있는 거지? 네 오빠도 그렇지. 그런 잔학한 일을 잘도 의논하는구나."

"이제 그 이야긴 그만하기로 해. 나도 그런 이야기 좋아하지 않는걸 뭐."

영희는 사촌 언니의 손에 자신의 손을 겹쳐 얹으면서 말했다.

"그래도, 너네 오빠 그룹의 사람들, 역시 무섭네."

"그 사람들이야말로 무서워하고 있어. 머지않아 자기들도 당할 거래. 그건 그렇지 않겠어? 이번 겨울 숙청으로, 좌익은 송두리째 당했는걸 뭐. 경찰 손에 참혹하게 죽은 청년들이 얼마나 많은데."

"이제 됐어. 더 말하지 말아줘. 나도 더 이상 참지 않을 거야. 돌아갈래." 옥희는 손수건으로 그 화사한 이마를 눌러가면서 일어섰다.

"언니! 난 단지 큰아버지 신상이 걱정됐던 거야."

"이제 충분해. 그만하자." 옥희는 마당으로 내려가 뛰어가듯이 멀어

졌다.

옥희는 영희의 마음은 잘 알고 있었다. 그러나 그날 밤까지 두통이 나고 아무하고도 말을 하고 싶지가 않았다.

다음 날도 그리고 그 다음 날도 그녀는 영희를 피했다. 만약 그런 때 영희가 그녀 앞에 나타나기라도 했다면, 아마 순희가 했던 것처럼 면전에서 타박했을지도 몰랐다. 그리고는 '순희는 그래서 영희를 미워하는 거구나' 하고 그녀는 생각했다.

그렇지만, 시간이 흐름에 따라 그 증오는 사라졌다. 그 대신 그것은 아버지를 받들고 따르는 사모의 정으로 바뀌었다. 그 뒤로 아직 아버지를 만나지 못했던 것이다.

어느 날, 학교에서 돌아왔을 때 옥희는 옷을 화려하게 차려입고 공작처럼 거드럭거리며 마루를 걸어 다니고 있던 동생과 마주쳤다.

"아니, 순희야! 그 옷 언제 생겼어? 누가 만들어 줬어?"

옥희는 자신도 모르게 물었다.

순희는 흘끗 언니를 바라볼 뿐, 치맛자락을 길게 끌며 요리조리 보면서 자랑스럽게 내보였다. 연분홍색에 만卍 자 무늬를 넣은 부드러운 비단 저고리! 검은 바탕의 천에 먹색의 백합꽃 무늬를 대담하게 곁들인 길게 끌리는 치마! 새하얀 옥양목 고름을 묶어 한쪽 고름을 오른 손에 쥐고, 하얀 일본식 버선을 신은 작은 발을 아른아른 보이면서 이리 보고 저리 보고 하고 있다. 그 벰베르크[9] 치마 밑에는 하늘색 속치마가 겹

---

9   벰베르크(Bemberg) : 독일의 벰베르크 회사가 구리암모니아, 수산화나트륨 등을 원료로 하여 만든 인조견사의 상품명. 벰베르크는 전전 일본에서 이미 대중적으로 소비, 유통되었는데,

쳐져 있어, 백합꽃이 물에 떠 한들한들거리고 있는 듯하다.

'꼭 기생 같네.' 문득 그렇게 생각하고 옥희는 부끄러워져 얼굴을 붉혔다. 그렇다 하더라도 아직 여학생 신분인데, 어째서 어른 흉내를 내고 싶은 것일까.

이 벰베르크 치마를 순희는 훨씬 오래전부터 갖고 싶어했다. 순희가 조르고 조르자 어머니는

"넌 아직 애잖아? 여학생이 저런 옷을 입으면 다들 웃을 거야."

하고 타일렀다.

"너, 그 옷차림으로 시내에 나갈 거니?"

옥희는 입을 열었다. 번화한 시내를 저 차림으로 하느작하느작 걸어간다면 참을 수 없을 것 같았다.

"가면 안 된다는 법이 언제 생기기라도 했나?" 순희는 언니 쪽을 보지 않으면서 대답했다. 이런 시건방진 말투는 언제나 옥희의 신경을 건드리는 것이었지만, 남들 앞에서는 섣불리 끽소리 못하게 할 수는 없었다.

"사람들 눈이 있어! 이상하다구."

옥희는 언니다운 위엄을 잃지 않으려 애쓰며 말했다.

"질투하지 않아도 돼. 언니한테도 선물을 주셨으니까."

순희는 반쯤 놀리는 기색으로 말했다. 검은 눈동자가 장난스럽게 번뜩번뜩 빛나고 있다.

"선물이라니, 누가 주는 건데?"

옥희는 동생에게 속는 것이 싫다는 듯 조심스럽게 말했다.

1931년 미야자키현 노베오카에 본사를 둔 노베오카 암모니아 견사는 1933년 아사히 견직과 일본 벰베르크 견사를 인수해 아사히 벰베르크 견사가 되었다.

"아버지 아니면 누구겠어!"

"아버지가? 그래도……"

"구치소에서 나와 서울에 머무르시는 동안 사놓으신 거야."

"그래서, 나한테도 뭘 주셨어?

"자기 눈으로 보면 되잖아."

어느 쪽이 언니인지 모르겠다고 생각했지만, 그렇게까지 분하지 않은 것은 어찌된 일일까? 옥희는 자신의 방으로 갔다. 푸른색 종이는 이미 끌러져 있고, 옅은 그린에 푸른 소용돌이 무늬가 있는 벰베르크가 꺼내져 있었다. 가장자리는 천을 잘랐을 때 그대로 실밥이 풀린 채 늘어져 있었다. '이상하네, 순희 것만 언제 바느질이 다 된 거지?'

그리고 저고리 천까지 모자라는 차별적인 선물이었다. 옥희는 문득 뭔가 알아차리고는 마루로 나갔다. 옷 입어보기를 끝낸 후 어머니 등에게 보여주려고 안방 쪽으로 걸음을 옮기는 순희를 불러 세웠다. 그러자 누군가가 옥희의 스커트를 잡아당기며 잠깐 — 하고 부른다. 돌아보니 말처럼 긴 얼굴을 한 침모가 커다란 눈을 자꾸 깜짝깜짝 하고 있다.

"뭐야, 싫어! 선물을 바꿔치기하고……"

"그런 게 아녜요. 아버님이 저고리를 한 사람 것만 가지고 오셨으니까, 작은 아가씨가 울고불고 소동을 피우셨죠. 어머님은 곤란해서 어쩔 줄을 모르시고. 그래서 아가씨 것을 조금 빌려 드린 거예요. 저거랑 똑같은 비단 천을 여주시에서도 구할 수 있으니까, 빨리 바느질해서 바꾸어 놓을게요. 네? 부탁이니 잠자코 계십시다."

"그렇다면 좋아! 저 애한텐 치수가 커서 우스운걸."

"그렇구말구요. 그러니까 모두들 너무 커서 모양새가 나지 않는다고 말하는 참이에요"

"그래? 그럼, 입 다물고 있을게."

"아가씨는 언제나 양보만 하시고……" 침모는 눈물이 글썽해져서 손수건으로 눈시울을 눌러가면서 "손해만 보고 계시지만, 그 대신 하느님이 갚아주실 거예요! 아, 맞아. 작은 도련님이 기다리고 계신대요. 뭔가 얘기하실 게 있는 것 같던데요."

"오빠가? 그런데 사랑채 쪽은 오늘도 손님이 많이 보이네?"

"양관 현관 쪽에서라면, 사람들 눈에 띄지 않을 거예요."

"그럴까……?"

옥희는 마당으로 내려가 정원지기의 고무신을 대충 신었다. 사랑 전용의 바깥쪽 마루에 있는 방들에서 안뜰이 보이지 않도록 심어져 있는 소나무 정원수 사이를 가로질러 중문에서 나와 걸었다. 대문으로 들어가는 곳에 화강암과 붉은 벽돌로 지어진 양옥이 조용하게 서 있다.

옥희가 현관에 막 들어가려고 할 때, 누군가 그녀를 불러세웠다. 옥희는 돌아보고,

"어머! 어쩐 일이에요?"

하고 느닷없이 나타난 젊은이에게 말했다.

판출이라는 이름의, 해방 전까지는 김씨댁 소작인으로 있던 이씨네 젊은 농부였다. 옥희의 둘째 오빠인 인준과는 같은 소학교를 다녔고, 인준보다도 공부를 잘했다. 쥐색 바지에 반소매 셔츠 차림을 한 그는 외모가 농부 같지 않고, 도시 젊은이같은 화사한 모습을 하고 있었다.

옥희는 소작인의 아들이라든지 옛날 노예제가 있던 시절 판출의 선조가 머슴방에 있었다든지 하는 식의 경멸의 눈으로 판출을 대한 적은

없었다. 그럼에도, 판출 쪽에서 신경을 쓰고 옥희 앞에 서면 눈을 내리뜨고 고개를 수그리는 것이었다. 그런 판출에게, 당신, 어엿한 자작농가의 아들이잖아요. 좀더 시원시원하게 행동해요. 지금은 민주주의 시대잖아요, 이렇게 말해주고 싶은 생각조차 드는 것이었다.

"왜요? 무슨 일 있어요?"

옥희는 거기서 우물쭈물하고 있는 판출에게 말했다.

"아, 저기……"

판출은 더더욱 용건을 꺼내지 못했다.

"나 급해요. 사람들이 많이 드나드는데, 이상하게 생각할 거예요."

옥희는 역시 자신이 윗사람이라는 의식을 갖고 있는 것일까, 생각했다.

"실은, 이 편지를 여동생이 보관하고 있어서…… 그래서, 그 녀석이 쑥스럽다면서 안 오겠다고 하니까……"

판출은 마음을 먹고 이야기를 꺼내니, 시원시원하게 말한다.

"편지요? 우편으로 오는?"

"아니, 그게, 그……"

판출의 손에 하얀 가로 봉투가 보인다. 옥희는 깜짝 놀랐다. 저 봉투는 본 기억이 있기 때문이었다. 벌써 몇 번이나 같은 사람으로부터 받아 왔다.

"어머! 빨리 주세요."

옥희는 매정하게 말하면서 손을 내밀었다. 판출은 쭈뼛쭈뼛하면서 돌계단 쪽까지 다가와 손에 들고 있던 봉투를 건넸다. 옥희는 그것을 받아들고는 얼굴이 새빨개져서 현관으로 뛰어든다. 그 막다른 곳에 청동으로 된 나상이 엷은 웃음을 띠우며 옥희를 보고 있다. 그러자 거기 아무렇게나 벗어던져 둔 고무신과 모자 등이 저마다 자신을 비웃고 있는 것 같았다. 참을 수가 없어져서, 옥희는 오빠의 방과는 반대쪽에 있는 응접실로 숨었다. 나왕 목재의 두툼한 문을 뒤로 완전히 닫자 어느 창문에나 묵직하게 달려 있는 커튼이 내려져 있어 어스레한 실내의 썰렁한 공기가 왠지 모르게 기분이 좋았다. 순 서구 풍의 이 양실은 응접실이라는 이름뿐이지 좀처럼 사용하는 일이 없었다. 한국인 내방객들은 이 양실보다도 마루 옆에 있는 온돌의 사랑방을 좋아했다. 그들은 반질반질하게 닦인 기름먹인 장판 위에 일본 방석을 놓고, 책상다리를 하고 앉는 것이 마음 편하다고 말하는 것이었다.

조선 고래의 보료[10] 위에 몸을 느긋이 옆으로 누이는 것도 그들 성미에 맞았다. 아버지가 구류되어 계신 동안, 오빠들도 거의 이 양실에는 들어오지 않았기 때문에 공기가 흐르지 않고 괴어 있어 곰팡이 냄새 나는 습기가 얼굴에 끼쳐오는 듯 했다. 그러나 부끄러움으로 어쩔 줄 모르게 된 옥희에게는 그것조차 왠지 안도감을 주었다.

옥희는 동쪽 창가로 가서 커튼 그늘에 숨어 손에 든 봉투를 살짝 뒤집어보고

'역시 —'

하고 부아가 치밀었다. 새하얀 가로 봉투 아래쪽에는 로마자로 A · C라고 작게 쓰여져 있다. A가 안이 되고, C는 재호라는 두 글자를 떠올리게 해 마치 덜 익힌 생선을 먹었을 때처럼 위가 뒤집히는 듯한 불쾌한 기분이 되었다. 그것은 다음과 같은 사건과 얽혀 있었다.

---

10 보료 : 앉는 자리에 늘 깔아두는 긴 요

보름 전쯤의 일이다. 옥희 등이 큰오빠라고 부르는 맏이 영준이 자신의 생일에 일곱, 여덟 명의 친구들을 초대해 파티를 연 적이 있다. '아버지가 겪고 있는 불행도 아랑곳하지 않고 생일 축하 같은 걸……' 옥희는 영준 오빠의 평소 경박함과 관련지어 생각했다. 그 경박함이 싫었다. 그런데 그날 밤 초대되어 온 손님들이 의과대학생이라는데도 모두 하나같이 예인같았다. 만돌린에 기타, 아코디온 등을 가져와서 노래하고 춤추고 대소동이었다. 이 응접실이 있는 건물과 본채 마루를 툇마루로 연결해 가정부 방등을 거기서 증축해 놓았기 때문에 객실이 보이는 툇마루 모퉁이에 부엌 일꾼들과 가정부들이 모여들었다. 그들은 그 바보 같은 소동을 들여다보며 즐거워하고 있다. 옥희는 자기 방에 문을 닫고 틀어박혀 있었다. 그런데 동생 순이까지 신이 나 들떠서 몇 번이나 그녀를 불러내러 왔다. 그래서 가정부들이 있는 곳에 나가 봤더니, 객실의 소동을 보고 있는 것이었다. 키가 작은 학생이 아코디언을 켜고, 영준 오빠가 배우처럼 얼굴이 하얀 안재호와 짝을 이루어 블루스를 추고 있었다. 다리가 서로 뒤얽히고, 밟고 하면서 두 사람이 장난치고 있는 것을 다른 학생들이 손뼉을 치며 흥을 돋구고 있다. 얼굴빛이 하얗고 얼굴이 갸름한 것이 여자라고 해도 좋을 정도였다. "예쁜 학생이네" 하고 말한 것은 침모였다. "기생 오라비 같아서 난 질색이야." 부엌일 하는 아주머니가 바로 뒤이어서 말하자 "좋아해도 손이 닿지 않으니까 그러는 거잖아", "자기야말로 몰래 연애 편지 보내보면 어때?" 등등 주거니 받거니 하고 있다. 중년여자들은 이런 상스러운 말을 평소 주고받는 것일까. 옥희는 자기 얼굴이 달아오르는 것 같아 "어머, 추잡스러워" 하고 말했다. 그러자 깜짝 놀란 두 사람의 중년 여자가 아이구 하고 소리

지르며 얼싸안고 서로 얼굴을 숨기며 멋쩍어했다.

그때 그 소동을 알아차리고, 안재호가 짝을 이루고 있던 영준을 제쳐 두고 이쪽으로 다가왔다. 침모들은 꺄야 하고 소란을 피우며 내실 쪽으로 도망가 버린다. 어린 하녀들도 장난질을 치면서 흩어진다. 옥희는 그런 모두를 경멸하듯이 거기 우뚝 서 있었다. 그러자 안재호는 붉어진 얼굴을 한층 더 붉히면서 약간 주눅이 들었지만, 잽싸게 앞으로 나와

"아, 옥희 씨! 아름다운 모습은 언제나 넋을 잃고 바라보고 있었습니다. 저, 안재호라고 합니다. 모쪼록, 제 얼굴과 이름을 기억해 주십시오".

그리고는 흡사 서양 영화에 나오는 기사처럼 오른손을 훌쩍 치켜들고 왼쪽 무릎을 꿇고는 귀부인을 배례하는 흉내를 낸다.

그런 비위에 거슬리는 행동거지가 소름이 끼쳐 옥희는 토할 것만 같았다.

"징그러워!"

옥희의 뒤에 서 있던 순희가 상대에게 들리도록 커다란 목소리로 말했다. 그러자

"화를 내시는 것은 지당한 일이십니다만, 술김에 주제넘게 나섰습니다……"

순희가 와락 언니의 손을 끌어 내실 쪽으로 갈 것을 재촉했다. 옥희는 뒤에서 아직도 뭔가를 말하고 있는 안재호의 목소리에 쫓기듯이 자신의 방으로 도망쳐 들어갔다. 혐오의 감정이 오한처럼 엄습해 온다. 영준 오빠가 그날부터 싫어졌지만, 저런 경박한 학생도 있는 것일까 하며 둘째 오빠 인준이나 사촌 오빠인 치준과 비교해 보았다. 3일 정도 지나 안재호로부터 편지가 왔지만, 옥희는 쪽지를 붙여 되돌려 보냈다.

세 번 정도 그런 일이 있고 나서, 이제 단념했나보다 안심하고 있을 때 이 편지가 온 것이다.

혐오감으로 옥희는 눈앞이 아찔할 정도였다. 뉘우침도 없이 편지를 보내오더니, 이번에는 사람을 시켜 보내온 것이다. 이제 이 소문이 시내에 퍼져 나가겠지 생각하니 갈기갈기 봉투를 찢어 버리고 싶었다. 그러나 어쨌든 한번은 내용을 확인해보고 인준 오빠에게 의논해보리라, 마음을 먹고서 봉투를 열었다. 촘촘한 글씨로 줄줄이 여러 가지 것들이 적혀 있었는데, '지난 밤의 일은 떠올리는 것만으로도 부끄럽습니다. 제가 생각해도 잘도 그런 파렴치한 짓을 하다니… 그 일을 사죄하고 싶어 몇 번인가 편지를 보냈습니다만… 부디 한번 머지않아 만나뵙고… 소생의 참모습을 보여드릴 수 있다면… 오는 6월 1일에 '창살 없는 감옥'이 만경극장에 걸리는 까닭에, 그날 저녁 일곱시 극장 옆 찻집에서 기다리겠……'. 뒤는 읽을 것도 없을 것 같았다.

읽으면 읽을수록 창피스러운 마음이 거듭 생겨났기 때문에 인준 오빠에게 이 편지를 보여주고 오빠가 어떻게든 해주었으면 하고 커텐 그늘에서 나왔다. 그런데 바로 그때, 아버지가 문을 열고 조용히 들어왔다.

"아버지!"

하고 옥희는 말을 걸었지만, 깜짝 놀라 입을 다물었다.

아버지의 얼굴은 어둑어둑한 빛 가운데서 본 탓일까. 창백하다는 말로는 다 할 수 없을 정도로 파리하고, 초록 물감이나 무언가를 칠한 것 같은 보기 안 좋은 색이었다. 옥희는 문득 할머니의 장롱 안에서 발견해 오싹한 적이 있는 저승사자 그림을 떠올렸다. 아버지는 뭔가 좀 이상하다, 죽음의 신이 씌운 거야 라는 생각이 언뜻 그녀의 마음을 스치고 지나갔다. 그러나 그런 불길한 환상을 떨쳐버리려는 듯이 기운차게 뛰어 나가 "아버지, 오랜만 —"이라든가 무슨 소녀다운 말로 어리광을 부리고 싶다고 생각했지만 그게 되질 않았다. 아버지는 집에 돌아오시고 나서, 아직 내실 쪽으로는 발걸음을 하지 않으셨다. 손님들이 끊이지 않아 한밤중이 되어도 좀처럼 혼자가 될 수 없었던 탓이기도 했지만, 실제로는 아버지가 사랑채라고 불리우는 이 손님 전용 건물에서 기거하시면서 내실 쪽으로는 좀처럼 오시지 않았기 때문이다.

언제부터 아버지가 어머니와 잠자리를 하지 않게 된 것일까. 순희가 태어난 이래 계속 자궁 질환으로 고생하는 어머니는 언제나 생리가 있는 때처럼 아랫띠를 매고 있었는데, 실은 어머니는 훨씬 전에 그것이 없어져서 중성이 된 것이라고 요즘 들어 알게 되었다. 작은 집에 살고 있는 농부들이 부모 자식 한 방에서 잠을 자는 것과는 달라서, 상류 가정에서는 대체로 별채에 부부가 따로따로 자는 것이 관습이 되어있다. 그렇다고는 해도 조금 이상하다고 생각하게 된 것이기도 했다. 게다가 아버지는 손님방에서 지내는 척하면서 야밤에 몰래 시내로 나가 어딘가에 숨겨놓은 여자가 있어 거기서 자고 날이 밝기 전에 살짝 돌아온다. 그러기 위해서는 대문 문지기를 끌어들여야 했는데, 선대부터 이 집에서 길러진 문지기 역시 서방님의 방탕을 못 본 척 할 정도로 충의를 다하고 있었다.

문지기 할아범의 입에서 결코 새어나간 일이 없지만, 그 사실을 모르는 것은 옥희 어머니뿐이었다. 옥희조차도 탈곡장에서 날품 고용인들이 떠드는 소문을 언뜻 듣고 어머 그랬구나 하고 얼굴이 새빨개진 적이 있다. 그런 일들마저 떠올리면서 옥희는 아버지의 얼굴색이 안 좋은 것에 신경을 썼다. 아버지와 이야기를 나누고 싶은 마음이 굴뚝같았지만, 아버지는 아주 피곤하다는 듯이 끙끙거리면서 긴 의자에 몸을 던졌다.

아버지는 똑바로 위를 향해 눕고 양손을 이마 위에 얹은 채 긴 한 숨을 쉬고는 그리고 계속 조용히 있는다. 무척 피곤한 탓도 있겠지만, 굉장히 심각한 고민을 견디지 못하고 그렇게 힘들어하는 모습의 아버지가 옥희는 문득 가엾게 느껴졌다. 총독 통치 시대의 아버지는 민족자본을 지켜내기 위해 제사 사업을 일으키고, 옷과 식료품의 자급자족을 도모하면서 조금이라도 자민족의 경제 파탄을 막아보려고 면직물 공장을 설립하는 등 분투했다. 지방관청의 고관들을 초대하고 일본 관리들과 교류했는데, 회사의 운영을 위해서라면 민족계 은행에 투자해야 하는 상황에서 마음으로는 총독 통치에 반대하면서 표면적으로는 권력자에 추종하는 척 해야 한다는 이중성격적인 고민이었다. 그리고 나서 대동아전쟁 말기에는 정부의 원료 배급이 끊겨 공장이 폐쇄되고, 국방헌금과 인원 징용으로 아버지는 또다시 괴로운 처지에 빠졌다. 헌병대에 호출당해 호된 고생을 하기도 했다.

그렇게 괴로웠던 입장이 해방 후 조선 인민에게 이해받지 못한 채, 저놈은 친일파였다는 배척의 신호가 생겨 집 안으로 폭동의 움직임이 밀고 들어오는 상황이 될 뻔한 적이 있다. 그런 와중에, 아버지는 개인적인 호의를 베풀어 정치와는 아무런 관계가 없었던 일본인 교육자를 본국으로 귀환할 때까지 신병을 보호해주거나 했기 때문에 우익 단체로부터 격렬하게 힐문당했다. 그 친일 행위는 오래도록 기록에 남겨 두겠다는 협박을 당하기도 했다. 그 무렵은 정당 난립 시대로, 아버지는 정치에 염증을 느껴 정치에서 손을 떼고 싶다는 것이 본심이었다. 그러나 그렇게 되면 모든 정당과 단체로부터 공격을 받게 돼 어떻게 손을 써볼 도리가 없게 되기 때문에, 김구 등의 남북협상파에 접근하여 중도 정치를 표방하게 되었다.

남북 분리가 민족의 비극이라는 것은 말할 필요도 없고, 남북 각각의 배후에 있는 2대 세력을 배제하고 민족 자체의 힘으로 독립해야 한다는 것이 아버지 등의 주장이다. 그렇게 해서 한 때는 많은 동지들을 얻어 하나의 세력이 되었지만, 김구가 평양의 남북협상회의에서 남쪽으로 돌아오고 얼마 지나지 않아 암살당하자, 남북협상파는 민족 반역자라는 낙인이 찍혔다. 아버지는 친일인사법[11]에 걸려 검거당했던 것이다.

독립만 된다면, 민족의 행복은 즉시 도래할 것 같은 환상을 품고 있던 옥희는 아버지와 자기 집 일가의 괴로운 처지를 보게 되면서, 행복을 손에 넣은 일은 좀처럼 어려운 일이라고 비관하기 시작했다. 농지개혁이 실시된 이래, 백미 일천 석을 거두었던 소작미가 하나도 들어오지 않게 되었다. 이제까지 소작인이었던 농부들이 김씨 집안의 궁한 상황을 보다 못해 자발적으로 곡물을 가져다준다든지 혹은 공장을 팔아 치우고 산림 속 좋은 나무들을 베어내든지 해서 어떻게든 대갓집의 면목

11　친일인사법 : 1948년 8월 헌법 101조에 의거하여 구성된 반민특위(반민족행위처벌법기초특별위원회)를 가리키는 것으로 보인다. 1948년 9월 반민특위는 반민족행위처벌법(반민법)을 통과시켰는데, 이 법에 의하면 국권 피탈에 적극 협력한 자는 사형 또는 무기징역, 일제로부터 작위를 받거나 제국의회의원이 된 자, 독립운동가 및 그 가족을 살상·박해한 자는 최고 무기징역 최하 5년 이상의 징역, 직·간접으로 일제에 협력한 자는 10년 이하의 징역이나 재산 몰수에 처하도록 하였다. 그러나 알려진 대로, 이승만은 반민특위의 활동을 견제하기 시작했고, 1949년 국회프락치사건과 6·6경찰의 특위습격사건을 겪으면서 특위의 활동은 와해되기 시작했다. 특위의 활동 성과로는 총 취급건수 682건 중 기소 221건, 재판부의 판결 건수 40건으로, 체형은 14명에 그쳤다. 실제 사형집행은 1명도 없었으며, 체형을 받은 사람들도 곧바로 풀려났다.

을 유지하고는 있었다.

"아버지 —"

옥희는 커튼에서 살그머니 나와 아버지의 자는 얼굴에 속삭이듯이 말했다. 코 밑에 기른 콜먼 수염[12]이 단정하게 손질되어 있고, 볼에도 면도자국이 반질반질 나 있다. 멋쟁이에다 깨끗한 것을 좋아해서 평소 옷차림이 단정한 아버지였다. 젊은 시절 시내 번화가를 걷기라도 하면, 마침 그곳을 지나가던 사람들이 깜짝 놀라 뒤를 돌아보고 기생들은 넋 나간 듯 아버지를 바라보곤 했다는 것이다. 옥희는 자식의 눈으로밖에 부모를 볼 수 없었지만, '우리 아버지는 정말 근사해' 하고 생각했다. 졸업식 등에 아버지가 내빈석에 나타나는 것만으로도 강당이 순식간에 빛나기 시작하는 것 같은 느낌이 들곤 했다.

그 아버지가 볼살이 깎여나간 듯이 바싹 여위고 눈가는 움푹 패여 그 속에 눈이 있다고는 믿어지지 않는 듯했다.

독립이 되어 하나도 좋은 일이 없었던 것이라고 문득 느꼈다. 세상 사람들과 반대의 코스를 걸어가는 우리 가족의 슬픈 운명이 역시 아버지가 친일파였기 때문일까? 사촌 오빠인 치준이 말했던 대로, 부르조아 가족이 당연히 받아 마땅한 벌이었을까 하고 순식간에 밝은 빛이 사라라져 절망한 나머지 현기증이 났다.

"불쌍한 아버지!"

옥희는 눈물을 글썽이며 아버지를 보았다. 아버지의 앞길에 광명이 있을까? 정부파가 나날이 발판을 다지고 있는데도, 아버지 등 중간파는

---

12 콜먼 수염(Colman moustache) : 기품 있게 가지런히 깎은 짧은 콧수염. 세련된 외모로 인기가 있었던 미국 영화 배우 콜먼(Colman, Ronald, 1891~1958)의 콧수염에서 유래한 말이다.

조바심을 내면 낼수록 점점 줄어들 뿐이다. 아버지가 감기에 걸리면 안된다고 생각해, 뭔가 덮어 드리고 싶은데도 공교롭게도 여기에는 모포와 같은 것은 없었다. 오빠 방에서 뭔가 가지고 와야지 할고 살짝 문을 여는데

"누구? 아, 옥희구나."

아버지가 눈을 떴다

"아버지!……"

옥희는 그렇게 말하면서 어째서 이렇게 야위셨어요, 말하려고 했지만 갑자기 목이 메어 그것을 대신하기라도 하듯 눈물이 흘러내렸다.

그 눈물을 잠깐 바라보더니

"이리 오렴……"

아버지가 팔을 올려 안아주려는 듯한 모양을 했다 그 팔 아래로 옥희는 달려가 쪼그려 앉았다. 아버지는 옥희의 어깨를 어루만지면서

"걱정해 주었구나?"

하고 말했다.

"……"

옥희는 입을 열면 눈물이 나올 것 같았기 때문에 아버지의 팔에 얼굴을 묻었다.

"진심으로 내 걱정을 해주는 사람은 이 집에선 너 하나뿐이로구나."

"……"

"나도 감옥에서 언제나 옥희 생각을 했단다. 지금쯤 어디서 무엇을 하고 있을까 하고! 학교에서 주눅이라도 들어 있으면 가엾겠구나……하고."

"……."

옥희는 으흑 하고 목이 메었다. 어깨가 가늘게 떨린다.

"울지 말아! 내가 다 슬퍼지려고 하네. 그래도 울 것 없어. 자……"

옥희의 어깨를 두드리며

"이런! 옥희 살결 부드러운 것 좀 봐. 포동포동한 게 어느 집 귀부인 같은데. 완전히 어른이 돼서 미인이 됐구나. 슬슬 시집갈 걱정을……"

"어머나, 싫어요. 아버지."

부끄러움인지 무엇인지 느닷없이 그런 식으로 말을 들어 가슴이 두 근거리는 것 같아서, 아버지한테서 날쌔게 물러섰다. 원망스러운 곁눈 질로 아버지를 보았다.

"하하하, 됐어, 됐어…… 그렇게 싫으면 시집 안 보낼게."

"뭐, 아버지한테 그런 농담 듣는 거 싫어요."

"그래도 물건 사달라고 조르기 시작하면 피까지 빨아먹은 것처럼 되 는 순희나, 내 얼굴을 보면 반대당 당원처럼 따지고 들기만 하는 네 엄 마, 아들이라 해도 하나는 난봉꾼에 하나는 불평쟁이지. 이 집도 진짜 형식만 남은 것 같아 무정하구나. 그래도 옥희만큼은 애정으로 이어져 있어 고맙지."

"모두가 아버지 걱정을 하고 있어요."

"그 걱정하는 방식에 신경을 쓰지 않는 거지."

"저런, 어째서요?"

"뭐, 됐어. 그것보다 옥희는 아버지가 없으면, 어쩐지 혼자서 잘 해갈 수 없을 것 같네."

"왜요?"

옥희는 아버지의 말이 언뜻 짐작이 가지 않았다.

"아버지 입장은 날이 갈수록 나빠지고 있어. 일곱 선인처럼 산에 숨든지 지주승이라도 되지 않는 한, 살 수 있는 길은 없지 싶다.

"그럴 리는 없어요! 동지들의 성원이 있는 걸요."

"그 동지들을 믿을 수가 없는 거야. 소시민이라는 자들은 강한 자들에게 들러붙는 것에 익숙해놔서. 공산당이 부럽군. 애매한 태도를 취하는 자들이 없다는 것만으로도."

"저, 아버지! 정치를 그만두세요! 그리고 이 집을 처분해요. 오붓하게 한데 모여서 과수원이라도 해요."

"좋군. 그렇게 생활이 된다면야. 나라를 잊고, 인민을 버릴 수 있다면 그것 이상은 없겠지. 이대로 놔둔다면, 남북은 무기를 들고 전쟁을 하는 수밖에 없어. 서로 증오하고 대립이 심해져서 말이지. 감정이 격화돼서 불꽃이 튀기면 확 타오르는 수밖에. 불행히도 우리 민족은 감정적이고 증오 본능이 강해서 말이야. 조상들이 역사에 증거를 남겨 놓고 있으니까, 난 예사롭게 말할 수가 있는 거지.

중용이 세계 어느 민족보다도 우리 민족에게 필요한 사정을 깨달았단다. 선조 유학자들은 몇 대나 걸쳐서 우리 민족에게 중용의 덕을 가르쳤지만, 애석하게도 그 유학자 자신의 감정 벽은 역시 극복하지 못했지. 사자 몸 안의 벌레[13]지."

"……"

---

13 사자 몸 안의 벌레[獅子身中の虫] : 사자의 몸 안에 살며 그 덕을 입는 벌레가 오히려 사자의 살을 갉아 먹고 그를 해친다는 뜻에서 나온 말이다. 불제자이면서 불교(동료)에 해를 끼친다는 상황의 비유 또는 내부에서 분쟁을 일으키는 자를 의미한다.

옥희는 생각해도 이해가 되지 않았다. 민족을 객관화해서 보고 있는 듯한 아버지의 경지에 도달하는 것은 어지간히 먼 미래의 일인 것일까.

"할 수 있는 만큼은 해보려고. 어느 한쪽으로 치우치지 않는 정치가 죽는다면, 민족도 사라지질 테니까."

"아녜요. 아버지, 제발 정치에서 손을 떼세요."

"알았다. 옥희 마음은 감사하다."

"감사라니요! 아버지"

"소녀는 소녀다워야지. 쓸데없는 걱정은 하지 않는 게 좋아요. 화장이나 옷 걱정 같은 걸 하는 게 좋아."

"치마, 정말 감사해요."

"이런, 너야말로 남처럼 서먹서먹하게 구는구나."

"그래도, 저고리는 순희한테 뺏겼어요."

"그렇구나. 좋아, 가까운 시일 내에 사다 주마."

"괜찮아요. 아버지."

"형편이 좋진 않지만, 어떻게든 되겠지. 썩어도 준치니까."

"그럼, 차라리 여름 옷으로 사주세요."

"그래 그래. 뭐든 갖고 싶은 걸로 하자."

"좋아라! 어머니한테 이야기해도 돼요?"

"네 어머닌 대하기가 힘들구나."

옥희는 등 뒤로 아버지의 말을 남겨두고 문을 닫았다. 자기 마음씀씀이의 한심함이 부끄러웠다. 옷같은 것으로 간단히 정신을 못 차리고 만 자기 마음이 경박하게 여겨졌던 것이다. 그렇지만 저고리를 동생에게 빼앗겼다는 분함이 간신히 풀려, 우울한 마음이 싹 가셔지는 것이었다.

"뭐냐, 옥희."

느닷없이 작은오빠의 목소리가 들렸다. 교복을 말쑥하게 차려 입고, 외출이라도 하려는 듯이 차림새를 갖추었다.

옥희는 작은오빠가 저를 보는 것이 겸연쩍어서 갑자기

"이거야."

하고, 손 안에 꽉 쥐고 있던 봉투를 보였다.

"뭐야, 이거?"

인준은 봉투를 받아들고 구겨진 봉투를 폈다.

"징그러워. 몇 번이나 보내왔단 말이야. 결국 판출이 여동생한테 들려 보내다니. 지금쯤 동네방네 다 알려졌을거야."

옥희는 인준 오빠가 그 두툼한 손으로 꾸깃꾸깃하게 된 봉토를 다 펴고 나서, 뒤집어 A와 C 두 글자를 가만히 바라보는 것을 보았다. 혐오의 감정으로 소름이 끼친다는 듯이 입을 다물고, 옥희는 눈을 하얗게 뜨고 노려보았다.

"흠—"

인준은 그 두 글자가 판독이 되었지만, 당황하는 빛도 없이 봉투에서 눈길을 떼었다.

"오빠, 어떻게든 해봐. 이런 흉내 좀 내지 말라고……"

옥희는 아무 일 없다는 듯한 작은오빠를 비난하는 마음을 담아 상당히 격하게 말했다.

"뭐, 그냥 놔두면 돼. 여자나 밝히는 놈을 신경 쓰고 있어야 한단 말이냐. 형 친구라니, 제대로 된 사람은 없는 거지."

인준은 안재호를 포함해서 형 영준을 경멸하듯 말했다.

"그렇다고, 국가와 민족의 일로 심각한 얼굴을 하고 있는 자들만이 애국자인 것도 아니고, 또 이런 사람들처럼 행복한 사람이 있어도 지장은 없으니까."

"자각 없는 낙천적인 무리들은 고생을 모르는 법이니까."

인준의 말이 끝나기가 무섭게 옥희는

"나, 곤란하단 말이야. 이 사람 때문에 시내에도 못 나가게 생겼는데."

하면서 눈을 내리깔고 눈시울이 붉어졌다.

인준은 입을 다물었다. 누이가 곤란해 하는 것은 이해가 됐지만, 형들의 무뢰한 같은 행동거지 또한 알 것 같은 기분이 들었다. 자신을 포함해서 시의 의대에 적을 두고 있는 학생 가운데 진지하게 학업에 정진하는 이들은 몇 퍼센트도 되지 않았다. 그 대학이라는 것은 총독부 시대의 의전으로, 그것도 2류의 지방 전문학교였기 때문에 설비가 빈약했고 교수진의 수준도 떨어졌다. 그런 학교가 해방 후 대학으로 승격되었지만, 중앙과 지방 도시에 한꺼번에 대학의 숫자가 늘어나는 바람에 교수를 보충하는 데 몹시 애를 먹었다. 총독부 시대 전문학교 이상의 교수는 대부분 일본인이었다. 조선인 교수는 조교수 정도가 전부로, 전체의 1할도 되지 않았다. 이것을 총독부 정치의 나쁜 면이었다고 말하려면 말하지 못할 것도 없었지만, 대체로 교수 자격이 충분한 조선인은 그렇게 많지 않았다. 그러던 차에 해방이 찾아왔으나, 반일 감정이 사람들의 마음을 지배하고 있었기 때문에, 예를 들어 중공이 그랬던 것처럼 일본인 학자와 기술자를 머무르게 해서 그들을 활용한다는 생각은 조금도 하지 않았다. 그래서 일본인들이 썰물 빠지듯 물러나버리고 난 뒤에는 지방뿐만 아니라 중앙에서도 대학의 교수를 보충하느라 몹시 허둥댔다. 시 학무당국에서는 마을 의사를 교수로 등용하거나 중학교 교사를 격상시켜 어떻게든 교수 숫자만은 갖추었다고 하는 것이었다. 인준은 원래 의학을 지망하지 않았다. 김씨 집안의 재산으로는 도저히 아들 두 명을 경성에 유학 보낼 능력도 없어 보였기 때문에 시의 대학에 진학했다. 그렇지만 마을 의사에서 격상된 교수에게는 솔직히 성에 차지 않아 소설을 읽거나 하며 시간을 헛되게 쓰고 있는 자신이 한심해지는 것이었다.

그러니 형과 안재호 등이 악기를 주물럭거리기 시작하고 술집에 드나든다 여자에게 흥미를 가진다 하는 것도 할 수 없는 일이라고 이해해 주고 싶어지는 부분도 있다.

'그렇다고 해서, 누이한테 장난질을 해도 좋다는 것도 아니지만……'

그는 누이의 옆얼굴을 가만히 보면서 생각했다. 호리호리한 몸에다 작은 누이의 얼굴은, 행복해 보일 때조차 왠지 있는 듯 없는 듯한 느낌인데, 이것저것 생각에 잠겨 고민하고 있으면 가엾게 느껴진다.

"좋아, 내가 이 편지를 안재호에게 되돌려줄 테니 걱정 안 해도 돼."

"……"

불만스러운 얼굴에서 조금 밝아진 빛을 내비치며 한숨 돌렸다는 듯이 잠자코 있는 옥희에게

"옥희하고 의논할 게 있는데, 내 방으로 와 줘."

하고 현관 옆 두 칸 연속으로, 형 영준과 함께 쓰고 있는 서양식 방으로 들어갔다. 침대가 두 개 북쪽과 남쪽 벽에 떨어져서 놓여 있고, 공부 책상도 두 군데로 나뉘어져 놓여 있다. 한가운데는 공동의 응접 세트가 있다. 손때가 묻은 등의자에 비단 방석이 놓여 있고, 둥근 테이블에는

담배꽁초가 재떨이에서 넘쳐흘러 있어 들어간 순간 니코틴 냄새가 옥희의 코를 찔러 가슴이 메슥거렸다.

인준은 럭키[14]에 불을 붙이고 천천히 한 대 피우고서는 대담하게

"옥희는 입이 무거운 사람이니까 말하는 건데, 아무한테도 이야기 안 할 거지?"

하고 눈은 창문 쪽으로 주면서 물었다.

"응."

옥희는 왜 그런지 깜짝 놀랐지만 그 마음을 눌렀다.

"아무한테도 털어놓지 않을 작정이었지만, 내가 갑자기 사라지면 옥희가 슬퍼할 것 같아서."

"뭐?"

"자자, 놀라지 말고. 옥희는 마음이 약해서 기절할 지도 모르겠지만."

"오빠! 나머진 말하지 마…… 나 알고 있어. 사관학교에 들어가려고 하는 거지?"

"언젠가 그렇게 말했지만, 그건 아니야. 대학이 시시하니까 그렇게 말했지만, 군대는 더 싫어. 될 대로 되라는 심정으로 그런 생각도 했지만, 군인이 될 거라면 음식점의 요리사가 되는 게 낫지."

"그러면?……"

옥희는 아버지를 닮아 화사한 인준의 얼굴을 바라보았다.

"일본에 가는 거야."

"일본에?"

---

14 럭키 스트라이크(Lucky Strike) : 미국 담배 이름.

"일본으로 밀항하는 거야."

"어머나……"

"그렇게 하는 수밖에 달리 방법이 없어."

"그래도……"

"친구가 한 명 갔어. 편지가 왔는데, 잘 된 모양이야. 일이 잘 풀려서 외국인등록도 손에 넣었고, 지금은 와세다 학생이야. 나는 걔가 부러워. 도쿄대 법대에 들어갈 수 있다면 좋겠지만 게이오도 괜찮아. 나도 할 거야. 이런 곳에서 빈둥대고 있으면, 점점 뒤처질 뿐인 걸."

"미국 유학생 모집이 있잖아. 밀항이라니, 그런 모험을 하지 않아도……"

"옥희는 세상 물정을 몰라. 미국 유학생은 정부 요인의 자식들이라도 좀처럼 뽑히기가 어렵잖아. 나처럼 반역자의 자식이…… 어림도 없지, 어림도 없어. 이 나라는 정치가 너무 많이 노출돼있어. 하나에서 열까지 정치에 줄이 닿아 있어. 시시각각 뒤처지는 것만 같아서 안절부절 못하겠어. 학교가 세워지고 훌륭한 교사들이 갖춰져 하루종일 24시간 내내 머리에 집어넣어도 다 못 집어넣을 만큼 배우겠다, 어느 나라 학생에도 지지 않겠다, 그런 희망이 있어도 언제 누구한테 배우냐구.

아아, 더 말 안 할래. 어른들은 정쟁이다 암살이다 하면서 눈앞의 일로 이기적인 장님이 되어 있으니 나라 재건은 언제 하냐고. 난 요즘 완전히 절망했어. 시계가 째깍째깍 가는 것이 무서워. 점점 더 시간은 지나가고 내 청춘은 썩어갈 뿐이야. 아아, 난 참을 수가 없어. 가만히 있을 수가 없어. 난 일본으로 간다. 부산에 가서 밀항선에 타는 거야."

격앙되어 일어나 방 안을 서성이기 시작한 인준을 옥희는 놀랍고, 어처구니가 없어서 아무 위로의 말도 없이 바라보았다. 평상시 말이 없고, 침착하며 온순했던 오빠가 언제 어디서 이런 격렬함을 마음속에 숨기고 있었던 것일까 눈이 휘둥그레져서 옥희는 숨을 죽였다.

"옥희야, 내가 없어지더라도 당분간 잠자코 있어주는 거야. 거기서 일이 잘 되면 알려줄 테니까."

인준은 누이의 앞에 와 멈추어 서서 가만히 얼굴을 바라보며 이야기했다.

"……."

옥희는 고개를 끄덕였다. 그리고는 눈을 내리깔고 치마끈을 만지작거리고 있다. 그 얼굴이 너무나 가냘프고 깊은 슬픔을 띄우고 있어, 보고 있기가 힘들어져

"옥희가 불쌍하구나."

인준은 무심코 지껄이고 말았다. 그러자 그것을 계기로 옥희의 눈에서 눈물이 뚝뚝 떨어지기 시작했다. 긴 속눈썹 밑으로 눈물이 방울이 되어 주르르 흘러내리는 것을 보았지만

"이 집은 이제 곧 파멸이야. 그렇지만, 할머님이 불쌍하구나. 할머님 살아 계실 동안만이라도 이 집을 지키고 싶었는데……"

인준은 그렇게 말하고는 자신도 울기 시작했다.

"오빠, 가지 마!"

옥희는 오빠의 무릎에 매달려 애원하듯 말했다.

"할머님을 지켜드릴 사람은 너밖에 없으니까…… 너한테는 너무 무거운 짐이야. 네가 불쌍하구나. 옥희야!"

인준은 누이의 손을 잡고 어루만지면서 눈물로 목이 메었다.

"의지할 데라고는 오빠밖에 없어. 나하고 오빠하고 둘이서 이 집을 지키자. 아버지한테 부탁했어. 정치에서 손을 떼시라고. 오빠도 부탁해서……"

"그건 소용없는 일이야. 아버지는 숙명대로 움직이고 계실 뿐이야. 저렇게 하지 않고서는 안되는 무언가가 있는 것 같아. 우리 집에는 민족의 순결을 지켜야 한다는 피가 선조들로부터 내려오고 있어. 할아버님이 자결한 피의 흔적이 아버지 마음에 새겨져 있어. 총독부 시대 타협했던 배후에도, 그 피가 들러붙어 있는 거야. 아버지의 민족주의는 친미파들에게는 도저히 이해가 되지 않을 거야. 코뮤니스트가 된 숙부하고도 달라. 나는 아버지를 이해해."

"그렇다면, 오빠는 집에 있는 게 정당해."

"그렇지만, 나는 자신을 버릴 수가 없는걸. 나는 부모에 불효하고, 민족에 등을 돌리는 에고이스트일지도 몰라. 무슨 말을 들어도, 나는 나를 버릴 수가 없어. 나는 공부하고 싶어. 시야를 넓히고 싶어. 이 혼란기의 화에 말려들고 싶지 않아. 욕을 먹는다 해도 상관없어. 난 결심했어."

옥희는 이제 손을 쓸 수가 없다고 생각했다. 수다스러우며 주먹이 먼저 나가 금세 싸움을 시작하는 성질에다가, 상대가 물고 늘어지면 끈기가 딸려 져놓고는 울며불며 졌다고 분해하는 큰오빠와 인준은 반대였다. 과묵하며 남한테 심술궂은 일을 당해도 사소한 일은 참고, 약속한 것은 어디까지나 잘 지켰다. 그 대신이랄까 하고 싶은 것은 말없이 해치웠고, 화가 나면 풀릴 때까지 물건을 부수거나 하는 둘째 오빠의 성질을 잘 알고 있었다. 그렇기 때문에 말하는 것만으로 오빠를 더 고집불통으로 만들 뿐이라는 깊은 체념이 옥희의 마음속에 깊이 숨어 들었다.

옥희로서는 아버지가 어째서 숙명적이라는 것인지 잘 이해되지 않았지만, 아버지가 소속된 협상파는 확실하게 우익의 입장을 취하고 있는 지주정당과 같은 자본력이 없었고 지반도 약했다. 인민의 어떤 계층에게는 정부파보다도 지주정당 쪽이 지지를 받고 있었기 때문에 정부파로서는 여러 가지로 손을 써서 지주정당과 타협하고 있었다.

그러나 중간파와 사회주의적 색채의 정당에 대해서라면 언제든 내키는 때 궤멸시키려고 정부파는 벼르고 있다. 옥희는 아버지가 억지로 책임을 떠맡는다는 생각을 하고 있었는데, 어느 날에는 다수가 모인 동지들에 의해 아버지가 당수로 선출될 것 같은 상황이라는 것을 듣고 눈앞이 캄캄해져 기절할 지경이었다. 그것은 아버지가 사형 선고를 받은 것과 한가지로, 당수란 곧 암살이라는 연상이 옥희의 마음속에 공식처럼 생겨 있었기 때문이다.

"할머니! 큰일 났어요. 아버지가 당수가 될 것 같아요."

옥희는 그럴 때는 역시 할머니한테 가 호소하러 가는 수밖에 없었다.

할머니는 가슴 위에 손바닥을 마주하고 조용히 누워있었지만, 무거운 듯이 살짝 눈동자를 들어올리고 옥희를 바라볼 뿐 끝내 한마디도 대꾸를 해주시지 않는 것이었다.

옥희는 어머니가 계신 곳으로 가서 소용없는 일이라고 생각하면서도 똑같이 애원했다. 그러자 어머니는

"하고 싶은 대로 하라지. 그 사람 마음이 온통 밖으로만 향해 있는 게 새삼스러운 것도 아니잖아".

옥희의 어머니는 아버지의 정부를 떠올린 것이었다. 윗입술이 뒤집혀져 비뚤어지고, 튀어나온 눈과 커다랗고 심술궂어 보이는 입 끝이 일그러진 주변에는 질투가 순식간에 나타났다. 옥희는 어머니가 몹시도 박정한 사람이라고 생각했다. 옥희의 눈으로 보자면, 아버지와 어머니는 전적으로 대등하게 소중한 존재이기 때문에, 어머니도 자신과 마찬가지로 아버지를 소중하게 생각해야 마땅했다. 그런데 지금 어머니의 눈에는 생판 타인이 숨어 있다. 이러니 사이가 좋을 리가 없다고 생각해 맥이 풀렸다.

"그래도 아버지가 안 계시게 되면 어머니도 외로우시잖아요. 아버지가 구류되어 계실 동안 내내 어머닌 상당히 괴로워하셔놓고."

"그거야 괴롭지. 주인 없는 집처럼 힘이 없는 건 없으니까."

"그런 형식적인 것만 아니라, 좀더 뭔가……"

"있지. 교회에 가도 남편이 없으면 모두들 깔보는 걸. 아무리 방탕한 남편이라도 남편은 남편이니까."

"……."

더 이상 말하지 말자! 옥희는 생각했다. 그녀는 아버지가 죽는다는 것이 자신의 생명이 없어지는 것과 완전히 똑같이 괴롭고 슬픈 일이어서, 어머니도 그렇게 생각한다는 말을 듣고 싶었다.

'아버지가 딴 데 애인을 둘 만도 해.'

옥희는 생각하면서 슬퍼졌다. 애정으로 연결되어 있지 않은 가정의 공허함이 지금처럼 옥희의 마음에 사무친 적은 없었다.

완전한 타인의 일은 잠시 논외로 한다 해도, 피와 살을 나눈 친형제는 태어날 때부터 마땅히 일심동체여야 한다는 관념이 아무리 해도 옥희의 마음에서 사라지지 않았다. 둘째 오빠가 큰오빠를 경멸하고, 순희가 지지 않으려고 자신과 경쟁하는 것, 사촌 형제들 간에 아무런 애정도 가지고 있지 않다는 사실을 철 든 이래 싫증이 날 정도로 경험했으면서도, 증오하고 반목하는 현장에 있게 되면 역시 무언지 아쉬워지는 것이었다.

'인간이란, 어째서 타인을 자신과 똑같이 사랑할 수 없는 것일까.'

옥희는 자못 진지하게 생각하는 것이었다.

어머니의 마음속에 있는 타인을 본 것이 몹시도 슬퍼져서, 그 반발이라고 해야 할까 그녀는 아버지가 까닭 없이 보고 싶었다. 언제 가더라도 사랑에는 손님들이 있어 아버지와 둘이서만 말을 주고받을 틈이 없었지만, 오늘은 드물게도 바깥채 쪽에서 사람 소리가 들려오지 않았다.

어머니의 방을 나와서 마루로 나가니 침모가 이쪽으로 툇마루를 돌아오는 참이었다. 갖가지 소문들을 물고 오는 것을 생업처럼 하고 있거니와 다른 곳에 가서는 이 집에서 일어난 일을 시시콜콜 떠들고 돌아다니는 것이 일인, 이 서른 살 먹은 여자는 옥희에게는 괴이한 존재로 보였다.

사람을 미워하지 않는 주의를 가진 옥희조차도 도저히 이 서른 살 여자를 좋아할 수가 없었기 때문에 되도록이면 얼굴을 마주치지 않으려고 한다. 언젠가 치마 건도, 사실은 이 여자가 순희의 비위를 맞추면서, 동생이 치마를 빼앗아가도록 만들었다는 사실을 최근 눈치 채고 있었다. 침모는 내심으로는 순희를 싫어했지만, 매사에 심술을 부리는 순희를 무서워하기 때문에 아첨을 해두고 싶어했다는 것을 옥희는 궤뚫어 보고 있었다.

옥희는 침모가 어머니의 방으로 들어갈 때까지 자신의 방에서 기다

리려고 장지를 열었지만

"아가씨, 잠깐, 잠깐만요 —"

하는 말을 듣고 말았다.

옥희는 할 수 없다고 체념하며 장지 문턱을 넘어가려던 발을 물리고 서 침모가 조급하게 걸어오는 것을 기다렸다.

"아가씨, 큰일 났어요."

침모는 몹시 야단스럽게 말했다. 그것이 이 사람의 버릇이었기 때문에 또야, 하고 옥희는 그 잔주름이 가득 눈꼬리에 생기고, 낮은 코가 누렇게 쭈그러든 얼굴을 보지 않으려 하면서 이어지는 말을 기다렸다.

"영희 어버님이 살아 계신대요."

"정말? 작은아버지가?"

옥희는 환희와 놀라움 반반씩으로 정신없이 외쳤다.

"그렇답니다. 아주 잘 계신다고 하네요."

"어머, 진짜야, 그거?"

작은아버지는 어머니 등이 말하는 소문으로 친숙해져 있었고, 망명 전에 찍어 둔 사진 속 20대 청년의 모습으로 옥희의 마음에 살아 있었다. 자신과 반년 차이가 나는 사촌 여동생 영희와 마찬가지로 작은아버지의 망명 이후에 태어난 그녀에게 작은아버지는 미지의 사람이었다. 그러나 고집불통에 대담한 성격으로 상해에서 몰래 들어온 반 정부 지사와 함께 독립운동 군자금 조달을 해오다 그것이 발각되었다는 것, 북한으로 도망가던 도중 금강산 기슭에 있는 사찰에서 포수에게 포위되어 권총으로 서로 사격을 했다는 등의 이야기가 전해져 오고 있었다. 그때 지사 한 명이 잡히고 다른 세 명은 달아났는데, 삼주 정도 지나 해

금강 해변에서 부패한 시체가 떠올라 그게 아무래도 영희 아버지 같다는 소식이 있기도 해서, 이런저런 일로 생사불명이 된 사람이었다.

옥희는 그런 중대한 이야기를 느닷없이 말하는 침모가 어이가 없었다.

"침모, 경솔하게 그런 이야기를 하는 게 아냐. 잘못 안 거라면 어쩌려고."

"아뇨. 잘못 안 것이라구요? 이 귀로 똑똑히 들었습니다."

"누구한테서?"

"누구라뇨, 몰래 들었는데요."

"어머나! 어디서?"

"그러니까 지금, 사랑에서 서방님하고 뒷집 젊은 사람하고 그 일로 이야기하고 계시는데요."

그런 중대 사건이라면 누구보다도 어머니가 제일 먼저 알고 계실 것이 아닌가. 소문에 밝은 침모가 미덥지 못하다는 생각이 들었다.

"서방님 계신 곳으로 오늘 아침 일찍 밀사가 왔어요. 아무래도 낌새가 이상해서 보고 있었는데, 그게 아가씨, 굉장한 일이었어요……"

침모는 갑자기 음성을 낮추어 작은 목소리로 흰자위가 많은 눈을 획 돌려 마당 쪽을 살피면서 입술이 버석버석한 커다란 입을 옥희의 귓불에 갖다 대었다.

"북한, 인민, 공화국의, 밀사였던 거예요."

옥희는 귓구멍의 털이 간질거려 재채기가 나올 것 같은 기분이었지만, 이것이 만약 사실이라면 실로 중대한 사건이 아닌가. 그것을 다른 사람도 아니고, 경박한 이 여자에게서 듣게 될 줄이야. 옥희는 가슴이 두근거리기 시작했다.

"침모, 그거 아무한테도 말 안 했죠?"

"이야기할 겨를도 없었는데요 뭐. 지금 막 들었어요."

침모는 손으로 허공을 세게 때리는 몸짓을 하면서, 옥희를 쏘아보듯이 말했다.

"난 침모가 잘못 들었다고 생각해. 북한의 밀사가 어떻게 여기까지 올 수 있었는지 믿어지지가 않아. 밀사가 백주대로를 활보한다는 거, 생각할 수 없잖아. 이 집은 경관이 쭉 감시하고 있다는 것쯤 모를 리가 없잖아? 그런 얼간이 같은 밀사가 어디 있어. 게다가, 인민정부가 밀사를 보내올 정도로 아버지는 높은 사람이 아니라고 생각해. 모두 침모가 꾸며낸 일이야……"

"꾸며낸 일이라구요?"

"그게 아니라면, 경찰의 첩자겠지."

"에그머니, 제가요?"

침모는 눈동자가 튀어나올 듯이 해서

"아가씨, 어쩌면 그런 잔혹한 말씀을 하세요".

"침모가 말한 대로라면, 아버지는 오늘 중으로라도 체포당한다구! 그리고는 반역죄로 총살이야."

"정말로 그랬다니까요."

침모는 여기서 처음으로 사안의 중대성을 깨닫고는

"아이고, 저는 아직 아무한테도 이야기하지 않았지만, 혹시라도 이게 발각이 되면, 이를 어째? 저는 마님한테 말씀드릴게요. 어찌하면 좋을지, 같이 잘 생각해봐요! 그런데 오랫동안 응어리가 풀리지 않던 형제 사이의 불화는 어떻게 되는 거죠. 뒷집 서방님이 돌아오시면, 영희 어머니는 틀림없이 뻐겨 대서 마님께 대들텐데요. 저는 그게 가장 걱정이 돼요."

"침모가 걱정을 한다니 이상하네. 엄마만 해도 그런 나쁜 사람은 아닌 걸. 대든다는 것도 말도 안 되는 이야기고. 그런 말투는 좋지 않아. 남의 집 싸움이 그렇게 재미있어?"

"아이고, 제가요?"

헉, 하고 숨이 막힌 채 침모는 저고리 앞섶으로 입을 누르면서 안쪽으로 달려갔다.

옥희는 심장이 두근두근거리는 것을 억누르기가 힘들었고, 불안으로 그녀의 마음은 몹시 어두워졌다. 혹시나 이 침모가 입을 나팔처럼 놀리며 시내에 나가면 눈 깜짝할 사이에 경관이 아버지를 체포하러 오리라. 어떻게 해서든 침모가 밖에 나가지 못하도록 해두어야 한다. 그렇다고는 해도, 지금 이야기가 사실인지 아닌지 확인해 보고 싶다. 조급해지는 기분을 참고 또 참으면서 툇마루를 남쪽으로 돌아 부엌 하녀들이 자는 방 앞에서 사랑 쪽으로 갔다. 사랑 쪽 뒤 툇마루로 발소리를 죽이며 다가갔더니, 오늘은 신기하게도 손님이 없고 고요하게 한가하다.

거기 마루에 등의자를 꺼내놓고 아버지가 치준과 이야기에 열중해 있었다. 그때, 속삭이는 듯한 말소리가 유리창 그늘에 서 있는 옥희의 귀로 뚜렷하게 흘러나왔다.

'이런 식이라면, 침모의 귀에도 들어갈밖에.'

흠칫하면서 숨을 죽였다.

"……그런 사정으로 네 아버지가 평양에 있다는 것을 알았지. 너희들도 오랫동안 애비 없는 자식처럼 지내 안쓰러웠는데, 일단 안심이다……"

아버지의 목소리는 촉촉하게 눈물에 젖어 있었다. 옥희는 깜짝 놀라

아버지의 얼굴을 보았다. 아버지는 손수건을 꺼내 자꾸만 눈을 문질렀다. 문지르던 손수건 아래로 콜먼 수염이 난 입이 흘끗 보였다. 그리고 그 모양 좋은 입매가 무너지면서 울지 않으려는 듯이 경련을 일으키고 있다. 옥희는 놀랐다. 여태까지 한번도 아버지가 우는 것을 본 적이 없었기 때문이다. 다정한 아버지였지만, 이렇듯 정에 약했던 것일까 하며 감동했다. 아버지는 손수건을 얼굴에 댄 채로, 말을 이어가려 하면서

"……네 아버지가, 돌, 돌아, 오, 면……"

하고 더듬거리며 말했다. 그리고는 참지 못하고 흑흑 하고 흐느끼며 목이 메었다. 그런 채로 거리낌 없이 격렬하게 흐느껴 운다. 옥희는 "아… 아버지" 하고 아버지 곁으로 달려가고 싶었다. 아버지의 마음에 얼마나 커다란 슬픔이 소용돌이치고 있는 것인지 알게 모르게 그녀에게 전해졌다. 아버지가 그 동생에게 쏟는 애정이 어떤 것인지 지금에야 비로소 옥희는 이해할 수 있었다.

'아버지는 사촌형제 일가에 대해서 좀더 잘해 주고 싶었던 거야. 하지만, 어머니가 그걸 하지 못하게 했지.' 옥희는 그러한 사정을 아버지의 슬퍼 보이는 입가에서 보았다. 옥희는 한숨을 쉬었다. 어머니가 동서에 대한 심한 처사를 후회할 때가 온 것이라고, 옥희는 똑똑히 느꼈다.

아버지가 이렇게 슬퍼하고 계시니 사촌 오빠도 틀림없이 울며 슬퍼하고 있겠지, 치준의 얼굴이 보고 싶어졌다. 살그머니 유리창 그늘에서 나와 온돌방 거북이 등 모양의 문창살 장지를 등지고, 등의자에 똑바로 앉아 있는 젊은 얼굴을 훔쳐보았다. 치준은 남색 양복에 선생님다운 조심스럽고 공손한 태도를 하고 있었지만, 넓은 그 얼굴에도 커다란 입에도 한 점 슬픔의 그림자도 없었다. 얼마간 부석부석해보이는 홑눈꺼풀

을 내리깔고, 무릎 위에 깍지 낀 자신의 손을 무감동하게 바라보고 있었다.

그 눈이나 입에는 무언가 분노와 같은 것이 맺혀 있고, 육친의 죽음과 마주친다 해도 꿈쩍도 하지 않을 것 같은 뻔뻔한 느낌이었다.

'어머나…… 아버지가 울고 계시는데, 오빠도 참…… 눈물 한 방울 보여주질 않네' 옥희는 화가 났다. 나이든 사람이 울고, 젊은이가 냉담하게 있다. 아버지 쪽에서 사촌 오빠로부터 꾸짖음을 당한 것 같은 모양이라 옥희는 불만스러웠다.

'오빠로서는 아버지 기분을 모르는 거야. 비뚤어져 있으니까' 등등을 생각하면서, 옥희는 자신에게 말할 때도 그 분함을 얼버무리려 하는 것이었다.

옥희는 사촌 오빠의 그 뻔뻔한 태도에서 문득 요전 날 영희의 말을 떠올렸다. 그리고, 어쩌면 오빠는 아버지에게 반감을 품고 있을지도 모른다고 생각했다.

무뚝뚝하게 있는 치준은 자기 아버지의 생존을 알게 됐어도 어떤 감상적인 기분이 끓어오르지 않았다. 그의 마음에는 며칠 전 동지들의 집회 모양이 집요하게 떠올랐다 사라졌다 했다.

─치준 동지! 만약 여기로 김명인 암살 지령이 온다고 한다면, 해낼 수 있겠나?

그렇게 말한 것은 집행위원인 오뭇였다. 장사풍의 억센 풍모를 가진 그는 다소 거친 말투를 쓰는 버릇이 있었다.

─큰아버지는 그런 인물이 아닌데.

치준은 온화하게 웃으면서 답했다.

─그 이론의 근거가 알고 싶은데.

─큰아버지가 남북협상파라는 것으로, 설명은 충분하지.

─그렇게 생각하는 게 기회주의자의 약함이지.

─뭐라고? 내가 기회주의자라고?

─그렇게는 말하지 않겠지만, 동지는 요즘 약해졌어. 사촌 누이 옥희의 영향인가?

─그런 말에는 가만 못 있겠는데. 오 동지는 제대로 말을 못 하나?

─자, 말하지! 동지의 큰아버지는 이승만에게 매수되기 직전이야.

─그렇지 않아!

─예의 제사공장 부흥 자재가 미국에서 오잖아. 자본가는 자본에는 복종하게 돼 있어.

─큰아버지에 한해서라면……

─증거가 상당한 걸. 그러니까 기회주의 무리들은 신용할 수가 없는 거지. 경우에 따라서는 적보다도 다루기 어려운 때가 있어. 악질적인 반동은 눈에 띄기 쉽지만, 중간분자는 위장을 하고 있지. 없애버려야 돼.

치준은 만일 자신의 손으로 큰아버지를 죽여야 하는 막다른 골목에 이르면, 나는 어떻게 하지? 그는 지금 자기 앞에서 울고 있는 큰아버지를 보며 그런 생각을 하고는 가슴이 먹먹했다. 오 동지라는 인물은 용감하고 투쟁적이며 머리가 좋은 사람으로, 지하운동의 지도자로서 적임이었다. 자칫하면 마음이 약해지기 쉬운 인텔리 동지들을 긴장시키는 데는 효과가 있었고, 존경받아 마땅한 인물이었다. 그러나 때때로 그런 도를 넘는 말을 해서, 사람을 협박하는 나쁜 버릇이 있었다.

치준은 성장할수록 얼굴이나 체격, 손짓, 말하는 모양까지도 아버지

명상을 꼭 빼닮게 되었다. 명인은 어머니 혼자 계신 쓸쓸한 집에서 아우만을 의지해 성장한 어린 시절의 일이 마음에 그립도록 떠오른다. 그것이 요즘 들어서는 치준을 볼 때마다 동생이 온 것일까 깜짝 놀라는 일이 많아졌다. 지금 저기서 눈을 내리깔고 무뚝뚝하게 있는 조카는 약간 구부정한 다부진 어깨까지 명상을 쏙 빼닮아, 이십수 년의 세월이라는 공간을 뛰어넘어 동생에 대한 자애로운 마음을 명인에게 되살아나게 했다. 그리고 어려운 살림을 견뎌내면서 성장한 조카가 가엾어 견딜 수 없었다. 좀더 잘해 주었더라면 좋았을 것을, 무언가 죄업과 같은 것이 마음에 육박해 왔다. 그는 여기서 문득 아내인 이마리아를 떠올렸다. 이따금 자신의 눈으로 보기도 하고 들어서 알고도 있는, 이마리아의 동서를 괴롭히는 태도는 몹시 불쾌하고 비위에 거슬리는 것이었다. 그는 아내를 증오했다. "그렇게까지 동서를 미워하지 않아도 되지 않소. 제수가 불쌍할 뿐만 아니라 난 언제나 동생한테 미안하니까" 등등 똑같은 말을 몇 번이나 반복하면서 어떻게 하면 자신의 이 안타까운 기분이 아내에게 이해될까 초조해했다. 벼르고 별러서 말한 그 말끝을 잡아채서 "당신은 저보다 동서가 더 소중한 거예요?" "저로서도 동서를 조금이라도 나쁘게 생각하고 싶지는 않아요. 하지만 자기 집안이 좋다든지, 교양이 높다든지 하면서 쥐꼬리만한 신분을 내세우고, 말끝마다 나는 양반입네, 혈통이 올바르네, 온갖 예의를 터득하고 있다는 얼굴을 하고 있다면, 어떤 바보라도 화가 치밀어 오를 거예요. 게다가 저는 가문도 없고, 재산도 없고, 얼굴도 못생긴 데다가 여자다운 상냥함도 없고, 전혀 아무것도 없는……"

명인은 진절머리가 나서 역시 말을 꺼내지 않으면 좋았을 것을, 하고 언제나 그렇듯이 후회하는 것이었다. 가망 없어 포기하며 그는 아내의 튀어나온 이와 튀어나온 눈, 말상의 얼굴을 증오했다. 도쿄 유학생, 여자대학생, 여자웅변대회 우승자 등등은 명인이 결혼했던 1928년 무렵, 남자들의 동경의 대상이었다. 결혼 상대로 말하자면, 신교육을 받지 않은 여자들, 규중처녀라 해도 어떤 매력도 없는 구식 여자들뿐인 가운데서 새벽 하늘의 별 만큼 숫자가 적은 여자대학을 졸업한 사람을 아내로 맞이하는 것, 단지 그것만으로도 가슴이 두근두근했었다.

그런 이상한 시대에 태어난 불운은 물론이거니와 그는 한 번 조혼한 적이 있었다. 그러나 그 무학무능뿐만 아니라 나이가 세 살이나 위인 할머니 같은 아내와 연을 끊은 지 얼마 안 된 그였다. 한 번 맞선을 본 자리에서(그렇기는 해도, 맞선 같은 것을 보지 않아도 연단 위 씩씩한 여사의 풍모는 청중석으로부터 번번이 숭배를 받는 것이었지만) 남녀결혼의 이상형으로 일본의 구리야가와 하크손廚川白村[15] 박사의 자유연애론을 한바탕 연설하는 데 황홀해져 버리고 말았다. 2년 남짓 도쿄 물을 먹은 적이 있는 그로서 이미 무엇이든 좋아져서 완전히 무조건 항복을 해버리고 말았던 것이 애당초 화의 근원이었다.

이제 와서 후회한다고 해본들 소용없는 일이었지만, 약한 자는 여자라는 사고가 얼마나 안이한 페미니즘이었는지 요즘 절실히 느끼고 있는 그였다.

그런 까닭으로 이십수 년간 이마리아가 하자는 대로, 동생 일가의 유

15 구리야가와 하크손廚川白村, 1880~1923] : 일본의 영문학자, 문예평론가. 『아사히신문』에 연재한 『근대의 연애관(近代の戀愛觀)』은 당대의 베스트셀러로 이른바 연애지상주의를 고취하였으며 당시 지식층 청년은 이 책을 통해 연애관, 결혼관에 크나큰 감화를 받았다. 이후 중국어로도 번역되어 제1차세계대전 후 중국 청년들에게도 적지 않은 영향을 끼쳤다.

족(그는 그런 말을 부자연스럽지 않게 쓰고 있었다)을 맡겨버리고 만 것이었다. 그러나 동생이 평양에서 살아 돌아오게 된 것을 알게 된 지금, 자신의 박정함만이 두드러져 조카 앞에서 어른답지 못하게 울고 있었던 것이다.

"큰아버지! 저, 아버지 뵈러 평양에 다녀오겠습니다."

무뚝뚝하게 있던 치준은 돌연 이렇게 말했다.

"뭐? 평양에?"

명인은 흠칫 놀라 조카의 얼굴을 보았다. 샘솟아 넘쳐흐르던 눈물이 갑자기 마르고, 눈빛이 반짝반짝 불타오르기 시작한다.

"네, 평양에 가고 싶어요."

치준은 커다란 눈으로 흘끗 큰아버지의 얼굴을 보면서 대답했다.

'호! 이 아이는 지금 그 말을 아무렇지도 않게 하는군' 생각하면서

"……"

가만히 조카를 바라본다. 명인은 가까스로 마음을 진정시켰지만, 문득 뒤쪽 툇마루에 사람 그림자를 알아채고 흠칫 놀랐다.

"무슨 잠꼬대 같은 소리를 하고 있는 거냐? 그런 일이 가능할 리가 없잖아. 넌 역시 아직 젊구나. 분별이 없는 것도 정도가 있지. 하지만, 그게 부모 자식 간의 진정과 정성이겠지. 아, 아니, 이건, 아무래도……"

딴소리를 하다가 돌연 자세를 바로잡았다.

"거기 있는 게 누구냐?"

커다란 목소리로 분노와 위엄을 담아 소리쳤다.

옥희는 숨을 죽이고 두 사람의 이야기를 엿듣고 있었는데

"앗!"

하고 한걸음 뒤로 확 물러났다가

"저예요. 옥희예요. 아버지."

하며 두 사람의 앞으로 나아갔다.

"오오. 옥희였군! 다행이야."

명인의 얼굴이 안심하며 풀어지면서 긴장되었던 피가 순식간에 걷혔다.

"아버지, 침모가 이야기를 죄다 엿듣고 말았어요. 밀사 이야기까지요."

"밀사?"

"뭐라고?"

옥희는 아버지와 사촌 오빠가 동시에 소리치면서 눈을 부릅뜨며 놀라는 것을 보고, '침모가 말했던 게 모두 사실이었어' 생각하며 흠칫했다.

"그런가. 그러면 큰일인데."

명인은 풀썩 고개를 떨어뜨렸다.

그 창백한 얼굴을 가만히 바라보던 치준이

"큰아버지, 걱정 마세요. 제가 망을 볼게요."

커다란 얼굴이 다부지게 긴장되었고, 고집 있는 입을 꽉 다물었다.

"망을 본다고?"

명인은 조카의 모습을 탐색하듯이 보면서 말했다. 그 두 사람의 모습을 비교하면서

'어머, 아버지보다 치준 오빠가 훨씬 강하네'. 새로운 발견을 한 것 같은 느낌이 들었다. 그것이 아버지의 값어치를 떨어뜨리지는 않았지만, 오랜 고난을 겪어온 아버지치고는 여전히 이렇게 무른 것인가 하고, 아버지가 자라온 환경이 보였다. 그러나 그것에 비해, 사촌 오빠의 몸에는 뭔가 저돌적인 근성과 강철같은 신념이 있는 것처럼 느껴졌다. 옥희

는 할아버지의 피가 아버지와 자기 오빠들에게가 아니라, 작은아버지와 치준 등 쪽으로 흘러가기를 원했던 것은 아닐까 생각했다.

"큰아버지! 그럼, 다음에 또⋯⋯"

뭔가 쫓기는 듯하게 치준은 일어나 머리 숙여 인사했다.

"기, 기다려! 아직 이야기가 안 끝났어."

"나중에, 천천히⋯⋯"

치준은 고집스럽게 우겼다.

"그럴까. 자, 밤중에라도⋯⋯"

명인은 마음 약하게 꺾였다. 곤혹스러움이 그 산뜻하고 자그마한 입가에 가득 어렸다.

옥희는 그런 아버지가 가엾게 느껴졌다. '아버지는 정객이 될 수 있는 사람이 아닌 거야. 억지로 떠밀려 폭풍의 한가운데 서 있게 된, 불행한 분이야'라고 생각했다.

침착하고 유유히, 마당 쪽으로 나간 치준은 일본 풍 정자가 있는 정원의 소나무 그늘에서 양옥을 빙 돌아 보이지 않게 되었다.

"아버지, 침모가 시내로 가지 않도록 금족령을 내리지 않고서는⋯⋯"

옥희가 말하자

"옥희는 걱정 안해도 돼".

"그래도⋯⋯ 밀사가 왔다는 게 정말이에요?"

"그런 일은 어른들한테 맡겨 두면 돼."

"아버지, 전 이제 어린애가 아니예요. 어머니는 교회 목사님 권유로 정부파에 접근하고 있어요. 그게 아버지를 위하는 거라고 믿고 있어요. 대한부인회 여주 지부회장에 취임한 건 아버지가 출옥하시기 2주 전의 일이에요. 어머니는 자기가 애써서, 아버지가 석방되었다고 믿고 있어요. 그리고, 어머니로서는 아버지를 감독할 의무가 있다고 생각하고 계시겠죠? 혹시 밀사에 관한 일이 사실이라면, 침모가 어머니한테 일러바치고 어머니는 침모를 경찰로 뛰어가라고 보내겠죠. 침모가 일러바치는 말이 아무 근거도 없다는 말을 어머니한테 해둘 틈이 없었단 말예요. 지금쯤이면 벌써 침모가 시내로 달려가고 있을지도 몰라요. 밀사를 잡아서, 그 사람이 아버지를 교사하러 왔지만 실패했다고, 당국이 완전히 믿어버리도록 어머니가 활동을 하실 작정이라고 생각해요. 자, 아버지, 이런 일을 이렇게까지 잘 알고 있는데도, 제가 어린아이인가요?"

저런저런 하고 놀라 눈이 커진 명인은

"옥희야! 그게 모두 사실이냐?"

하고 완전히 입장이 반대가 되어 버린다.

"네! 아버지가 감옥에 들어가 계실 동안, 어머니가 하시는 일을 전부 봐왔으니까, 잘 알고 있어요."

"그런가! 그랬구나. 그러면 이마리아는 정부파의 스파이였던 건가."

"스파이? 어머! 어머니는 아버지를 정탐할 작정은 절대 아닐 거예요."

"결과적으로는 스파이인 거지."

"그런……"

옥희 쪽에서 놀랐다.

"그럼, 어떻게 되는 거예요?"

잠시 후 옥희는 물었다.

"여자의 지혜라는 건, 그 정도가 고작이지. 남편을 위해 생각한 일이 남편을 죽이는 결과가 되는데. 편협하고 좁은 소견머리에서 나온 애정은 증오보다 더 한 거야. 군자는 소인과 여자를 가까이 하지 말라고 공자는 적절하게 갈파했던 거야."

"자, 아버지, 어떻게 해요?"

"어머니 행동을 옥희가 감시하는 거야. 침모가 어디로 가는지도 지켜보고 오너라."

"그럼, 밀사는 어떻게 된 거예요?"

"사실이야. 동생 명상이가 이쪽으로 보냈어. 남북협상은, 아무래도 성립되지 않는다고, 내 신변이 위험하니까 북쪽으로 와달라고, 그걸 전하러 온 거였어."

"저런, 그래서요?"

"난 가지 않아. 아무리 동생이라고 해도, 공산주의 독재는 난 따를 수 없어. 형제애는 별개의 것이고. 난, 동생의 소년 시절을 생각하면 눈물이 나오는구나. 동생은 귀여웠지. 그리고 기나긴 망명생활로, 동생이 코뮤니스트가 될 수밖에 없었던 경로는 인정해. 동생은 블라디보스톡, 하바로프스크, 모스크바 등등을 편력한 것 같아. 동생은 민족의 해방과 조국 독립 이외에는 염두에 두지 않았지. 독재의 폐해까지는 신경을 쓰지 못했던 거겠지. 현 정부파에 반대하는 세력을 결집시켜 민족통일을 달성하려는 생각에는 찬성이야. 하지만, 내가 북한으로 가버리는 건, 하나의 패배이지 않을까. 어디까지나 남쪽에 벋디디고 서서 싸워야 하는 거야. 차기 대통령 선거가 찬스야. 그때까지 동지를 결집하고, 국회 투쟁을 하는 거지. 결국 밀정에게 거절하는 회신을 들려 보냈다."

옥희는 안심했다.

"그러면, 아버지는 아무 일 없는 거네요."

"그런데, 너희 어머니가 쓸데없는 일을 한다면, 난 위험해져!"

"정부가 체포하러 올까요?"

"정부보다 광신적인 청년들이 무서운 거야. 송진우도 장덕수도 여운형도, 실제로 간단히 암살당하지 않았니. 청년들 감정에도 합당한 데는 있었지. 그렇지만 죽이지 않고서도 방법이 있을 거라 생각하지 않는 그 점에 광신자가 광신자인 이유와 비극이 있는 거지."

"그렇다면, 어째서 어머니한테는 그런 일을 이야기하지 않으시는 거예요? 자, 빨리, 안방으로 가셔요!"

"아니! 그건 하고 싶지 않다."

"아니, 왜요? 어째서요?"

"옥희는 자기가 어른이라고 말했지?"

"네!"

"그럼, 이런 이야기도 이해할 수 있을까?"

"네? 무슨 이야기요?"

"남녀의 애정 문제 말이야!"

"어머나! 연애요?"

"연애만은 아니지. 그걸 포함한 전체 문제로서!"

"모르겠어요."

"부부간의 애정 문제 말이야."

"아버지와 어머니의?"

"그거야! 난, 불행하게도, 너희 어머니를 사랑할 수가 없어. 사랑하려고 노력했지만, 사랑할 수가 없었어. 오! 옥희야, 울지 마라. 슬퍼하면 내가 곤란해. 그럼, 이 얘긴 그만하자!"

"......"

옥희는 손수건으로 눈을 가리며 줄줄 흐르는 눈물을 어쩌지 못했다. 아버지와 어머니 사이가 냉담해졌다는 것을 눈치 채고는 있었지만, 그 사실을 분명히 하지 않고 가만히 그대로 두는 상황에서는 여하튼 어떻게든 잘 되겠지, 아이인 내가 알 바 아닐 것이라는, 포기도 긍정도 하지 않는 기분으로 편하게 지냈던 것이다. 그러나 이렇게 분명하게 아버지의 입에서 무슨 선언이라도 하듯 듣고 보니, 몸도 마음도 의지할 데가 없는 것 같아 견딜 수 없이 쓸쓸해지는 것이었다. 서로 사랑하지 않는 부부 사이에서 태어난 자기라는 사람의 존재 가치가 단번에 제로가 되는 것은 아닐까 하는 의심과 자신의 생명을 부정하고 싶은 듯한 이상한 기분이 들고 어지러워지는 것 같았다.

그러나 그 고민스러워지는 기분을, 갑자기 뛰어든 어머니가 깨뜨렸다.

"사랑하고 하지 않고는 어찌되었든, 그런 이야기를 철없는 어린애를 상대로 해야 하는지 말아야 하는지 정도를 구별 못 할 당신은 아니잖아요?"

빠른 말로 숨도 쉬지 않고 지껄이는 목소리를 시작으로

"하지만 아무튼 당신 마음을 똑똑히 들려주신 것에 대해선 감사해야겠죠. 그건 언젠가 기회가 있는 셈 치고. 그건 그렇고, 당신 애인인지 정부인지가 경성 어딘가 숨어 있는 곳에 내가 가서, 그 여자랑 나랑 바꾸도록 하고 싶은데 어떠신가요?"

이치를 따지기 시작할 때의 버릇으로, 이마리아는 그 화장기 하나 없는 버석버석하게 바싹 마른 누런 빛의 긴 뺨을 바르르 떨면서, 홑꺼풀의 작은 눈을 무섭도록 부릅뜬 채 남편 앞에 나타났다. 어머니의 얼굴을 다른 사람과 비교해서 보게 된 요즈음, 어머니를 닮지 않아 다행이라 생각하면서 옥희는 거울 속 자신의 얼굴 어딘가에 모친과 닮은 데가 있으면 어쩌나 살펴보곤 하는 것이었다.

그 어머니가 분노로 사납게 날뛰면서 남편에게 덤벼드는 것을 보자, 오싹 한기가 들 정도로 무서워진 옥희는

"어머니!"

하고 어머니의 가슴으로 뛰어들었다. 그것은 마치 어머니에게 태클이라도 거는 기세로, 어머니의 공격을 저지하고 아버지를 지키려는 자세가 되었다. 부부싸움이라는 보기 흉한 일이 김씨네와 같은 집에서는 일어나서는 안 되는 일이었다. 험담 잘하는 일꾼들의 눈과 귀가 무서워서라도, 아버지와 어머니가 큰 소리로 서로 싸우는 일만큼 혐오해 마땅할 일은 없었다.

"여기서 비켜! 비켜! 너도 아버지하고 한통속이 되어서 날 무시하는구나……"

이마리아는 딸을 밀어제치면서 외쳤다. 이제 이렇게 되면, 왕년의 여성 연사에 주일학교 성서교사이며 많은 신도들의 존경을 받는 경건한 여성도 완전히 체면을 구겨 단지 악녀가 되기 시작할 뿐이다.

"어머니, 그건 오해예요. 아버진 결코 그런 말씀하시지 않았어요."

"거짓말! 날 귀머거리라고 생각하는 거냐? 오늘이야말로 김명인 씨에게 최후의 결단을 받아내야겠다."

이마리아는 쌔근덕쌔근덕 숨도 거칠어지고, 눈꼬리를 치켜 올리며 손발은 부들부들 떨었다. 곧 틀림없이 언제나처럼 기절을 하는 것이겠지, 하며 옥희는 아버지를 향해 말했다.

"아버지, 빨리, 도망가세요…… 시내로 나가셔서…… 빨리, 어디라

도……"

명인은 이미 등의자에서 일어나 양관 쪽 문으로 서두르고 있었다. 요설, 험담, 할퀴기, 게다가 기절이라는 묘수를 가진 처에게는 도저히 이길 가망이 없다는 것은, 과거의 체험이 알려주는 것이었다. 그는 위신을 잃은 왕과 같이 비참한 얼굴을 하고 풀이 죽은 채로, 그러나 초조한 기분으로 문 밖으로 나가자마자 모자와 지팡이를 휙 집어 대문 쪽으로 서두르는 것이었다.

남편의 뒤를 향해 선술집의 여자처럼 상스러운 온갖 욕설을 돌팔매치듯 퍼붓는 어머니를 옥희는 안방으로 데리고 들어가느라 그녀 자신 아주 녹초가 되어 버리고 말았다. 이마리아는 거실 벽에 걸려 있는 성상 밑 성서와 성서 해석 문서들이 놓여 있는 책장 앞에 엎드려 오오, 주여! 저 사람이 자신의 죄를 깨닫게 하소서, 하며 신음하기 시작했다.

옥희는 문득 짚이는 데가 있어 침모를 찾았다. 이런 때 이마리아를 위로하고 어루만지러 제일 먼저 달려올 법한 침모의 그림자도 없었다. 옥희는 방이나 주방, 침모의 자는 방을 찾아보았지만, 어디에도 보이지 않는다.

"아!"

가슴이 섬뜩할 정도로 놀란 옥희는 주방으로 뛰어 들어가 하녀에게

"침모는 어디 있지?"

"좀 전에 시내로 나갔는데요……"

어린 하녀는 물에 젖은 손을 앞치마로 훔치면서 대답했다.

"시내로?"

어떡하지 하고 두려움에 다리가 얼어붙었지만, 옥희는 어찌됐든 이

렇게는 있을 수 없다고 생각하며 정신없이 자기 방으로 와서 외출 준비를 했다.

　시와 마을의 경계를 흐르는 반월천 주변의 갯버들이 싱싱한 초록으로 물들고, 언덕의 소나무도 신록으로 치장하고 있다. 6월이라고 하면, 이 지방에서도 1년 중 가장 생기가 넘치는 계절이다. 멀리 들판 끝 무성한 숲 그늘에서 그네를 타며 놀고 있는 여자의 모습도 보인다. 그런 고풍스러운 풍경이 새로 태어난 신생의 나라를 구가하고 있는 듯 보이기도 한다.

　그렇지만 옥희는 그런 아름다운 풍경에는 거의 눈길도 주지 않은 채, 다리를 건너 개구리가 장난질을 치는 수면에 얼굴을 내밀고 있는 묘목 사이로 언덕을 따라 길을 서둘렀다. 옥희는 전방에 앞서가는 침모를 열심히 쫓아가는 것이었다. 50미터 정도 떨어진 거리가 서서히 줄어들고는 있었지만, 저쪽에는 곧 집들이 빽빽이 들어서 있었다. 늘어선 집들 사이를 좁은 길이 왼쪽으로 오른쪽으로 꼬불꼬불 구부러지기라도 하면, 침모를 놓칠지도 모르는 일이었다. 그동안 좀더 따라붙어야 할 것 같아 뛰는 걸음이 되었다. 그 어수선한 집들의 행렬로 막 들어서려고 할 때였다. 왼쪽 편으로, 오래전부터 있던 칠성당 사당에서 칠성신 앞에 무릎을 꿇고 손바닥을 문지르며 소리 내어 주문을 외고 있던 노파가 갑자기 이쪽을 돌아보면서 붉은 헝겊을 몇 개나 친친 둘러 감은 개암나무 토막으로 옥희를 손짓해서 불렀다.

　"애야, 이리로 와보렴."
하고 명령하는 여귀처럼 옥희에게 말했다.

옥희는 흠칫 놀라 길 끝으로 황급히 물러섰다. 그리스도교가 널리 퍼짐에 따라 이런 낡은 서낭신은 해마다 세가 기울어 오늘날에는 이런 종류의 미신에 열중하는 것은 할머니들에게 한정되었다. 옥희는 옛날부터 이 서낭당에 얽힌 여러 가지 전설이나(예를 들어, 비오는 밤 머리를 풀어 헤친 소복 차림의 여자가 이 서낭당에서 나온다든가 백일 소원을 비는 병인의 베갯머리에, 백 일째 되는 날이 되면 예의 여자 귀신이 나타난다든가, 서낭당에 못된 장난을 하는 젊은 이가 그날 중으로 자동차에 치여 죽는다든가) 그런 으스스한 이야기가 잊혀지지 않아 어두워지고 나면 이 앞을 지나다니지 않도록 멀리 돌아가거나 언덕 저쪽 큰길로 돌아오곤 했다. 옥희는 짧은 막대기에 여자 탈을 조각했을 뿐인 저 신체神體[16]가 어째서 그런 영험함을 가지는 것일까 한번 살짝 엿본 일이 있었다. 그 여귀가 지금 저기 노파로 변신해 나온 것이 아닐까 두려워하며 오싹 전율을 느꼈다.

"넌 오류리五柳里 김씨 집 딸이지?"

주름투성이 얼굴을 엄숙하게 긴장시키며 말을 건 노파에게

"네에 — 하지만 저 급한 일이 있어서요. 하실 말씀이 있으시다면 나중에 들을게요."

뚱하게 대해 줘야지 생각하며 옥희가 달려가자

"그럴 수가 없으니 말이지. 난 아주 좋은 이야기를 해주고 싶었는데. 너희 집에 있는 침모가 방금 여기를 지나갔는데 몹시도 위험한 인상을 하고 있더군. 난 그 여자 양 어깨에 푸른 옷을 입은 청의동자를 봤어. 빨리 쫓아가서, 그렇게 이야기해줘. 난 그 건방진 여자가 정말 싫지만, 친

---

16 신체(神體) : 신령의 상징으로 신사(神社)에 모시는 예배의 대상물.

절하게 이야기해주는 거야. 우상 숭배자는 지옥에 떨어지라는 둥, 나를 못살게 굴러 오는 밉살스런 여자가 나보다 먼저 죽는다는 건 고소하지 않나. 아하하하."

옥희는 노파의 눈에 푸른 불꽃이 활활 타오르는 것을 보고, 흠칫 몸이 떨렸다. 한 걸음 두 걸음 겨우겨우 뒤로 물러나 노파로부터 조금 떨어진 곳에서 힘껏 달렸다. 불길함이 머리부터 덮어 씌워져 오는 것만 같아 미신이라 생각하면서도, 떨쳐버리기 어려운 불유쾌한 생각이 휘몰아친다. 많은 사람들이 모여 있는 가게 앞에서부터 새로 시가지가 된 곳으로 들어갔다. 거기 모퉁이 담배 가게 앞의 네거리에서 오른쪽으로 꺾은 곳에 교회의 종이 딸린 회당 첨탑을 보고, 후유 하고 마음을 놓았다. 두근거리는 가슴을 가까스로 진정시킨 옥희는 종루의 첨탑 십자가를 향해 그 사이비 종교 노파의 저주가 풀리기를 빌었다.

그건 그렇고, 침모는 어디로 간 거지? 참견 좋아하는 그 침모가 옥희 어머니에게 충성을 다한다며 한 사람이라도 많이 신자를 획득하려고 해서 한때 믿지 않는 사람들을 열심히 설득하며 다닌 적이 있다. 그때 무당에 빠져 앓고 있던 남편을 의사에게 보내지 않고 부적과 기도에 의지하다 끝내 죽게 한 지인이 있었다. 침모는 그 지인에게 그리스도교의 고마움을 설득하고 목사를 데려가 기도를 하면서 개종을 시킨 적이 있었다. 그 부인은 그때까지는 연간 상당한 금품을 그 무당에게 가져다주고 있었다. 그런 고마운 신자가 줄어든 원한을 씻으려고 저 나이 먹은 무당은 매일 아아 하면서 저주를 담아 빌고 있었던 것이다. 그 무지는 웃어버릴 만한 것이었지만, 신앙이니 미신이니 하는 그런 점들을 떠나서 어딘지 쉽게는 지워버릴 수 없다는 것을 느꼈다. 옥희는 팬시리 인간 의지의 힘이 얼마나 끈질긴 것인가 하는 데 압도되었다. 인간이 인간을 향해 품는 증오, 원망과 한탄이라 할 수 있는 것들, 그것이 저주의 형태로 나타나든가 전쟁으로 발전하든가의 차이인 것 같은 느낌이 들었다.

그쪽 새 시가지를 벗어나자 구 시내의 집들이 늘어선 곳까지 걸어서 10분 정도 밭이 계속되었다. 바로 거기 앞이 내다보이는 곳으로 나간 찰나, 맞은편 집들이 늘어서 있는 곳으로 들어가는 침모의 뒷모습을 언뜻 발견했다. 침모가 외출할 때 애용하는 순백색의 마후라가 강한 석양빛을 받아 번쩍 한 것 같은 느낌이었다. 옥희는 몹시 서두르며 그쪽으로 갔다. 흙으로 된 작은 다리를 건너 집들이 늘어선 가운데로 들어갔지만 다시 침모를 놓쳐 버렸다. 그 주변은 옛날부터 구부러진 좁은 길이 몇 개인가로 갈라져 침모가 어디로 갔는지 짐작도 되지 않았지만, 붉은 벽돌담으로 된 전당포가 있는 모퉁이에서 다시 침모를 발견했다. 거기 모퉁이는 네거리로 이어졌는데, 침모는 오른쪽으로 벗어나서 완만한 언덕을 오르고 있었다. 그때 거기 언덕 위에 우뚝 솟은 공회당이 보이고, 무언가 사람들이 모여 있는 듯 왁자지껄 소리가 들려왔다. 옥희는 이런, 하고 생각했다. 침모가 그 공회당 쪽으로 가려는 듯 하는 모양이 납득이 되지 않았다.

물론 그 근처에도 작은 집들이 빽빽이 들어서 있어 좁은 통로가 많았기 때문에, 침모의 지인이 살고 있는 집이 없다고는 할 수 없었다. 옥희는 망설이던 끝에 공회당 앞으로 나갔다. 그때 거기 돌계단 위 공회당 입구에 언뜻 보기에도 건장해 보이는 청년들이 접수라고 적혀 있는 푯말 앞에서 회장으로 들어가는 사람들을 한 사람 한 사람씩 붙잡아 신체

검사를 하고 있었다. 양복 주머니를 두드려 보기도 하고, 두루마기를 입은 사람은 안을 내다보인다. 가슴이 두꺼워 소와 같이 튼튼한 청년이 회장으로 들어가고 싶어 하는 어린아이들을 야단쳐 쫓고 있었다. 그 청년은 어깨가 불거져 나오고 얼굴이 커서, 새로 맞춰 입은 양복을 입고 있어도 조금도 스마트하지 않고, 쭉 치켜 올라간 눈초리가 아무리 봐도 투쟁적이고 냉혹한 느낌이었다. 옥희는 거기 입간판을 보았다. 대한애국청년단 주최 멸공대회라고 쓰여 있다. '역시 침모는 여기에 온 거야' 옥희는 그렇게 생각했지만, 어머니와 침모가 이 극우 단체와 몰래 연락을 통하고 있을 리도 없다고 생각했다. 어찌 되었든 간에 옥희는 회장으로 들어가 침모가 있는지 어떤지 확인해보고 싶어졌다.

옥희가 입구에 서자 그 눈초리가 치켜 올라간 청년이 험악하게 옥희를 쏘아보면서, 좋아 하고 말했다. 옥희는 학교 교복을 입고 있었기 때문에 어렵지 않게 통과했지만, 강연 후 상영되는 영화가 표적인 아이들과 좌익 단체 청년이 흉기를 가지고 잠입하는 것을 경계하고 있는 듯했다.

청중은 6할 정도 들어 차 있었는데, 본 프로그램에 앞서 개막 출연을 하는 청년이 연설을 시작했다. 빈 자리가 보이는 청중 사이에는 부인들이 제법 있었고, 교회에서 보던 여자들도 섞여 있었다. 반공 선전은 교회에서도 하고 있었기 때문에 그런 부인들이 여기에 와 있는 것은 이상한 일은 아니었다. 그래서 침모도 여기에 온 것일까 생각했지만, 어디에도 침모의 모습은 보이지 않았다.

옥희는 침모를 발견하려고 출입하는 사람들을 계속해서 보고 있었기 때문에 연설자 쪽으로는 마음을 두지 않았다. 연단 뒤 벽에는 강연의 제목과 연설자의 이름을 적은 깃발 같은 종이가 빈틈없이 붙여져 있었다. 무대의 양쪽 날개에는 멸공이니 독재니 북한괴뢰정부니 하는 보기만 해도 지나치게 자극적인 문자들이 포효하고 있었다. 키가 크고 유태인 같은 코를 한, 언뜻 보기에는 서양인과 같은 남자가 거슬리는 높은 목소리로 그 마르크스·레닌주의는, 이라든가 스탈린이야말로 맑시즘하고는 인연도 관계도 없는 독재다 하며 운운하고 있다. 간단히 말해, 이 젊은 학자풍의 남자는 학문적으로 코뮤니즘을 비판하고 있었다.

그 이해하기 어렵고 듣기 괴로운 연설이 끝난 다음에 등장한 사람은, 한눈에 봐도 조선 민족이라 알 수 있을 만한 둥근 얼굴에 넙데데한 볼, 낮은 코의 몽고리아와 예족織族[17]의 후예다운 풍모를 하고 있었다. 약간 작은 키에 벌어진 어깨가 그 태연자약한 말투와 아주 잘 어울렸다. 그리고 온화하게 보이면서도 때때로 충동적인 고함 소리를 지르고 총을 휘두르기 시작했다. 자신의 목소리에 스스로 흥분해서 금세 격노하고 맹렬한 투지로 거기에 있는 물건들을 세차게 내던질 지도 모를 기세였다. 그는 북한의 함흥 태생으로 의사 직업을 가지고 있었다. 전쟁 전에는 상당히 유복한 생활을 할 수 있었지만, 김일성이 정권을 잡고부터는 차츰차츰 괴롭힘을 당했고 마지막에는 꼼짝도 할 수 없게 되어 남한으로 도망쳐 왔다는 체험을 이야기하고 있었다. 다시 말해, 코뮤니즘이라는 것은 이상과 현실의 차이가 천양지차로, 듣는 것과 보는 것의 차이는 천국과 지옥이라는 것을 입에 신물이 나도록 말하고 있었다. 인민정부의 반동 처벌 방식이나 재판의 비민주적인 방법 등등에 관해서 구체

---

17 일본어로는 濊(わい, 拼音, Huì)라고 보통 표기하며, 중국 역사서인 『삼국지(三國志)』와 『후한서(後漢書)』 등에 기재되어 있는 고대의 민족을 가리킨다. 현재의 흑룡강성 서부, 길림성 서부, 요녕성 동부에서 한반도 북동부에 걸쳐 북서쪽에서 남동쪽으로 뻗어나갔다고 전해진다. 예족이 중국의 한족과는 구별되며, 한(韓)민족의 뿌리라는 주장이 있기도 하다.

적인 예를 들어가며 설명하고 있었다. 게다가 그 김일성 패거리는 조국을 소련에 팔아먹고 민족의 독립을 상실하게 만든 자들이자, 이것이야 말로 괴뢰 정권이라고 말하지 않으면 운운이라고 열기가 최고조에 달했을 때, 박수가 맹렬하게 쏟아져 나왔다. 그 화답하는 박수 가운데는, 유달리 높고 열성적으로 싸우자! 찬성! 등등 외치는 한 무리가 있었다. 그 목소리에 옥희는 문득 제 정신이 드는 것 같아, 그 방향을 보았더니 '어머나! 큰오빠가……' 하고 눈을 크게 떴다. 아침에 늦게 일어나고 밤에도 늦게 자는 큰오빠 영준과는 옥희는 한 달에 몇 번도 얼굴을 마주칠 일이 없었다. 외박이 잦은 것도 원인이어서, 이 남매는 한솥밥을 먹으면서도 흡사 타인처럼 서먹서먹하게 지내왔다.

옥희는 큰오빠가 평소 공산주의에 호의적이었는데, 언제부터 우익으로 개종했는지 짐작이 가질 않았다. 동계 숙청 이후 좌익 청년들은 대청소된 탓에, 영준의 교우 범위는 서서히 자유주의적인 분위기로 변했다. 그렇게 되면 되어가는 대로, 자연스럽게 자유주의자가 된 듯한 영준이었기 때문에 그 의지박약이나 부화뇌동하는 성질, 사대주의적인 성격은 옥희도 진작부터 눈치 채고 있었다. 세상 물정을 모르고 자라 화려한 것을 좋아하고, 유행을 타는 일면을 존경할 수 없는 일이라고 생각하기는 했다.

그런데 세 번째 연설자가 나와서 현재 정당을 비판하기 시작했다. 당연히 옥희 아버지의 정당도 도마 위에 오를 수밖에 없었다. 옥희는 아버지의 이름이 나올 때마다 쓴 잔을 마시는 느낌이었다.

남북협상파는 남한을 북한 괴뢰 정권에 팔아먹은 매국노이고, 김명인과 같은 자는 한일합병 당시 한국을 일본에 팔아 건넨 이완용과 조금도 다를 것이 없는 매국노다 운운하며 갖은 욕설을 다하며 매도하기 시작했을 때, 옥희는 아무래도 참을 수가 없어 자리에서 물러났다. 그렇지만 오빠가 어떤 기분일까 하고 흘끗 오른쪽으로 다섯 줄 정도 맞은편에 있는 영준 쪽을 바라보니, '어머나……' 기가 막히는 것이었다. 영준은 태연해 보이는 얼굴로, 마치 타인의 일처럼 한 귀로 듣고 한 귀로 흘려버리고 있었다. 보기에 따라서는 우익 청년이 입구에도 장내에도 가득 있는 와중에, 혹시 자신이 김명인의 자식이라는 것이 알려지면 집단 구타를 당할 것이 거의 불가피한 일이어서 필사적으로 저런 얼굴을 해가지고 있는 것일지도 몰랐다. 어쨌든 옥희는 기가 막혀 오빠를 몹시 경멸하였다. 더욱이 오빠의 오른쪽 옆에 있던 학생과 눈이 마주쳤는데, 그 눈이 아까부터 옥희를 보고 있는 것 하며 여차하면 이쪽으로 올 기세에 생긋 웃어 보이는 듯 했다. 그 분이라도 바른 듯한, 미남자연하는 얼굴을 똑똑히 본 옥희는 '앗, 안재호야' 하고 숨이 막힐 듯 싫은 마음에 쫓기면서 밖으로 서둘러 나왔다.

출입구에는 아직 좀 전의 바위산 같은 거한이 드나드는 사람들을 노려보고 있었는데, 옥희의 얼굴을 보더니 갑자기 화가 난 것 같은 눈을 했다. 옥희는 움찔해서 돌계단을 뛰어내려와 골목길로 들어갔다. 집과 집 사이의 좁은 골목에서 골목길로, 신시가지 쪽 논이 있는 곳까지 정신없이 달렸다. 후유 하고 긴장이 풀려 숨을 돌리자니 등이 땀으로 흠뻑 젖어 있었다.

"그런 곳에는 두 번 다시 가지 않을 거야."

중얼거리면서 천천히 걸어가는데, 그래도 저 사람들 역시 나라를 생각하는 마음에는 다름이 없는 거야, 생각하니 왠지 복잡한 심경이 되었다. 협상파든 공산정권이든, 그리고 우익 또한 모두 자신들이야말로 진정한 애국자라고 믿고 있다. '국가'라고 하는 것은 도대체 무엇일까? 그 '국가'를 위해서 사람을 증오하고 죽이고, 전쟁을 해야만 하는 것일까? 옥희는 알 수 없는 심정이었다. 그런 일을 피할 수 없는 국가라면 얼마나 불행한 국가일까, 옥희는 눈물이 글썽했다. 인민은 어느 쪽이든 상관없는 것이다. 행복하게 생활할 수 있다면, 무엇이라도 좋을 터이다.

신시가지 입구에 한 개 가로등이 서 있어 희미하게 빛나고 있었다. 그 전등 불빛으로 석양이 소리도 없이 찾아와 신록의 나뭇가지가 매우 고요해졌다.

상쾌한 바람이 어디서라고 할 것 없이 솟아올랐다. 그러자 옥희는 지친 몸에 새로운 힘이 생겨나는 듯한 기분이 들었다.

그러나 문득 저 칠성당과 무당이 떠올라 그 앞을 지나가려면 지금이라고 생각해 발걸음을 서둘렀다. 그때 거기 신시가지의 늘어선 집들 가운데서 조금 오른 쪽으로 쑥 들어간 곳에, 사람들이 모여 소곤소곤 이야기를 하고 있었다. 담장처럼 빙 둘러선 사람들이 멀리서부터 무언가를 에워싸고 있는 듯했다. 조심하느라 큰 목소리도 내지 못하고 있다. 왠지 흉흉한 사건인 것 같다고 직감적으로 느꼈다. 그런 장소에는 아직 세상에 나가기 전의 젊은이, 특히 미혼의 여성은 절대 가서는 안 되는 것이라고, 그럴 때 어머니의 버릇으로 마치 계율을 어긴 사람에게 하듯 진지한 얼굴로 꾸지람이라도 하는 것처럼 주의를 주었던 일이 생각났다. 옥희는 거기를 그대로 지나치려고 사람들이 모여 있는 곳을 멀리 우회해서 터벅터벅 걸어갔다.

어느 여름인가 반월천이 범람해서 오류마을 앞까지 탁류가 밀어닥친 적이 있다. 마을 사람들이 단오 명절에 그네 놀이를 하는 큰 버드나무의 굵은 껍질이 두 갈래로 벌어질 정도로 막걸리 같은 황색 파도가 부풀어 올랐다. 바로 거기에 익사체 하나가 철썩철썩 소리를 내며 밀려왔다 떠내려가고, 떠내려갔다 다시 밀려왔다. 젊은이들이 큰 소동을 피우면서 파도가 밀어닥치는 곳까지 시체를 가까이 끌어당긴 것을 무서워하면서 엿보러 갔을 때, 그 시퍼렇게 부풀어 오른 시체의 피부색이 언제까지나 눈 속 깊이 강한 인상을 남겼다. 며칠이나 식사를 하지 못하고, 먹을 것을 토해내 위장이 뒤집히는 것 같은 불쾌한 느낌에 괴로워했던 것이 지금 선명하게 되살아났다. 그러자 둘러선 사람들의 안쪽에서 악취가 흘러나오는 듯했다. 그때 누군가가

"거기 식모 아닌가. 저 말이야. 오류리 김씨 집의……"

하고 수군거린다. 그것을 얼핏 들었다.

'어머나!'

옥희는 놀라 다리가 얼어붙었다. 아무리 도망을 가려고 해도, 다리가 땅에 달라붙어 떨어지지 않는다. 오싹오싹 한기가 들어 숨은 막히고, 손과 다리가 떨리기 시작했다. 옥희는 밀쳐진 탓에 빙 둘러선 사람들 사이로 끼어들어 안쪽으로 들어갔다. 그러자 거기 양팔을 앞으로 내던진 자세로, 넙죽 쓰러져 있는 중년의 여자를 보았다. 저 순백의 마후라가 가슴 위에 드리워져 있다. ─그 아래 가슴 근처가 검게 젖어, 거기서부터 지면에 걸쳐 거무튀튀하게 피가 흘러내리고 있다.

옥희는 정신없이

"아아! 침모……"

외치며 시체가 있는 쪽으로 달려 나가는데, 그것을 뒤에서 막으며 그대

로 쭉 잡아당겨 사람들 무리 밖으로 억지로 끌어내는 사람이 있었다.
옥희는 반쯤 정신을 잃었더니, 귓가에서

"옥희는 빨리 집으로 돌아가야지."

꾸짖는 목소리가 들렸다. 깜짝 놀라 그 사람을 보며

"오빠!"

하며 그 사람에게 매달렸다. 그 사람이 둘째 오빠 인준이라는 것을 깨
닫자마자 옥희는 정신을 잃었다.

옥희는 혼수상태였다. 그날 놀랐던 것이 얼마나 컸던지 가느다란 현
같은 그녀의 신경이 완전히 제자리로 되돌아오기까지는 몇 주간의 안
정을 필요로 했다. 옥희가 아직 의식이 몽롱해 있는 사이, 김씨 집안으
로서는 실로 바람직하지 않은 일들이 연이어 일어났다. 침모 시체를 해
부하고 매장하기까지 검찰 당국의 활발한 움직임이 있었고 김씨 집안
사람들은 남김없이 증인으로 소환되었다. 이마리아는 과연 남편에게
불리한 증언은 하지 않았고, 물론 밀사에 관해서는 전혀 내색을 하지
않았다. 그러나 진범이 김씨 집안 외부에 있다고 생각하면서도 그 사람
을 체포하려는 생각이 있는 것인지 없는 것인지, 당국은 명인을 잡아
가두고 범행의 배후 관계를 추궁하는 것이었다. 그리하여 끝내 당국 측
에서 밀사 사건을 끌어내어 그 진상을 적발하겠다고 기염을 토하는 것
이었다. 이것은 명인의 정치적 입장을 불리하게 하려는 무엇인가의 암
약이라고 생각되었다.

명인이 동생 명상과 연락이 있고, 남한을 북한에 팔아넘기려 한 행위
가 있는 것이라고 공격하는 신문도 나타났다. 그 신문은 정부파의 기관

지였고, 명인을 매장하기 위해 획책한 꾸밈수는 교묘한 것이었다. 그러나 날이 갈수록, 세간은 거꾸로 명인에게 동정을 기울이기 시작했다. 그런 까닭으로, 일단 명인은 석방되었고 진범 조사를 출발부터 새로 시작한 당국은 다시 김씨 집안의 가족(이번에는 영준과 인준, 옥희 동생 순희 하는 식으로 젊은 사람들을 재심문하기 위해 소환했다. 그래서 그때까지는 일부러 손을 대지 않았다고 생각되는 김씨 집안의 분가 쪽 사람들) 다시 말해, 치준과 영희가 끌려 나왔다.

치준은 표면상으로는 선량한 소학교 교원이었으므로 부친의 일이 있다 하더라도, 지금까지는 사상 관계로 의심받은 적이 없었다. 그러나 주위 사람들의 입에서 새어나온 그저 대단치 않은 일이 계기가 되어 지하 조직의 일이 드러나게 되었다. 치준은 임의 출두 형식으로 취조를 받게 되어 있었지만, 검사의 심문이 거기서 갑자기 엄해지리라고 간파했다. 이제는 여기까지라고 단념한 것인지, 다음날쯤 신병 구속이라 단정한 그는 돌연 종적을 감추어 버리고 말았던 것이다.

이것은 김씨 집안을 대단히 불리하게 만드는 결과가 되었다. 그것 보라는 식으로 신문은 요란스레 기사를 써대고 침모 살해의 진범이 치준이며 그 배후를 조종한 것이 명인이라고, 그래서 그가 북한 측과 밀통한 것도 사실이었다는 그런 식의 폭로를 시작했다.

바로 이 무렵 옥희는 사건의 대강을 듣게 되었지만,

'치준 오빠가 침모를? 설마.'

하고 생각했다.

그날, 치준은 침모의 일로 대단히 화가 났고 이야기 도중에 자리를 떴다. 그것을 알고 있는 것은 아버지와 자신뿐이었다. 그러나 치준이 나간 것과 침모가 시내로 외출한 시간이 거의 일치한다는 사실은 어떻게 설명하면 좋을까. 침모가 살해당한 그 장소는 약간 가게들이 뜸한 곳으로, 토담으로 둘러싸인 음침한 그늘진 장소였다.

'그래도 치준 오빠는 그런 일은 할 수 없어.'

뚱하고 과묵해서 뱃속에 무슨 꿍꿍이가 들어앉은 것만 같은 사촌 오빠였지만, 사람을 죽일 정도의 악인이라고는 생각할 수 없었다. 사촌 오빠가 행방을 감춘 것은 예의 지하운동이 발각될 지경이 되었기 때문이지 살인 사건하고는 관계가 없는 것이라고 옥희는 믿고 싶었다.

그렇다 하더라도 치준은 북한으로 무사히 도망친 것일까 어떤 것일까? 북한에서 남한으로 도망해 온 사람도 여럿 있으니, 그 반대의 경우도 가능한 일이었다. 그러나 대체 38도선의 경계는 어떤 식으로 되어 있는 것일까. 신문에는 개성시 외곽의 구릉에서 쌍방의 군대가 충돌하여 격전을 벌이고, 백병전이 끝난 뒤 탈환한 용사들의 사진이 실려 있었다.

그 정도로 엄중한 경계망을 돌파해서 북한으로 월북하는 사촌 오빠의 모습을 그려보니, 뭔가 비장한 느낌이 들었다. 같은 민족, 같은 국토인데 — 하는 소녀다운 센티멘트였다.

그런 식이었던 옥희는 한편으로 이마리아의 되풀이되는 저주에 괴로웠다. 치준 일가는 본가에 엄청난 폐를 끼치고 있고, 그렇지 않아도 명인의 입장을 난처하게 만들고 있던 아우였는데 하필이면 밀사를 보내거나 해서 이 불상사가 생겼다, 게다가 치준마저 행방이 묘연하고, 더구나 본가의 입장을 곤란하게 한다. 본가에 씌어져 있는 살인 혐의가 벗겨진 것은 고맙지만, 그 결과가 조금도 나아지지 않고 오히려 나빠진 까닭에 원망하고 저주해도 시원치 않다.

"생간을 꺼내 씹어 먹는다 해도 울화가 치밀어 견딜 수 없어."

하고 이마리아는 저주했다. 그런 까닭에 치준 어머니인 최씨부인의 출입을 단호하게 금지시켰다.

"난 학교를 그만두기로 했어."

순희마저 엇나가기 시작했다. 학교에서 최 목사의 딸인 최의란이 순희의 면전에 대고

"넌 반역자의 딸이야" 하며 욕했다는 것이다.

"학교를 그만두면, 오히려 우리들이 지게 되는 거야. 상대가 주장하고 싶은 말을 인정하는 게 되는 거니까."

이마리아를 쏙 빼닮아 격한 성격을 지닌 순희는 그 과격함 때문에 모두에게 미움을 받았다. 그렇지만, 그 점은 동생에게 말하지 않고 조용히 위로하는 수밖에 없었다. 순희는 언니의 온화한 마음씨가 답답했다. 언니가 자신과 한편이 되어 최의란을 욕해준다면 마음이 풀릴텐데.

"의란이 년, 자기 아버지가 외무부 차장이 된대! 그렇게 되면 서울에 있는 여학교에 들어갈 수 있다고 뻐기고 있다구."

"그렇다면 잘 됐네. 그때까지만 참으면 되잖아."

"그걸 참을 수가 없어. 교사들은 의란이한테 굽실굽실한다구. 외무부 차장이 되면 뭔가 자기도 뽑아주지 않을까 싶은 속셈이지. 비열하다구. 제대로 된 교사가 없어."

여동생의 이야기가 전부 맞는 것은 아니라 할지라도, 교사들한테서 업신여김을 당하는 것은 확실했고 그런 동생이 불쌍해졌다.

"더 얄미운 사람은 영희야."

순희는 눈꼬리를 치켜뜬 채 계속 욕을 한다.

"의란이한테 그렇게 내가 당하고 있어도 아무렇지도 않게 보고 있다구. 자기 탓이 아니라는 얼굴을 하고 있는 게 울화통이 터져. 자기 아버지와 오빠 때문에 우리들이 이렇게 고생하고 있는데도 — 나, 오늘 학교에서 돌아오는 길에 영희한테 한마디 해줬어. 네 얼굴을 보는 것조차 싫다, 너랑 같은 하늘 아래 있는 것도 싫다, 같은 공기로 숨을 쉬는 것조차 마음에 들지 않는다고 —"

"어머……"

"어머가 아냐. 언니는, 그러니까 무시당하는 거야. 사람이 너무 좋은 것도 능사가 아니야."

하며 휙 일어나 밖으로 나간다.

옥희는 베개에 머리를 떨어뜨리고 눈을 감았다. 비운이 어째서 이 집에만 계속 찾아오는 것일까 슬픈 마음이 되었다. 동생과 자극적인 언쟁을 한 것이 몸에 해로웠던 것일까, 현기증조차 나는 것이었다. 천정에 발라져 있는 종이에 그려진 오동나무 꽃모양이 그 타원형의 테두리 안에서 튀어나오거나 휘감기거나 해서, 귀신이 한밤중의 장난을 시작한 것 같은 괴이한 분위기를 자아내었다. 계절이 바뀔 때나 강렬한 자극이 있을 때, 몸 상태가 이상해지고 아프기 쉬운 옥희는 자신의 몸으로부터 영과 같은 것이 빠져 나가, 천정의 문양 사이에 그려진 신경망 같은 것에 앉아 지긋이 자신을 지켜보는 듯한 느낌이 들었다. 숨이 뚝 끊어져 죽을 것만 같아 괴로웠다. 눈을 장지문 쪽으로 돌리니, 이번에는 만 자 모양으로 엮인 문살들이 우르르 무너져 다른 문양의 문살이 되곤 한다.

그런 자신에 대해, 나는 단명하지도 모른다며 불안해하고 슬퍼하다가 인간이라든가 생명이라든가 하는 것의 덧없음이 통절하게 느껴졌다. 그런 상태 속에서, 문득 아아, 아버지! 외쳐 보고 싶어졌다. 풍파가 끊이지 않는 아버지의 운명이 더 나아가서는 이 김씨 집안 전체로 들씌워져, 그리하여 자신도 몹시 고생하도록 되어 있는 것은 아닐까. 절망하는 그런 상태로 있을 때, 누군가가 살짝 소리도 없이 방으로 들어왔다. 그 거무스름한 사람 그림자를 알아차리고, 아! 고개를 들어 쳐다보았다.

눈에서 뺨으로 주르르 미끄러 떨어지는 눈물을 닦기 위해 베갯맡에 놓여 있던 손수건을 더듬어 찾았다.

"언니!"

하며 그 사람은 손수건을 집어주었다. 옥희가 눈물을 훔치는 것을 바라보는 그 사람에게

"어머나! 영희야. 어떻게 여기에?"

어머니에게 들키면 난리가 날 것 같다는 생각에 벌써 걱정하는 옥희에게

"언니!"

다시 부르며 으앙 하고 엎드려 운다. 흑흑 눈물로 목이 메고, 소리를 내지 않으려 참느라 약간 부풀어 오른 두 어깨가 떨리는 대로, 몸을 맡기고 흐느껴 우는 영희였다.

"오빠는 무사할까?"

옥희는 어딘가의 험준한 산에서 38선의 경계를 지금 막 넘으려고 하는 치준의 모습을 영화의 한 장면을 보는 것처럼 공상하면서 말했다.

"언니! 우리들을 나쁜 사람이라고 원망하고 있지."

영희는 사촌 언니의 말에는 대답하지 않고 그렇게 말했다.

"난 너희 가족들을 미워하지 않아. 미워할 이유도 없어. 그런 운명인걸."

옥희는 사촌 여동생의 보기 흉하게 일그러진 입과 눈물이 미끈거리는 평평한 뺨을 바라보며 조용히 말했다.

"언니가 상냥한 말을 해주면, 오히려 미안한 마음이 들어."

"그렇지 않아. 네 쪽에서 사과할 이유는 없어."

"그래도, 우리들 때문에……"

"너희 집 때문에 이렇게 된 게 아니야. 운명이야, 모든 게. 이렇게 되도록 정해져 있었다는 생각이 들어."

"언니……"

"이제 됐어. 그 이야기는 그만하자. 그것보다 너희 집은 어떻게 생활할 작정인 거지? 더 이상 아무것도 이 집에서 못 가져가고 있지?"

"응. 뒤쪽 드나드는 문에 큰어머니가 못을 박아 놓으셨어……"

"이제 너희 집과 자유롭게 만날 수 없을 거야."

"언니!"

으흑 하고 옥희의 가슴 위로 엎드려 울려는 영희를 손으로 막으며

"나 몸이 안 좋아. 너무 시끄럽게 하면 곤란해."

조금은 과장하는 구석이 있는 영희를 타이르듯이 말했다.

"언니, 나 학교 그만두고 취직할 거야."

"취직? 할 데가 있어?"

"응! 신문사 접수처에."

"그래?"

옥희는 작은 신문사의 비좁고 더러운 입구에 오도카니 앉아있는 소

녀를 마음속에 그려보았다.

"근데, 월급은 확실한 거야?"

"발행부수가 늘고, 경성의 큰 신문이랑 합병하면……"

"그렇다면 좋겠지만……"

그러자 그때 사랑 쪽 툇마루에서 옥신각신 싸우면서 발소리도 거칠게 이쪽으로 다가오는 이마리아의 소리가 들려왔다.

"아니, 그럴 수 없어요. 당신의 그 제멋대로인 버릇은, 이번에야말로 고쳐드리지요."

"제멋대로라고? 나는 제멋대로가 아니야. 아무 생각 없이 말하는 게 아니라구. 나를 노리고 있는 자가 있다는 확실한 증거가 있소?"

"그건 없어요. 하지만, 시대의 추세라는 걸 생각해 보세요."

"시대의 추세라고? 암살은 이제 그만두자고 우리들은 국회에서 논의하고 있소. 암살은 김구 씨로 끝이 날 거야."

"그런 약속을 믿을 수가 있어요?"

"뭐요, 당신은 암살업자와 한통속이 된 것 같은 말을……"

"어머, 무슨 무서운 말씀을 하시는 거예요? 정말로, 당신이란 사람은, 죄받을 말씀을 하시는 군요"

"난, 방이 바뀌면 잠들지를 못해. 난 누군가 노릴 만큼 대단한 사람이 아니라구. 지난번 어느 우익 인사들의 대회 상황은 들었소. 날 없애자고 주장하고 있는 것 같더군. 하지만, 그게 어쨌다는 거야. 그런 불법적인 일을 대중의 면전에서 지껄이는 걸 검속하지 않는 당국을 나도 신용하지는 않아. 그렇지만, 나는 도의를 의심하지 않고 사람 마음속에 있는 공덕을 믿고 싶어. 설령 그 신념이 배반당하더라도, 나는 후회하지 않을 거야. 내게도, 그 정도의 용기는 있어. 겁에 질려 안방으로 도망쳐 숨는다는 따위 소문이 나게 할 수는 없어."

"무척이나 훌륭한 말씀을 하시네요. 당신의 본심은 따로 있는 거죠."

"뭐, 본심이라고?"

"그래요. 당신이 안방에 오고 싶어하지 않는 이유는 잘 알고 있어요."

이마리아의 목소리가 떨리고, 보기 드물게도 눈물에 젖기 시작했다.

"무슨 쓸데없는 이야길! 남 듣기 안 좋아."

"그래도, 당신은 훨씬 전부터……"

"그렇게 목소리 크게 내지 말아줘. 애들이 듣고 있어……"

"어차피 애들도 알고 있겠죠. 당신한테, 애인이……"

명인은 아내의 입을 손으로 막고, 주위를 둘러보았다.

"아뇨, 말하겠어요. 말하, 말하게 해, 주세요."

남편의 손을 뿌리치며

"당신은 신의 뜻에 반기를 들고, 사람의 도리에 어긋나는 도락을 즐기고 계세요. 도락 가운데서도, 가장 꺼려야 하는 색욕, 색정, 불륜. 음란……"

"닥쳐. 닥치지 못해."

"닥치지 못하겠어요. 신의 뜻을 어기면 저세상의 지옥으로, 아니, 현세에서 징벌이 곧 내릴 거예요. 당신이 그 여자와 관계하고 나서부터 하나도 좋은 일이 없어요. 협상파에 가담한 것도 그 여자가 시켜서……"

"이봐, 이봐. 난 언제까지 얌전히 듣고 있을 수만은 없어."

"자, 나를 어떻게 어쩌겠다고 말씀하시는 거예요."

"정말, 당신이란 여자는……"

"여자가 어떻다는 거죠? 그 여자는 사람으로 보이고 저는 동물인가요."

"……."

더 이상 뭐라 말하지 않고 명인은 아내의 손을 뿌리치고 사라졌다. 그를 쫓아가던 이마리아는

"못 가요. 오늘 밤은 무슨 일이 있어도 안방에서 주무세요".

"싫소!"

아내와 동침할 바에야 차라리 암살당하는 편이 낫다고 생각하면서 명인은 빠른 걸음으로 달려갔다. 그런 그를 바싹 뒤따르며

"더 할 이야기가 있어요. 당신 정말로 동생 있는 곳으로 가버릴 작정인가요?"

"동생 있는 곳? 북한에?"

"치준이가 북으로 가고 당신이 도망가시면, 아아, 내가 어째서 이런 일을. 살림 차린 여자가 얼마나 고소해할까…… 분해라잇."

옥희는 문득 영희를 보았다. 양친의 싸움이 창피스러워서 새빨갛게 된 옥희의 얼굴이 순식간에 창백해졌다. 영희가 입을 야무지게 다문 채 방 바깥을 주시하고 있다. 사촌 여동생의 마음을 살피면서, 옥희는 마음 둘 곳 없이 몹시 난감해졌다.

떠들썩함은 바깥채 쪽으로 멀어졌다. 옥희는 어머니의 얕은 꾀가 오히려 아버지의 입장을 좋지 않게 만들었다는 사실을 어머니가 깨달았다고 생각했다.

그렇다고는 해도, 정말로 우익이 아버지를 노리고 있는 것일까. 새로운 걱정이 그녀의 마음을 할퀴기 시작했다. 영희가 얼른 가주면 혼자서 그 일을 곰곰이 생각해보고 싶었다.

"사실은, 큰어머니가 말씀하시는 그대로야."

영희가 조용하게 말했다.

"아니! 그건 빈정거리는 거야."

옥희는 가슴이 철렁했다.

"시내에서 소문을 들었는데, 격분한 우익청년들이 큰아버지를 때려 죽이겠다고 으르렁거리고 있대."

때려죽인다는 상스러운 말을 아무렇지도 않게 할 수 있는 사람도 있는 것일까. 그러한 무지와 거칠고 난폭한 청년들이 비루했다.

"영희야! 이제 돌아가 줄래! 나 머리가 아프기 시작했어."

"나, 한마디 언니한테 해두고 싶은 말이 있어. 난 언제나 언니를 의지하고 있어. 갈게."

"안녕."

옥희는 사촌사촌 여동생이 나가는 것을 보며 문득 눈물을 글썽거렸다.

건강이 좋아지면서 그러한 재앙이나 걱정스런 일들이 깨끗이 걷혀가고, 온화한 일상생활이 옥희에게 돌아왔다. 한편으로는 계절도 좋아서 신록이 한창이었다. 들로 산으로, 놀러가는 사람들의 들뜬 마음에 물들어 옥희는 학교 친구들과 하이킹과 피크닉을 가기도 하면서, 한때를 꿈결 같은 기분으로 지냈다. 그러나 때때로 계속 이런 식으로 지낼 수 있다면 얼마나 행복할까, 하고 싱싱한 신록과 먼 산기슭에 핀 진달래를 바라보는 마음 어딘가에 빈틈이 생겨나 그런 식의 감개가 몰래 숨어드는 것이었다. 그 배면에는 이런 행복한 순간이 언제 어느 때 부서

질지 모른다는 불안이 있었다. 뭔가 불길한 예감일지도 모른다고 가슴이 뜨끔하거나 마음이 흐려진다. 천진난만하게 행복에 잠겨 있는 학교 친구들이 부러워지는 것도 그러한 순간이었다.

어느 날 그녀가 학교에서 돌아온 것과 어머니가 신자들의 가정 방문을 마치고 돌아온 것이 동시였다. 인사를 나눌 겨를도 없이, 대문으로 뛰어 들어오는 차부 차림의 남자가 중문 쪽에서 큰 소리로 외쳤다.

"큰일 났습니다. 이 집 서방님이 괴한에게 습격당하셔서 지금 병원으로 실려 가셨어요. 저는 부탁받고 뛰어왔습니다만, 자세한 건 모릅니다. 어쩌다가 이런 일이……"

물론 이 말을 끝까지 듣고 있지는 않았다.

"아이고!" 이마리아는 마룻바닥에 커다란 소리를 내고 쓰러지며 입에 거품을 물었다. 이마리아가 기절하는 품이 간질병 환자와 닮았다. 이제까지 몇 번인가 경험이 있었기 때문에 처치 방법은 알고 있었지만, 지금 이런 절박한 순간에 발작을 일으키는 것은 곤란하다고 옥희는 생각했다. 놀란 나머지 정신이 나간 옥희는 자신은 정신을 바짝 차려야지 하며 어머니를 돌보기 시작했다. 어머니는 언제나와 같은 으름장식 기절과는 달리 이번에는 아무래도 진짜인 듯했다. 심장 소리가 거의 사라져 없어지고, 숨은 완전히 멈추었다. 그리고 종이처럼 하얗게 된 얼굴과 얼음 같은 손발, 오므라든 손가락을 하녀들과 힘을 합쳐 두드리고 마찰을 시키거나 했다. 그러는 한편, 하얀 쌀죽을 만들어 어머니의 입으로 흘려 넣었다. 물을 끓여 복사뼈를 따뜻하게 하는, 그런 재래식 방법을 끈기 있고 재빠르게 하고 있는 참에 어머니가 신음 소리와 함께 숨을 다시 쉬어 주었다.

옥희는 어머니가 얄미웠다. 이런 야단법석을 일으키는 것이 아버지를 위해 아무런 도움도 되지 않는다는 것은 충분히 알고도 남을 일일 텐데 하며 분한 마음이었다. 그러나 이것은 어머니가 아버지를 사랑하는 증거라고 생각하면서, 옥희는 평정을 잃은 모습으로 시내로 서둘러 나갔다.

아버지가 실려 간 병원은 시의 중심부에 있었다. 붉은 벽돌로 된 2층 집으로 그녀는 급히 들어어갔다. 지금은 2대째의 젊은 의사가 원장이었다.

옥희는 현관에서 병실로 올라가 수술실 쪽으로 뛰었다. 아버지가 살아 있기를 기도하면서, 문에 손을 대니 안에서 간호사가 나오며 쉿 하며 제지했다. 여기서 기다리세요, 하며 거기 긴 의자로 데리고 갔다. 옥희는 스프링이 고장 나 앉기가 불편한 긴의자에 앉아 간호사가 사라진 수술실 입구를 주시했다. 어디라고 할 것 없이 풍겨 오는 약 냄새로 자신이 마비된 것 같은 느낌이 든다. 리놀륨[18]과 페인트를 칠한 기둥, 회반죽한 벽, 그리고 그런 약품의 냄새가 스며든 것들은 그녀의 신경을 피로하게 했다. 병원에 올 때마다 생명이라는 것의 덧없음, 죽음이라는 불가사의한 현상에 압도되기 때문이었다. 좀 전 간호사의 모습으로는, 아버지가 살해당한 것은 아닌 모양이었다. 옥희는 아버지의 몸에서 도려내진 흉탄을 상상하면서 몸을 떨었다. 해방 후 번번이 일어나는 암살에서는 거의 권총이 사용되었고, 칼은 사용되지 않은 것이 민족적인 특징이다. 탄환은 명인의 가슴을 빗맞고 겨드랑이 밑을 스쳐 뒤쪽으로 빠

---

18 리놀륨 : 건축 재료. 건성유에 수지, 고무, 코르크 가루, 안료 등을 섞어 천에 발라 얇은 판자 모양으로 만든 것.

진다. 그러나 그 상처가 칼로 도려낸 것처럼 크게 벌어져 있다. 출혈이 심하거니와 그보다도 신경이 놀란 것이 더욱 컸다. 거의 죽을 지경에 이르는 중상을 입은 아버지를 상상하면서, 옥희는 꼭 닫혀 있는 수술실 쪽에 마음을 쏟으면서 최악의 사태를 예상하고 있었다.

나라가 해방된 직후에는 사람들은 하늘의 별이라도 딴 것처럼 기뻐했다. 민족을 내세우며 환희에 취해 있었다. 평화와 행복이 국토 가득 충만해 있었지만, 홀연 밀어닥친 폭풍이 사람들의 기대를 배신했다. 암살과 정쟁으로, 인민들은 마음을 녹일 겨를도 없이 살벌한 암흑시대로 뛰어들게 된 것이었다. 기나긴 식민시대에 억제되었던 좋지 않은 측면의 민족 본능이 방종하게 풀려난 탓에 난폭하게 터져 나온 것일까. 혹은, 당시 병의 근본 원인이 고름을 내보낼 출구를 찾아낸 탓일까.

조선인들만큼 온순한 민족은 없다고 하기도 하고 사람들도 그렇게 생각하고 있었는데, 상황이 그렇지 않다고 과장하는 것 같아서 분별 있는 사람들을 슬프게 했다. 옥희는 며칠 전 공회당에서 본 그 접수처 청년의 풍모를 떠올렸다. 눈꼬리가 째져 올라가고 근골이 우람한 그 남자라면, 해치우는 게 정당하다고 믿을 경우 육친이건 뭐건 과감히 해치울 것 같았다. 저런 종류의 인간의 피는 연민이란 것을 지니고 있지 않은 걸까. 광신적인 성격의 사람은 어느 나라에나 있겠지만, 유독 이 나라에 더 많은 것 같다는 느낌이 들었다. 옥희는 그 근처에서 어슬렁거리고 있던 청년이 모두 괴한으로 보이는 것만 같았다.

'어쩌면 그 청년일지도 몰라.' 옥희는 오싹해서 몸을 떨었다.

수술실 문이 열렸다. 옥희는 앗, 하고 일어났다. 조금 전 간호사가 혼자 살짝 나와 문을 뒤에서 닫았다. 수술실 안의 모습은 다시 보이지 않게 되었다.

간호사가 이쪽으로 다가왔다. 옥희는 간호사의 얼굴을 바라보았다. 어떤 소식을 자기에게 가져다 줄 것인가 가슴이 두근거리기 시작했다. 그런데 간호사는 옥희에게는 눈길도 주지 않고, 옥희와 나란히 앉아 있던 또 한 명의 여자가 있는 쪽으로 갔다.

옥희는 그 여자를 보았다. 그 여자는 옥희가 들어오기 전부터 거기에 양다리를 가지런히 하고 두 손을 무릎에 얹은 채 단정한 자세로 앉아 있었다. 하얀 비단 겹옷 상의에 검정 비로도의 고풍스러운 긴 치마, 슬리퍼를 신은 발에는 흰 색 버선. 머리는 콜드 퍼머넌트[19]를 하고, 갸름한 얼굴은 우아하다. 쌍꺼풀이 진 다소 큰 두 눈은 물기가 어려 있다. 그러나 눈가가 어쩐지 창백하고, 밤샘을 하는 기생의 그림자가 있다. 분독[20]으로 크림색이 된 뺨에는 연지도 바르지 않고, 입술도 있는 그대로의 색이다. 검소한 옷차림에 말을 듣는 태도도 조심스러워 호감이 갔다.

"많이 기다리셨죠. 이제 끝났습니다. 지금 막 상처를 다 꿰맸고 출혈도 멈췄습니다."

간호사는 그 여자에게 속삭이듯이 말했다.

"어머, 다행이에요. 감사합니다. 물론 생명에는 지장이 없는 거죠."

"네, 이제는 뭐. 둘째 아드님 피를 수혈했으니…… 이제 요양을 잘 하시면……"

옥희는 그것을 듣고 안심했다.

'아, 안심이야. 다행이다.'

---

19 콜드 퍼머넌트(cold permanent) : 전기를 쓰지 않고, 약품만으로 하는 퍼머넌트 웨이브.
20 분독 : 분에 들어있는 연분(鉛粉), 또는 그로 말미암아 피부에 생기는 염증.

마음이 풀리며 기쁨에 휩싸였다. 그렇지만 자신이야말로 아버지의 안부를 가장 먼저 알아야 할 사람인데, 어째서 간호사가 자신을 무시하고 저 여자에게 먼저 알려주러 간 것일까? 이 여자는 누구일까 등등 화가 나는 느낌이었다. 그 여자는 안도의 빛을 띠우면서, 그러면 안심하고 돌아가겠습니다. 만일 무슨 일이 생기면 꼭 알려주세요. 하며 까만 악어 핸드백에서 얼마간 돈을 꺼내 간호사의 손에 억지로 쥐어주며 돌아갔다. 옥희는 여자의 뒷모습을 열심히 바라보며, 그 나긋나긋한 여자의 허리태에서 문득 아버지의 모습을 발견했다.

'그 여자야.'

옥희는 현기증이 날 것 같았다. 질투가 그녀의 마음을 휘젓기 시작했다.

'저 여자, 어디선가 본 기억이 있어.' 옥희는 여자가 현관을 나갈 때 언뜻 보여준 옆얼굴에서

'아! 그래.'

하고 아주 오래전 기억이 되살아났다.

그것은 아주 오래전 소학교 졸업 기념으로 서울에 수학여행 갔을 때 일이었다. 역에 마중 나온 아버지의 곁에 기생같아 보이는 여자가 함께 있었다. 숙소 여관에 들어가자 아버지가 옥희를 데리고 나가 시내 구경을 시켜주러 가던 도중, 이 부근을 관수동觀水洞이라고 하며 상류 주택가라는 것, 이조시대 왕의 시중을 들었던 사람들의 고택도 있다고 설명하면서 단청으로 칠한 기둥과 도리桁[21]가 있는 아름다운 저택에 잠깐 들른 적이 있다. 그때, 자개 세공이 된 장롱과 옷걸이가 있는 방에서, 그날 아

---

21 도리[桁] : 건축 용어. 지붕을 받치는 데 쓰이는 구조물을 가리킨다.

침 무렵 역 앞에 있던 여자가 툇마루에 모습을 드러냈다. 남도南道[22]의 부인에게는 없는 희고 갸름한 얼굴, 오똑한 코로 살짝 웃는, 우아한 서울 말씨였다. 달콤한 꿀 같은 애교도 자연스러워, 이렇게 귀티나는 얼굴을 한 예쁜 따님은 본 적이 없어요, 아버님은 좋으시겠어요 등등의 말을 듣는 것이 눈이 부셨다. 옥희는 중부 지방 사투리를 쓰는 촌스러운 자신이 창피스러워, 아버지가 봄 외투를 받아든 채 한마디 두마디 교환하는 그 사이를 기다리는 게 힘들었다. 그 저택으로부터 나와 후유 한숨 돌린 옥희는 아버지가 어째서 저 저택에 봄 외투를 벗어놓은 것을 잊고 나왔을까 생각했지만, 아버지가 몰래 외도를 하고 있다고는 생각지도 못했다. 옥희는 역시 그 여자였구나, 정신이 멍해질 정도로 여자의 모습을 언제까지나 눈 속 깊이 떠올리는 것이었다.

그렇다고는 해도, 어째서 저 여자가 여기에 나타난 걸까? 그리고, 언제 어디서 아버지의 사고를 알게 된 걸까? 저 여자는 시내에 살고 있는 걸까? 만약 이 일을 어머니가 눈치 채게 된다면 어떤 소동이 날까 등등. 옥희는 가슴이 두근두근거렸다.

그때 거기 문이 거칠게 열리면서 갑자기 쓰러질 듯 하며 들어온 사람은 이마리아였다!

'아, 다행이다.'

옥희는 정말 간발의 차이였다고 조마조마했다.

지금 여기서 추한 소동이 일어나지 않아서 다행이라고 옥희는 가슴을 쓸어내렸다. 그리고는 서둘러 현관 바닥으로 뛰어가 어머니의 팔을

---

22 남도(南道) : 경기도 이남에 있는 땅. 충청도, 경상도, 전라도, 제주도를 통틀어 가리키는 말.

잡았다.

수술한 부위가 고름을 포함하고 있어 39도를 넘는 열이 계속 되었지만, 어찌되었든 심각한 사태에 이르지 않고 한 발 한 발 차도가 있는 것은 사실이었다. 화농성 질환에 대한 특효 신약이 미국에서 수입된다면, 급속하게 쾌유하리라 당사자도 가족들도 밝은 희망으로 기다렸다.

두 칸이 이어진 병실에는 가족들이 교대로 환자를 돌보았고, 다음 칸은 병문안을 온 손님들의 대기소 비슷한 것이 되어 오류리 김씨 집안이 이곳으로 이사 온 듯 북적거렸다. 옥희는 병원에서 학교를 가고, 학교가 끝나면 바로 병원으로 오는 식의 일과도 익숙해지니 그다지 싫지 않았다. 환경이 바뀌어 재미있다는 생각이 들었다.

장남 영준은 처음 한동안은 아버지 곁에 꼬박 붙어 있었지만, 최근에는 마침 잘 되었다는 듯 공공연하게 외박이 잦았다. 안재호 집 객실에서 자고 오는 것으로 되어 있었지만, 기생 놀이에 눈 뜬 듯한 느낌이 들었다. 이마리아에게 붙잡히면 잔소리를 듣는 영준이었지만, 명인은 이 장남에게는 정나미가 떨어져 있었다. 둘째 아들 인준은 집 지키는 일을 맡아 공부방에 틀어박혔고, 하인들을 감독하거나 병원의 밤 당번이 되기도 했다. 그러나

"아버지가 완전히 좋아지시면 일본으로 건너가려고 했지만, 더 이상 못 기다리겠어."

하고 어느 날 옥희에게 전화를 걸어왔다.

옥희는 둘째 오빠의 속마음을 알고 있기는 했지만, 그리고 마음의 준비는 되어 있기도 했지만 막상 때가 되니 마음이 심란했다. 일본에 밀

항한다고는 하지만, 다만 말만큼 쉽지 않기 때문에 부산 근해 주변에서 경비선에 발각되어 송환될 공산이 클 것이라고 적당히 생각하면서 안심하려고 했다.

이마리아는 그날의 과장된 행동을 언제 그랬냐는 듯 잊어버리고, 집과 병원을 왕래하며 식사를 나르고 간병을 하고 손님 접대를 한다며 열성을 쏟느라 평소와는 달리 생기 있는 얼굴이 되었다. 남편과 한 방에서 숙박을 하는 것이 가능하고(설령 한쪽은 침대, 한쪽은 다다미 위라 할지라도) 남편 곁에 붙어서 하루의 태반을 함께 지낸다는 것이 무턱대고 기뻤기 때문이었다. 어느 날 침모와 짠 연극이 이런 결과가 된 것에 대해서는 될 수 있는 대로 언급하지 않으려 하고, 잊어버리려 했다. '그것도 남편을 위해 생각해서 했던 일이 아니던가. 우익 놈들이 멋대로 이런 야만적인 행위를 한 것이고, 이렇게 되리라고는 꿈에도 생각 못했던 거야.' 하며 그 보상으로 지금까지보다 몇 배나 더 정절을 위해 힘쓰겠다고 마음속으로 굳게 했다.

명인은 손님 대접이 능숙하고, 골치 아픈 병원 생활을 척척 해나가는 이마리아를 보고 역시 인텔리 여성이라고 감동하여 얼마간 그녀를 다시 보게 된 기분이었다. 그렇지만 서울에서 불러들인 애인을 만나지 못하는 것이 고통이었다. 어느 날 급행열차로 오는 애인을 역으로 나중갔을 때 변을 당했는데, 입장권을 사서 홈으로 나가려고 할 때 측면에서 저격당했던 것이었다.

그 괴한은 군중 속으로 섞여 들어 도망쳐 자객치고는 비겁한 행동을 했다.

체포하려고 생각하면 간단한 일이었지만, 범인은 아직 검거되지 않았다. 그리고 침모의 가해자도 동일인이 아닐까 하는 의견이 문병객들 사이에서 생겨났다.

문병객들이라 해도 대부분 같은 정당의 동지들이다. 아침부터 밤까지 연달아 들락거리며 먹고 마시고 하는 것이 보통 일이 아니었다. 입을 열기만 하면, 정부를 공격하거나 쇠퇴하는 자기 당에 대해 한탄하고 분개했다. 그중에는 한 사람, 볕에 그을려 양갱 빛깔이 된 양복을 입은 중년 남자가 있었는데, 언젠가 말하던 도중 열이 올라 모두의 앞으로 막아서며 굵고 탁한 목소리로

"미국으로부터 빼앗아라! 소련으로부터도 빼앗아라! 취할 수 있는 것은 모두 빼앗아라! 우리나라를 위할 수 있는 것이라면 무엇이든 빼앗아라! 그런 연후에 아무것도 주지 마라."

주먹을 치켜올리며 열변을 토한 일이 있었다.

바로 그 사람이 외쳤다.

"서북청년단을 몰아내자! 그들은 우리나라의 경찰권을 독점하고, 이제는 독재정권의 주구가 되었다."

옥희는 아버지의 침대 뒤쪽에 숨어 어른들의 이야기에 귀를 기울였다. 서북청년단에 관심을 둔 적이 없고, 기부금을 달라고 졸라대러 오는 이북 사투리의 거친 청년들 정도로 그들을 생각하고 있었지만, 그 무리 중 한 명이 아버지의 생명을 뺏기 위해 온 상황이 되자 갑자기 그들은 자신과 가까운 곳에 있는 존재가 되었다. 그 양갱 색깔 양복을 입은 사람의 말을 종합해보면, 대체로 다음과 같은 사실을 알 수 있었다.

북한 정부에 숙청된 자들의 대부분은 예전의 일본협력자들로, 동시에 그들은 지주, 자본가들이었다. 그들은 계속해서 38도선을 돌파하여

남한으로 오고 있다. 정확한 숫자는 알 수 없지만, 아마 수십만에 달할 것이다.

그들은 공산정권의 직접적인 희생자들이기 때문에 반공의 입장을 취하는 남한 사람들의 동정어린 처우를 기대하고 있다. 그런데 서울에서도 지방에서도 그들 서북인들을 경멸하고 혐오하는 것은 종래와 조금도 달라지지 않았다. 서북인이라고 하면, 돈벌이 하러 온 노동자, 날품팔이, 물 긷는 사람, 하층 노동자의 대명사 같은 것이었다. 여진女眞족[23]의 침입 이래 그 땅은 한민족의 적지이기도 하고, 역대 왕조 정치범의 유배지였다. 야만몽매의 백성이라는 선입관이 남한 사람들에게 단단히 달라붙어 있었다. 몸 하나로 도망쳐 온 그들은 직업상의 기술을 갖추지 못했고 자유노동자가 아니면 암거래상이 되는 수밖에 없었다. 남한 사람들 일반의 경멸에 격분, 단결하여 서북청년단이라 일컬으며 우익 정당의 전위대, 대좌익 투쟁의 선봉이 되어 실력을 아낌없이 발휘하는 것이었다. 바로 그 무렵 멸공정책이 채용되어 공산 청년의 토벌이 시작되었는데, 정부가 안심하고 그 일을 맡길 수 있는 것이 이 서북청년단이었다. 그들은 피 한 방울까지 반공으로 고조되어 있었기 때문에 게릴라화된 좌익 토벌에는 용감하고 잔혹했다. 그리고 노동조직에 잠입하여 공산계 지도자들을 염탐하고 체포에 협력했다. '경전京電[24] 노조

---

23 여진족 : 동부 만주(滿洲)에 살던 퉁구스 계통의 민족. 이 민족의 명칭은 시대에 따라 달라 춘추전국시대에는 숙신(肅愼), 한(漢)나라 때는 읍루(挹婁), 남북조시대에는 물길(勿吉), 수(隋) · 당(唐)나라 때는 말갈(靺鞨)로 불리었다. 10세기 초 송나라 때 처음으로 여진(女眞)이라 하여 명나라에서도 그대로 따랐으나, 청나라 때는 만주족(滿洲族)이라고 불렸다

24 경성전기 : 1898년 1월에 미국인 H. 콜브란, H. B. 보스윅 두사람이 서울에 한성전기회사(漢城電氣會社)를 세웠다. 1915년 경성전기주식회사로 이름을 바꾸었다. 해방 이후까지 계속 운영되다가 1961년에 이르러 조선전업과 경성전기, 남성전기 3사가 통합되어 한국전력주식회사로 통합되었다.

의 예를 들자면, 이 스파이 활동으로 전멸하고 반년도 채 못 되어 우익화되어 버리고 말았던 것이다.

　이승만은 지주당의 로봇이 되어 대통령에 추대된 것을 기화로, 그 지주당을 압박해서 자신의 세력을 심기 시작했다. 그의 편은 숫자가 적어서 도저히 지주당에 대항할 수 있는 실력은 아니었지만, 서북청년단을 앞잡이로 사용하는 가운데 실력이 생겼다고 양갱색 양복은 말했다.

　"서북청년단이야말로 민족을 이분하는 화근이고, 민족 통일의 암이다."

　그는 결론을 내렸다. 그리고 자신들과 내통한 침모를 죽이고 그 죄를 치준에게 덮어씌우도록 했다는 것, 김명인 저격의 범행 역시 좌익의 소행이었다고 억지로 짜 맞추는 것이라고 단언했다.

　옥희는 그날 밤 순희에게 그 이야기를 했다.

　"있잖아, 개인적인 원한도 없는데, 단지 정략을 위해 사람을 죽이는 게 가능하다고 생각해?"

　"글쎄. 그래도 그런 인간이 있대. 그런 식으로 나라를 위해서라고 완전히 믿게 하면 무엇이든 해버린다는데. 암살업이라는 장사가 있는 것 같아."

　베개를 나란히 한 자매는 조용히 마음을 통하면서 소곤소곤 즐겁게 이야기를 나누었다.

　"어머나, 암살업이라고?"

　"아무개를 죽이고 와, 네 알겠습니다. 이런 식일까? 싫어라! 꼭 도살장 인부 같아."

　"그런 이야기 그만 하자. 기분이 나빠지려고 해. 그런 인간은 모두 죽으면 지옥에 갈 거야."

"그렇지만, 그런 인간들이란 지옥 따위 믿지도 않아."

"난감한 인종들이야! 그렇다면, 언제까지나 인간은 나아지지 않아. 비관적이야."

"하지만, 죽여버리고 싶을 정도로 증오하는 기분은 알겠어."

"어머, 순희야."

"그 여자 봤어?"

"그 여자라니?"

"오늘 현관에서 봤어. 간호사랑 병실에서 나오던 참에 ─ 어머니가 집에 계신 틈을 노리고 온 거야. 제비처럼 매끈매끈한 차림새를 해가지고선. 첩이란 모두 그런 건가?"

"뭐야. 너 알고 있었어?"

"응! 언니는 눈치 못 챘어?"

"……"

"그 모들뜨기²⁵ 눈을 한 간호사라는 년, 매수되었어."

"모들뜨기?"

아, 그렇구나. 그러고 보니, 그 간호사 눈동자의 위치가 좀 이상했다. 세세한 것을 알아챈 동생에게 감탄하며

"그래도, 나쁜 사람은 아닌 것 같은데".

"나쁜 사람이야. 우리들한테는."

"……"

"아버지랑 어머니가, 모처럼 저렇게……"

---

25 모들뜨기 : 두 눈동자가 안쪽으로 치우친 눈. 또는 그런 눈을 가진 사람.

순희가 장지를 완전히 닫아놓은 병실 쪽을 눈으로 가리켰다.

"사이가 좋아졌는데, 다시 또 그런 여자가 훼방을 놓다니……"

"너, 언제, 그 여자에 관해 알게 됐어?"

"아버지 눈빛으로 알았지. 반한 거야. 그 여자한테."

"역겨워!"

"그치만, 그런걸 뭐. 그 여자랑 둘이서 소곤소곤 이야기할 때 뛰어 들어가 겸연쩍게 만들어주면 좋겠다고 생각했어."

"……."

옥희는 동생의 얼굴이 전등 불빛을 받아 파랗게 된 것을 보았다.

"어머니를 배신한 저 여자, 미워. 침모가 아니라 그 여자가 죽었으면 좋았을 거라고……"

"그만해."

옥희는 엄한 목소리로 말했지만, 문득 입을 다물었다.

옥희는 할머니가 어떤 상태인가 보러 집으로 돌아갔다. 아버지의 용태가 위험 선상에 있을 때는 할머니의 일은 잊어버리기 일쑤여서, 아버지가 돌아가시지 않게 해달라고 기도하는 마음 뿐이었다. 그러나 한 고비를 넘기게 되자 다시 새로운 불안으로 마음이 흐려졌다. 이 불안은 아버지가 변을 당한 날부터 그녀에게 달라붙어 떨어지지 않았다. 침모의 변사와 사촌 오빠의 도망, 게다가 작은오빠의 가출이 겹쳐 저주받은 운명이 우리 집을 차지한 주인이 되었다고밖에는 생각할 수가 없었다. 침모의 변사를 예언한 무녀의 얼굴이 시종 마음속에 아른거렸고, 그 무녀야말로 악귀의 심부름꾼이 아닌가 하는 미신을 믿게끔 되면서 자기 집의 불행을 비관했다.

작은오빠는 아무런 기별도 보내오지 않았고, 아버지도 어머니도 그 일에 관해서는 입밖에 내지 않기로 서로 말을 주고받기나 한 것처럼 침묵했다. 집도, 자식도, 아버지의 현재 경우와 마찬가지로 포기한 것일지도 몰랐다.

집은 인기척 없이 매우 고요했다. 사랑 쪽 정원은 풀로 뒤덮이고, 연못은 말라 있었으며 정자에는 거미가 몇 마리나 줄을 치고 있었다. 마루는 먼지로 뽀얗고, 온돌은 며칠이나 불을 땐 기운이 끊어져 축축하고 썰렁했다. 안채의 방들은 하녀들이 걸레질을 했지만, 주인의 눈을 속여 정말로 형식적으로 닦은 것이었기 때문에 오히려 때가 묻어 더러워져 있었다.

이런 가운데 할머니를 방치해 두었다고, 옥희는 몹시 부끄러워하면서 자신의 방을 통해 할머니가 계신 방으로 들어갔다.

'아니! 할머니가 안 계시네.'

거기에는 늘 깔려 있는 이부자리가 언제나처럼 펼쳐져 있었지만, 할머니는 없었다.

옥희는 심장이 죄어오는 듯한 슬픔에 빠져들었다. 누구의 손도 빌리지 않고 혼자서 뒷간에 가신 것일까, 딱하고 가여웠다.

서둘러서 가보았지만, 할머니는 뒷간에도 계시지 않았다.

"할머니!"

옥희는 외쳤다. 툇마루에서 마루로 그 목소리는 메아리치듯이 통과했지만, 누구도 대답을 하지 않았다.

옥희는 부엌으로 급히 갔다. 중년의 하녀가 어린 하녀와 궁상맞은 모습으로 뭔가를 서로 속삭대고 있었다. 그 두 사람의 그런 모습에서 조락한 자기집이 똑똑히 보여, 마음이 구름으로 우르르 뒤덮였다.

"할머니가 안 계셔. 모르고 있는 거야?"

옥희는 자제하기 어려워져서 얼마간 격한 어조로 물었다.

"몰랐어유."

시골에서 올라온 지 얼마 안 된 나이 많은 하녀가 무신경하게 대답했다.

"몰랐다니, 그런……"

옥희는 어이가 없어 하녀들을 노려보듯이 했다. 그러나 이 사람들은 타인이라는 반성이 들어, 마루로 되돌아왔다. 거기에는 몇 개인가 성화가 액자에 넣어져 장식되어 있고, 안쪽 선반 위에는 도자기가 가득 쌓아 올려져 있었다. 그것을 보고 있는 사이에 문득 제단이 연상되었다.

'할머니는 사당에 계신 거야.'

하고 생각이 미쳤다.

옥희는 곧 뒤쪽을 돌아 격자문이 있는 작은 사당 앞으로 갔다. 촛불빛이 문에 그림자를 드리웠다. 역시 그랬구나 안심하며 문을 열었다. 그러자 자그마한 사람의 덩어리가 제단 앞에 웅크리고 합장한 채로 눈을 감고 있다.

'어머, 오늘이 그날이었구나.'

옥희는 생각해냈다. 사십 년 전 음력 5월 이 밤이 할아버지가 칼로 자결해 돌아가신 날이라는 것을.

'죄송합니다.'

옥희는 마음속으로 깊이 사죄했다. 집안사람 가운데 그 누구도 그 사실을 알아차리지 못했다.

옥희는 조용히 할머니의 옆에 나란히 앉아서 합장했다. 할머니, 제발 저희들을 용서해주세요, 마음속으로 연신 사과를 했다.

할머니는 목각 인형처럼 소리도 내지 않고 앉아 있다. 숨을 쉬는 기색조차 없었다. 한 개의 화석이 거기에 있는 것처럼 고요하다.

옥희는 문득 제단 아래 말린 밤과 명태, 콩나물, 갖가지 제사 음식이 가지런하게 올려져 있는 것을 보았다. 정식의 반찬은 아니었지만, 준비한 사람이 정성을 다한 물품들이었다.

'알겠다, 숙모가 하신 거야.'

옥희는 숙모에게 감사하고 싶은 마음이었다.

그때, 할머니의 입이 살짝 움직였다.

"옥희야!"

"네! 할머니."

옥희는 할머니의 말라죽은 나무 같은 무릎에 손을 올렸다.

"남북의 전쟁은, 어떻게 됐지."

할머니의 말은 꼬부라졌지만, 똑똑하게 들렸다.

"어머, 할머니, 남북전쟁이라고요?"

옥희는 오늘 아침 일어나자마자 집으로 왔기 때문에 아무것도 몰랐다. 할머니가 미국의 남북전쟁을 알고 계실 리가 없다. 할머니는 뭔가 꿈을 꾸신 것일까. 옥희는 대답을 할 도리도 없어 난처했다.

"영희한테 들었다."

"영희가 뭐라고 말씀드렸는데요?"

"이 전쟁은 커질 거야. 이미 뭐든 엉망진창이야. 이 집을 지킬 사람은 너야. 할아버지의 유훈을 지킬 사람은 옥희란다."

할머니로서는 보기 드문 다변이었다. 그러나 그것을 끝으로 입을 다물고, 다시 원래의 미이라 상태로 되돌아갔다.

옥희는 무슨 일인지 알지 못해 몹시 난감했다. 그때, 문 바깥에서 사람의 인기척이 들렸다. 옥희는 가만히 자리에서 일어서서 문을 열었다.

영희가 거기 서 있었다. 옥희는 문을 닫고 영희 옆으로 갔다.

"언니, 오늘 아침 뉴스 못 들었어?"

영희는 놀란 것 같은 눈을 하고 있었다. 옥희는 영문을 몰라 멍하니 사촌 동생을 바라보았다.

"인민군이 38도선을 돌파해서 남쪽으로 밀어닥쳤어."

영희는 옥희가 여전히 멍하고 있자 곧 설명했다. 언제나 있던 경계선 분쟁과는 달리, 한국군의 떠들썩한 모습이 예사롭지 않다는 것, 오늘은 일요일이라 병사들이 휴가를 받아 병영에 없는 것 같으니 라디오에서 빨리 부대로 복귀하라고 맹렬하게 외쳐 대고 있다는 것이다. 그리하여 급하게 여기저기서 불러 모은 부대가 속속 북으로 파견되었지만, 그것이 춘천 방면이다, 옹진 방면이다 하는 식으로 상당한 폭이 있어 이래저래 아무래도 본격적인 전쟁 같다는 생각이 든다고 영희는 말했다.

"나 평양방송에 다이얼을 맞춰 봤어. 그랬더니 이승만 도당의 앞잡이 군대가 황해도로 공격해 들어왔기 때문에 보복 공세를 하는 거라고 방송하고 있어."

하며 흥분했다.

옥희는 너무나도 갑작스러워 영희가 장난을 하는 것은 아닌가 생각할 정도였다. 그러나 뜻밖에 진지한 얼굴이어서 어쩌면 정말일지도 하고 놀랐다. 어쨌든 할머니를 방으로 모셔다 드리고 나서의 일이라고 생각해 영희와 둘이서 할머니를 옮겼다. 그리고 사랑으로 가서 라디오 스위치를 켰다. 그러자 전황 보도가 한창인 듯, 우리 용맹스러운 장병들의 분전으로 적을 북쪽으로 계속 압박하고 있다든가 황해 방면의 우리 군은 적을 북쪽으로 추격 중이라는 등 아나운서가 외치고 있다. 옥희는 부디 소규모의 전투로 끝나 주기를 하고 빌었다. 더욱이 한국군이 북한군보다 강하다고 선전되고 있고, 이제까지 경계선 분쟁에서도 이긴 것으로 간주되고 있어 제발 그렇게 되었으면 하고 바라지 않을 수 없었다. 그러나 인민군이 이겨주었으면 바라는 영희는

"이런 상황이라면, 인민군이 상당히 남쪽으로 진격해 온 것 같아."

하며 기뻐했다.

영희는 동란이 확대되어 주었으면 하고 말할 정도였기 때문에 옥희는 조금 부아가 났다.

"그치만, 오빠가 걱정이야."

영희가 한숨을 내쉬면서 말했다.

"지금쯤이면 북한에 도착했을 때잖아?"

옥희는 얼마간 쌀쌀맞은 말투로 말했다.

"좋지 않은 시기에 간 거야."

영희는 옥희의 기분에 구애되지 않았다.

"마침 딱 좋은 때 간 거 아니니. 인민군 동지들에 가담해서 용감하게 싸우고 있을 거야."

이 말에 가시가 돋쳐 있어 영희는 불만이라는 듯이 입을 다물었다.

병원에서는 두 개의 방을 가득 채운 손님들이 시끌벅적 논쟁으로 달아올랐다. 인민군의 성공을 바라는 사람, 남북통일이 달성될지 모른다

며 기뻐하는 사람, 예의 양갱색 양복은 남북협상을 방해한 정부파가 당연히 받아 마땅한 벌이라며 장광설을 펼쳤다. 어쨌든 정부파의 귀에 들어가기라도 한다면, 여기 모여 있는 정객들은 모두 반역죄를 물을 수 있는 사람들뿐이었다. 평소에는 조심하던 것을 여기서는 사정없이 함부로 지껄인다. 이 병원 원장도 협상파 중 한 명으로 진보주의자를 자처했기 때문에, 같은 마음이라는 친밀한 기분에서 모인 정객들이 멋대로 지껄이는 말들이 밖으로 들리지 않도록 신경을 썼다.

때때로 스파이로 보이는 사복 형사를 경계하고, 접수처도 약국도 간호사도 모두가 한마음이었다.

그런데 그것도 전황이 국소적으로 머무를 때의 호언장담으로, 동란이 난 지 삼일 째 정부가 수원으로 피란을 했다는 사실이 느닷없이 발표되자, "아냐, 이건 한가롭게 있을 때가 아냐" 하고 놀라 허둥지둥 당황하는 사람, 금방이라도 달아날 준비를 하는 사람 등으로 문병객은 한 사람 두 사람 줄어들어 갔다. 모두 자기 자신의 보신에 여념이 없었다. 명인에게 충고하러 온 하던 양갱색 양복은 명인에게도 피난을 가라고 권고했다.

그의 소신을 요약하면, 인민군의 진격은 예상 이상으로 빠르니 수원에서 얼마 떨어지지도 않은 이 여주시는 며칠을 못가 인민군에게 점령당한다는 것, 협상파인 우리들은 소위 북한 측 협력자이기 때문에 위해를 가하는 일은 설마 없을 것, 그러나 남쪽으로 도망가기 전에 한국 측 경찰이 우리들을 처분할 위험이 충분히 있으니 전장 바깥에서 멀리 있어 잠시 형세를 관망하는 쪽이 좋다는 것이었다.

명인은 그렇게 하고 싶다는 의향을 내비쳤지만, 이마리아와 원장의 반대에 부딪쳤다. 병원장은 의사의 입장에서 상처가 아직 아물지 않았다는 점, 다른 곳으로 이동하면 위험하다는 점을 이유로 들어 반대했다. 이마리아는 정부가 수원에 있는 동안은 정부를 신뢰해야 한다, 불행하게도 수원에서 남쪽으로 피난 가는 일이 있더라도 기껏해야 천안 근처에서 버틸 것이다. 그것은 맥아더 원수의 성명이 뒷받침해주고 있고, 한국군 원조에 착수했기 때문에 현재 공군이 출동하기 시작했다는 것, 일본에 있는 미군 지상부대가 공수된다면 북한군 따위 문제도 되지 않으리라는 것이었다. 서툰 짓을 해서 정부파에게 찍히게 되면, 이제까지의 노력이 물거품이 된다는 것이었다. 남편의 입장에 가까이 다가간 것 아닌가 생각되었던 이마리아는 그 신념과 주장이 조금도 변하지 않았다는 점을 폭로한 것이었다.

그러한 낙관적인 예상은 눈 깜짝할 사이에 뒤집혔다. 수원에 버티고 남아있을 것으로 보였던 정부가 순식간에 대전으로 멀리 달아났던 것이다. 정부가 망해버리기를 바라던 사람들조차 아연해지고 당황스러워할 정도였다. 이곳 여주시는 천안 등과 거의 같은 위도에 위치해 있기 때문에 어느새 정부로부터 버림을 받아 인민군 손에 조건 없이 넘어가게 될 상태가 되었다. 시내에는 가지가지 유언비어가 떠돌아, 한국군이 궤멸한 모습이라든지 전차와 중화기重火器[26]를 휴대한 인민군의 맹진격 광경을 마치 보고 오기라도 한 듯 소문을 내고 있었다. 이제 이렇게 된 바에야 미군이 오더라도 당해낼 수 없으리라는 것이 일반의 풍조여서, 인민군이 시에 들어오는 것을 환영하는 분위기로 서서히 변하고

---

[26] 중화기 : 군사 용어. 보병이 지니는 화기 가운데 비교적 무게가 무겁고 화력이 강한 중기관총, 박격포 따위의 화기.

있었다. 한편으로, 정부파의 요인이 한 사람도 남지 않고 자취를 감추어 버리고, 경찰관도 도망가 버려 관헌의 압력이 하나도 없게 되었다. 정부에 충성스런 얼굴을 해왔던 많은 시민들도 그러한 실태를 알아내고는 그때까지의 반동으로 이런저런 불만을 폭발시켰고, 인민군 만세의 심정이 되었다.

개중에는 인민군이 도착하는 것을 확실히 보기 전까지는 망동은 삼가야 한다고 말하는 이들도 있었다. 아직 어딘가에 숨어서 시민의 행동을 감시하고 있을지 모른다며 경찰의 눈을 두려워하면서 얌전하게 지내는 시민들도 있었다.

옥희는 환자를 집으로 옮기는 편이 좋다고 말해 어머니의 동의를 얻었다. 이 주변에 전투가 없다고는 해도, 전혀 알지 못하는 군대에게 점령을 당한 시라는 것은 역시 무언가 안정감이 없었다. 병원장은 인민군 뒤에 행정관이 함께 들어올 것이지만, 전란 때는 으레 따르게 마련인 물자 결핍과 의약품 부족은 당연히 예측된다고 했다. 상처가 아직 고름을 품고 있어서 매일 거즈를 갈아줘야 하는데, 시내에서 먼 오류리까지 왕진하는 것은 도저히 불가능하다는 것이었다. 게다가 시내와 마을은 틀림없이 교통이 차단되어 길목길목마다 난관이 생길 것이고, 그런 때 왕진을 가는 것은 더더욱 번거롭다는 이유로 병원장은 반대했다.

그 말을 들으니 아무래도 그렇게 될 것만 같은 생각이 들었다. 옥희는 전란이라는 것을 만만하게 보았던 자신들의 마음가짐에 깜짝 놀랐고, 병원장의 주도면밀한 배려에 감탄했다. 청일전쟁 이래 이 나라 국토 안에서는 전쟁이란 것이 일어난 적이 없다. 지금 살아 있는 사람들 가운데는 어지간한 노인이 아닌 이상, 전장에서 고생스러운 경험을 체험한 이가 없을 것이었다. 신문이나 뉴스 영화를 본 정도로는 전장 경험이라고 할 수는 없는 것이었다. 그나마 오는 사람들이 북한 병사들일 테니, 북한 사람들 특유의 거칠고 울퉁불퉁한 얼굴과 무례하고 조야한 거동에 싫은 생각이 들도록 만든 것은 서북청년단으로 충분했다. 이렇게 생각하면서도, 뭐니뭐니해도 그래도 같은 조선인이라는 사실에 친밀감이 없는 것도 아니었다. 생판 외국병사들과는 달리, 이야기하면 알 수 있는 관계 같다는 생각에 역시 안이한 마음이 드는 것이었다. 전쟁이라고는 해도 그저 내란이겠지, 설마 환자까지 어떻게 하지는 않을 것이라고 대수롭지 않게 생각했다가도 병원장이 말한 대로 되면 어쩌나 싶어 망설였다.

그러나 아무래도 입원 생활이 길어지게 되면, 식량을 운반해 나르는 것도 큰일이고 집과 연락이 되지 않는 것도 꺼림칙하기 때문에 역시 집으로 돌아가자는 쪽이 되었다. 돌아가는 일에 관해서는 거즈와 약품을 충분히 준비해 만일의 경우 한 달 정도 틀어박혀 있어도 괜찮을 정도로 준비해두면 되지 않을까 하게 되었다. 환자를 옮기기 위해 자동차를 불렀다.

"곤란하게 되었네요. 자동차가 한 대도 없군요."

한바탕 전화를 걸고 있던 사시 눈을 한 간호사가 와서 말했다.

"어찌된 일일까? 이런 시간에도 기생 따위랑 드라이브 하는 사람들이 있는가봐."

이마리아는 명인 쪽을 향해 짐짓 들으라는 듯이 말했다. 시내에 있는 전세 승용차는 거의 기생 동반의 드라이브 전용이라고 해도 좋았다.

"아니, 그게 아니예요. 공무원들이랑 부자들이 가족과 재산을 실어

나르느라 몽땅 빌려간 거래요."

"세상에, 모두들 피난 가는 건가요?"

이마리아는 몹시 놀란 듯 커다란 눈을 그쪽으로 향하면서 물었다.

"모두는 아니겠지만, 역시 인민군이 오면 반동으로 처벌당하는 사람들이 있는 거겠죠?"

"네? 반동? 반동이라니?"

이마리아는 숨이 막혔다.

"반동이 반동이지."

느닷없이 환자가 대답했다.

"정말, 당신!"

이마리아는 휙 침대 쪽으로 얼굴을 돌이며

"자, 당신은 어떻게 되는 거예요?"

하고 다그치는 듯한 모습으로 물었다.

"우리 협상파는 인민군에게 협력하기로 결정했어."

명인은 천천히 대답했다. 더 이상 아무것도 이마리아에게 조심할 필요 없다는 식의 차분한 얼굴이 가볍게 쓴웃음을 지었다.

"그래요? 그랬던 거예요? 뭐니뭐니해도, 이런 때는 안전을 생각해야 돼요."

이마리아는 이런 때가 아니라면 자신이 남편에게 덤벼들었을 것이라고 생각하면서

"그렇다면, 인력거를 불러 주시겠어요?"

아직 거기 있는 간호사에게 명령했다.

"그게 역시 한 대도 없는 걸요."

"뭐라구요? 인력거꾼마저 피난 갔다는 거예요?"

"네, 뭐, 그런 것 같아요."

간호사는 빈정거리듯이 대답했다.

"그래? 그래도 당연한 일이지! 누구라도 인민군 따위, 북한 괴뢰군을 좋아할 리 없으니까. 그렇다면 어떤 차라도 괜찮아요. 트럭이라도 좋아."

"그런데, 차라고 이름 붙인 것은 한 대도 없어요."

"뭐라구요? 한 대도?"

이마리아는 눈을 커다랗게 부라렸다.

"네, 반동 놈들이 모두 타고 도망간 거죠."

간호사는 반동이라는 말에 침이라도 뱉고 싶어 하는 모습을 보여주면서 대답했다.

"뭐? 반동 놈들이라고? 아아, 당신은, 그럼……"

"빨갱이 아니예요. 저도 댁의 바깥양반처럼 같은 통일파예요."

"이 무슨 건방진 말투…… 경찰관이 없는 게 다행……"

"정말 다행이에요! 무뢰한들이 한데 모인 그런 경찰은 없는 편이 나아요. 제 동생은 시골에서 집회에 좀 나갔을 뿐인데, 지하조직이니 뭐니 해서 생트집을 잡아서는 열네 명 청년들과 같이 억울하게 산 속에서 총살당했어요. 전 정부파 경찰관에게 원한이 있어요. 빨리 인민군이 와서 한 사람도 남기지 않고 체포해주었으면, 하는 초조한 마음이에요."

옥희는 꼼짝 않고 간호사의 얼굴을 보고 있었다. 잘 보면 알아차릴 수 있을 정도로 사시인데, 간호사의 눈이 이마리아를 지나쳐 자신을 보고 있는 듯한 느낌이 들었다. 놀라 그 눈을 피하면서 그런 사건도 있었던가 놀랐다. 대통령선거를 전후해 공산당이 비합법단체가 되었을 때,

좌익 단체에 대한 압박이 그런 식으로 잔학했던 것인가 눈이 번쩍 뜨일 만큼 놀랐다. 우익 사상의 지주인 경찰관에게도 대략 두 가지가 있는데, 그 하나가 북한에서 내쫓긴 서북청년 유형이었다.

다른 하나는 종전 직후 좌익에게서 박해받은 적이 있는 구 총독부 경관들이었다. 이 사람들은 정권 담당자가 반일 정책을 반공으로 전환하는 데 능숙하게 편승하여 경찰관으로 다시 복귀하였고, 빨갱이 사냥에 뛰어난 수완을 발휘했다. 양자가 혼연일체가 되어 경찰권을 빈틈없이 장악하고 있다는 것, 양자 모두 좌익의 박해를 받았던 탓에 좌익과는 원수 관계라는 점에서 공명하고 있다는 점 등등의 일을 옥희는 모르고 있었던 것이다.

이마리아는 벌어진 입이 다물어지지 않는다는 얼굴로 격정의 발작을 일으켰지만, 호소하고 나설 권력자가 행방을 감춰버린 이상 어찌해 볼 도리가 없었다. 머지않아 두고보자 할 때가 올 것이라고, 지긋이 화를 억누르고는 자신이 차를 찾아보려고 밖으로 나갔다.

"옥희야, 사태가 어렵게 돼가는구나. 만약의 사태가 벌어지더라도, 놀라지 않도록 마음의 준비를 해두는 게 좋겠다."

옥희는 웅웅웅 이명이 들려오고 불안에 사로잡혔다.

"최 간호사, 최 간호사는 우리 부부를 어떻게 생각하고 있소?"

이번에는 간호사 쪽을 보면서 명인이 물었다.

"저는 사모님 태도가 처음부터 불만이었어요. 그리스도교 신자들의 무비판적인 미국 예찬이 마음에 들지 않았어요. 물론 저도 민주주의는 좋아합니다. 사람들이 말하는 것처럼 적색 정권이 지겨운 독재 정권이라면, 단호하게 반대해요. 하지만, 지금의 한국 정부 또한 민주주의라고 단언할 수는 없지 않은가요. 미국 역시 좋은 점이 많이 있기는 하겠지만, 우리나라에 맞지 않는 점은 있다고 봐요. 그런데 미국이라고 하면 실성한 듯이 소란을 피우는 사람들을 보는 것도 역겨워요. 지금의 미국파와 예전 친일파는 뭐가 다른 거죠? 사모님이 미국파라고 해도, 상관하지 않을 정도의 여유는 있어요. 하지만, 남편과 정치사상에 동조할 수 없는 아내라니, 인정할 수가 없네요. 구식의 관습 때문에 말씀드리는 것이 아닙니다. 남편의 정치 운동을 방해할 것 같은 부인은 더 이상 아내라고 부를 수가 없죠."

"그건……"

옥희는 열성으로 말했다.

"어머니도 아버지 신변의 안전을 꾀하기 위해 하신 일이에요. 아버지 주변이 위험했으니까, 아버지를 지키기 위해 하신 일이라구요. 아버지가 용공파도 아니라는 걸, 어머니가 실천해서 보여주신 것뿐이라구요."

"그렇지 않아요. 그 결과가 조금도 좋아지지 않았는데, 알 수 있는 거 잖아요. 무뢰한들에게 나쁜 짓 할 계기를 만들어 준 것뿐 아닌가요. 난 옥희 어머니를 나쁘게 말할 아무 원한도 없어요. 하지만, 옥희 어머니가 남편을 사랑하는 방식이 틀렸다는 것은 누가 뭐래도 말씀드릴 수 있어요. 난 옥희 아버님이 애인을 두게 된 것에 관해서도 아버님 쪽을 동정하고 있어요."

잘라 말하며 최 간호사는 휙 방에서 나갔다.

"……."

옥희는 완전히 끽소리 못하게 된 것 같아 싫은 기분이 들었다. 간호사와 결판을 짓기 위해 뒤쫓아 나가야 된다고 생각했다가 상대가 말하는 것이 맞다고 타협했다가 갈피를 못 잡았다. 만약 순희였다면 간호사의 머리채를 잡아 뽑으러 갔을 것이라고, 자신도 답답해하는 것이었다.

"옥희는 나를 미워하고 있지. 아버진 도리에서 벗어나는 짓을 했어. 가정을 불화에 빠뜨리고, 너희들한테 면목이 없구나."

아버지의 얼굴에 고뇌가 나타나 검푸르게 안색이 변하는 것을 보고

"아버지!"

옥희는 침대로 달려가 아버지의 가슴에 얼굴을 묻고 울기 시작했다. 옥희는 아버지가 어째서 그런 일들을 자기한테 들려주는 것인지 거북했다. 그리고 아버지가 자신의 기분에 빠져서 딸의 입장을 생각해 주지 않는 것이 원망스러웠다. 사랑하지 않는 부부 사이에서 태어난 자식들이 추악한 사실을 알게 되면, 어떤 식으로 될 것인지 정도는 살펴주면 좋을 텐데 생각했다. 그렇지만, 아버지가 그 일 이외에는 자식들에 대해 세간의 일반적인 부모 이상으로 사랑해주고 있다는 것과 어머니의 날카로운 성격, 이기적 본능 등을 생각하면 아버지가 불쌍해지는 것이었다. 옥희는 온통 뒤범벅이 된 기분이어서 괴로웠다.

"인준이는 나간 뒤로 끝인가?"

옥희의 등을 쓰다듬던 명인이 생각났다는 듯이 물었다.

옥희는 그 일을 부모님한테 털어놓지 않았는데, 아버지에게 누가 이야기를 한 것일까.

"저기……"

옥희는 대답하며 울음을 터뜨렸다.

"그 녀석은 머잖아 엉뚱한 짓을 할 것 같았어. 그러니 영준이 놈은 경망스럽고 의지할 사람은 너밖에 없는 셈이지. 자기 하나 주체를 못하면

서 나라 정치를 말하다니 가소로운 일이지. 모두 실패였어."

옥희는 아무도 아버지를 도와주지 않는다고 생각하며 아버지를 동정했다. 그리고 인간은 어째서 자기 자신을 사랑하는 것처럼 타인을 사랑할 수 없는 것일까 생각에 잠겼다. 이것은 그녀가 어렸을 적부터 품었던 감상적인 생각이었다.

그때, 복도에서 허둥지둥 슬리퍼를 발뒤꿈치로 튀기는 버릇을 가진 어머니가 발소리를 내면서 돌아왔다.

"교회에 가서 청소차를 가지고 왔어요. 교회 사환에게 부탁해서 자리를 두 개 얻었으니까, 자, 빨리 준비하세요."

그 긴 얼굴이 좀더 늘어난 듯이 험상궂어지고 신경이 바늘처럼 날카로워지면서, 그녀는 그곳에 있던 물건들을 정리하기 시작했다.

주인이 돌아온 탓일까, 집 안은 점점 밝은 빛을 띠기 시작했다. 방마다 환기를 하고, 온돌은 따뜻해지고 습기 찬 먼지도 밖으로 털어냈다. 옥희는 집안이 활기를 띠어간다고 생각하고 싶었다. 이대로 평화로운 집이 되기를 기도하면서, 아버지가 정치에 염증을 느끼게 되고 조용한 전원생활을 할 수 있다면 얼마나 행복할까 싶었다. 옥희는 물뿌리개로 잔디에 물을 주면서, 아무런 걱정도 없이 지냈던 옛날을 그리워했다. 그때, 순희가 돌아왔다.

황망한 기색으로

"언니, 큰일 났어! 시내가 새빨개졌어."

라고 외쳤다.

"새빨개지다니?"

화재라도 난 것일까 놀랐더니

"온통 붉은 깃발의 바다가 됐어. 집집마다 모두 붉은 깃발을 내걸었어. 정류장 앞 광장은 붉은 깃발을 든 군중들로 들끓고 있다구. 붉은 청년들이 로타리 나무 위에서 연설했지 뭐야. 인민군 환영 행진곡도 생겼어. 이제 곧 공산군이 올 거야. 언니, 어떻게 해?"

"하긴 뭘 해."

옥희는 가슴이 방망이질치는 것을 억누르며

"공산군이 온다고 한들 상관 안 해".

"어떻게 상관을 안 해. 친구가 그랬어. 너네 어머니는 반동이니까 체포당할 거라구."

"어머니가 반동이라구?"

"최 목사님네도 일가가 모두 도망갔어. 얄미운 최의란도 자기 아버지랑 같이 대전으로 가버렸단 말야. 오늘 아침 일찍부터 도망칠 준비를 했던가봐."

"차관으로 발탁될 정도의 분이니까, 정부가 있는 곳으로 가신 거겠지. 이 집은 걱정 없어. 우리들 역시 인민 아니니."

"그렇지만, 어머닌 대한부인회 지부장이야."

"그건 그렇지만, 아버지를 내버려두고선 갈 수 없어."

순희는 언니에게 반항해봐야 소용없는 것 같아 걱정되어 작아진 눈에 눈물을 가득 담았다. 그 눈물이 또르르 뺨으로 넘쳐 흘렀다. 옥희는 어머니의 신상이 걱정되기 시작했지만, 어떻게 하면 좋을지 알 수 없었다.

그때 붉은 가죽 채찍을 손에 든 교복 차림의 영준이 허둥지둥 다가왔다.

"어머니는?"

"안방에."

옥희는 대답하면서

"어머니한테 무슨 일이라도 생긴 거야?"

"무슨 말을 하는 거야! 지금이라면 도망갈 수 있어."

영준은 덜덜 떨고 있다.

"이젠 도망 못 가. 인민군이 바로 들이닥칠 거야."

순희가 울면서 대답했다.

"인민군은 아직 시내에 있어. 시에서 남쪽 방향으로는 경비가 없어."

"그래도—"

옥희는 오빠의 의견에 동의할 수 없었다.

"오히려 더 위험해. 패잔병이나 도적이 있으면 어떻게 해."

"일단 도망가고 볼 일이야. 산 넘어서 구 도로로 가면 갈 수 있을지도 몰라."

영준은 몸을 휙 돌려 안방 쪽으로 달려갔다. 그 뒤를 순희가 쫓아가면서

"언니, 빨리 와."

하고 소리친다. 옥희는 망연자실 우뚝 서 있었다.

이마리아는 잠자코 아들이 하는 말을 듣고 있다. 영준이 당황해서 부산을 떨고 무서워 오들오들 떨수록 어머니 쪽은 점점 더 침착해지는 모습이었다. 소심한 아들과는 매우 대조적이었다.

"난 도망갈 수 없어. 아픈 사람을 버리고 가면, 언제까지나 세상 사람들의 비웃음거리가 될 뿐이야."

어머니는 완강하게 대답하고, 자신의 결의를 과시하려는 듯이 반짇고리를 끌어당겨 바늘에 실을 꿰기 시작했다.

"그런 말씀 하신다고 해도, 어머니 신상에 혹시 무슨 일이라도 생기면 오히려 아버지한테 좋지 않게 될 수도 있잖아요."

"무슨 일이 생긴다는 건?"

어머니는 실 끝을 이로 끊어 자르면서 물었다.

"예를 들어 인민군에게 체포된다든지……"

"사형이라도 시킨다고 그러던?"

"……."

흠칫하는 얼굴이 된 영준을 보고, 옥희는 가슴이 떨렸다.

"난 민주주의자이고, 신앙인이야. 무신론자인 공산당원은 혐오하지만, 아무리 빨갱이라 해도 그렇게 무턱대고 사람을 죽일 정도로 야만은 아닐 거라고 생각해. 그렇게 믿고 싶은 거지. 아니, 설령 그런 일이 있다고 해도 난 너희 아버지 곁을 떠나지 않을 거야. 밀사 사건 이후, 너희들은 나를 그런 식으로 생각하고 있는지 모르겠지만, 너희 아버지 신변을 보호하기 위해 취했던 비상수단이었어. 어차피 체포될 것이 뻔한 밀사였어. 이 집에 왔었다는 걸 자백하기라도 한다면, 어떻게 됐겠어."

"그건 그렇다 하더라도, 그런 게 인민군한테 변명이 될 수는 없잖아요."

영준은 흥분해서 조금 강하게 말했다.

"무슨 말을 해도, 나는……"

어머니는 바늘과 실을 양손에 든 채로, 아들을 흘끗 보면서

"그럴 거야. 나는 너희 아버지한테 저지른 죄를 청산하고 싶다. 그리고 인민 정부가 너희 아버지를 어떤 식으로 대우하는지도 끝까지 봐둘

테야. 이 시기에 비겁한 짓은 하고 싶지 않아."

"이래서는 도무지, 말이 안 돼."

영준은 어머니가 남자에게도 지지 않을 웅변가라는 사실을 자랑스럽게 생각했던 과거의 자신을 증오했다. 지식 여성을 어머니로 둔 것이 얼마나 불행한 일인지 뼈저리게 느꼈다.

"그렇다면, 어머니 하시고 싶은 대로…… 전 이 집이 불행하게 되는 게…… 아버지가 끌려가신다든지 어머니가 체포된다든지 하는 게 두려운 거예요."

영준은 어머니의 고집은 도저히 당해낼 수 없을 것 같아, 분한 마음에 이야기를 하는 도중 울어버리고 말았다.

어머니는 아들의 약한 모습을 보는 것이 싫어서

"계집애같이 울기는! 남자답게 확실히 하렴. 언젠가 넌, 일본의 크리스찬들이 수난당한 이야기를 했잖아? 두려움 없이 후미에[27] 밟기를 거부하고, 의연하게 화형에 처해졌던 사람들의 용기를 배우려무나".

그때, 드디어 바늘 구멍으로 실이 통과했다.

"그래요. 저는 겁쟁이에요. 이놈의 집 따위, 어떻게 된다 해도 상관없어."

으앙 울면서 영준은 밖으로 나갔다. 옥희는 오빠 뒤를 쫓아가고 싶다고 생각하면서, 어머니 곁에서 냉담한 눈으로 화가 난 것처럼 하고 있는 여동생과 얼굴을 마주하고 있었다. 순희는 어머니와 똑같은 마음으로 오빠를 경멸하고 있었다. 그러나 옥희는 오빠의 기분을 헤아리고,

---

27 후미에[踏み繪] : 에도 시대에 기독교도인가 아닌가를 식별하기 위하여 밟게 했던 그리스도 · 마리아 상 등을 새긴 널쪽 또는 그 널쪽을 밟게 한 일. 사상 조사 따위의 수단으로도 비유됨.

가엾은 생각이 들었다.

"옥희야! 오빠 있는 데 가보렴."

어머니에게 그렇게 하라는 말을 듣고, 옥희도 잠시 자리를 떴다.

우리 집에 폭풍이 불어닥친다면, 어떤 식으로 나타날 것인가 그 폭풍을 기다린다는 식의 이상한 심리상태에 놓여 있던 옥희는 하루가 지나고 이틀이 지나도 아무런 조짐이 없는 것이 더욱 불안해졌다. 왠지 모를 잔혹함을 품고 있는 시내 쪽을, 집 서쪽의 작고 높은 언덕 위에서 멀리 바라보기도 했지만, 몇 개인가 높은 건물과 망루인지 무엇인지에 꽂혀 있는 듯한 적기가 보일 뿐이었다.

빽빽하게 들어선 집들이 멀리 보이는 풍경 등은 아무것도 변하지 않았다. 당연히 그럴 것이라 생각하면서도, 뭔가 세상을 바꾸는 역세라든가 혁명이라는 단어가 풍기는 심상치 않은 느낌으로 보자면 어딘가 변한 곳이 틀림없이 있을 것만 같았다. 태평양전쟁이 끝나고 '해방'이 돌연 찾아왔던 해 8월 15일에는 이미 태극기를 든 데모대가 시내 큰 길을 줄지어 천천히 행진했었다. 중심가의 일본인 상점가는 정문을 굳게 닫아 걸었고, 그때까지 입에 올리기만 해도 몇 년인가 감옥행을 당해야 했던 태극기가 자유롭게 휘날렸다. 그래서 아아, 이게 혁명이라는 것의 정체였구나 하며 자신의 눈을 의심한 적이 있다. 그때와 똑같은 일이 지금 이 땅에 일어나고 있는 것일까. 어쩌면 이번 경우는 같은 민족끼리 정권 주고받기로 끝이 날 뿐, 내면으로는 그런 변화가 없을지도 몰랐다. 옥희는 무서운 것을 본 것만 같은 기분이 들어 학교에 가는 척하면서 시내로 가보고 싶었다. 약이 다 떨어졌으니 그것도 가지러 가는 김에 병원이 있는 중앙로를 걸어볼까 그런 식의 유혹을 떨쳐내느라 한동안 애를 썼다.

학교는 전쟁이 난 뒤로 안 나가고 있는 채였지만, 순희 이야기로는 새로운 공무원이 아직 오지 않은 데다 교과서도 틀림없이 바뀔 테니 인민정부의 공무원이 올 때까지 휴교할 것이라고 교사 대표에게 들었다는 것이었다. 교장은 잽싸게 피난 가버리고 교감도 사라졌기 때문에 교사들은 자신들 가운데서 투표를 해 대표를 결정하는, 그런 처리 방식을 취했다는 것이다. 영준이 다니는 의대도 대체로 같은 변화가 있었다. 주류였던 교사들이 행방불명이 되고, 신교육법이 결정될 때까지 손을 놓고 기다린다는 식이었다. 영준은 시내를 걷기도 하고, 학생들의 집회에 나가기도 하면서 새로운 정세에 보조를 맞출 작정으로 공부에 힘을 쏟았다. 학생들 가운데서 돌연 지도자가 나타났다. 우리들은 이후 동맹 소련의 의학을 들여와 동맹 소련의 방식으로 공부하게 될 것이다, 한국 정부는 미국의 원조를 선전해왔다, 우수한 기계와 의술, 교사가 올 거라고 생각했지만 모두 헛된 선전으로 끝났다, 악취가 풍풍 나는 밀가루라든가 중고 기계차, 그쪽에서는 쓰레기 운반에나 쓰였던 넝마 전차 따위 뿐 아니었나, 그러나 우리 소련 동맹은 결코 그런 일은 하지 않는다, 조만간 충실한 시설과 우수한 교사가 틀림없이 올 것이다, 인민정부가 학교를 재건하는 것은 불을 보듯 명백한 일이라고 연설했다. 영준도 차차 그 분위기에 휩싸여 밝은 희망이 생겼다. 오빠의 그런 이야기도 영향을 주어 옥희는 인민군을 두려워한 자신을 부끄럽게 여겼다.

그러던 어느 날, 옥희는 영희가 불러내어 시내로 향했다.

영희는 길을 가면서 인민군을 본 감상을 이야기하며 사촌 언니를 안심시켰다.

"난 인민군이 좋아졌어. 군복 색깔은 겨자색이랑 비슷해서 좀 이상하긴 해도, 규율이 잘 잡혀 있고 여자들을 대하는 것도 아주 예의바르고 말이야. 나한테 길을 물어 본 병사인가 하는 사람이, 딱 차렷 자세를 하면서 넵, 하고 거수를 하더니 여성 동지 고맙습니다 하고 인사를 하는 거야. 한국 병사였다면 어땠겠어! 저기, 아가씨, 이봐요. 미인인데. 엉덩이가 커서 몸매가 좋은데 하고 놀렸겠지. 한국 경관이었으면 훨씬 더 난폭했을 거라구. 시골에서 온 청년들을 엎드려 뻗쳐 세우고, 봐라 넌 빨갱이지? 그 놈은 공산당원이 틀림없어, 발로 밟고 차고. 보고 있으면 화가 치밀어 올랐다구."

영희가 그런 것을 본 것은 작년 겨울로, 예의 빨갱이 사냥인 동계 숙청이 시작된 무렵이었다. 거동이 의심스러운 통행인을 심문한다, 신체검사를 한다며 반공으로 똘똘 뭉친 경관들은 모든 것을 의심했다. 머리가 긴 청년들을 만나면 퍼뜩 흥분해서는 무심결에 거친 행동을 할지도 몰랐다. 개중에는 이미 습관이 되어 벌벌 떠는 시골 청년들을 붙잡아서는 반은 놀리는 기분으로 엎드려 뻗쳐를 세우고 못살게 굴며 절을 시키고 장난질을 치는 사람도 있었다. 마침 그곳을 지나가던 영희는 아무리 봐도 빨갱이 사상과는 인연이 없는 사람들, 순박하고 말주변 없고, 겁쟁이에, 공포로 새파랗게 질려 젖은 참새같이 떨고 있는 젊은이들이 불쌍하고 또 불쌍했다. 집에 돌아와서도 마음이 개운해지지 않고 꿈까지 꾸면서 며칠 동안을 불쾌하게 지냈던 일이 있었던 까닭이다.

"경찰관들은 어떤 복장이야?"

옥희는 사촌 여동생의 이야기에 마음이 부드러워져 그런 일에 흥미를 느꼈다.

"병사들하고 비슷한데, 견장이 없는 것이 특이했어. 경찰이라 하지 않고, 내무서라고 한대."

"어머, 내무서라고 하면, 느낌이 부드럽지 않니."

"맞아. 감옥 이름도 특이해서, 뭐라더라. 교도소라든가……"

"가르쳐서 지도하는 장소라는 거야?"

"그런 거 같아."

"아무튼 좋은 이름이야. 수인이라든가 죄인이라는 이름도 없어지겠지?"

"거기까지는 듣지 못했지만, 어쨌든 이제까지 정치범이랑 사상범은 모두 용서받아서 감옥은 텅텅 비었나봐."

"유토피아네."

옥희는 기쁜 듯이 말했다.

그 해방된 사상범일까, 못 보던 청년들이 완장을 차고 줄지어 행진하며 지나간다. 옥희 등은 중앙로에서 태극가로 막 나온 참이었는데, 화물 운송점 앞 광장에서 빈 상자를 쌓아놓은 위로 올라선 청년이 군중을 향해 열변을 토하고 있는 것을 우연히 보게 되었다. 머리는 길고 추레한 얼굴은 노랗게 말라 있었는데 핏발 선 눈은 예사롭지 않았다. 목소리가 갈라지고 주먹을 휘두르다가 무언가를 연신 외쳐대는 모양은 처량한 데가 있었다. 옥희는 저 청년도 감옥에서 막 나온 사상범일까 생각하며 영희의 소매를 당기며 빨리 다른 곳으로 가자고 말했다. 그러나 영희는 그곳의 매력에 빠져들어 거기에 있고 싶었던지 남자들 뒤로 발돋움을 하여 연설하는 사람의 얼굴을 보고 있었다.

청년은 지나치게 소리를 지르고 있었던 까닭에 옥희에게는 그가 무엇을 말하고 있는 것인지 이야기의 내용을 알아들을 수가 없었다. 감방에서 풀려나온 우리들, 이승만 주구, 매국도배, 미군 진입 등 격렬하고 선정적인 단어들이 옥희의 귀에 들어왔다. 이것이 만약 며칠 전에 일어났다면, 저 청년은 금세 한국 경관들에게 체포되어 큰길에서 질질 이리저리 끌려갔을 것이다. 당장이라도 제복을 입은 순경들이 튀어나오는 것은 아닐까 착각이 들었다. 그때, 청년들이 일제히 힘을 모아 소리치자 사람들이 우르르 환성을 지르며 열광적으로 박수를 치고 만세를 불렀다. 옥희는 옆에 있는 영희가 열중해서 손뼉을 치고 인민군 만세 하고 외치는 것을 보았다.

"굉장하다! 언니. 난 기뻐! 미군이 대전 북쪽까지 갑자기 뛰어들었는데, 인민군한테 가차 없이 당해서 도망쳐 버렸대."

영희는 발을 동동 구르며 옥희의 팔을 잡아당겼다. 너무나 기쁜 나머지 어찌할 바를 모르는 것 같았다. 사람들의 떠들썩한 소리가 한층 더 고조되어 갈 무렵, 어디에선가 커다란 북을 용맹스럽게 두드리는 소리가 났다. 그것을 신호로 악대의 관악기 취주가 시작되었다. 옥희는 가슴이 철렁하는 것만 같았다. 돌연 박자도 없는 높은 소리를 급속도로 불어댔기 때문에, 번개와 천둥이 동시에 떨어지는 듯한 충격을 받았다.

옥희는 숨이 막힐 것 같아서 도망칠 곳을 찾았다. 그때, 그런 빠른 박자의 음 사이로 선이 가는 소리가 새어나왔기 때문에 옥희의 놀라움은 진정이 되었다. 사람들은 악대의 연주를 반주로 해서 무엇인가 노래를 부르기 시작했다. 영희도 그 노래 가락을 알고 있는 듯이 보였는데, 손으로 박자를 맞추면서 불렀다. 영희가 그 노래를 언제 어디서 배운 것일까 놀라웠다. 가사에 있는 인민의 적, 반동의 무리, 잡아 죽일 반역자 등등의 문구가 두근거리는 가슴에 울려퍼졌다. 게다가 그 악대의 연주 방식이나 음계가 총체적으로 마음에 들지 않았다. 조금 마음이 진정되자, 차례차례 연주되는 곡목들이 거의 짧은 단음계로 되어 있어 이것이나 어느 것이나 비슷비슷하다고 느꼈다. 뭔가 규격에 맞춘, 여유 없음이 느껴졌다. 무리하게 선동해서 흥분시키려는 낌새가 있어 이제까지 들었던 서구의 어떤 고전 음악에도 없는 희한한 곡이라고 생각했다.

"언니, 좋은데. 소련동맹의 음악이야. 나, 가슴이 후련해졌어."

"그럴까."

옥희는 확실히 이런 종류의 음악이 좋아지지는 않을 거라고 생각했다. 어째서 영희가 즐거워하는지 이해가 되지 않았다.

영희는 계속 무엇인가 억제당해 가슴 속에 불만이 겹쳐 쌓인 것이 순식간에 흩어져 가는 유쾌한 기분이 들었다. 뭐라고 집어 말할 수 없는 생리적인 쾌감을, 그 북쪽에서 온 음악으로부터 느끼는 것이었다. 그렇게 느끼지 않는 옥희가 매우 고리타분하게 보였다.

그때, 조금 전 청년과 교대하여 인민군 장교인가 싶은 군인이 단상으로 올랐다. 어깨에 폭이 넓은 계급장이 달렸고, 꼿꼿이 어깨를 세운 그 군인은 연설을 시작했다. 이 사람은 침착하고 장중하게 천천히 말을 했기 때문에 옥희도 잘 알아들을 수 있었다. 그러나 목소리의 톤이 높고 뭔가 강요하는 듯한 점이 마음에 들지 않았다. 이야기의 골자는 잘 통했다. 인민군의 위력을 찬양하고, 한국군과 미군의 연합세력으로도 우리 인민군에게는 상대가 안 되어 잠시도 버티지 못하고 그들이 패퇴했다는 것이다. 그들의 병사가 자본가와 제국주의자의 앞잡이 용병에 지나지 않는 것과 달리 우리 인민군은 우리 국토를 괴뢰정권으로부터 탈

환하여 조국 통일을 달성하려는 열의에 불타고 있다는 것, 그렇기 때문에 전투 의욕이라는 점에서 문제가 되지 않는다고 했다. 적은 바야흐로 부산 근방으로 몰아넣어져 최후의 발버둥을 치고 있지만, 며칠 안에 우리 인민군 손으로 바다에 빠뜨려질 것이다.

우리 인민군은 파죽지세로 계속 적을 무찌르고 있으니, 적이 어떤 수를 쓴다고 해도 완전히 격파하는 것은 틀림없는 일이다. 다만, 여기서 조금 곤란한 것은 우리 용맹한 병사들이 육탄으로 적진 깊숙이 잠입해 들어가 있어 다른 방면의 작전 관계상 병력이 부족하다는 것이다.

"앞으로 며칠이 고비다. 여기서 병력을 보충해야 하는 중대한 단계가 되었다. 동지 제군의 열성적인 지원을 희망할 따름이다. 동지 제군! 운송업 노조 제군! 떨쳐 일어나 지원하라. 어떤가, 동지들은 찬성하는가?"

"찬성!"

군중 사이에서 높이 손이 올라가고, 몇 개나 더 손이 늘어났다.

"훌륭하다! 동지들은 우리 인민공화국의 영웅이다. 그런데, 손을 들지 않는 동지가 있는데 무엇을 망설이나. 16세에서 45세까지 남자라면 누구라도 자격이 있지. 손을 들지 않는 동지는 반동인가?"

우르르 손이 올라가고, 반수 이상으로 늘었다.

"손을 든 동지들은 오른쪽으로, 들지 않은 동지들은 왼쪽으로 줄을 서시오."

사람들이 순식간에 움직여 두 개의 줄로 나뉘어졌다. 그러나 손을 들지 않고 떨떠름한 얼굴을 하고 있던 사람들이 서로 얼굴을 마주하자, 그들은 겸연쩍은 듯 있었는데 갑자기 오른쪽 줄로 걸어갔다 그러자 계속해서 한 사람이 가고 두 사람으로 늘어나는 식이어서, 거기에 남아있는 사람은 없어질 것 같았다.

옥희는 열 몇 사람인가 남아 있는 가운데, 중년의 남자와 소년이 몹시 난처해하고 있는 것을 보았다. 아무래도 보고 있을 수가 없어서 영희를 거기에 남겨두고 걸어가버렸다.

시의 중심이었던 건물들은 간판이 다시 새로 칠해져 있었다. 시 버스와 기차 등의 옆구리에도 인민정부의 명칭을 덧입힌 이름이 보였다.

그 하나하나가 영희에게는 기쁨이었지만, 옥희는 급격하게 변하고 있는 도시를 볼 때마다 깜짝 놀라는 것이었다. 순희는 학교에 나갔지만, 옥희는 아버지의 간병을 이유로 집에 틀어박혀 있었다. 영희는 신문사를 그만두고, 여성동맹이라 불리우는 단체에 들어갔고 영준은 학생동맹의 일원이 되었다. 대학의 행정 조직은 변경되었다. 당에서 파견된 당원이 간부 격이었고, 교장과 교감이 임명되어 그의 지시를 따르는 상황이 되었다. 사환을 포함한 전 직원이 직장 조합을 만들고 위원장을 선출했다. 직원들은 이제까지의 예를 따라 교장을 위원장으로 선출한 참이었는데, 당으로부터 온 지도자가 그것은 반동적이라며 재선을 요구했다. 몇 번을 해도 다시 하라고 해서 결국 가장 지위가 낮은 사환을 뽑으면 무난할 것이라고 알아차리게 되었다. 그래서 결국 사환이 위원장이 되고, 직원조합의 지도자가 되었다. 그런데 한 교수가 학문이 없고, 사무 능력이 없는 사환으로는 불편이 많다고 불만을 누설하자 동지는 머리가 낡고 뼛속 깊숙이까지 자본주의의 해로운 독에 빠져있으니 재교육을 해야겠다는 결정이 내려졌다. 그 교수는 그날 심야 방문을 받아 행방불명이 되었다. 그 교수의 집은 가택 수사를 받았고, 그 교수와

친한 다른 교수 역시 교도소로 연행되었다. 교수들은 지하로 숨어들어 대학에 출근하는 사람은 몇 명에 지나지 않았다. 그런 이야기를 옥희는 오빠로부터 들었다. 그런 일은 영준의 의대뿐만 아니라 모든 학교, 모든 직장에서 일어났다.

부산 주변에 갇혀 있다고 선전된 유엔군은 실은 아직 낙동강 연안에 있다는 사실이 폭로되었다. 근소한 병력밖에 가지고 있지 않던 미군이 점차 증강되어갔고, 궤멸된 것처럼 보였던 한국군도 차차 재편성되었다. 낙동강에 대치한 양군은 인민군의 인해전술에도 불구하고 교착상태가 되어버렸다는 것도 한밤 중에 몰래 들은 라디오로 알았다. 그곳에서 병력의 대대적인 보급을 부득이 해야 했던 인민군은 남한의 점령 지역에서 강제 징모를 강행했다.

"오늘, 학교에서 학생대회가 있었어. 애국 지성을 발휘하지 않는 사람은 모두 반동이니까, 반동이 되고 싶지 않으면 지원병이 돼라. 이렇게 되었어."

"그래서 오빠는 어떻게 했는데?"

"자유의지는 존중해 마땅하지."

"물론 자유의지야 그렇지. 근데, 대회 분위기를 보고 있으면, 아무래도 전원 찬성으로 만들려고 하는 것 같아."

"……."

옥희는 언젠가 본 운송종업원 대회에서의 광경이 떠올라, 그런 식이 된다면 큰일이라 생각하고

"그래도 모두 인텔리니까."

라고 말했다.

"인텔리니까 그런 거야. 오늘 봤지만, 벌써 열성분자가 생겼더라구."

"열성분자라니?"

"나쁘게 말하면, 사꾸라야. 열렬한 애국 학생이 애매한 태도를 취하는 학생들 사이로 끼어들어가 선동하는 거야. 이봐. 동지는 어떻게 할 건데? 그쪽 동지는? 나는 지원하겠어! 동지도 같이 지원하지 않겠나. 대충 이런 식인 거지. 싫은 얼굴을 하면, 자네는 반동인가 하며 온다구. 세 사람만 반동이 나와도, 거기에 와있던 보위국원이 데리고 갔는데 어떻게 됐으려나."

"보위국원이 뭐야?"

들어보지 못한 직명이다.

"특고特高[28] 같은 거지 뭐. 경찰을 경찰하는 모양이야."

"오빠!"

옥희는 숨이 가빠지면서

"오빠는, 내일 학교에 가는 거 그만두는 게 좋겠어".

"그런 일은 할 수 없어. 체포되는걸."

영준의 얼굴이 흐려졌다. 얼굴을 숙이고 근심에 잠기는 것이 우울해 보인다. 이 오빠가 이런 심각한 얼굴이 되는 것은 본 적이 없었다.

"오빠는 도저히 군인이 될 수 없는 사람이야. 아무런 도움도 안 되잖아."

"나도 그렇게 생각해. 난 겁쟁이거든."

"그러니까, 끝까지 거부하는 거야."

---

28 특별고등경찰 : 1911년 설치되어 제2차세계대전이 끝날 때까지 존속한 일본의 비밀정치경찰. '특고'라고 약칭되었으며, 한국에서는 고등경찰이라 불렸다. 사상 ·정치활동 ·언론 ·출판의 자유를 억제 감시하고 특히 독립운동가를 적발하고 민족정신을 말살하는 데 총력을 기울여 이른바 사상범에 대하여 잔악한 고문으로 악명이 높았다.

"끝까지 거부하고 싶어. 하지만 할 수가 없어."

영준은 거의 울음을 터뜨리기 직전이었다. 숯으로 색깔을 칠한 것처럼 안색에 그림자가 드리워졌다. 말 못할 고뇌가 그의 심장을 바스러뜨리고 있다. 누이동생에게 털어놓을 수 없는 고뇌가 한층 더 고통스러웠다.

"안재호 녀석이 날 배신할 줄은 생각도 못했어."

안재호라는 말을 듣자 옥희는 깜짝 놀라며 신경이 곤두섰다. 예의 연애편지 사건 이후, 그 청년의 이름을 듣는 것만으로도 싫은 느낌이다. 그러나 오빠로서는 둘도 없는 친구일 터였다.

"어머나, 그 사람이? 어째서 오빠를 배신한 거야?"

"그게 말이야. 한마디로 이야기할 수는 없는 거라서."

영준은 괴로운 듯이

"나도 겁쟁이지만, 그 녀석도 심지가 굳질 못해. 이제 와서 생각해보면 그렇구나 싶지만, 녀석은 세력이 강한 쪽으로는 무조건 쏠린다구. 서북청년단 지부에 빌붙은 것도 그랬지. 나한테도 거기 문화부에 들어오라 들어오라 해서 말이지. 그래서 그놈들 대회에 끌려간 적이 있어".

옥희는 그날 그 대회에 오빠와 안재호가 와 있던 사정을 알게 됐다.

"그 녀석은 이렇게 말하는 거야. 네가 좌익 단체와 가까웠다는 걸 우익 청년들이 냄새 맡아 어쩌니저쩌니 하면서 괴롭히려 오면 곤란해지잖아? 네 아버지 일도 있고 하니, 조만간 표적이 될 거야. 그러니까 서북청년단에 접근해 두는 게 보신술의 하나라는 거야. 그런데 뜻밖에도 인민군 천하가 되어버렸지. 지금까지 얌전하게 있던 급진분자들이 날뛰면서 학생동맹을 좌지우지하고, 우익 경향의 학생들이 몇 명 체포됐어. 그러니까 안이라는 녀석, 새파랗게 질려가지고선 나한테 의논도 하지 않고 급진분자에게 접근해서는 말이지. 우익 성향의 놈들을 감시하는 임무를 떠맡은 거야."

"저런, 비겁……"

"비겁한 건 지금부터야. 의용군 지원병 격문이 나왔을 때, 녀석은 나한테 이렇게 말했어. 야, 영준아. 지원해 둬. 그렇게 해두면 그 서북청년단 사건이 발각돼도 너그럽게 봐 줄 거야. 난 잘 하고 있으니까, 만일의 경우에는 네 편에 돼서 유리한 증언 정도 할 생각이야. 그렇지만, 그일이 발각되면 너도 나도 재미없게 되겠지.

난 아무래도 이대로 인민군 천하가 돼버릴 것 같은 느낌이 들어. 미군이 진심으로 한국을 도울 것 같지도 않고. 실제적인 문제인데, 멀고 먼 태평양을 건너온다는 것도 불가능하다는 거지. 일본에 주둔하고 있는 미군들을 전부 한국전쟁에 투입해서, 이제야 낙동강에서 지원하고 있지. 이걸 인민군이 전라도에서 우회해서 부산 측면을 공격하면 한미연합군은 모조리 무너질거야. 이제 이렇게 되면 우리 조선은 영원히 인민군 것이지. 그러니까 나는 예전의 죄를 회개하고 인민 정부에 충성을 다할 생각이야. 그렇지만 아무래도 그 일만큼은 잘 안 돼. 너만 잠자코 있어준다면 들킬 걱정은 없지만. 이렇게 말하는 거야. 아무래도 녀석은 내가 거북해서 못 견디겠나봐. 우익한테 접근했다고 해도 그저 형식적일 뿐이었는데, 녀석은 그 일 때문에 끙끙 앓고 있어. 그러니까 내가 여기서 없어지면 좋겠다고 내심 생각하는 구석이 있는 거지. 아무래도 이건 나의 추측만은 아니라는 생각이 들어. 오늘도 내 옆으로 와서 손을 들라고 성가시게 구는 거야."

"그럼, 안재호 본인은 어떻게 하는데?"

"물론, 지원하겠지. 그렇지만, 녀석은 전선으로는 가지 않고 어딘가에 남겠지. 보위국의 선봉인지 뭔지 하면서."

"비겁한 사람이네. 난 그 사람 어쩐지 마음에 안 들었어. 오빠가 잘못한 거야. 그런 교활한 인간하고 친했으니까."

옥희는 증오의 마음을 담아 말했다.

"이제 와서 이미 늦었지. 그 녀석, 착한 데도 있었고 나한테는 진짜 잘해줬으니까."

"사람이란 게 평상시에는 대부분 사람인 거지. 이변이 났을 때 보지 않고는 판단할 수가 없어."

"그건 그래. 그래도, 지금 여기서 너랑 말다툼한다고 달라지는 건 없잖아. 내일 일을 어떻게 할 건지가 지금 큰 문제잖아."

무슨 좋은 지혜는 없는 것인가 싶어 말은 않고 누이를 바라본다.

"……."

옥희는 오빠가 전선에 끌려가는 일을 상상하면 가슴이 죄어드는 것만 같았다. 영준은 다시 이야기를 계속한다.

"농대에서 있었던 일이지만, 조례 때 전체 생도가 자발적으로 지원하는 것으로 해놓고 그 자리에서 대전으로 끌고 갔대. 아까 큰 길에서 들었는데, 학부형들이 소리치며 울면서 학교로 뛰어가는 걸 마주쳤어. 가방이랑 뭐랑 학교에 다 놔두고 간 모양이야."

"그런 일이……"

"나도 내일 아침 이 집을 나가는 길로, 두 번 다시 못 돌아오게 되는 건 아닐까."

끝까지 말을 잇지 못하는 가운데, 영준은 오열하기 시작했다. 눈물이 넘쳐흘렀다.

"오빠, 아버지 계신 곳에 의논하러 가보자."

옥희는 오빠의 손을 잡고, 자신도 울기 시작하면서 말했다.

"아버지한테는……"

눈물 섞인 채로 한 뒷말은 이랬다. 자기는 정말 불효자에 흐리멍텅한 인간이었다, 아버지한테는 걱정만 끼쳤으니, 지금 또 이런 이야기로 마음을 아프게 하고 싶지 않다, 병상에 누워계신 아버지한테만은 무슨 일이 있어도 알리지 말아달라는 것이었다. 그리고 어머니한테 의논하면 결과는 뻔한 것이다. 틀림없이 도망가라고 권하시겠지. 그렇지만 지금 이 상황에서, 내가 잘 생각해서 행동하지 않으면 후회할 일을 만들지도 모른다, 그건 다른 게 아니라 어머니에 관해서다. 내가 군대를 기피하면, 이 집은 이제 꼼짝없이 반동 일가 취급을 당하겠지. 그렇지 않아도, 어머니가 체포되는 것은 아닐까 매일 조마조마하고 있는데, 여기서 내가 경솔한 행동을 해서 화가 겹치게 해서는 안 된다고 생각하고 있다. 그래서 오늘밤 충분히 연구해 볼 생각이다.

"내가 결심이 설 때까지 옥희는 잠자코 있어줬으면 해."

라고 말하며 옥희의 손을 꽉 쥐었다. 옥희는 오빠가 불쌍해서 얼굴을 정면으로 볼 수가 없었다. 오빠가 얼마나 괴로워하고 있는 것일까, 오빠의 고민을 나누지 못하는 한이 마음을 으스러뜨리는 것만 같았다.

기분 좋은 숨소리를 내고 있는 순희의 머리맡 책상에 옥희는 팔꿈치를 괴고서, 괴로운 듯 있던 오빠의 얼굴을 떠올렸다. 언제나 유쾌해 보이고, 즐거움만을 좇는 여느 때의 오빠가 아닌 영준이었다. 해사하고 피부색이 좋았던 오빠의 얼굴이 죽음의 신이 들이닥친 것처럼 창백해져 전혀 다른 사람으로 변했다.

'오빠는 변했어.' 옥희는 생각했다. 그리고 오빠에게 변화가 일어난 이상으로 세상이 변한 것이 아닐까 느끼면서, 느긋한 자신에게 생각이 미쳤다. 그러자 오빠의 신상에 일어난 일이 한순간도 소홀히 할 수 없을 것만 같은 느낌이 들어 오빠의 방으로 가보려고 나갔다.

넓은 집 가운데로 어둠이 구석구석 기어들어 와있다. 어머니 방과 넓은 마루, 주방과 부엌 등 어머니가 객실로 간 뒤여서일까, 집 전체가 빈 집이 된 듯한 느낌이었다. 긴 툇마루를 아래채 쪽으로 돌아 지금은 빈 방이 된 침모의 방 앞으로 지나갔다. 옥희는 침모가 자신에게 말을 걸어올 것만 같아 어쩐지 기분이 나빴다. 친족이 없는 침모는 매장도 얼렁뚱땅, 영혼을 위로하고 기일에 등불 하나 올리는 일 없이 아무렇게나 내버려두고 있다. 옛부터 내려오는 제사는 우상숭배라고 배척하는 개신교의 관례가 침모에게만 적용된 것은 딱한 일이었다.

하녀들의 방은 문이 반쯤 열려 있어, 비린내 나는 냄새가 확 풍겨 왔다. 옥희는 거칠게 코를 고는 하녀들과 부엌냄새가 나는 작업복을 입은 채 아무 데나 쓰러져 자고 있는 하녀들의 모습을 흘끗 보고 서둘러서 그 앞을 지나쳤다.

사랑채 뒤쪽 툇마루는 아주 조용했고, 마루로 통하는 유리문이 하나 열려 있었다. 옥희는 발소리를 죽이며 마루로 들어갔다. 아버지의 방에는 환하게 전등이 켜져 있고, 장지에 꼭 들어맞는 무늬 유리로 아버지와 어머니가 보였기 때문이다. 녹색 바탕색에 모란을 곁들인 비단 이불의 새하얀 깃에 아버지의 얼굴이 반쯤 보이고, 어머니가 성경을 읽고 있다. 고개를 숙인 어머니이 모습은 행복해 보였다. 어머니는 남편을 소중하게 지키고 싶다는 의욕에 불타오르는 듯이 여겨졌다.

옥희는 그런 어머니를 방해하지 않고 그대로 두고 싶어서, 마루를 왼쪽으로 건너 조심스럽게 두터운 휴게실 문을 열고 양실로 들어갔다.

오빠의 방에는 라디오가 켜져 있었다. 무슨 소설 읽기가 시작된 듯, 서울 말씨의 여자 해설자가 이야기를 진행하고 있었다. 그 사이로 나이든 여자의 음성과 젊은 남자의 목소리가 대사로 끼어들었다.

옥희가 들어온 것도 알아차리지 못하고, 영준은 침대 끝에 걸터앉은 자세로 이렇게 양손으로 머리를 감싸쥐고 라디오에 주의를 기울이며 열심히 열중해서 듣고 있다.

옥희는 소리를 내지 않으려고 주의하면서 문을 닫았다. 그리고 잠시 멈춰 서서 이야기에 귀를 기울였다. 둘째 오빠의 책상과 침대 등은 한쪽 벽에 원래 그대로 위치에 있었다. 무뚝뚝한 인준의 모습이 거기 있는 듯한 느낌이 들었다. 문득 사무치도록 둘째 오빠를 그리워하는 마음을 억누르며 옥희는 눈물이 글썽해졌다. 자신들은 지금 여기서 이러고 있지만, 둘째 오빠가 지금쯤 어디서 집 생각을 하고 있을까 하며 슬픔에 잠기는 것이었다.

그런 슬픈 마음에 호소하려는 듯이 이야기는 비장한 울림으로 다가왔다.

......

비가 부슬부슬 내리기 시작했습니다. 어머니와 아들은 흠뻑 젖어 추위에 몸을 떨기 시작합니다. 어머니의 눈에서 주홍색 핏줄기 같은 눈물이 흘러넘쳤습니다.

어머니　"애, 가지 말아라. 너야말로 내 생명 같은 거야. 의지가지없이 고독한 우리들 모자에 대해선 마을 관리 나리들도 잘 알고 계시지 않니. 많고 많은 남자들 중에 너 한사람 병사가 되지 않는다고 해서 전력에 지장을 줄 정도도 아니겠고, 그렇잖아. 너 어떻게 좀 그만둘 수 없는 거니."

　아들　"어머니, 우리들은 이제 고독한 처지가 아니예요. 마을 인민위원회는 우리 동지예요. 인민들도 한 사람도 남기지 않고 우리들의 친척이 되었어요. 우리 집, 우리 자식, 그런 생각은 이제 낡은 것이에요. 어머니는 저 한 사람만의 어머니가 아닙니다. 젊은이 모두의 어머니, 이 인민공화국의 어머니신 거예요."

　어머니　"그런 이야기 해봐도, 나한테는 납득이 되지 않는구나. 네가 없어지면 난 혼자 외롭게 죽어갈 뿐이야.

　아들　"어머니, 기운을 내세요. 그리고 잘 생각해보세요. 우리나라는 지금이 통일을 할 수 있는 절호의 기회예요. 지금이 고비예요. 공화국은 외치고 있어요. 한 사람이라도 더 많은 병사, 한 자루라도 더 많은 총이라고. 두 개로 나뉘어진 조국이 얼마나 비통한 것인지 어머니 설마 모른다고 하시진 않겠죠. 조국이 우리 인민의 것이 되느냐 못되느냐, 오직 지금 이 순간에 결정됩니다. 우리들의 결심에 달려있는 거예요. 우리는 조국 통일의 비원 달성을 위해 이 붉은 피를 기쁘게 바치고 싶어요. 독립이 없는 조국에서 살아있는 시체가 되느니, 이 붉은 피를 바치는 편이 얼마나 기쁜지 몰라요."

　어머니　"그렇지만, 나는 어떻게 살아갈 수 있겠니."

　아들　"이 나라의 인민 모두 어머니의 자식이 되는 거예요. 국가가 어머니를 돌봐드리는 거예요. 자, 어머니, 웃는 얼굴을 보여주세요. 봐요. 기적 소리가 들려오지 않나요."

고요해진 주위의 침묵을 깨고 멀리 산너머 기적 소리가 울려 왔습니다. 그 소리는 이 모자가 마음의 결심을 하도록 만들었고, 희망으로 들끓어 오르지 않을 수 없었습니다.

어머니　"그러면, 가거라! 부디, 몸조심 하고."

아들　　"어머니!"

어머니　"용길아!"

꼭 끌어안은 모자는 서로 얼굴을 바라보며 잠시 동안 이별의 슬픔에 잠겼습니다. 이윽고 아들은 손을 확 놓고서, 어머니의 곁을 헤어져 갑니다. 어머니보다 소중한 것, 그 이름은 인민, 그리고 우리 인민공화국이어야만 합니다!

해설이 흐른다. 바이올린 솔로의 비가가 거기에 반주를 하고 사라져 간다. 아들의 발소리는 서서히 작아져 갔다. 영준이 돌연 흐느껴 울었다. 옥희는 이런, 하며 오빠를 보았다. 오빠는 그 이야기에 자신을 대입하고 있었다. 적어도 그렇게 하려고 노력하고 있는 듯이 보였다.

"옥희야!"

느닷없이 영준은 얼굴을 들고 옥희를 바라보았다. 그 눈에 눈물이 빛났다.

"난 지원할래."

"오빠!……"

"옥희야, 아무것도 말하지 말아줘. 난 이 시기가 되어서도 비겁한 짓은 하고 싶지 않아. 이제까지 내가 얼마나 형편없었는지 알잖아."

"오빠, 어째서, 그런……"

"내가 생각해봤는데, 남한 측 입장에서 봐도, 정말은 북벌을 통해서 통일로 가겠다는 거잖아. 남이니 북이니 해도, 그 차이는 종이 한 장이야. 권력이라는 힘으로 인민을 따라야 하는 상태였지. 그런데 현실은, 인민군 손이 미치지 않는 곳이란 부산을 중심으로 한 진짜 한 줌의 지역이야. 지금이면 단숨에 빈틈없이 칠할 수 있어. 이게 중요하다고 생각해. 이 기성사실을 어떻게 생각해? 내가 남쪽으로 도망쳐본댔자 어떻게될 수 있는 상황이 아닌 거야. 난 역시 남아서 삼각지대를 붉은 피로 칠하는 게 진짜라고 생각해. 난 이제 결심이 서서 마음이 놓여. 내일 학생대회를 마주하는 것도 무섭지 않아졌어. 난 홀가분해."

"……."

옥희는 할 말이 없었다. 입을 열지 않고, 오빠의 결심을 뒤집지 않는편이 좋을 것 같았다.

다음 날. 옥희는 설마 하는 기대가 마음속에 남아 있었다. 오빠는 언제나처럼 붉은 가죽 가방을 들고 잘 닦은 구두에 서지serge[29] 학생복에도 빗질을 해서 몸차림을 깔끔하게 정돈했다.

"다녀오겠습니다."

하고 활기차게 대문을 나섰다.

저대로 병사가 되어 가버리는 것이라고는 도저히 생각할 수 없다. 그래, 오빠는 돌아올거야 그렇게 믿고 싶어하면서 옥희는 일단 자신의 방으로 돌아왔다. 그렇지만, 왠지 다시 가슴이 두근거려 지금 다시 한번

---

29 서지(serge)는 '견'이라는 뜻의 라틴어 serica에서 유래했다. 실의 꼬임수가 많고 조직이 치밀하여 구김이 잘 생기지 않고 내구성이 좋은 직물로 수트, 바지, 코트, 스커트 등에 사용된다. 세루라고도 부르는데, serge를 일본어화한 세루지(セルじ)의 준말이다.

오빠를 봐두지 않으면 영원히 볼 수 없을 것이라는 느낌이었다.

옥희는 오빠의 뒤를 쫓아 나갔다. 양관 앞을 지나갈 때, 뜰에 있던 어머니가

"옥희야! 오빠는 벌써 나갔니?"

옥희는 말문이 막혔다. 자신의 아들이 전장에 나갈 지도 모르는데, 이 어머니는 아무것도 모르고 있다. 어머니는 둘째아들보다도 장남을 소중히 하고 있었다.

"아, 네! 나갔어요. 근데……"

옥희는 가슴이 메었다. 사실대로 말해 버릴까 생각도 했지만, 순간 그만두었다. 어쩌면 오빠는 돌아오게 될지도 모른다, 무턱대고 군대에 끌려갈 리가 없다고 왠지 확신이 들었기 때문이었다.

옥희가 대문 앞으로 나갔을 때는 영준은 이미 언덕을 따라 걸어가고 있었다. 모내기 준비로 물길을 끌어낸 논두렁 길을 지나서 언덕에서 시냇가로 계속 내려가고 있다. 오빠는 성큼성큼 다리를 뻗고 있었다. 상당히 키가 크고 다리도 남보다 길기도 길었지만, 그 걸음걸이는 자못 자신이 있는 듯했고 한 걸음 한 걸음 힘을 주고 있는 것처럼 보였다. 그러나 사실은 자신의 약한 마음을 감추려고 일부러 그러는 것이었다. 보통 때 같으면 먼지가 날리는 것이 싫어서 다리를 살짝 내려놓을 것이었다. 이봐, 땅이 갈라질 걱정은 안 해도 되잖아. 좀 확실하게 걸으라구. 등등 친구들로부터 놀림을 받는 조심스러운 발걸음이었다. 그런 사람이 자못 활기찬 듯이 걸어간다. 자기 자신을 극복하려는 노력으로 억지로 태연한 척 하는 것이다. 어제 밤 그 라디오 드라마도 스스로에게 용기를 북돋우기 위한 노력이었다. 그것이 몹시도 영준다운 점이었다. 옥

희는 그런 오빠를 뒷모습으로 보면서 눈물을 글썽였다. 이 오빠하고는 어찌된 일인지, 어릴 적부터 두 사람만의 시간을 가져본 적이 거의 없었다. 다정하고 그리운 추억은 거의 없었다. 아들은 사랑채에, 딸은 내실에 하는 옛날 관습이 오빠와 누이동생 사이의 정을 만들지 못하게 했지만, 영준과 옥희가 다섯 살밖에 나이 차이가 나지 않는다는 점, 오빠와 여동생이 한데 어울려서 나다니는 것을 꺼렸던 점 등등도 원인이었다. 특히, 요즘 영준은 시내 통학이 멀다며 내켜하지 않았고, 노는 것에 맛을 들이고 나서부터는(그것은 안재호의 나쁜 영향이었다) 안의 공부방을 하숙처럼 삼고 있었기 때문에 더욱 더 서먹서먹해졌던 것이다. 이대로 만나지 못한다고 하면 그런 일들이 전부 슬픈 기억이 될 것만 같았고, 좀 더 친하게 지냈더라면 좋았을 텐데 후회가 되었다. 오빠는 아버지 쪽은 어려워했지만, 어머니에게는 아기처럼 응석을 부렸다. 그런 어머니에게조차 아무 말 않고 집을 나온 것에 대해서는, 오빠에게도 그런 굳은 의지가 있었나 옥희는 감동했다.

그러자 옥희는 어떻게든 오빠를 쫓아가 다정한 말을 해야 할 것 같았다. 그러나 마음만 바쁠 뿐으로, 다리는 생각대로 움직여주지 않았다. 옥희가 언덕을 다 올라갔을 때 오빠는 보이지 않게 되었다. 언덕 위로 가보니 오빠는 반월천 다리 위에 있었다. 오빠는 좁은 나무다리 위에 잠깐 멈추어 서서 시냇물을 들여다보고 있다. 아, 저기에 송사리가, 저긴 망둥이가 하는 식으로 작은 물고기들을 쫓고 있는 듯한 모습이었다. 오빠는 잔물고기잡이를 좋아해서, 근처 농부네 아이들과 물보라를 일으키며 고기잡이에 한창이다가 물에 빠진 생쥐 꼴이 되어 어머니에게 혼난 적이 있었다. 오빠는 그런 일을 생각해내면서 이제 이 시내와도 안녕인가 하는 듯이 손을 휘두른다. 옥희는 가슴이 콱 막혔다. "오빠!" 옥희의 목소리는 다리까지 가닿지 못했고, 오빠는 생각났다는 듯이 싱큼싱큼 다리를 마저 건너 간다. 그는 멀리 시내를 바라보면서 신시가지 쪽으로 서둘러 갔다. 옥희는 그 순간 오빠를 불러 세우려는 마음이 사라졌다. 끊임없이 자신의 마음을 진정시키면서, 망설임을 버리고 고뇌를 덜어내려 노력하고 있는 오빠라고 생각하니, 굳이 자신이 위로해준다는 것이 오히려 마음을 어지럽히고 힘들게 할 것이라고 생각했기 때문이다. 그리하여 오빠의 모습이 순식간에 작아져 신시가지 안으로 묻혀버리고 말 때까지 그곳에 계속 서 있었다.

오빠가 완전히 보이지 않게 되고 나서도 여전히 거기서 멍하니 멈춰 서있는 옥희에게 누군가 말을 걸어왔다.

"어머나, 순희야! 왜 가방을 안 가지고 가는 거야?"

"가지고 갈 책이 없으니까."

"어째서?"

"언니는 여전하네! 요즘 한국 시대 교과서를 쓸 수 있을 거 같아? 인민정부 교재가 올 때까지 구연이야."

"강연?"

"구술 교수법이라는 거지! 스탈린이니, 마르크스, 레닌이니 하는 것들. 머리가 아파진다구. 재미도 없는 걸 재미 하나도 없게 계속 지껄이는 거야."

"순희야, 뛰어가서 오빠 좀 만나봐."

옥희는 오빠가 사라진 쪽을 바라보면서 말했다.

"오빠를 만나라니? 어째서? 난 그런 거 싫어."

"그런 말이 어딨니. 오빠는 손윗사람이야."

"그래도, 싫은 걸 뭐."

"그렇게 말하는 게 아냐. 오빠하고는 이제 이걸로 끝……"

"이걸로 끝이라니 왜?"

"만날 수 없어. 병사가 돼서, 죽는 거야."

"병사?"

순희는 깜짝 놀라 안색이 변했다. 경솔한 말을 지껄인 자신을 부끄러워하며,

"그거, 진짜야?"

"오늘 결정되나 봐."

"그러고 보니, 어디나 다 직장대회며 의용군 지원 이야기뿐이야. 설마 대학생은 잡아가지 않을 거라고 생각했는데."

"대학생인들 봐주지 않게 됐어. 얼른 가서 오빠한테 잘 가라고 해주렴."

"어째서 나한테 말해주지 않았어? 왜 아버지랑 어머니한테 말씀 안 드린 거야?"

"지금 말싸움 할 겨를 없어. 빨리 가! 너라면 쫓아갈 수 있어."

"인민군 따위 정말 싫어!"

"조용히 해! 그런 말 아무렇지도 않게 말하면 안 돼!"

"좋아, 가볼게! 저기 인민군 여성 동지가 왔어. 영웅적인 여성이지. 뭔가 완장을 차고 있잖아. 그래도 쟤한테 볼 일은 없어. 난 오빠를 붙잡아서 도망가라고 권할 거야."

순희는 그렇게 말하고, 빠른 걸음으로 달려갔다.

옥희는 여동생을 전송하는 일과 거기로 온 영희를 맞는 일을 동시에

했다.

"언니, 보고 싶었어. 중요한 일을 이야기하고 싶었거든."

영희가 곁으로 다가오며 말했다.

영희는 겨자색 군복 모조품 상의에 같은 색 바지를 입고 있었다. 흰색 완장에는 여성동맹이라고 쓰여 있다. 옥희는 놀랐다. 애는 이런 차림을 하고서 조금도 부끄러워하지 않네. 어떤 것에도 주눅 든 기색 없이, 장교인지 뭔지가 된 것처럼 가슴을 활짝 펴고 당당하게 다가오는 영희에게 옥희는 기가 죽었다. 그리고 영희의 얼굴이, 약간 평평한 얼굴과 딱 벌어진 어깨가 남장에 어울리게 생긴 것 같다는 느낌이 들었다. 튀어나온 엉덩이에 긴 허리 같은 것이 좀 봐주기 어려웠다. 자신의 몸차림에 자신을 가진 영희는 여느 때와 다름없이 밝은 얼굴로

"언니가 큰아버지 간병하느라 바쁜 건 잘 알고 있지만, 그렇게 언제까지 집에 틀어박혀 있기만 하면, 변하는 세상을 따라잡지 못하게 돼버려. 아니, 수상하다고 찍힐지도 몰라".

"찍힌다고? 누구한테?"

옥희는 몸이 뻣뻣이 얼었다.

"윗사람한테 찍히지. 학교 선생님들 역시 조직에 들어가고 새로운 시대에 보탬이 되지 않으면, 줄줄이 사임당하는 모양이야. 서울로 데리고 가서 재교육을 시켜. 인민정부에서 파견된 지도자 아래서 신교육자가 되는 수업을 받는 거지. 지금은 모두가 인민교육을 받아 처음부터 다시 시작해야 하는 시기야. 게다가 전국도 지금이 고비야. 우리들도 태평하게 있을 수는 없으니까 여성동맹원은 총동원을 해서 전투에 협력하는 거야. 낮부터 밤까지 군복과 군의 만드는 작업을 하는 거야. 언니 일이

소문이 났는데, 누군가 걔는 반동이라서 안 나오는 거라고 했어. 그래서 나랑 말다툼을 했지만. 응, 언니, 나와 주지 않을래?"

말투까지도 지금까지와는 완전히 달라져 있다. 아무 주눅도 들지 않고, 지도적인 입장을 취하는 영희에게 놀라 옥희는 사촌 여동생의 얼굴만 쳐다보았다.

"그리고, 순희 말인데……"

영희는 조금 말하기 곤란하다는 듯이 하다가

"걔, 말을 좀 가려서 했으면 좋겠어. 인민군의 험담을 드러내놓고 하고 있어. 그러면 안 돼. 인민군은 한국군이랑 달라서 포용력이 있으니까 허용되고 있는 거지".

"알겠습니다."

옥희는 남같은 서먹서먹한 말투를 하지 않고는 견딜 수 없었다. 자신과는 다른 무언가 이질감을 영희에게서 느끼면서

"오빠는 어떻게 지내? 우리들 오늘 가두로 나가서 의용군 지원서를 모집할 거야. 요즘 남자들은 모두 겁쟁이뿐이야. 아무리 소리쳐 불러도 순순히 응하지 않고, 살금살금 도망가는 거야. 그래서 오늘부터 좀 엄격하게 하기로 결정했어."

"엄격하게?"

"응, 그 자리에서 승낙하게 만들고, 징병대로 보낼 작정이야."

세상에, 하고 어이가 없었지만 옥희는 그 말을 참았다.

"너, 그 메가폰으로 지나가는 사람을 소리쳐 부르니?"

"그래! 청년들을 불러 세우지."

"직장이나 학교에서 젊은 남자들을 모조리 데려와도 아직 부족한 거네."

"부족해. 게다가 비겁한 남자들이 직장과 학교를 버리고 도망쳐 숨기도 하는 걸."

"알겠어. 너 좋을 대로 하렴. 그래도, 넌 여자야."

"물론 여자지. 그래도 남자의 완롱물인 여자로 태어나지는 않았어."

옥희는 끽소리도 못하게 되었지만, 그 분한 마음 한 켠에서 문득 아버지의 애인이 떠올랐다. 그 여자도 남자의 완롱물일 거야, 생각했다. 그러고 보면, 그 여자는 어떻게 지내고 있을까?

"여러가지 충고해주셔서 고맙습니다. 그래도, 나는 당분간 집에 있어야 해."

옥희는 이제 할 말 같은 것 없다는 듯이, 사촌동생의 곁을 떠났다. 영희는 잠시 사촌 언니의 뒷모습을 바라보았지만, 가냘픈 언니의 모습이 지금까지와는 다르게 아름답다는 느낌이 전혀 들지 않았다. 정말이지 고루하고 뒤떨어진 사람으로 보였다. 새로운 시대를 도저히 따라가지 못할 것 같아 딱했다.

옥희는 오빠의 일이 마음에 걸려 그 일만 생각하고 싶었다. 그게 영희한테 방해를 받아 화가 났다. 자신을 지금의 제도에 어울리지 않는다고 보고 있는 영희의 마음이 손에 잡힐 듯이 보인다. 시대에 꼭 맞아들어 가는 영희가 마음으로 느끼는 기쁨이 옥희에게 육박해왔다. "자기 생각을 입 밖에 내지 않고 마음속으로 무슨 일을 도모하는지 알 수가 없는 여자"라고 이마리아는 영희 어머니를 욕한 적이 있다. 영희는 이제까지는 비굴하게 자신을 억눌러 왔다. 그러면서도 조금도 자신을 낮추지 않는 뻔뻔스러움이 있었다. 그 무딘 신경이 유리하게 작용해 지금의 시류와 우연히 만난 것이었다. 영희가 득의양양한 것은 당연하다고 수

궁이 되었다. 그리고 자신이 깨닫지 못하는 사이, 태평하게 어물어물 세상을 만만하게 보고 있는 중에 시대가 급격하게 변혁되었다는 것을, 영희가 몸째 부딪쳐 가르쳐 준 것이다. 하루하루가 아니라 초마다 변혁되고 있는 이때, 따돌림만 당하고 있는 자기네 가족은 무엇을 어떻게 하면 좋을지 갈피를 잡을 수 없었다. 자기 일가가 전멸한 모습마저 보여서 불행한 마음으로 빠져들었다.

문득 논바닥에 파릇파릇하게 자란 벼가, 그리고 모판에서 모를 빼내어 다발로 묶고 있는 농부들이 옥희의 마음속에 파고들었다. 용수로에는 물이 졸졸 소리를 내면서 논으로 흘러들어가고 있었다. 저곳은 옛날대로의 모습인 채였다. 변한 것은 아무것도 없었다. 모내기철의 바쁜 농부들의 모습도 이제까지와 같은 그대로여서 옥희는 휴식을 느꼈다. 옥희는 마음을 담아 농부들을 바라보았다. 이렇게 마음에 두면서 그들을 바라본 적이 있었을까. 집 밖을 나서면 좋든 싫든 눈에 들어오는 농부들인데, 그들에게 마음을 기울여 본 적이 없었다. 밭과 언덕, 강변을 수놓는 나무와 풀을 대하는 정도의 의식밖에 없었다.

'적어도, 농부들에게는 아무런 영향도 없었네!'

옥희는 어렴풋이 마음이 따스해져 오는 느낌이었다. 어젯밤부터 계속 그녀를 사로잡고 있던 불안을 털어 내주는 듯한 무언가가 거기에 있었다. 옥희는 마음을 진정시키면서, 한 걸음 한 걸음 자신의 집 쪽으로 걸어갔다. 용수로 둑에는 백양목이 세 네 그루 하늘로 뻗어 있고, 그 위로 까치가 울고 있다. 그 바로 아래서 젊은 농부가 모를 심고 있었다.

'판출이다.'

옥희는 걸음을 멈추고 그가 있는 쪽으로 눈길을 주었다. 맥고모자 아래로 볕에 그을린 옆얼굴이 보였다. 거기에는 지적인 번뜩임과 차분함이 있었다. 옥희는 그 건강한 젊은이의 얼굴에 끌렸다. 판출은 학교 성적이 좋았다.

옥희의 오빠들보다 오히려 성적이 위였지만, 신분이 달라서 그는 비굴하게 굴었다. 옥희는 그가 당당하게 행동하지 못하는 것을 동정했다. 좋은 양복을 입으면 잘생겨 보일 텐데 싶었지만, 비굴한 얼굴빛에 갇혀서 언제나 침울해 있는 것이었다. 판출이네 이씨 일가는 그의 할아버지 대까지 김씨 집안의 노비와 같은 낮은 신분이었다. 한일합병 법령으로 노예제가 폐지되고 나서부터 이씨네는 보통의 소작인으로 격이 올랐지만, 이씨네 집 사람들은 김씨 집안의 은혜를 입어왔기 때문에 자연히 비굴해지는 것이었다. 해방 이후는 지주들의 농지가 줄어들어, 소작인은 자작농으로, 토지 소유자로 지위가 높아져 커다란 개혁이 행해졌다. 그렇지만, 이씨 일가는 다른 집의 소작인들처럼 지주에 대해서 몰인정한 행동은 할 수 없었다. 판출 부자의 조력으로 김씨 집안에는 일년 분 식량에 충분할 만큼의 보유지를 남겨두도록 조치가 취해졌다. 실제로 김씨네 사람들이 경작하고 있는 농지는 실로 얼마 되지 않았기 때문에 전부 몰수하는 것도 가능할 터였다. 그런 것을, 김씨 일가가 머슴과 일일 날품팔이 인력을 빌어 경작하고 있던 몫에, 이씨네가 대리 경작하고 있던 몫을 합해서 김씨 집안의 자작경지로 해준 것이다. 이씨네가 이 마을에 온 것은 판출의 증조부 때부터로, 그 증조부는 남도보다 훨씬 남쪽인 고성 출신이었다. 그 선조 중에 진사를 배출한 적도 있는 유교 양반집이었던 까닭에 결코 신분이 낮다고는 말할 수 없었다. 그러나 유교 계율이 엄격했던 당시, 증조부가 다른 집에 정혼이 되어 있던 여자와 자유연애를 했다. 마을에서 쫓겨나 떠돌 대로 떠돌아다니다가 이 곳 여주까지 멀리 쫓겨 온 것이었다. 우연한 일로 김씨 집안 사람에게 도움을 받아, 머슴방의 주인이 되었다. 그리고 학식이 있고, 사람을 지휘하는 지혜도 갖추고 있어서 집안 노비들의 장이라고 할 수 있는 모양이 되어버리고 말았다.

그 증조부가 했던 사랑의 도피는 오랫동안 하나의 추문으로 전해져, 옛날 관습이 들러붙은 시골 사람들의 비웃음거리 소재였다. 그러던 것을, 옥희 아버지 명인이 도쿄에서 가지고 온 연애지상주의로써 열심히 변호해 주었다. 그 시대에도 그런 일을 감행했던 이씨네 증조부는 자유연애의 원조라는 등 선전을 하곤 했다. 그것도 역효과로 끝나 오늘까지 이르고 있지만, 어쨌든 이가네 집에서는 김씨 집안을 오직 착취만 하는 악덕지주라고는 여기지 않았다.

옥희는 판출이 아버지와 힘을 모아, 김씨 집안 보유지의 모내기를 올해도 잘 해주고 있다는 것을 확인했다. 자신들을 위해서 묵묵히 일해주는 판출이 지금처럼 고맙다고 느껴진 적은 없었다. 김씨 집안은 빈사상태의 중상을 입은 환자와도 같아서, 머슴들을 지도할 능력조차 없던 것이다. 지금은 오직 판출 일가를 의지하는 수밖에 없었다. 판출을 향해 옥희는 절실한 감사의 마음을 느꼈다.

그때, 판출이 고개를 들며

"저기……"

조금 놀란 몸짓을 하면서 손에 들고 있던 모를 내려 두고 둑을 따라 다가왔다.

"모내기를 해주고 있네요. 고마워요."

옥희는 감사를 표했다.

판출은 깜짝 놀라며 눈을 떨구고

"아가씨! 인준 도련님 소식은 아직 모르십니까?"

"네 —"

옥희는 감추고 있던 상처를 건드린 것처럼 싫었다.

"인준 도련님은 알맞은 때 집을 나가셨네요."

"어째서요?"

옥희는 판출의 마음을 읽을 수 있었지만, 새삼스레 그런 말을 꺼내는 그의 의도가 알 수 없었다.

"그래도, 영준 도련님만은 집에 남아 계셨으면 합니다."

"더이상 아무 말도 하지 말아줘요."

옥희는 참을 수 없어져서 소리치듯이 말했지만,

"그래도, 그 집은 다행이네요."

라고 상냥하게 말했다.

"아니, 저희들도, 앞으로 어떻게 될지 모릅니다. 어제 농민조합을 재조직하라는 명령이 내려왔어요."

"새로운 조합이 생기는 건가요?"

"그렇죠. 이제까지 있던 대한농민조합은 어용조합이라서 안 된다고 하네요. 시에서 지도자가 와서 여러 가지 것들을 지시하고 갔는데, 강 건너 마을의 용산이란 사람 아시죠?"

"응, 그 한 칸밖에 없는 작은 집에 사는 농부 말하는 거죠?"

"맞습니다. 그 사람을 위원장으로 하는 게 좋겠다고 들었습니다."

"어머, 그런 빈농을?"

"그런 사고방식은 낡은 것이라고 하네요. 빈농과 궁농으로 불리우던 하층계급이 가장 위원장 자격이 있다네요…… 저 사람이면 정말이지 어떤 마을 사람들도 따를 수 없겠지 해서 부위원장으로는 저희 아버지가 뽑히셨어요. 그래서 겨우 결말이 났지요."

옥희는 농부들 역시 예전 그대로가 아니었구나 싶었다. 생각지도 못했던 일들이 점점 나타나고 있다. 오로지 일만 할 뿐, 사람을 지도하는 선두에 나서는 일 따위 할 수 없을 용산이란 농부의 모습을 떠올렸다. 어째서 그런 사람을 지도자로 뽑으라고 명령하는 것인지, 윗사람의 마음을 헤아리기 어려웠다.

"올해도 댁의 논은 저희들이 죄다 해드리겠습니다만, 누군가 한 사람이라도 좋으니 댁의 분이 작업복이라도 입고, 논두렁 근처라도 와주시지 않으면 아무래도 잘 안 될 것 같아서요……"

"어째서 그렇죠? 머슴들이 나가도 될 것 같은데?"

"그 머슴들을 해방시키라고 조합에 지령이 내려왔어요."

"어머나! 머슴들은 갈 데가 없는걸요."

"머슴방을 머슴들의 소유로 해서 독립시킨다고 하네요."

"그런 건 할 수 없어요."

"전 명령을 내리는 사람이 아닙니다. 단지 상부의 지령을 전달할 뿐이에요. 말씀해 두지만, 전 댁에서 얼마나 곤란을 겪으실지 잘 알고 있느니 만큼 이런 말씀을 드리는 것이 괴롭습니다. 댁으로 올라가, 아버님을 찾아뵙는 것이 마땅하지만, 저렇게 자리에 누워계시고. 그렇다고 해서 어머님께 말씀드리면 즉시 꾸지람을 들을 테니까요.

아가씨, 어쩔 수가 없습니다. 자유의지로 해주십시오. 그렇지 않으면, 반동이 되어 버립니다. 그리고 나서는 이미 늦습니다."

"……."

옥희는 한숨을 쉬었다. 숨이 뜨겁다. 혁명의 파도가 이미 자기 집 한 가운데로 밀어닥친 것도 모르다니, 우리는 어쩌면 이렇게 멍청한 걸까 원통해 했다.

"묘한 세상이 되었어요. 놀랄 일 천지예요."

판출은 김씨 집안 사람들과 말 할 때면 되도록 서울말을 쓰려고 했다. 원래 이 근처 농민들은 약간의 사투리는 있지만, 남도 쪽 사람들과 비교해보면 훨씬 표준어에 가까워서 깔끔한 한국어를 구사했다. 그런 차근차근한 말투로 어려운 말을 해야 했기에, 한층 더 딱딱해졌다.

"조합원 가운데 급진분자들이 때를 만나 의기양양하게 날뛰고 있다 는 것도 알고 계세요. 댁의 저택을 마을 사람들에게 해방시켜 조합 사 무소로 쓰자는 건데요. 누워계신 나리와 마님을 안방으로 몰아넣으면, 그 넓은 사랑채와 양관은 훌륭한 집회장이 될테니 접수하자고 떠들어 대고 있다는 것도 알아두세요. 아버지가 몇 번이나 같은 말을 반복하면 서 젊은 사람들을 간신히 진정시키고 있는 형편이에요……"

얼굴을 내리깔고, 딱하다는 듯이 낮은 음성으로 그는 말했다.

"……."

옥희는 정수리를 얻어 맞은 듯한 충격을 받았다. 현기증이 날 것 같 았다.

"알겠어요. 잘 알았어요. 머슴들에게 휴가를 줄게요. 농사 일은 우리 들이 할게요."

라고 말했지만 한편으로 자신들이 할 수 있는 일은 없었다. 옥희는 참을 수가 없어져서 판출의 곁을 떠나 뛰기 시작했다.

은혜를 모르는, 사람같지도 않은 것들, 짐승이야, 옥희는 마을 사람들을 증오하며 떠올리면서 분한 눈물을 흘렸다.

길조차 보이지 않게 된 채로 집 앞 대문에 이르렀다. 문득 저 온순한 판출의 입에서 저런 말이 나온 이상, 급진분자로 변한 강 건너 마을 사람들이 원한 가득 담긴 얼굴을 하고 자기 집을 향해 마구 소리치리라. 그 모습을 생각하니 옥희는 한기가 들었다. 김씨 집안 소유지는 저택의 앞에서부터 강 건너 산기슭까지 전부 쭉 이어진 땅으로 타인의 토지는 한 평도 없었다. 여기 땅은 전체 소유지의 불과 몇 십분의 일에 지나지 않아 군 내의 요소요소마다 소유지가 산재해있었고, 멀게는 남도에까지 미치는 것이었다. 백미 천석지기 부자라고 하면, 이 김씨 집안의 별명으로 전체 군 수준에서 말해도 최상급의 부호였다.

그러던 것이 명인의 대에 이르러 제사업에 실패하고, 신문 사업도 부진해서 땅은 점점 줄어들어 갔다. 그래도 해방 후 농지개혁법으로 인해 소규모 자작농으로 떨어지기 전까지는 오백석의 연수입은 있었다. 이 저택 앞의 잇닿아 있는 땅 가운데서도 강 건너편의 논이 일등지였는데, 판출 일가가 애써준 덕에 김씨 집안의 자작농지가 되어 있었다.

그 마을의 빈농들이 저 아무것도 모르는 용산을 내세워 토지를 해방시키라고 밀어닥치면 어쩌지 하는 생각이 들자, 미워해 마땅한 것은 용산이 아니라 그 뒤에 있는 선동자들이라는 느낌이었다.

옥희는 집에 오기는 했지만, 대문에서부터 안쪽 몇 개 건물들이 하나도 자기 집 것이 아닌 듯한 착각이 들었다. 어딘가 풀이 무성한 깊은 산

속의 다 쓰러져가는 절에라도 온 것 같은 고적함이다. 영락한 산사의 비구니라도 된 듯한 자기 자신의 처지가 서글펐다. 하루아침에 모든 것이 이렇게 뒤집히는 것일까, 마음 둘 곳 없이 의기소침해지는 것이었다. 그때 어머니가 바쁜 듯이 나타났다.

"아버지 좀 부탁할게."

라고 말했다. 어머니는 외출하는 옷차림이었다.

"어머니, 어디 가세요?"

옥희는 어머니가 뭔가 당돌한 거동을 하고 있다고 생각해 놀랐다.

"약이 떨어져서 병원까지 좀 갔다 오려고."

이마리아는 여느 때와 다르지 않은 태도로

"교회에서 아무 연락도 없다는 게 이상하지 않니? 문병객들이 잔뜩 보이는 게 정상일 텐데. 전도부인도, 목사님도 어떻게 되신 거 같아. 가서 만나면 한소리 해야겠어."

"어머니! 그건 아니에요."

옥희는 어이가 없었다. 어머니가 정말로 아무것도 모르고 있는 것인지 의심스러웠다. 아버지를 돌보느라 저 정도로 마음을 빼앗기고 있었던 걸까 생각했다.

"아니라고? 내가 틀렸다는 거냐?"

긴 얼굴이 험상스러워지면서, 눈이 분노로 반짝반짝 빛나기 시작했다.

"아마, 목사님도 전도부인도 안 계실 거예요."

"왜 그런 건데?"

이마리아는 쨍쨍 울리는 소리를 질렀지만, 퍼뜩 뭔가 생각해내고는

"정말, 그랬구나."

"무서워요! 어머니 외출하시지 않는 게 좋겠어요."

"그렇다면, 더더욱……"

이마리아는 야무진 얼굴이 되었다.

"내가 가서 알아보고 와야……"

"분명 피난 갔을 거예요."

"어쨌든 갔다 올게. 태평하게 있을 수가 없어. 내 눈으로 똑똑히 확인해두지 않으면 말이지."

이마리아는 볏을 곧추 세우고 무리들에 도전하는 닭 같은 느낌을 몸에 풍기면서 밖으로 나갔다. 검은색 가죽 주머니(성경이니 출납 장부니 가득 들어있는)를 손에 들고, 검은 비단을 두른 작은 숙녀용 우산을 다른 한 손에 들었다. 흰색 저고리와 쥐색 서지 치마, 그리고 서양 숙녀용 구두를 신은, 동서양이 짬뽕이 된 몸차림이었다.

옥희는 어머니가 대문 밖으로 나가는 것을 배웅하면서 왠지 모르게 가슴이 두근거리기 시작했다.

'죄다 나가는 사람뿐이고, 한 사람도 안 돌아오면 어쩌지?'

생각하면 우울해질 뿐이었다.

그 불길한 예감이 적중한 것일까, 석양의 그림자가 뜰을 뒤덮고 화단 근처에서 모이를 줍고 있던 닭들이 닭장으로 돌아오며, 수탉을 선두로 줄지어 뒷마당 쪽으로 서둘러 간 뒤였다. 전등에 스위치를 넣으니, 보통 때는 마치 꺼져 있는 듯 가느다란 불빛이 반짝 하고 배가 넘게 밝아졌다. 아, 과연. 압록강 수풍 댐에서 발전된 전기가 남한 측에 송전되는 것을 북한 측 의지로 중지하고 있었는데, 다시 원래대로 돌아간 것인가, 이것만큼은 기쁘게 느껴졌다. 그런데

"아가씨, 손님이 오셨어요."

하녀가 이상하다는 듯한 얼굴로 알리러 왔다.

"누구신데?"

"큰도련님의……"

"어머, 오빠가 돌아오셨어?"

"아뇨."

하녀는 갈피를 잡지 못하는 듯한 얼굴을 하고 있다.

"도련님 친구 분이시라는데……"

"뭐? 친구 누구를 말하는 거지."

옥희는 낙담하여 흐트러지는 자신의 마음을 보는 것 같아서 하녀의
입을 때려주고 싶은 마음조차 들었다.

"도련님 가방을 가지고 왔다는데, 아가씨를 뵙고 싶다며 꼼짝도 안 하
고 있어요."

하녀는 화가 난 말투로 말했다.

"누구지?"

"도련님 친구 분인데, 배우처럼 잘생긴 학생이에요."

'저런, 안재호인가?'

옥희는 불길한 예감으로 눈이 휘둥그레지면서

'오빠는 역시 군대에 끌려갔구나.'

하고 툇마루에 무너지듯 내려앉았다.

"오빠!"

하고 울기 시작했다.

"계십니까."

갑자기 뜰에서 남자의 목소리가 났다. 옥희는 거기에 와 있는 남자를 보았다. 안뜰을 꺼리는 기색도 없이 성큼성큼 다가왔다.

"어머, 부끄럽지도 않은가봐. 남자 분이 안뜰로 다 들어오시네요."

하녀가 거침없이 말했다.

"실례합니다. 저, 급합니다."

안재호는 하녀를 노려보며 뒷마루 가장자리로 와서는 옥희의 정면에 섰다.

옥희는 눈물을 닦고 용모를 가다듬으면서, 뚫어지게 안재호를 바라보았다. 안은 여느 때처럼 교복을 입고 있었다. 하얀 얼굴은 딱하다는 듯 짐짓 찌푸리고 있었다.

"영준 군이 의용군에 지원해서 서울 훈련소로 갔습니다. 대학 학생 전원이 지원했으니, 영준이만 빠질 수는 없었지요. 그렇기는 해도, 오늘 영준 군은 정말로 훌륭했습니다. 용감하게 손을 들었어요. 지도부에서 온 분이 결의가 되었는지 물었을 때는 정말, 조국해방전쟁에 한 몸을 바치는 환희를 당당하게 이야기했습니다. 모두에게서 박수를 받았죠. 덕분에 겁쟁이 학생들까지 용기를 내서 말이죠……"

"댁은 어째서 지원하지 않으신 거죠?"

갑자기 퍼붓듯이 옥희는 말했다.

"물론, 했습니다."

안재호의 얼굴빛이 달라졌다.

"그럼, 댁은 왜 여기 있는 건가요?"

"거기에는 이유가 있습니다."

"그 이유를 들어봅시다."

옥희는 정색하고 나섰다.

"그건, 비밀입니다."

안재호는 위엄을 부리며 대답했다.

"비밀이라구요? 남자답지 못한 비밀을 갖고 계신 것 같네요."

"옥희 씨, 오빠 일로 너무 흥분하고 계시네요. 저는 옥희 씨 오빠 일로 정말 마음이 아픕니다. 어떻게든 해서 도와주고 싶었어요."

"이상하네요. 도와줄 일은 없지 않나요? 의용군이 되면 안 되는 거였나요?"

"물론, 그건 그렇습니다만……"

안재호의 얇은 입술이 파랗게 되면서 떨리는 것 같았다.

"그것 보세요. 댁은 남들에게 말 못하는 비겁한 일을 하신 거예요."

"옥희 씨, 제발 저를 모욕하지 말아주십시오. 저는 당신을 화나게 하고 싶지 않습니다. 언제가 저를 이해해주실 날이 있겠지요. 저 역시 어쩔 수가 없어 이럽니다. 이렇게 해야 했어요."

"그런 말이 쉽사리 잘도 나오는 군요, 경멸합니다."

안재호는 얇은 웃음을 띄웠다. 그 웃음은 자조로 끝났다.

"오늘은, 어쨌든 물러가주세요. 댁하고 이야기할 필요 따위 없으니까요."

옥희는 딱 잘라 말했다. 마음속에 끓어오르는 슬픔이 그 배출구를 찾은 것만 같았다.

"돌아가겠습니다. 하지만, 한 말씀 만 더 ―"

그렇게 말하고, 안재호는 차렷 자세를 하는 듯이

"저는, 당신을 좋아합니다."

라고 말하더니 재빨리 빙그르르 방향을 바꾸어 뛸 듯이 걸어 나갔다.

'미쳤어.'

참을 수 없는 분노가 심한 혐오감과 함께 옥희의 마음을 엄습했다.

하녀가 입을 떡 벌리고 거기에 서 있다. 허드렛일을 하는 중년 여자가 부엌 덧문 사이로 들여다보고 있다.

"이봐요, 거기서 뭘 보고 있는 거지."

옥희에게 꾸중을 듣자 하녀는 깜짝 놀라 얼굴을 내리깔고, 부끄럽다는 듯이 얼굴이 새빨개져 부엌으로 돌아갔다.

"오빠 ―"

옥희는 오빠의 가죽 가방에 얼굴을 붙이고 방으로 뛰어 들어갔다. 엎드려 큰 소리로 울기 시작했다. 오늘 아침, 이 가방을 흔들흔들 하면서 대문을 나서던 오빠가 보인다. 그런 식으로 가방을 흔들고 있기는 했지만, 오빠의 마음에는 소용돌이가 치고 있었던 것이다. 그 괴로움을 버텨내려고 버둥거리던 오빠는 마음의 짐을 깨끗이 벗어던진 것일까. 이렇게 생각지도 못하게 이별할 줄 알았다면, 좀더 상냥하게 말 걸고 사이좋게 지냈더라면 좋았을 텐데. 어째서 잘가라는 인사도 하지 않았던 걸까. 왜 쫓아갈 수 있는 데까지 뛰어가지 않았던 걸까. 대열을 짜서 출발하는 행렬을 쫓아갔더라면 오빠는 얼마나 기뻐했을까. 이런 생각을 하니 옥희는 가슴이 먹먹했다.

'혹시 돌아오지도 모른다는 따위 요행을 바라고, 나는 참 바보야! 언제나 때를 놓치기만 하고.' 옥희는 자신의 가슴을 쥐어뜯고 싶었다.

부모 형제가 있는 데도 아무에게도 배웅받지 못하고, 이별의 말도 주고받지 못한 채 가버린 오빠! 어째서 젊은이들을 부모와 만나게 해주지도 않은 채 끌고 갈 수가 있는 것일까. 참으로 몰인정하고 무자비한 인민군이다 등등의 생각으로 옥희는 마음이 천 갈래 만 갈래로 흐트러졌다.

자신의 감정에 못 이겨 침울해하던 옥희는 혼자서 계속 슬퍼하는 것이었다. 머리가 마비되어 아파왔다. 엎드린 채 이대로 죽고 싶다는 생각까지 하면서 울었다.

"언니."

순희가 들어오더니 언니의 손을 잡고 엉엉 울기 시작한다.

동생이 돌아온 것도 알아차리지 못했던 옥희는 느닷없이 울기 시작한 순희의 얼굴을 보았다. 눈물이 뒤범벅이 되어 보통 때보다 작아진 얼굴에는 근심이 꽉 차 있었다. 이 아이가 이렇게 손 놓고 울다니, 이상하다고 생각했다.

"순희야, 왜 그래?"

"언니."

순희는 언니에게 말하고 싶은 일로 마음이 꽉 차 있었다. 흐느껴 우느라 말을 하지 못해 애를 먹는다.

순희의 가슴에 혼란을 일으킨 그 사건은 대략 이런 식이었다.

순희는 오늘 아침, 언니에게 들은 대로 일단은 영준 오빠의 뒤를 쫓아갔다. 그런데 시내에 접어들 무렵, 영준 오빠가 갑자기 발걸음을 재촉하는 것이었다. 순희는 자신의 걸음으로는 도저히 쫓아갈 수가 없다 생각하고 포기했다. 이제까지 먼 곳을 바라보며 슬픔에 젖어 있는 듯한 영준 오빠가 어째서 저렇게 씩씩해진 것일까. 틀림없이 희망을 가질 수 있는 뭔가 좋은 생각이 떠올랐을 거야. 그렇다면, 굳이 슬픈 생각을 나게 하려고 쫓아갈 일도 없지 않은가. 이렇게 생각하고 순희는 자기 학교로 갔다. 시간이 되자 교사 대신에 온 당원이 칠판 앞에 우뚝 서서, 정치 이야기며 전해져 내려오는 여성 투사 이야기, 북한의 공업 상태 등 여러 가지를 뒤섞어 이야기하기 시작했다. 실은 그 이야기를 대단히 서투르게, 재미없게, 본인은 시간 가는 줄도 모를 정도로 열심히 하면 할수록 듣는 쪽은 지루해서 어쩔 줄을 몰랐다. 그래서 순희는 쉬는 시간에 살짝 학교를 빠져나와 시내로 나갔다. 시내에 나가도 보이는 것, 들리는 것이 형편없었다. 어느 상점에도 물건들을 놔두지 않았고, 진열창 같은 것도 먼지를 뒤집어쓰고 있을 뿐이었다. 물품 보급이 되지 않는 것인지 가지고 있는 상품을 은닉하고 있는 것인지 물건을 사러 들어가도 가게 종업원들은 친절하지 않았다. 그리고 거리를 오가는 시민들의 모습도 눈에 띄게 지저분해졌다.

근사한 양복 차림의 신사는 아주 모습을 감추었고, 겨자색 제복 아니면 구 일본 시대의 국민복을 손질한 것을 입고, 주위를 살피면서 걸어간다. 그 눈 속 깊숙이에는 시기와 의혹이 깔려 있었고, 흠칫흠칫 잔뜩 겁을 집어먹고 있었다.

특히 여자들 복장이 지저분해진 것이 어이가 없을 지경이었다. 분칠을 하고 입술 연지를 바르는 것은 전국이 가열한 시국에 당연 삼가야 한다고 쳐도, 구두에 양장, 뜨개로 된 긴 옷을 입고 다니는 것조차 여성동맹의 완장을 친 젊은 여자단원들은 부르조아라느니 비인민이니, 반동이라며 닦아 세우는 것이었다. 그 현장에 마침 있었던 순희는 자신의 옷장에 가득 쌓아둔 뜨개 옷들을 떠올리다보니, 바로 지난 달 아버지가 사다 준 벰베르크 치마가 눈앞에 아른거렸다. 아아, 이제 그 치마를 입을 때도 없어진 것인가 순희는 한탄했다. 그런 분위기에서 길을 걸어도 조금도 유쾌해지지 않았지만, 거리를 걸어다니는 것이 학교에 있는 것보다는 해방감이 있어서 살 것 같았다.

　태평각에서 중앙로로 나오는 바로 그 참에, 그녀는 대열을 이루어 행진해오는 일군의 학생들과 마주쳤다. 커다란 붉은 기를 선두로 해서, 작은 붉은 기를 손에 손에 들고 인민군가를 부르면서 대열은 앞으로 나아갔다. 그때 대열 안에서 순희는 영준 오빠를 발견했다. 영준 오빠가 또 한 사람의 학생과 짝을 이루어 커다란 플랭카드를 들고 있었다. 거기에는 인민의용군 지원이니 애국학생이니 하는 문구들이 보였다. 순희는 오빠 하고 소리 질렀다. 그러나 그 목소리는 영준이 있는 곳에 가닿지 않았다. 학생들과 그 양측에 붙어 있는 겨자색 제복을 입은 청년들이 하나가 되어 용맹하게 군가를 합창하고 있었다. 게다가 이 광경을 보려고 다가오는 시민들에, 학생들의 부모가 저마다 자기 피붙이의 이름을 소리쳐 부르고 있었다. 기다란 손수건을 휘두르며 눈물로 흠뻑 젖은 나이든 어머니가 대열로 다가서려고 하자, 행렬 옆에 있던 청년이 소리치며 노모를 냅다 밀쳤다. 순희는 그것을 보고 겁을 먹기는커녕 오히려 피가 끓어올라 플래카드 밑으로 숨어 들었다. 영준 오빠의 얼굴은 하얀 분을 덮어쓴 듯이 희부옇고, 멍한 눈을 하고 있었다.

　"오빠 바보야! 누가 허락해서 병사 따위가 되는 거야."

　순희는 몹시 흥분해서 사납게 외쳤다.

　"순희야, 잘 있어. 아버지께 안부 전해드려! 어머니한테도 옥희한테도 안부를……"

　영준은 눈에서 눈물이 터져 나올 듯한 것을 울지 않으려고 이를 악물었다.

"오빠, 바보야! 돌이킬 수 없는 일이 될 거라구! 지금이라도 늦지 않았어. 자, 빨리 줄에서 떨어져 나와."

순희는 오빠의 팔에 매달리며, 억지로 끌고가면서 소리쳤다. 피가 끓어오르는 그녀의 가슴에는 오빠 이외에는 아무것도 보이지 않았다.

"순희야, 비켜 줘! 저기 누가 와. 온다, 거봐. 오잖아."

영준 오빠의 눈이 겁을 집어먹었다. 그것을 본 순희는

"이 겁쟁이, 싫어! 그러니까 이런 일이 생기잖아".

영준 오빠가 순간 몹시 싫어졌다.

"그렇지만, 이 플래카드는 어쩌라구."

"던져버리면 되잖아."

"그런 일 하면, 앗, 안돼. 순희야 도와주는 셈치고 비켜줘."

"못 비켜."

그때 누군가가 순희의 목깃을 붙잡고 와락 당겼다.

"이거 놔! 누구야?"

순희는 반항하면서 그 남자와 다투었다. 그러나 행렬은 쭉쭉 앞으로 나아가고 그녀는 부쩍부쩍 뒤쪽으로 끌려갔다.

"이봐, 여성 동지! 용감한 영웅을 부끄럽게 만들 작정인가?"

순희는 깜짝 놀라 돌아보았다. 매끈매끈한 얼굴이 바둑돌 같이 반들반들해서, 그것이 매우 냉혹하게 보였다. 그 남자는 몹시 성을 내며 자신을 노려보는 것이다.

"여성 동지라구요? 언제 내가 당신의 동지가 됐나요?"

빈정거림을 담아 큰소리로 대꾸하자

"반동분자인 것 같군."

라고 그 남자가 말했다. 눈이 호랑이처럼 노해 있었다. 분노에 몸을 맡겨 무슨 난폭한 짓이라도 할 성 싶은 기세였다. 그의 몸에서 김이 솟아나는 느낌이었다.

그러나 순희는 두려울 것이 없었다. 지금 여기서 목숨을 걸고 만류하면, 오빠를 살릴 수가 있다. 찬스를 놓치지 않으리라, 생각하고 순희는 남자와 다투며 대담하게 행동했다. 그러나

"오빠는 그 길로 보이지 않게 돼버렸어. 정류장으로 가봤지만, 시민들은 한 걸음도 가까이 다가가게 해주지 않았어. 시커먼 화물차에 빽빽이 실려서 밤이 되는 걸 기다리고 있는 거야……"

순희의 눈에서 계속해서 눈물이 흘러내려 손등을 적셨다. 그 눈물에는 오빠가 자신을 아껴주고 귀여워해 주었던 갖가지 추억이 스며들어 있었다.

옥희는 동생의 마음을 헤아리면서도 순희다운 당돌한 방법이었다고 생각했다. 그 남자가 이 집에 앙갚음하러 오지는 않을까 염려가 되었다. 오빠는 이 여동생에게는 추억을 남겨 놓았다. 막내딸의 제멋대로 구는 행동을 영준 오빠는 부모같은 마음으로 받아주었다. 유치원에 다니던 시절부터, 이 여동생을 돌보는 일은 그가 담당해서 하는 식이었다. 동생의 태도며 욕지거리에도 재미있어 하고, 유쾌하게 웃어주곤 했다.

"그런 겁쟁이 오빠인걸 뭐. 분명 총에 맞아 죽을 거야. 겁쟁이일수록 총에 더 잘 맞는다구."

순희는 원통한 마음이 가시질 않았다.

"그렇지 않아. 소심한 오빠니까, 멀리서 총알을 피해 다니기만 할 거라고. 총알도 오빠를 못 보고 지나칠 거야."

있는 힘껏 농담을 한 셈이었는데, 동생이 으흐흑 소리를 지르면서 통곡하는 것이었다. 언제나 말대답만 하던 이 동생이 이렇게나 오빠를 사랑하고 있었나 싶어 그녀는 감동했다. 옥희는 다시 오빠의 가방에 뺨을 대고 흐느껴 울기 시작했다.

그때 바깥 공기가 쓱 들어와 자매의 얼굴에 와 닿았다. 언제 돌아온 것인지, 어머니가 옷 스치는 소리를 내면서 자기 방으로 들어간다.

"어머니, 다녀오셨어요. 오빠 일을……"

옥희는 어머니의 뒤를 쫓아가면서 침착해야지 했다.

"알고 있다. 정류장에서 보고 왔어."

이마리아는 아무런 감동도 없이 말했다.

"다행이네요! 그럼 오빠하고 이야기했어요?"

"그런 일을 하게 해줄 정도라면, 빨갱이를 나쁘게 말할 사람이 없겠지. 원망하고 저주하고, 모두들 마음에 원한을 품고 돌아갔단다. 인민군 만세를 부르고 환영했던 자들에게는 제대로 본때를 보인 거지. 빨갱이들이 드디어 본성을 내보이기 시작한 거니까. 구세주의 얼굴을 한 악마들이 드디어 가면을 벗어던졌어……"

혼잣말을 하면서 이마리아는 앉은뱅이 책상 위에 흩어져 있는 서류들을 정리했다. 일기장과 신자 명부를 따로 해서 보자기에 쌌다. 뭔가 여행이라도 떠날 것 같은 부산스러움이었다.

"엄마는 말이지, 역시 아버지 곁을 떠나도록 일이 되었단다."

이마리아는 벽에 매달려 있는 평상복들을 내려서 따로 꾸러미를 만들었다.

"시내에서는 가택수사가 시작되었어. 주로 식량 조사였던 것 같아.

이제 약탈이 시작되었으니까, 엄마가 나가고 나면 너희 둘이서 서둘러서 곡식 창고에 있는 쌀이랑 보리를 헛간 속 움으로 옮겨 놓거라. 하녀들에게도 비밀이야. 머슴들 하녀들에게 휴가를 주지 않으면 뒤탈이 남을 거야. 그리고나서, 또⋯⋯"

이마리아는 눈을 감고서 흥분한 가슴을 진정시키려고 했다. 기도를 좀 해보려고 했지만, 어떤 기원의 말도 떠오르지 않았다.

"엄마, 피난 가세요?"

순희가 물었다.

"피난? 그, 그래. 엄마가 없더라도 너희들이 단단히 잘 해나가야 해. 할 수 있겠지."

"엄마, 나도 같이 데리고 가요."

순희가 이마리아의 무릎에 매달렸다.

"무슨 말을 하는 거야. 옥희 혼자 놔두고 갈 수 있니."

"언니도 같이요."

"자, 그럼, 할머니하고 아버지는 어떻게 하고."

"⋯⋯."

순희의 얼굴이 갑자기 해쓱해졌다.

"게다가, 엄마는 너희들을 데리고 갈 수 없는 곳으로 간단다."

"거짓말!"

순희가 느닷없이

"엄마, 체포당한 거죠? 응, 그렇죠?"

"⋯⋯."

흠칫 놀란 듯한 이마리아가 순희를 보았다. 곤혹스러워 종이장처럼 창백해진 어머니의 얼굴에 경련이 일었다.

"어머니, 진짜예요?"

옥희는 눈 앞이 캄캄해져서 물었다.

"너희들이 방해를 해서 정리도 할 수가 없구나. 난 아버지 계신 곳에 가서 작별의 말을 하고 와야……"

이마리아는 안절부절 못하며 일어나더니 마루로 나갔다. 그러자 중문 쪽에서 흰색 완장을 찬 두 사람의 남자가 나타났다.

"난 도망가거나 숨지 않아요. 약속한 것은 반드시 지킨다고 말해 두었을 텐데요. 그런데도, 당신들은 집안으로 들어왔군요. 아이들을 슬프게 하고 싶지 않았는데, 당신들은 그 정도로 인정머리가 없습니까."

이마리아가 독설을 퍼부었다.

"시간이 없다, 여성 동지. 빨리 하라우."

키가 큰 남자가 듣기 거북한 북한 사투리로 경어를 쓸 수 없는 것인지 쓰기 싫은 것인지 조야한 말투로 말했다.

"그럼, 갑시다!"

이마리아는 꾸러미 두 개를 가지러 방으로 뛰어 들어갔다. 그러나 남편이 마음에 걸려서 사랑채 쪽으로 달려갔다. 그러나 툇마루 모퉁이에서 다시 발을 멈추었다.

"옥희야, 아버지한테는 역시 비밀로 해두자꾸나! 엄마가 피난 갔으니 안심하시라고, 아버지한테는 그렇게 말씀드려."

"……"

옥희 등은 기가 질린 듯한 모습으로 서 있었다. 대답 같은 것도 없다.

이마리아는 남편이 있는 사랑 쪽에 눈길을 주고는

"오랫동안 고마웠어요. 안녕히 계세요……"

하고 말하려 했지만, 말이 되어 나오지 않고 눈물이 비 오듯 쏟아졌다. 손과 발이 떨리고, 무너져 내리듯 그 자리에 쭈그리고 앉았다.

"시간이 없수다. 여성 동지 ―"

북한 사투리가 이마리아의 귀에 거슬렸다. 보기 흉한 모습을 드러낸 것이 몹시 분하게 느껴졌다.

"여성 동지가 아니죠. 반동 여성이 도살장에 끌려가는 거죠."

새된 목소리로 소리쳤다.

북한 사투리를 쓰는 남자가 뭐얏, 하고 이마리아를 노려보았다.

"옥희야, 보자기를……"

이마리아가 손을 내밀었다. 몸 속의 피가 굳어져 버린 것처럼 손을 들어 올리는 것조차 간신히 하는 듯했다.

옥희는 얼어붙은 것처럼 꼼짝도 할 수가 없었기 때문에 순희가 보자기를 가지고 왔다.

이마리아는 보자기를 받아들고 신발 놓아두는 곳까지 무릎걸음으로 가서 신을 신었다. 잠시 비틀거렸지만, 꼿꼿하게 일어나서 거기 있는 남자들을 완전히 무시한 채 빠른 걸음으로 나가버렸다. 남자들은 옥희 쪽을 흘끗 보더니 이마리아의 뒤를 쫓아갔다. 중문을 지나 양관 앞에 왔을 때, 이마리아는 다시 남편이 있는 방 쪽을 향해 멈추어 서서 기도하는 듯한 모습으로 보이지 않는 남편을 응시하면서 떠나지 못했다.

옥희는 참을 수가 없어져서 울기 시작했다.

"당신, 건강하게 잘 계세요……"

이마리아도 목이 메었다.

북한 사투리를 쓰는 남자가 이마리아 곁으로 다가가서는 뭔가 말했다. 깜짝 놀라 뒤돌아본 이마리아는 성난 얼굴을 한 채 홍 하고 비웃는 듯 하면서 걸어나갔다.

이마리아가 대문 밖으로 나가 보이지 않게 되었을 때, 순희가 어머니 하고 외치면서 맨발로 뛰어나갔다. 부엌 뒤쪽에서 두 사람의 하녀가, 대문 옆에서는 집을 지키는 할아범과 젊은 머슴이 꿈이라도 꾸고 있는 것처럼 그 광경을 보고 있었다.

옥희는 할머니가 누워계신 옆으로 가서 엎드려 울었다. 어머니와 오빠가 한꺼번에 끌려가고 난 뒤의 고독과 불안, 공포를 견디기 어려웠다.

"할머니, 우리 어떻게 하면 좋아요?"

옥희는 말린 대추처럼 쪼그라든 할머니의 얼굴에 대고 말을 걸었다.

그러자 할머니가 가만히 왼쪽 손을 들어올려

"……."

입은 다문 채로 '알고 있다. 시끄러우니 저쪽으로 가렴'라고 말하는 것처럼 초조하게 손을 흔들었다.

옥희는 할머니의 그 거동을 보고 말을 다시 꺼내지 않았다. 무언가 거역하기 어려운 위엄서린 무엇이 할머니의 마음으로부터 전해져 왔다. 그때 순희가 방 바깥에서

"언니, 지금이야! 하녀들이 자는 방으로 물러갔어".

옥희는 깊은 한숨을 한 번 쉬고는 꼿꼿하게 기운을 차렸다.

순희는 머리를 수건으로 묶고 앞치마를 가는 허리에 야무지게 조여 맨 채 모든 준비를 갖추어 둔 곡식 창고로 언니를 데리고 갔다. 언제인

지 사용한 적도 없는 등불에 양초를 켜서 창고 안을 밝혔다.

"어머니가 말한 움에는 간수하지 않는 게 좋을 거 같아. 헛간 안이든 움이든 곧 발각될 거야. 작은 봉지를 몇 개 가지고 와서, 한 되 두 되씩 여기 저기 분산시키는 게 안전하지 않을까."

"그건 그래. 그래도 이렇게나 많은 쌀이랑 보리인데, 봉지가 몇백 개나 필요할 거야."

하며 거기 고풍스럽게 놓여 있는 커다란 곡식 궤짝을 보면서 한숨을 쉬었다.

"열어봤는데, 진짜 조금밖에 없어. 햅쌀이 나올 때까지 견디지 못할 거야."

"그래?"

백미를 몇 섬이나, 현미는 열 몇 섬, 보리와 콩, 그리고 팥류도 언제나 충분히 쌓아 두곤 했다. 옥희는 궤짝의 뚜껑을 들어올리고 안을 내려다 보았다. 과연 바닥 귀퉁이에 작은 모래 언덕처럼 그러모은 쌀이 불과 서 말 정도.

"정말이네. 이렇게나 빈궁했던 거네."

"현미가 있으니까 괜찮아. 보리랑 콩은 여기에 놔두자. 텅텅 비워두면 오히려 의심받을 거니까, 백미 반쯤 하고 현미만 다른 곳으로 옮겨 두면 좋을 거야. 얼른 해버리는 거야."

순희는 자루에 쌀을 담기 시작했다. 쌀 냄새가 나는 자루에 은 알맹이 같은 쌀이 옮겨졌다. 옥희는 동생에게 재촉을 당하면서 작업을 계속했다.

봉지에 봉지를 담아 장롱 안 옷가지들 속에, 그리고 주방 천정 뒤쪽 식기통 안에, 어머니 방, 이불장 바닥 등 열 몇 개의 은닉 장소를 발견했다.

"이 자루는 어디로 옮기지?"

더 이상 현미를 옮겨 놓을 데가 없다. 옥희는 지쳐서 팔다리를 내뻗고 싶었다.

"언니, 힘을 내. 감쪽같은 데가 있어."

"감쪽같은 데?"

"사당 안 말이야."

"어머나, 순희야!"

"선조님의 위패를 모신 제단 안은 속이 텅 비어 있어."

"너, 어떻게 그런 걸 알고 있는 거야?"

"아주 옛날 일인데, 그 안을 확인해 봤어. 거기 들어가면 눈이 멀게 된다는 말을 들었지만, 아무렇지도 않았어. 그냥 판자가 낡아서 거미줄이 있었을 뿐이야."

새침떼기 동생에게 그런 장난기가 있었나 옥희는 우스운 생각이 들었다.

현미 자루는 두 사람의 소녀에게는 너무 무거웠지만, 지기 싫어하는 순희는 언니를 독려하며 기어코 모두 옮겨 놓고 말았다. 제단 안쪽에서 조금 흩트러져 판자가 원래대로 되지 않았지만, 오래된 제기와 휘장 등으로 어떻게든 모양새가 갖추어졌다.

다음 날, 식사가 끝난 후 두 사람의 하녀를 마루 끝에 불러 휴가를 준다는 뜻을 전했다.

"두 사람 역시, 언제까지나 이 집에 있을 거라고 생각하지는 않았겠지만."

순희는 새침하게 이렇게 덧붙였다. 동그란 눈으로 가만히 하녀들을 보고 있다. 그 얼굴이 실로 냉담하게 보였다. 옥희는 동생이 생각보다 심지가 강해서 놀랐다. 이런 역할은 자기는 아무래도 잘 하지 못할 것 같았다. 그때, 어린 하녀가 코를 훌쩍거리기 시작했다. 더러워져도 눈에 띄지 않도록 검게 물들인 당목 저고리 끈으로 눈을 비볐기 때문에, 눈물이 더러워져 눈가가 까매졌다. 안경을 쓴 것처럼 된 소녀의 얼굴은 불쌍해서 보고 있을 수가 없었다.

이 소녀는 사 리쯤 남쪽으로 떨어진 곳에 있는 쌍둥이산 안쪽 마을에서 왔다. 어머니가 죽고 아버지가 후처를 얻었는데, 전처에게서 난 아이가 다섯이 있는 데다가 이후에 또 아이 셋이 계속해서 생겼다. 전처의 아이들을 각각 하녀와 머슴으로 내보내지 않으면 생활을 할 수가 없는 지경이었다. 오 남매 중 막내딸인 소녀는 일금 20원을 선불로 지급하고 새로 고용되었다. 혼기가 찰 때까지 하녀로 고용해 쓰다가, 혼처를 발견하면 혼수 준비를 해주기로 약속이 되어 있었다.

또 한 사람 서른 살 먹은 여자는 남편을 여의었는데, 시집에서 받아줄 형편도 아니고 친정도 가난뱅이 숯쟁이 집안이었기 때문에 하녀살이로 나온 것이었다. 그러니까 두 사람 모두 돌아갈 집이 없었다.

"두 사람도 남들한테 들어서 알고 있겠지만……"

순희는 냉랭한 눈으로 그들 쪽을 보며 말했다.

"하녀랑 머슴을 두고 있으면 부르조아 반동이라고 해서, 처벌받는다구. 그러니까, 두 사람한테 휴가를 주고나면, 다음은 문지기 아범과 머슴들 차례야."

머슴들은 돌아갈 곳을 찾을 수도 있을지 모르겠지만, 문지기 아범이라면 이 사람 역시 천애고아의 몸이었다.

옥희 할어버지가 아직 살아계실 때, 걸식하러 온 소년을 불쌍히 여겨서 집에 두고 지내게 했던 것이다.

옥희는 눈물을 흘리는 하녀들이 딱해서 보고 있을 수가 없었다. 어린 하녀는 눈물이 미끈미끈 볼을 적시며 온 얼굴이 낙서한 듯 더러워졌다. 나이 든 하녀는 양손을 맞잡고 얌전하게 머리를 수그리고 있어 꾸중을 듣는 것 같은 모습이었다.

"뭐라고 말 좀 해봐! 두 사람 어떻게 할 거야? 나갈 거야, 안 나갈거야?"

순희가 성을 냈다.

"기다려!"

옥희가 가로막았다.

"기다려서, 어떻게 하려구?"

순희가 언니를 매섭게 쏘아보았다.

"좀더 형편을 보자. 불쌍하잖아."

옥희는 눈물을 글썽였다.

"그러니까, 안 되는 거야. 북한에서 온 동무들에게 들었잖아. 고용인을 두면 골치 아픈 문제가 생긴다구. 이 사람들 인민군 쪽으로 가면 어떻게든 해줄 거야."

"골치 아픈 문제가 생기고 나서 보내도 되잖아. 그때까지는 있게 놔두자."

옥희는 타협을 제의했다.

어제 약속하고 다르잖아? 순희는 몹시 화를 냈다. 그녀는 모든 것을 척척 처리해두어서 재난에 대비하고 싶은 마음이었다.

하녀들에게 휴가를 준다는 용건이 아직 끝나지 않았는데, 문지기 아범이 중문 쪽에서 나타나

"아가씨 —"

하며 말을 시작했다.

"마침 잘 됐네. 아범도 이리 와 봐요."

순희가 불렀다.

"예이, 무슨 용무가 있으십니꺼?"

중문 안으로 대여섯 걸음 아범이 걸어왔지만, 화단 옆에 멈추어 섰다. 안뜰로 들어오는 것을 허락받아도, 그는 거기서 이쪽으로는 무슨 일이 있어도 안으로 발을 들여놓는 법이 없었다.

"머슴들에게도 전해줘요! 아범도 그렇고 머슴들도 그렇고 모두 이 집을 나가 주었으면 해요."

순희는 의연하게 딱 잘라 말했다. 옥희는 깜짝 놀라 얼굴을 돌렸다.

"나가라고 말씀하시는 건가유? 죽으라고 하시면, 정말로는 못 죽어도 죽는 흉내는 내겠습다. 하지만, 나가라는 말씀만큼은 안 됩니다요."

아범은 고집스럽게 대답했다.

"하지만, 곤란해요. 쌀도 없는 걸. 고용인을 두게 되면, 인민군에게 혼난다구."

"인민군의 높은 분이 뭐라 하신대도, 쇤네는 이 집에 있을 것이구만유. 이 아범은 할어버님 때부터 이 집에 있으라는 명을 받았지유. 누가 뭐래도, 이 집에 있을 것이유. 설령 서방님이 나가라 하신대두 못 나가는구만유."

"어머니도 안 계시고, 우리들 자매뿐인데 어쩌라는 거예요."

순희는 탄식하며, 흥분해서 눈물을 흘리기 시작했다.

"그러니까 이 아범이랑 열심히 하것심다. 강 건너 놈들은 벌써 완전히 빨간 물이 들어서 이 댁 농지를 뺏으려고 야단입니다요. 이 아범이랑 머슴들이랑 하녀들이랑 해서 전답에 나가겠습니다. 판출 씨 호의로 모내기만큼은 끝냈지만, 이 집 사람들이 직접 자기 손으로 논농사를 하지 않는 이상 경작자가 될 수 없다고들 지껄이고 있습니다요.

쉰네는 아기씨들이 조금 농사일하는 흉내라도 내실 수 없을까 부탁드리러 찾아왔습니다요, 그걸 느닷없이 나가라고 하신다는 건, 마른 하늘에 날벼락입니다요."

"순희야, 그게 좋겠다. 모두 이 집 가족인거야. 고용인이 아닌 걸로 하는 거야."

"몰라! 언니가 책임 져."

순희는 갑자기 일어나 방으로 들어가버렸다.

"큰 아씨, 좀 비밀 이야기가 있습니다요."

문지기가 주위를 꺼리는 몸짓을 했다.

옥희는 하녀들을 물러가게 하고, 자신이 화단으로 나갔다.

문지기 아범은 다음과 같은 사건을 상세하게 옥희에게 들려주었다. 옥희는 자신들이 모르는 사이에 세상을 뒤집는 역세의 물결이 역시 이 마을에도 밀어닥쳤구나 하는 사무치는 느낌을 가졌다. 그것은 당연한 것 같고 마땅히 그래야 할 일로 놀라울 것도 없다고 머리로는 그렇게 생각했지만, 이제 드디어 발등에 불이 붙었다는 것을 알게 되어서는 몸도 마음도 바싹 오그라들 것만 같았다.

농민조합의 최초 개혁에서 부위원장으로 선출된 판출의 아버지는 강 건너 마을 사람들의 골치 아픈 문제를 어떻게든 받아 넘기고 있었다. 이 이씨네를 중심으로 연결된 오류리 제일 부락은 김씨 집안 슬하의 소작인으로 어떻게든 붙어서 김씨 집안의 은혜를 입고 있었지만, 강 건너 제2부락은 이 제1부락 사람들로부터 땅을 다시 빌려, 이중 소작료를 물고 있는 원한마저 있어 김씨 집안으로부터는 어떤 은혜도 받고 있지 않았다. 그 옛날 김씨 집안의 가노였던 제1부락 사람들이 오늘날이 되어도 여전히 노예근성을 버릴 수 없는 것에 비한다면, 제2부락 주민들은 신분상으로도 역력한 평민이었다. 게다가 착취에 견디어 가면서도 여하튼 독립해서 생계를 영위해왔다. 그런 긍지가 농지개방 이후 자존심이 되어, 이번 인민군 진출과 함께 지배계급 의식에까지 거들먹거리며 뻗어 올라간 것이다.

최초의 농민조합 임원을 다시 선출할 때 판출의 아버지는 부위원장에 머물렀지만, 그것을 어제 임시총회에서 제2부락 사람들이 억지로 밀어내어 평의원으로 강등되었다. 게다가 서기장이라든가 실행위원장 같은 간부 역할이 전부 강 건너쪽 사람들에게 가버렸기 때문에, 조합의 결정 사항은 인민군의 명령 그대로 준수될 수밖에 없게 되었다.

거기서 가장 먼저 실행되어야 할 것은 경지의 재분배였다. 강 건너 1등 경작지의 경작권은 제1부락 사람들이 가지고 있고, 김씨 집안의 보유지도 전부가 강 건너에 있었다. 그렇지만 그것을 제2부락 사람들에게 모조리 빼앗겨 상류의 척박한 땅과 교환하는 것으로 되었다.

"그 바보 같은 용산이가 꼬드김을 당하는 것 같은데, 배후에서 조종하는 자가 학출이라는 불량배입니다요. 아가씨, 그 녀석 이름을 들어보신 적은 없습니까?"

문지기 아범이 말하기 지쳤다는 투로 물었다.

"어머, 그 사람, 형무소 갔던 사람 아니예요?"

"그렇습니다요. 적색 농민이라고 해서 대전 형무소에 수감되어 있었죠. 그러다가 돌아와서는, 마을을 휘젓고 다니고 있습니다요. 강 건너 사람들이라 해도 모두 순박한 농부들인데, 그 녀석만 오지 않았다면 만사 잘 되어갔을 겁니다요. 놈이 말하길, 나는 인민군한테 절대 신뢰를 받는다, 우리들이 말하는 게 즉 인민군의 명령이라고 으스대쌌고 있습니다요. "

"그래도, 인민군 관리도 아니고 아무것도 아니죠?"

"관리들은 시내에 있는데, 마을 일은 그 녀석에게 맡긴 것처럼 말하고 있습니다요."

"할 수 없네요. 강 상류 메마른 땅을 경작합시다. 동생이랑 나도 들로 나갈게요."

"그것만 가지고서는 어림도 없는 골치 아픈 문제를 들고 나옵니다요."

"어떤 골치 아픈 문제라도 들을 게요."

"그게, 저, 이 저택을 해방시키라는 건데……"

"뭐라구요?"

"그것 보세요, 엄청나게 어려운 문제잖습니까요."

"그렇더라도……"

옥희는 놀라 두근거리는 가슴이 가라앉길 기다렸다.

"곰곰이 생각해보면, 그 사람들 하는 말은 이해가 가요."

"예? 무슨 말씀이신지유?"

"경작지가 평등하게 분배되는 거라면, 주택 역시 마찬가지잖아요? 강건너 마을 사람들 역시 큰 집에서 살고 싶지 않겠어요."

"무슨! 돼지 같은 녀석들에게 이 집을 줘버리면 삼일도 못 가서 집이 헛간처럼 더럽혀질 겁니다요. 그건 안 될 말씀입죠. 아가씨가 빨갱이 물이 들어서는 안됩니다요. 버티셔야죠. 저택에는 손가락 하나 못 대게 해야 합니다요."

"알겠어요. 아버지께 말씀드려 둘게요."

"서방님은 불행한 분이시지유. 아가씨도 무서운 세상을 만나셔 가지고는……"

아범은 눈에 주름을 잡고서 코를 훌쩍거리며 손등으로 눈물을 닦기 시작했다.

옥희는 아버지 계신 곳으로 갔다. 집안에 생긴 일을 오늘은 숨기지 않고 말씀드려야지 생각하면서, 마루 방으로 들어가니 아버지는 장지를 전부 열어둔 채 툇마루에 나와 있다.

"아버지!"

그녀는 자기 쪽을 뒤돌아보는 아버지의 얼굴이 누렇게 되어 있는 것을 알아챘다.

"난 황달에 걸린 거 같구나."

명인은 뼈가 가느다란 줄기처럼 된 손을 보면서 말했다. 햇빛에 닿으니 그의 손은 얼마간 희뿌옇게 바랜 색이 되었다.

"상처는 좀 어떠세요?"

"그쪽은 내 스스로 약을 바꾸었지. 아무래도 이쪽이 걱정이야."

병의 원인이 그 손에 있다는 투로 말하는 아버지를 보고, 옥희는 순간 느긋한 기분이 들었다. 날씨는 더웠지만, 뜰 나무들의 초록빛은 근사했고 생기가 가득 차 있었다. 손질을 하지 않은 마당의 풀도 제멋대로 자라나 행복해 보였다. 연못 부근에서 청개구리가 부산한 듯이 울고 있고, 채송화 꽃 사이로 나비가 춤추듯 날아다니고 있다. 거기에는 아무런 이변도 없고 활기와 평화, 행복이 있을 뿐이다. 옥희는 자기 집에 일어난 여러 가지 일들이 모두 꿈만 같아서 지금 눈앞에 있는 것들만이 현실이었으면 싶었다.

"이 황달이 사인이 되었으면 좋겠구나."

명인은 아무 맺힌 마음도 없이 말했다.

옥희는 잠에서 깨어난 듯 아버지를 보았다. 손질을 하지 않은 수염이 노란 얼굴을 더럽히고 있었다. 존재감이 없었다. 그녀는 흠칫 불길한 마음이 들었다.

"사인이라니, 그런……"

말하는 동안 화가 치밀어 올랐다.

"우리들은 어떻게 하구요? 어머니는 안 계시게 되고……"

옥희는 울기 시작했다.

"어머니가 끌려갔을 때, 나는 자고 있었단다. 자면서 꿈을 꾸고 있었는데, 그 사람 몸이 수정처럼 투명하게 보이는 거야. 공기처럼 스윽 내 머리맡을 지나갔지. 눈이 떠졌을 때 아범이 와서 알려줬어. 근데 그 사람과는 이 세상에서 두 번 다시 서로 만날 수 없을 것 같다."

아버지의 말이 몹시 냉담하게 들렸다.

"아버진 역시 그걸 바라고 계셨던 거군요?"

아버지가 밉살스러워졌다.

"한 번도 그걸 희망한 적은 없다. 다만 그렇게 된다는 게 느껴졌다는 거지. 그리고 나 역시 오래는 못 간다고 하면, 이 인생이라는 게 모두 공허한 거였지. 허무하다고나 할까. 젊었을 때 한창 사용한 말이었지만, 이제 알겠어. 시시한 거야, 정치니 정권이니, 전쟁이니 하는…… 흠."

"그럼, 그 사람은요?"

"그 사람? 아아, 그런가! 그것도 허무하지. 연정도 성욕도 모두 공허해."

"어머 —"

옥희는 그런 단어들을 자기 앞에서 아무렇지도 않게 말할 수 있는 아버지를 경멸하면서

'아버지는 정말로 돌아가실지도 몰라.'

라고 생각했다. 출가한 사람이 말할 법한 이야기를 하고 싶어졌다는 사실이 문제라고 생각했다. 게다가 어머니가 안 계시게 되었으니, 아버지는 역시 외로워지신 게 아닐까?

"그 사람은 어디에 있나요?

옥희는 어째서 자기가 이런 일에 연연해하는 것일까, 다른 일들이, 좀더 다급한 사건이 산처럼 쌓여 있는데 생각하면서도 물어 보았다.

"그 후로 연락이 없으니 모르지."

"그 사람은 좌익이었나요?"

"옛날에는 말이지. 좌익 기생이라고 해서, 사상 청년들에게 인기가 있었지. 그 사람 지인들은 대부분 북한에 가 있지."

"그럼, 지금은 위세가 좋겠네요."

"협상파 중 한 사람이었으니까 잘 봐주고 있는 거겠지."

명인의 이런 말이 끝나기도 전에, 양관 건너편 대문 안쪽 근처에서 순희가 누군가와 언쟁하는 소리가 들려왔다.

옥희는 조용히 자리에서 일어나서 양관 쪽으로 갔다. 현관으로 내려가 문짝에 틈을 만들어 밖을 엿보았다.

순희는 이쪽으로 등을 돌리고 있고 순희와 얼굴을 마주한 여자가 말했다.

"저에 관해서는 아버님께 물어보시면 아실 텐데요. 오늘은 아주 급한 용무로 온 것이니 들여보내주세요."

흰색 마로 된 상의에 푸른 빛깔 마로 된 치마를 입은 수수한 차림이어서 순간 알아채지 못했지만, 콧날이 오똑한 얼굴이랑 서울 말씨로 알았다.

"어머, 저 사람, 결국 찾아왔네."

옥희는 어이가 없어 놀랐다. 옥희의 심중을 느닷없이 폭로하듯 순희가 그 부인에게 거침없이 말했다.

"알았다! 당신이 누군지. 우리 어머니를 서럽게 만들고 우리들 일가를 파멸로 몰아넣은 여자야."

"아가씨, 말씀이 지나치시네요. 댁의 어머님을 서럽게 만든 기억은 없습니다. 더군다나 일가를 파멸하게 만들었다니, 난폭한 말씀은 하지 말아 주세요."

그 여자는 준엄한 말로 되받았다.

"적반하장이네! 나가요. 돌아가! 우리 어머닌 감옥에 가셨다구. 어머니가 안 계신 틈을 노려 좀도둑처럼 찾아오다니, 철면피로군."

"댁을 상대로 싸울 생각 없어요. 아무튼 아버님을 위해 중대한 일을 알려드리려 왔어요."

"이제 어떤 일이 일어나더라도 이 이상 더 중대한 일은 없어요. 돌아가 주세요."

여자는 화를 냈다. 순희를 개의치 않게 되어 순희를 뿌리치듯이 하면서 뜰 쪽으로 달려간다.

"못 지나가. 당신, 이 집에 온 적이 있는 것 같은데. 그쪽으로 돌아가면 아버지 거처가 있다는 걸 어떻게 알고 있는 거지?"

"입만 살아 있는 아가씨로군."

여자는 가슴을 눌러 움직이지 못하게 하는 순희의 손을 뿌리쳤다. 순희는 술래잡기라도 하듯이 여자의 앞을 막아선다.

"순희야! 기다려……"

돌연 옥희는 외쳤다.

"언니, 이 사람이야, 첩이 왔어."

순희는 여자의 저고리 끈을 쥔 채 언니 쪽을 돌아보았다.

옥희는 첩이라는 말을 듣자 자신의 얼굴이 귀까지 빨개지는 듯한 느낌이었다.

"아, 큰아가씨, 중대한 이야기가 있어요. 일각을 다투는 일이에요. 네, 부탁해요. 아버님을 만나게 해주세요."

그녀는 손질이 잘 된 뺨을 빨갛게 물들이며 감정에 젖어 눈에 눈물까지 머금었다. 어떤 모욕과 경멸을 참아내고서라도, 명인을 만나야 한다는 마음 하나로 그녀의 팔다리는 떨렸다.

옥희는 아버지가 있는 쪽으로 되돌아갔다. 아버지는 그 소동을 듣고, 알고 있는 듯했다. 눈을 감고서 위를 향한 상태로 마루에 누워 되어가는 형편에 조용히 몸을 맡기고 있다.

"아버지, 어떻게 할까요?"

"……."

"만나실 거예요?"

"이 집에 오지는 않았으면 했는데."

"그래도, 급한 전갈이 있다는데요."

"……"

아버지 얼굴에 고심하는 표정이 나타났다. 역시 만나고 싶은 거구나, 옥희는 아버지의 마음을 읽었다.

옥희는 현관으로 돌아갔다. 순희는 여전히 여자가 들어오지 못하도록 끈덕지게 물고 늘어졌다.

"순희야, 할 얘기가 있어."

옥희는 곁으로 다가가 동생의 손을 쥐었다.

"언니, 바보야. 악마를 집에 들이다니, 틀림없이 또 불길한 일이 생길 거야."

순희는 언니를 비난했다.

"자! 그쪽으로 돌아가세요!"

옥희는 동생을 억지로 떼어놓으며 여자에게 정원 쪽을 가리켰다.

"고맙습니다. 아가씨, 이 은혜는 반드시 갚을 게요."

여자는 제비처럼 재빨리 정원 쪽으로 사라졌다.

"당신이 은혜 갚는 일 따위 필요없다구."

순희가 큰 소리로 맞받아쳤다.

옥희는 동생의 손을 잡고 안뜰로 데려가면서도 아버지의 마음 상태를 염려했다.

밤 늦게 옥희는 아버지의 방으로 갔다. 마루 위에 일어나 있는 아버지의 얼굴이 낮에 보았을 때보다 한층 더 야윈 것 같은 느낌이 들어 옥희는 맥이 풀렸다.

"재앙은 연달아서 온다고 하지만……"

아버지의 얼굴에는 결의가 서려 있었다. 반쯤 자포자기하는 어조로,

"동지들의 동향을 알았다. 한국 정부의 뒤를 쫓아간 자들과 잔류한 자들이 반반씩이었어. 남쪽으로 간 자들의 소식은 없어. 잔류조는 현재 전부 대전으로 연행됐어. 그 사람도 물론 그쪽으로 끌려가 임의 출두 형식으로 조사를 받은 모양이야. 나를 두둔해서, 나만큼은 직접 조사를 받지 않고 지나가도록 노력해줬지만, 아무래도 내가 나가지 않으면 다른 동지들을 구할 수가 없게 된 것 같아. 그래서 나를 데리러 와준 거야. 난 내일 대전에 가야 한단다."

"아버지……"

옥희는 뭐라 대꾸를 할 수가 없어 목이 메었다.

"환자인 나까지 끌어낸다는 건 정말로 추한 일이지. 인민정부는 지나치게 엄격하구나. 협상파 동료들만큼은 신용해줄 거라 생각했다. 하지만 확고한 신념이 있는 코뮤니스트 이외는 모두 의혹의 눈으로 본다구. 전국도 계속 바람직하지 않게 흘러가서 한국 측과 내통하지 않았나 의심하고 있을지도 몰라. 그런데 나에 관해서라면 말이지, 그렇게 걱정할 나쁜 상태는 아니니까 안심하고 있으렴. 내가 반동인지 어떤지는 조사해 보면 알 테지. 난 남북통일을 위해서라면 할 수 있는 일은 할 작정이었단다."

"아버지, 작은아버지한테 어째서 연락하시지 않나요?"

"그것도 생각 안 해본 건 아니지만……"

명인은 고민스러운 듯 눈을 감았다.

"작은아버지는 박정하시네요. 자기 집과 육친을 돌보지 않다니……"

"그 애한테도 나름 생각이 있겠지. 나도 얼마간 기다렸지만, 결국 와주지 않았구나."

"서울시 시장이 되신 건 아닌가 몰라. 라디오에서 들었는데, 치준 오빠 목소리랑 진짜 닮았어요."

"설마! 그 아인 행정 같은 거 할 수 없을 걸. 혹시 내무 계통 일을 하고 있을 지도 모르지." "그렇다면 더 좋죠. 아버진 작은아버지가 취조하는 거랑 마찬가지가 될 걸요, 뭐."

"나는 상황이 좋다고는 생각 안 한다. 작은아버지 입장을 난처하게 해도 곤란하지 싶어."

"그런 배려는 쓸 데 없어요."

"그건 어떻게 돼도 좋아. 나 말인데, 대전으로 가면 못 돌아올지도 몰라. 당국 쪽에서 배려를 해준다면, 나를 병원에 넣어주겠지. 그런 특별 대우를 받을 수 없다고 해도, 나는 그 사람이 돌봐주겠지."

"……."

옥희는 으윽 하고 숨을 죽였다. 자기 아버지를 그 여자에게 빼앗긴다고 생각했다. 게다가 어머니가 같은 대전 형무소에 수감되어 계실지도 모르는데, 아버지가 세상 떳떳하게 그 여자와 한 집에서 지내게 되었구나 하고 원통해서 눈물로 목이 메었다.

"너희들 여자 아이들만 남게 되는 게 불쌍하구나. 난 밤에 눈도 못 붙이겠지. 옥희야, 해낼 수 있겠니."

라고 말하며 명인은 옥희를 끌어당겨 가슴에 꼭 끌어안고 울기 시작했다.

옥희는 아버지를 실은 화물차 곁에 붙어 반월교까지 따라갔다. 다리 건너편은 도로 폭이 꽤 되었기 때문에, 승용차가 와서 기다리고 있었다. 어디서 노획한 것인지 38년형 시보레Chevrolet였다. 그 차에 옮겨 타자 아버지의 얼굴이 갑자기 산뜻해진 것 같은 느낌이었다. 그래서 아버지의 병은 의외로 경미했던 것이 아닐까 옥희는 안심했지만, 이내 그렇지 않다는 것을 깨달았다.

아버지처럼 태어난 인간은 화물차에 다다미를 깔고 그 위에 모포를 펴는 정도로는 생기가 나지를 않는다. 고급 승용차에 타자마자 품격이 선명해지는 것이라고 해석해 보았다. 화사한 취향을 가진 아버지는 화물차 위에서 삐걱거리며 흔들리는 내내 뭔가 추레하며 어쩐지 쓸쓸한 느낌이었지만, 승용차에 옮겨 탔을 때 후유, 하며 자신을 되찾는 것이었다.

"아무것도 걱정할 건 없다, 이렇게 보위국에서 마중 나와 줄 정도니까."

승용차로 마중나와 주었다는 것을 기뻐하는 아버지의 마음이 빤히 들여다보였지만, 혹시 그 말 그대로가 아닐까 스스로 위안하는 마음이 들었다. 멀리서 구경나온 마을 사람들 바로 앞에서도 체면을 세울 수 있었다.

"서방님, 무사히 다녀오시라고 빌겠습니다요."

문지기 아범은 눈을 껌뻑거리며 말했다. 젊은 머슴들은 화물차의 채를 내리고 주인에게 고개 숙여 인사를 했다. 판출 부자도 그 뒤쪽에 와 있었다.

"순희야! 나랑 악수 하자!"

명인이 손을 내밀었다. 순희는 얼굴을 붉히며 고개를 숙인 채 언니 뒤로 숨었다.

"악수하렴, 순희야."

옥희는 동생을 아버지 쪽으로 밀어냈지만, 순희는 아무래도 싫어하면서 언니 몸에 붙어 떨어지지 않았다.

"아가씨, 서방님 말씀대로 하십시다요."

아범이 보다 못해 말했다.

"그럼, 내가 대신할게"

옥희가 아버지의 손을 쥐러 갔다.

그것을 하얀 완장을 찬 보위국원이 웃으며 보고 있다. 운전석에 있는 인민군 병사도 싱글싱글 하고 있다.

'온화하고 좋네. 이 상태라면 걱정할 정도의 일은 없을 것 같아.'

옥희는 아버지의 손을 잡으면서 생각했다.

그런데 아버지의 손이 뼈만 남아 아기처럼 힘이 하나도 없이 손을 쥐는 것을 보고, 문득 슬퍼져서 눈물이 나왔다.

"자, 부탁한다."

명인은 가냘픈 목소리로 말했다. 보위국원이 명인의 옆에서 손을 들어 올렸다. 운전병이 손을 등 뒤로 돌려 자동차 문을 닫고 기어를 넣었다. 차가 움직이기 시작했다. 옥희는 아버지의 얼굴을 똑똑히 기억해두어야지 생각하고 열심히 바라보았다. 명인은 옥희를 바라본 뒤 이어 순희에게로 시선을 옮겼다. 순희는 그 얼굴을 보고 눈물이 나오려는 것을 참느라 언니의 등에 얼굴을 묻었다.

명인의 얼굴이 보이지 않게 되고, 차는 길 한 가득 바퀴 자국을 남기면서 천천히 앞으로 나아갔다.

배웅하러 나온 마을 사람들이 떠나고, 머슴들이 화물차를 돌려 다리를 건너갔다. 아범이 소매로 눈을 닦으며 코를 훌쩍거렸다.

차가 보이지 않게 되었을 때, 옥희는 순희에게 재촉당하면서 돌아가는 길을 걸었다.

"얄미운 사람, 누가 악수 따위 할 줄 알고! 오늘부터 벌써 그 여자 사람이야."

순희는 입을 삐죽거리고 있다. 옥희는 그런 와중에 동생이 그런 일을 생각하고 있었나 싶어 어이가 없었다. 그리고 그런 어른의 감정을 가지게 된 순희가 옥희에게는 조금 부끄럽게 느껴졌다.

집에 돌아오니 금세 마음이 공허해졌다. 한 집안의 지주가 없어졌다는 적막한 기분이 옥희를 슬픔과 설움에 잠기게 했다. 그렇지만, 생각했던 것보다는 자신이 힘이 빠진 것 같지 않다 싶어 고쳐 생각하고 기운을 다시 냈다. 기질만 세고 여차할 때는 맥을 못 추게 돼버리는 듯한 순희보다 자신의 이 약함이 도움이 될지 모른다고 생각했다. 옥희는 할머니의 방으로 들어가서는, 여느 때처럼 고요하게 누워 계신 할머니를 보고서 여기서도 어쩐지 안심이 되는 기분이 되었다.

다음 날, 옥희는 강 건너 논 대신 분배받은 강 상류 쪽의 논을 보러 갔다. 반월천 보다 훨씬 상류 쪽에 있었고, 홍수로 범람했을 때 자갈이 흘러 든 흔적이 있는 사토성 토양인 까닭에 모가 여위어 있고, 갈라진 논바닥에서 아주 가느다랗게 모가 자라 있었다. 모내기까지 끝낸 논을 강제로 교환하도록 한 지도자의 생각을 알 수가 없어, 복수와 원한으로 뒤섞인 불순한 마음이 농부들의 마음에 앙금이 되어 있었다.

그러나 그런 불순물은 변혁 직후에는 흔히 있기 쉬운 일이었다. 그것이 다음 시기의 화근이 되어 그때까지의 원한을 뒤집는 상황이 된다는 사실이, 당사자들에게 의외로 통하지 않는다는 데 인간사의 불행이 있다.

옥희가 자신의 논을 둘러보고 새로운 사태에 순응하리라 결심이 섰을 때, 지도자에 대한 사람들의 원한이 다시 날뛰기 시작했다.

옥희가 기특하게도 작업복으로 갈아입고 들로 나가려고 할 참이었다. 여럿이서 우르르 중문에서 안뜰로 밀고 들어왔다. 거기 온 사람들의 기세가 등등하고 난폭했기 때문에, 함부로 침입당했다는 놀라움에 옥희는 숨이 막혔다.

선두에 나선 사람은 학출이었다. 그 옆에는 나름 몸집이 큰 용산, 그 뒤에 줄줄이 따라 온 것은 모두 강 건너 마을 사람들이다. 문지기 아범이, 너희들은 무슨 난폭한 짓을 하는 거냐, 여기는 남자들이 들어오는 곳이 아니라고 소리치며 왔지만, 학출의 명령으로 큰 소동이 일어난 가운데 내쫓겼다.

"여성 동지!"

그는 키가 작아 거북한 그 상체와 튀어나온 엉덩이의 추한 꼴을 조금도 부끄럽게 여기지 않고, 오히려 그 옹골찬 몸을 자랑이라도 하듯이 자신만만하게 말했다.

"당신이 진보적인 여성이라 들어서 나로서는 매우 기뻐하고 있소. 북한 출신 당원들이 시내에 와 있고 그 동지들이 오게 되어 있소만, 그 동지들 말이 오류리 일은 무엇이든 박 동지에게 맡기라는 거요. 박 동지 정도의 열성분자는 북한에 데리고 가도 신뢰받을 수 있는 게 틀림없다면서. 그러니 김씨 집안과의 교섭에 대해서는, 이 지방 말을 쓰는 사람이 이야기하는 게 여러가지로 순조로울 것 같으니 박 동지가 가서 이야기해달라는 거요. 그런 사정으로 내가 오게 되었소."

"무엇이든 말씀하세요."

옥희는 상대방의 거드름 피우는 제스처를 혐오스럽게 느끼면서 들었다.

"간단히 말씀드리면, 결국 이 집을 해방하러 왔소"

"……."

"마을에 주택이 부족하다는 것은 알고 계시지 않소?"

"아니, 모릅니다."

"그럼, 알고 계시는 게 좋겠소. 대체로 한 주택에 평균 다섯 명이 산다고 해도, 오류리에는 한 집에 삼 세대가 살고 있는 사람들이 있소. 댁은 현재 3인 가족으로……"

"7인 가족인데요."

"머슴과 하녀를 가족으로 취급한 여성 동지의 마음 씀씀이는 좋소. 그러나 그게 사실은 아니라는 데 문제가 있는 거요. 자, 차분하게 들어주시오. 중요한 것은, 마을의 집들이 전부 진흙과 짚으로 된, 돼지우리보다 조금 나은 것들이라는 사실, 그 한가운데 이런 커다란 집이 버젓이 놓여 있다는 것이 눈에 거슬리지 않을 수 없소. 남 보기에도 좋지 않고, 정신상 아무래도 안 되겠어요. 특권의식이 이 집에서부터 발산되고 있으니……"

"우리들이 특권을 가지고 있는 겁니까?"

"의식이 이 집에 단단히 들러붙어 있으니까 안 되는 거요. 우리 농민 동지는 이 집을 해방시켜 평등과 우애, 해방감을 획득하는 것이오. 우리 농민은 도시의 노동자 동지와 마찬가지로, 인민의 주체이며 생산의 중심인 것이오……"

"남성동지! 간단하게 말씀 부탁드리겠어요."

옥희조차 잘도 이런 식의 말투가 되는 사람인가 하고, 방 안에 있던 순희는 가슴이 후련해졌다.

"간단하게 말씀드리겠소. 여성 동지는 동생분과 할머님을 모시고, 강 건너 집으로 가주시길 바라오.

용산 동지와 우리들 네 세대가 이곳으로 옮겨 오겠소. 그리고 나서, 댁의 머슴 정 동지와 문지기 이 노인이 각각 방 하나씩을 사용할 거요. 그리고 하녀들이 각 방 하나씩……"

멀리서 "무뢰한들아, 무슨 말을 지껄이고 있느냐. 난 지금 사용하는 방으로 충분하다!" 아범이 외쳤다.

"그리고 양관은 농민조합 사무소로, 객실은 시에 주둔해 있는 인민군 장교의 클럽으로 사용할 계획이오."

"인민군의 명령이라면 하는 수 없지요."

옥희는 눈을 감았다.

"아니, 인민군의 명령이 아니오. 농민조합의 의결 사항이요."

방 안에서

"당신 개인의 욕망이겠지."

하고 순희가 말했다.

학출은 깜짝 놀라 방 쪽을 노려 보았다.

"당신의 복수인 거지! 당신은 훨씬 전부터 이 집을 탐내고 있었지? 들었다구. 당신이 내 친구에게 김씨 집안 놈들 머지않아 혼찌검을 내주겠다며 그런 커다란 집, 이제 곧 몰수하겠다고 했다면서. 당신 개인의 복수를 실행하고 싶은 거야. 인민군 명령도, 조합 결의도 아무것도 아니야."

순희는 쉴 새 없이 숨도 쉬지 않고 지껄여댔다.

"이 모욕은 용서할 수 없군. 내일까지 실행을 연기해도 좋다고 생각했지만 참을 수가 없군. 바로 지금, 이 집은 해방한다. 동지들, 어떤가."

"찬성!"

학출의 머리 위로 우뚝 솟은 듯한 용산이 그 긴 손을 들어올렸다. 그러자 그 뒤에 가까이 있던 농부들이 저마다 찬성 찬성하고 외치며 손을 들었다. 수풀 위에 꽃이 핀 것처럼 솟아오른 손바닥에는 위엄이 있었고 강압이 담겨 있었다. 그것을 보는 것만으로도, 옥희는 압도되었다.

이성을 잃지 말자, 되는 대로 맡기자, 차분하게 일을 처리하려고 현명한 노력을 해왔던 옥희였지만, 일이 이 지경에 이르러서는 연약한 마음의 선들이 끊어지지 않을 수 없었다. 서른 명도 넘게 모여 있던 장정들이 당장에라도 덤벼들어, 방에 뛰어들고 가재도구를 실어 나르려 할 테지, 아니 많은 가구와 세간을 수용할 수 있는 집은 없으니 태반은 빼앗길지도 몰라. 옥희는 몸도 마음도 바짝 움츠러들어 벌벌 떨면서 그 자리에 엎드리고 말았다. 폭력 아래 넙죽 엎드려 지금이라도 내려올 것만 같은 폭력의 폭풍을 기다리는 순간의, 그 죄어드는 듯한 공포에 단단히 억눌렸다. 빨리 해주기를. 어째서 당장 시작하지 않는 걸까. 문득 정신을 차리니 마당 쪽이 괴괴하게 아주 조용해졌다. 기침 소리 하나 들려오지 않고, 침 삼키는 소리조차 나지 않는다. 글쎄, 무슨 일이 일어난 걸까? 내가 기절했던 걸까? 아니면 꿈인가? 등등을 생각하면서 살그머니 얼굴을 들어보았다.

'어떻게 된 거지. 왜 안 하는 거야?'

옥희는 거기 망연히 우뚝 서 있는 용산을 보았다. 새까맣게 볕에 그을린 키가 큰 용산의 얼굴이 보기 싫게 일그러져 이쪽을 보고 있다. 다른 농부들은 더러는 눈을 내리깔고, 더러는 바깥을 향해 있다. 모두 무언가 죄를 저지른 듯한 온순한 모습이다. 그리고 멋쩍고 미안한 일이라고 말하는 분위기다.

'어떻게 된 거지?'

옥희는 눈을 의심했다. 정말로 내가 꿈을 꾸고 있는 것인가? 아니면 열병을 앓아 언제나처럼 환영에 가위눌린 것일까? 그럴지도 몰라. 아버지가 끌려가신 그날, 병이 날 뻔 한 것을 간신히 참고 있었으니, 하고 생각했다.

그러자 학출이

"이봐, 동지들, 뭘 생각하고 있는 거야. 빨리 실행하자니까."

라며 혼자 흥분했다.

"박 동지! 그리고 이 다음 일도 있어요."

용산이 마음 약해 보이는 눈을 하고 말했다.

"무슨 말을 하는 거야? 위원장답지도 않게. 그런 노파가 뭐가 무서운 거야. 물러날 필요 없소."

옥희는

"아!"

하고 뒤쪽을 돌아보았다.

"할머니!"

언제 어떻게 나오신 것일까? 거기에 할머니가 순희에게 등을 부축받으며 단정하게 앉아 계셨다. 눈을 가늘게 뜨고 뜰에 있는 농부들을 소리도 없이 보고 계셨다.

용산 등은 그 노부인의 호칭을 자기 아버지의 이름보다 더 잘 알고 있었다. 정렬부인이라고 하면, 그들의 마음에 살아 있는 신앙과 같은 것이었다. 정렬부인의 부군, 즉 한일합병을 비관하여 자결한 의암 선생의 말로, 그 피가 흘러간 곳에서부터 죽순이 자란 일이 있다는 전설조차 그들은 믿고 있을지도 몰랐다. 그 당시 그와 같은 충의 열렬한 신하가 없었다면, 그러한 의거는 실행되지 않았으리라. 참으로 의암 선생이야말로 민족의 마음이며 민족의 지표였다. 그 점에 관해서라면 어떤 사람도 머리를 숙여 감복해야 한다.

'우리들은 잊고 있었던 거야. 우리들은 의암 선생을 마땅히 본받아야 해. 우리들은 뭔가 잘못 생각하고 있었던 거야! 그건 대체 뭘까? 그런데 잘 모르겠지만서두……' 용산은 망설이며 생각했다.

그것은 민족 본래의 정신, 민족 본연의 자세, 민족 고유의 윤리, 그런 말들로 표현되어야 하는 것이었을까? 자신들이 지금 하려고 하는 행위는 어딘가 빌려 온 것의 느낌이 난다. 이 집의 해방을 희망한다고 해도, 이런 방식은 조선 사람다운 방식은 아니지 않을까. 이 집은 자식 두 명이 없는 상태다. 장남은 인민의용군에 지원했으니 인민을 위한 자랑스러운 집안 아닌가. 김명인만 해도 완전한 반동도 아닌 데다 한편으로는 당수 격의 인물이었다. 이마리아가 반동재판에 넘겨졌다고는 해도, 그렇게 심하게 마이너스라고 할 수는 없다. 게다가 이 댁 작은집의 명상은 지금 인민정부의 요직에 앉았다고들 한다.

"그렇지 않은감유? 김명상 동지가 오신다는 이야기가 있으니, 그때 가서 해도 늦지 않겄쥬?

용산은 열심히 그렇게 말했다. 그러자 농부들이

"정말이다! 그때 가서라도 늦지 않아" 하며 수그러들었다.

"동지들! 겁먹은 건가? 그걸 노예근성이라고들 하지."

학출은 얼굴이 새빨개지도록 화를 냈다.

"아녀, 박 동지. 다시 한번 생각해봐야제."

용산은 완강하게 말하면서 방향을 바꾸어 걸어가기 시작했다. 그 뒤를 한 사람씩, 두 사람씩 따라나가 뜰은 텅텅 비게 되었다.

학출은 아직 멀었다느니 훈련이 부족하다느니 재교육이 필요하다느니 하면서 몹시 화를 냈지만 역시 물러났다. 가는 길에 그는

"여성 동지, 이걸로 일이 끝났다고 생각해선 안 되오. 내일 다시 시작할 테니 그때까지 정리해 두는 게 좋을 거요."

라는 말을 남겼다.

"옥회야!"

틈새 바람처럼 몰래 들어와 어둠 속에서 말을 걸어온 것은 숙모였다.

"어머, 숙모."

옥회는 살짝 열린 장지문 바깥에 있는 숙모에게 무릎걸음으로 다가갔다.

"순희는?"

숙모는 주위를 살폈다.

"지금 잠들었어요."

"그럼, 잠깐 저기로."

숙모는 어두운 실내로 눈길을 주면서 순희의 숨소리를 의심하면서 말했다.

옥희는 책상에 엎드려 스스로를 불쌍히 여기던 마음가짐을 고쳐먹고 툇마루로 나갔다. 몇 달간 만나지 못했던 숙모가 무척 그리웠다. 숙모는 뒤로 물러나 옥희 앞에 서서 걷기 시작하더니 툇마루 모퉁이에 이르렀다.

"궁금했는데 못 와봤구나. 뒷문은 못질이 되어 있고, 대문으로는 차마 못 들어오겠고."

숙모가 변명을 하는 속사정이 때 묻은 얼굴을 보는 것처럼 싫은 생각이 났다.

"제가 나빴어요. 언젠가 사과드리고 싶었어요."

옥희는 말했다.

"괜찮다. 그런 일은 잊어버리자꾸나. 언제까지 꽁해 있을 것처럼 소견이 좁은 것도 아니고. 어머니가 무사하시기만 한다면 — 근데, 아버지한테서는 무슨 소식이 있었니?"

"없어요."

"그래?

"이 집도 갑자기 쓸쓸해졌구나. 꼭 빈집처럼! 비아냥거리는 건 아냐. 난 옥희가 가엾구나. 나한테 잘해준 건 옥희뿐이었는 걸."

"……."

옥희는 그런 말을 듣고나자 오히려 숙모의 마음이 무서워지기 시작했다.

"그렇지만, 세상사 덧없이 변하는 것이 이 집만의 일은 아니야. 시내에 나가봤는데, 피난 간 사람들 빈집을 북에서 온 사람들이 쓰고 있어. 시청도 건물은 똑같지만, 주인이 바뀌었잖아?"

"숙모네는 때를 만났으니 좋겠어요."

옥희는 그렇게 말하지 않고선 견딜 수 없었지만, 말하고 나서는 아차 싶어 입을 다물었다.

"낮 다음에 밤이 오는 거랑 같겠지. 그래도 그렇게 좋은 것도 아니야. 단지 반동으로 지정되지 않을 뿐이지."

"작은아버지가 돌아오시면……"

"전쟁이 일어나고 있는 한은 돌아오지 않겠지."

"기별이 있었어요?"

"치준이가 서울에서 만났다고 하네."

"어머, 오빠가?"

"그 아인 38선에서 제지당해 감옥에 들어가 있었다는구나!"

"그랬어요?"

"인민군이 와서 석방됐어 ― 그리고 나서 아버지랑 만날 수 있었대."

"그럼, 두 사람은 지금도 서울에?"

"그 사람은 평양에 있고, 치준이는 인민군 소위가 돼서 동부 전선으로 갔다는구나."

"그래요? 작은아버지는 여기로는 오시지 않는 거네요."

"그 사람 기다리고 있는 건 나뿐이 아니었네."

"네 ― 아버지를 위해 힘 써주시지 않을까 생각했어요."

"그건 형제 사이니까 뭐. 분명 뭔가 해주시지 않을까."

"그렇겠죠."

옥희는 숙모의 말을 액면 그대로 받아들여 보았다. 작은아버지에게는 작은아버지대로 사정이 있는 것이다. 혁명지사의 경력이 있다고 해도 인민정부에는 많은 수의 권력자가 대기하고 있을 테니, 작은아버지 혼자 생각으로 형을 위해 일을 도모할 수도 없을 것이라고 생각했다. 그러나 그렇다고는 해도, 여전히 뭔가 불만스러운 구석이 남아 있다. 늘 그렇듯이 명쾌하게 결론을 내리기까지 시간이 걸리는 옥희는 작은아버지를 나쁘게 생각하지 않고 넘어가자 싶기도 했다. 그 자리에서는 그걸로 좋은 것이라 생각했지만, 숙모가 다음에 꺼낸 이야기에 점점 더 불만이 겉으로 드러났다. 아버지가 동생의 입장을 생각하며 얼마나 슬퍼했는가. 조카들을 볼 때마다 동생의 닮은 생김새를 떠올리며 울었고, 동생 때문에 경찰에 호출되어(구 총독부 시대부터 한국정부에 이르는 두 개 시대에 걸쳐서) 정치적 입장이 곤란해졌다. 특히, 아버지가 자객에게 습격당했던 직접적인 원인이라는 것이 작은아버지가 보내 온 밀사 때문이 아니었나.

세세하게 하나하나 떠올릴 수 없을 정도로 여러 가지 일들이 착종되어, 아버지의 마음에는 동생의 일이 잠시도 떠나지 않았고 애정과 연민의 연쇄가 일어나 괴로운 업보가 되었다. 형과 동생이 입장을 달리했다면, 아버지는 동생을 위해 대전으로 향했을 텐데. 모처럼 서울까지 와 있다면 자신의 어머니와 형, 아내를 만나러 오지 말라는 법도 없을 텐데. 작은아버지의 얼굴 모습이 냉혹한 인간의 상이 되어 옥희의 마음에 비춰지기 시작했다.

"옥희는 시내 형편을 자세히 모르겠지만, 시민들은 한 사람 남기지 않고 식량을 공출했어. 사실대로 말하면, 공출당한 것인지도 모르지. 모두 수중에 있던 쌀이며 뭔가를 내놓기를 꺼리고 있어서 가택 수사가 시작된 거야. 은닉물이 적발되면 비협력분자인 거잖아. 그런 사람들에겐 아무것도 배급해주지 않게 돼. 시내가 정리되는 대로 마을에 착수할 거라는구나. 실제로 이 마을에서도 보유미 헌납이 시작됐어."

"그렇게 시장 사정이 나쁜가요?"

"북쪽에는 쌀이 썩어날 정도로 있대. 그렇지만 수송을 할 수가 없잖아? 군수품이 우선이니까 말이지. 그러니 식량은 지방에서 모으는 수밖에 없지 않겠어?"

"그렇게도 군수품 운송이 급한 건가요?"

"그건 그렇고 말고. 어쨌든 전쟁이 한창인 걸 뭐."

"아니, 이긴 거 아녜요? 벌써 훨씬 전에 끝났을 텐데."

"쉿! 그런 말 하는 게 아냐. 나도 잘은 모르지만, 시내에 후송된 부상병들 모습으로는 중대한 변화가 전선에 있는 게 아닌가 싶어. 동해안쪽은 승전인 것 같긴 해도, 중부 방면이 위태로운 거야. 근데, 이런 이야기는 함부로 다른 사람에게 말하면 안 돼."

숙모는 어둠 속에서 한층 의심이 많아진 모습이었다.

"말하라고 해도 할 수 있는 게 아니잖아요."

옥희는 마음이 무거워지면서 대답했다.

"근데, 의논할 게 있는데…… 안 좋게 받아들이지 말고. 옥희를 위하는 일이라 생각해서 뭔가 돕고 싶어서 몰래 온 거야. 실은 이런 일 했다는 게 들통 나면 큰일이지만……"

숙모가 몹시도 조심스럽게 신경을 쓰면서 말했기 때문에

"숙모, 무슨 나쁜 소식이라도 있었나요?"

옥희는 심장이 고동치기 시작했다.

"그럼, 얼른 말씀해 주셔요."

"저기, 혹시 쌀을 숨겨 놓고 있는 게 있다면 우리 집에 가져다 놓는 게 좋지 않을까 싶어서……"

숙모는 그렇게 말하고, 가만히 눈치를 살피듯이 옥희를 바라보았다.

"네?"

옥희는 흠칫 놀라 입을 열지도 못했다.

"그러니까 말이지, 내일 아침 일찍 이 집으로 가택 수사를 하러 올 거야."

"어머나, 숙모 어떻게 해요?"

옥희는 정신없이 소리 지르며 숙모의 품에 매달렸다.

"어떻게 된 거야? 정신 차려. 내가 옆에 붙어 있으니까 안심해도 돼. 그러니까 내가 온 거 잖아."

숙모는 안심했다는 듯이

"우리 집이라면 가택 수사를 당하지 않으니까 안전해. 적발되면 당장 내일부터라도 먹는 데 곤란하잖아. 우리 집도 아무 배급도 없는 데다가, 원래부터 가진 게 없었잖아? 영희가 직장 배급으로 가지고 오는 건 많고 적은 게 알려져 있고 말이야. 저기, 의논하는 건데, 적발한 식량으로 머지않아 배급을 주나 봐. 그러면 돌려줄 테니 몇 섬이라도 좋으니 빌리고 싶어. 우리 집에 숨겨두는 것과는 별도로 의논하는 거야. 쌀을 숨겨주니 그 보답으로 달라는 게 아니라. 괜찮지?"

"……"

옥희는 수긍이 되었지만 아차 싶기도 했다. 경계해야 한다는 속삭임이 마음속에 일어나 숙모에게 의혹의 눈초리를 보냈다. 그렇지만, 그런 마음의 구김살이 아무래도 더럽혀진 것으로 보여 숙모를 믿지 못하는 자신에게 가책을 느꼈다. 어떻게 하면 좋을까, 있는 그대로 털어 놓고 숙모에게 도움을 청하는 쪽이 좋을까? 숙모는 친절하게 말해 주었다. 숙모에게 쌀을 빌려준다고 한들 조금도 나쁜 일이 아니다. 본래대로라면, 양가의 식량은 마땅히 하나의 창고에서 나가야 하는 것이다!

"옥희는 날 믿지 못하는구나. 가택 수사당하고 나서라면 늦어."

"숙모, 저 난처해지네요. 어쩌면 좋을지 모르겠어요. 실은……"

하고 옥희는 자백하기 시작했지만,

"언니, 잠깐만……"

그 말을 어느새 뒤에 와 있던 순희가 잘랐다.

"숙모! 뜻은 감사해요. 하지만, 우리 집에도 쌀 같은 건 없는 걸요. 얼마 전 뒤져봤지만, 정말 조금밖에 없었어요. 우리 어머니가 인색했던 탓이죠. 할머니께만은 미음을 해드려야 하잖아요. 숙모 집도 어려우시겠지만 뭐라 해도 영희가 곁에 있는데요, 뭐. 조만간 배급이 있을 거구요."

순희는 차분하고 어른스럽게, 자연스레 술술 말해 버리는 것이었다. 옥희는 그런 동생에게 놀라 눈을 크게 떴다.

"그래? 알았다. 같은 말을 되풀이하지는 않을게. 할머님 이야기를 듣고 나오니, 나로서는 할 말이 없구나."

숙모는 순희가 말을 시작했을 때부터 움찔 몸이 위축되었다. 손윗 동서를 젊게 만들어 놓은 것 같은 모습이 어둠 속에서 온몸의 신경을 곤두세워 자신에게 덤벼들고 있다. 근래 동서에게 찍소리도 못하고 있던 공포가 갑자기 확 자신의 마음속에 되살아나 짓누르는 것이었다.

동서에 대한 반발이 고개를 들었지만, 어찌되었든 거기에는 더 이상 있을래야 있을 수가 없게 되어 갑자기 휙 몸을 돌려 물러났다.

"어머나, 숙모, 그쪽으로는 돌아갈 수가 없어요. 대문은 이쪽이에요."

측간 쪽으로 걸어가던 숙모에게 순희가 내리치듯이 말했다.

"아, 그러네! 그럼, 그쪽으로!"

숙모가 이쪽으로 다시 돌아왔다. 그 당황한 모습을 보고 옥희는 이상하다고 느꼈다.

"괜찮아요. 숙모! 숙모 신발이 그쪽 출구에 있었어요."

순희가 모르는 척 했다.

"그래, 그래. 완전히 잊고 있었네."

숙모는 순순히 말했지만, 울컥 화가 치밀어 갑자기 태도를 바꾸어 대담하게 뒤쪽 출구로 걸어갔다.

"뒷문 못질한 판자를 그대로 둔 상태에서, 밀면 열리도록 돼 있었어. 곡식 창고에 남겨 두었던 쌀을 누가 반 이상 들고 나갔더라구. 설마 싶어 말하지 않았는데, 이제 알겠어. 숙모는 역시 손버릇이 나빴어. 생선이 없어졌다느니 구운 두부가 줄었다느니 어머니가 곧잘 말씀하셨잖아? 어머니만 나빴던 게 아니야."

"……."

옥희는 슬픈 응어리가 마음속에 생겨났다. 그 정도로 숙모네 형편은 어려웠던 것이고, 지금도 어려운 것이다. 그리고 다른 집들 모두 거의 굶주리다시피 하고 있다. 이렇게 선의로 받아들이고 싶은 기분이 옥희의 마음속에 응어리가 되었다.

잠시 졸았다고 생각할 겨를도 없이, 대문을 두드리고 시끄럽게 싸우는 무슨 소리가 들려왔다. 놀라 귀를 기울이니 많은 사람들을 상대로 싸우고 있는 사람은 아범이었다. 한밤 중에 남의 집에 뛰어드는 것은 강도 흉내인가? 이건 도의에 반하는 비루한 행위로, 인민군과 같이 훌륭한 군대가 할 일이 아니다 등등 상대의 양심에 호소하려는 현명한 노력을 하고 있었다.

그러나 그는 차츰차츰 밀려서 중문 있는 곳까지 왔다. 거기서 아범 등은 목소리가 갈라진 채로, 당신들이 조선 사람들이라면 이 중문에서 안뜰로는 들어오지 않겠지, 남자들이 못 들어가는 안방에 뛰어들려 한다면 오랑캐 놈들과 똑같을 거야. 설마 당신들은 그런 야만인은 아니겠지 등등의 기특한 말들을 상대의 마음에 주입시키려고 했다. 그러나

"여성 동지! 중문을 열어주시오."

하고 선두에 서서 두꺼운 문을 두드린 것은 학출이었다.

당신은 이 마을 출신이다, 북에서 온 오랑캐들과는 다르지 하고 아범이 외쳤다.

"비켜! 근대 여성은 남녀 동권이란 말이다. 무슨 케케묵은 말을 지껄여대는 거냐."

학출은 시끄럽게 따라붙는 아범 등을 밀어제쳤다.

"빨리 여시오. 열지 않으면 확 때려 부술 테니까."

하고 고함을 쳤다.

"순희야, 어쩌지?"

옥희는 몸이 덜덜 떨려 이가 맞부딪칠 정도가 되어 동생에게 말했다.

"언니는 할머니 계신 곳에 가 있어줘. 내가 나갈게."

순희는 몸차림을 하면서 대답했다. 여느 때와 다름없는 야무진 동생이었다. 그러나

"위험해! 너도 숨어 있는 게 좋아".

할머니가 젊었을 무렵 빈번하게 출몰했다는 화적들을 떠올리고, 옥희는 동생을 만류했다.

"열지 않으면, 오히려 더 흥분하지 않겠어? 야만인들을 이 눈으로 경멸해줄 거야."

순희는 치마끈을 졸라매며 나갔다.

옥희는 고집이 없는 자신을 슬퍼했다. 뛰어든다고 해도 정규의 인민군이고, 화적이 아닌데도 어째서 이렇게 온몸이 떨리는 걸까.

하반신도 세울 수 없게 된 자신을 꼴사납다고 여기면서, 이불을 머리부터 푹 뒤집어쓰고 무서워서 오들오들 떨고 있었다. 그리고 귀만큼은 티 없이 신경이 예민해져 티끌 하나라도 흘려듣지 않고 있었다.

옥희는 동생이 중문 빗장을 여는 소리와 문을 활짝 열고 재빨리 가로막아선 자세로 이렇게 말하는 것을 들었다.

"남성 동지! 어째서 낮에 와주시지 않았습니까?"

순간 팽팽한 침묵이 가득 흘렀다. 분명 한 방 먹었다는 모양새로 놀라 말문이 막혔지만, 적도 만만치 않은 자였다.

"여성 동지! 시내에서 있었던 경험으로 보아 정직한 시민이 한 사람도 없었기 때문이오. 모두 교묘하게 은닉해서 군에 협력하지 않았소."

누구일까. 들어본 적이 없는 목소리로, 얼마간 표준어에 가까운 말투였다.

"우리들이 비협력이라는 증거를 알고 싶습니다. 한 번도 공출을 통보

받은 적이 없는데요."

순희가 예리하게 파고들었다.

"그건, 통보했소."

학출이 끼어들었다.

"회람 문서를 돌렸지만, 신청이 없었던 것 아닌가?"

"그 회람 문서는 내가 받지 않고 물리쳤구만."

뒤쪽에서 아범이 외쳤다.

"그럼, 그 노인은 벌을 받아야겠군. 체포해."

지휘자의 목소리가 무척 엄격하게 들리더니, 되받아 소리치는 아범을 몇 사람이서 꼼짝 못하게 붙잡았다.

"적발 때문이라고 해도, 밤보다는 낮에 하는 것이 좋다고 생각해요. 심야 방문이라니, 예의에 어긋나는 일이에요."

순희가 조금 불안한 목소리가 되면서 말했다.

"여성 동지! 시건방진 말을 할 계제가 아니란 말이오. 이 댁은 관대하게 봐드리고 있었소. 식량 은닉뿐만 아니라 사람도 숨기고 있는 흔적이 있소."

지휘자가 말했다.

"아니, 사람이라구요?"

"징병 기피자가 숨어들었소. 공모해서 은닉해 준 것이라면 일은 중대한 것이오. 자, 동지들, 수색합시다."

좋소 하는 말이 없었을 뿐 우르르 안뜰로 밀어닥치는 소리를 듣고 옥희는 몸을 떨었다.

어지러운 발소리가 곧장 마루로 가까이 다가오더니, 순희가 열고 나갔던 툇마루 유리창 문이 거칠게 제껴졌다. 사람들이 떠들썩하게 신을 신은 채로 마구 들어온다. 밀랍을 먹인 것처럼 검게 윤이 나는 마루가 군화의 징에 짓밟히는 모습이 손에 잡힐 듯하다. 가구 쇠장식의 애처로운 소리가 옥희의 심장에 파고들어 온다. 침입자들은 회중 전등의 빛줄기를 벽이나 장지에 마구 쏘아대면서 옥희 어머니의 방과 주방 쪽으로 간다.

따로 부엌 뒤편으로 돌아간 수색대는 장독을 놔두는 곳간과 헛간을 조사하고 곡식 창고 쪽으로 간다. 땅바닥에 창을 박아 세우고, 벽을 부수고 마룻대 위 물건들을 몰아 떨어뜨린다.

옥희는 어머니 방의 벽장과 이불장이 열리고 장롱문을 비집어 여는 소리를 듣고, 금란 단자[30]의 빛 나는 듯한 의상들에 경탄하는 소리를 들었다. 이불과 옷가지들이 모두 들고 가버리더라도 숨겨놓은 쌀만큼은 발각되지 않기를 빌었다. 쌀을 빼앗기는 것이 아까워서가 아니라 발각되고 나서 찾아 올 보복이 무서웠던 것이다.

주방 반침[31]에 계단이 있는데 거기서 1층과 2층의 중간방 같은 천정 뒤쪽 방으로 올라가면, 식기를 수납해두는 좁은 공간이 있다.

거기에 옮겨 둔 쌀이 곧 수색대 손에 들린 회중전등 아래 발각되겠지 싶어 바짝 움츠러들어 있었다.

"아가씨! 아가씨!"

아까부터 누군가가 열심히 자신을 부르는데도 알아차리지 못하던

---

30 금란(金襴) : 황금색 실을 섞어서 짠 바탕에 명주실로 봉황이나 꽃의 무늬를 놓은 비단. 흔히 스란치마의 자락 끝에 두른다. 단자(緞子)는 능직의 비단을 말한다.
31 반침 : 큰 방에 붙이어 만들어 물건을 넣어두게 된 작은 방.

옥희에게

"아가씨도 참, 큰일 났습니다요. 빨리 와보세요."

하고 어린 하녀가 참지 못하고 옥희의 어깨 부근을 흔들었다.

"어머! 너, 누구야?"

옥희는 이불을 밀어젖히며 소리쳤다.

"쉿! 빨갱이들이 들으면 큰일납니다요……"

하녀는 떨면서 말했다.

"뭐? 저 사람들…… 오는 거야?"

"아뇨, 침모 방에 사람이 숨어 있습니다요."

"뭐라고?"

옥희는 흠칫 했다. 이 이상 더 어떻게 사람을 놀라게 하러 왔나 싶어 하녀가 밉살스러워졌다.

"사랑 쪽 툇마루에서 갑자기 뛰어들어 왔습니다요."

"아니, 사랑 쪽에서?"

"거기도 빨갱이들이 뒤집어엎고 조사하고 있으니깐유."

"그래서 그 사람, 본 적 있는 사람이야?"

"뭐가 뭔지, 무서워서 알 수가 있어야쥬."

옥희는 누워있기만 할 수는 없겠다 싶었다. 조금 전 수색대 지휘자가 했던 말이 떠오른다 ― 사람을 숨겨놓았다고 했지 옥희는 생각했다. 그 사람은 인민군에게 쫓겨 이 집에 숨어들어 온 게 틀림없어, 혹시나 영준 오빠가 군대에서 빠져나와 돌아온 것인지도 몰랐다.

겁을 집어먹고 이불 밑에 숨어 있을 때가 아니라고 옥희는 생각했다. 수색대는 주방 살펴보기를 끝내고 다른 곳으로 옮겨가는 분위기였다.

혹시 사랑 쪽으로 가기 시작해 침모 방을 조사한다면 큰일이다. 오빠를 데리고 어딘가 다른 안전한 장소에 숨겨야 한다.

"너, 여기 있으렴. 저 사람들이 할머니 방에 들어가려고 하면, 울면서 소리 질러줘."

옥희는 하녀를 거기에 남겨두고 툇마루로 나갔다. 마루 안쪽에서는 기물을 부수는 소리, 물건이 떨어지고 쓰러지는 소리가 들린다. 이 와중에 마음이 급해 몸도 마음도 허공에 붕 떠 손발이 부자유스러웠다. 간신히 침모 방에 이르러 장지를 열었다. 곰팡이 냄새가 확 몰려왔다.

옥희는 안으로 들어가 장지를 뒤쪽에서 빈틈없이 닫고, 거칠어진 숨을 진정시켰다. 깜깜한 어둠 속을 멀리 보면서

"오빠."

하고 불렀다. 이 방 안쪽에 좁은 마루가 붙어 있어 뒤쪽으로 나갈 수 있는 문이 있다. 그 마루에 벽장과 선반이 놓여 있어 침모의 물건들이 정리되지 않은 채 있었다. 옥희는 마음이 가라앉자 눈이 어둠에 익어 마루와 장지문의 경계 부근까지 가서

"오빠, 나야. 대답해줘."

하고 말했다.

그러자 뒤쪽 판자문의 바퀴 모양 걸쇠를 벗기는 것인지 찰칵 하는 소리가 난다. 도망치려고 하는 이 사람의 인기척에 옥희는 정신없이 장지문을 열고는

"어머나! 당신, 누구야?"

날카롭게 외치는 동시에 깜짝 놀랐다. 무서워서 옥희는 숨이 차기 시작했다. 그쪽 출구가 아주 조금 열려 있어 별빛이 파랗게 들이비치는

가운데, 모르는 사람 그림자가 섬뜩하니 그 자리에 우뚝 서 있었다.

"누군지, 빨리 대답해요. 나 소리 지를 거예요."

옥희는 반쯤 정신을 잃어가며 말했다.

"죄송합니다! 접니다. 판출이에요."

그림자가 다가와서 조용히 입을 열었다.

"뭐, 판출?"

옥희는 그 사람을 보았다. 중키에 화사한 얼굴의 젊은이.

"정말이네!"

그렇기는 하지만, 판출이 어째서 여기 와서 숨어야 하는 것일까? 옥희는 그럴 듯한 이유가 무엇 하나 떠오르지 않았다. 최근 몇 주간이라는 시간 동안 그녀는 집 밖으로는 한 발자국도 나가지 않았던 데다가 마을에서 일어난 사건에도 신경을 쓰지 않기로 하고 있었다.

행복해 보이는 이야기나 우습고 재미있는 사건에는 처녀의 몸가짐도 잊은 채 가만히 귀를 기울이고 훔쳐 듣는 적도 있는 옥희였지만, 울적한 이야기는 듣는 것만으로 가슴이 먹먹해졌다. 우울함을 지나쳐 비극이 거듭되는 요즈음, 마음을 상하는 이야기는 이제 질색이었다.

옥희가 곤혹스러워 하는 것을 차마 볼 수 없다는 듯이 판출이 입을 열었다.

"저는 쫓기고 있어요. 댁의 응접실에 삼 일간이나 숨어 있었죠. 아범이 오라버님 방에 들어가도록 해주었습니다."

옥희는 정신이 나간 것처럼 멍했다.

"마을에는 투쟁이 시작되었어요. 자세한 건 아범에게 물어보십시오. 단지 의용군을 피하기 위해서만은 아니었어요. 실은, 인민군 점령 지역에 잔존해 있던 한국 경관과 패잔병들이 항공抗共의용군을 결성했습니다. 제 친구 중에 패잔병이 있어 이 친구가 저한테 연락을 해왔죠. 하지만 발각이 돼서 인민군 공격을 받아 도주했어요. 저를 체포하기 위한 가택수사일 거예요. 생각지도 않게 폐를 끼치게 되었습니다. 뭐라고 드릴 말씀이 없습니다."

판출은 착종된 사건을 효과적으로 설명하려고 애가 탈 뿐이고, 어떻게 된 일인지 영문을 알 수 없어 하는 옥희가 딱해졌다. 그때, 사랑채 쪽에서 갑자기 커다란 목소리로 고함을 치는 사람이 있다.

"동지! 사랑채 방 하나에 사람이 있던 흔적이 있소. 음식 부스러기가 있는데, 새 밥알이었소. 이 집에 있는 건 확실하니까 철저하게 찾아봅시다."

그러자 또 다른 목소리가

"담 주변에 감시병을 두게!"

그리고 우르르 군화 소리가 어지럽게 섞이더니 이쪽으로 가까워온다.

옥희는 갑자기 판출의 손을 잡고 자신의 방 쪽으로 달려갔다. 그러나 내실 쪽 방들을 모두 살피고 난 조금 전의 수색대가 툇마루를 돌아서 이쪽으로 오는 눈치다. 앗, 하고 숨이 막히면서 옥희는 침모 방으로 돌아가 판출이 비집어 열어둔 뒤쪽 문을 통해 뒤뜰로 나갔다.

"아가씨! 담을 넘을 테니 좀 도와주십시오."

이런 위급한 상황인데도 판출은 느긋하게 입을 열었다.

"안돼요. 바깥에도 쫓는 사람이 와 있어요."

옥희는 젊은이다운 기민함이 부족한 판출에게 화가 났다. 항공의용군이라고 한다면 유격대의 일종이 아닌가. 게릴라가 되지 않을 수 없는 운명에 뛰어들면서도, 농부다운 사람 좋은 면모를 그대로 드러내는 판출이 영 시원치가 않았다.

옥희는 본채 바로 뒤로 나가 수색대가 철수했다고 여겨지는 헛간 쪽으로 판출을 인도했다. 헛간 안에 온갖 종류의 저장용 구덩이를 팔 때 그 일을 도와준 적이 있는 판출을 그 움 속에 집어 넣자고 생각했던 것이다. 그러나 살구나무 아래까지 갔을 때, 갑자기 사람 그림자가 나오더니 이쪽으로 다가온다. 흠칫 얼어붙은 그 순간, 옥희의 눈에 들어온 것은 사당이었다. 자그마한 사당 건물이 마치 태양 아래서 보는 것처럼 옥희의 마음속에서 빛나기 시작했다. 보통 때 같으면 잠겨져 있을 사당 문이 열려 있었다. 옥희는 판출을 재촉해서 문 안으로 숨었다.

그때 제단 아래 작은 그림자가 있었다. 엎드려 가만히 있는 그 사람을 보고 옥희는

"할머니!"

하며 놀랐다.

그러나 지금은 그런 놀라움에 구애되고 있을 때가 아니었다. 제단 옆 좁은 틈새기를 빠져나가 순희랑 둘이서 쌀을 실어 나르던, 그 제단의 뒤쪽 바닥으로 숨어들었다.

"아! 있다. 있어."

두 사람의 뒤를 쫓아 온 남자가 커다랗게 소리를 질렀다. 그 목소리에 왕성한 발걸음 소리를 내면서 모여 든 부원들.

"쏴라!"

"아니, 기다려! 이봐. 손 들어, 일어서! 일어나란 말이야!"

일순 침묵이 흘렀다! 옥희는 할머니 쪽으로 뛰어나가려고 했다. 그때

회중전등이 한 줄기 빛을 던졌다.

"뭐야! 미이라인가?"

"화석 같은데."

"어이, 박 동지, 이건 뭐지?"

북한 사투리가 말한다.

"아, 이 사람은 이 집 할머님입니다."

학출의 목소리가 대답했다.

"흠! 이 제단은?"

"이 할머니 남편 분의 제단이죠! 자, 의암 선생, 얼마 전에 말씀드린 것 같은데요."

"아아, 그 선생의 제단이라고? 허, 그런가. 여기서 제사를 드리는 건가. 그렇군!"

북한 사투리는 무척 감동한 듯 했다. 그리고 여기서 제사를 드려 기리는 영혼은 단지 민족주의라는 본능일 뿐으로, 민족주의는 공산주의와는 어울리지 않는다는 공식이 그의 마음속에 생겨나 당장의 감동과 싸우는 것이었다. 그것은 상당한 격투였던 모양으로, 수색대원으로서 그가 가지는 다른 일체의 이성을 마비시킬 정도였다. 잠시의 싸움 끝에 그는 자신에게 말했다. 민족주의는 전적으로 부정되어야 하는 것인가 아닌가. 부정되어야 한다고 해도, 한일합병 당시 충신의 교훈은 귀중하다.

"동지들, 나갑시다. 할머님은 늙으신 몸이니, 밤바람은 독이 될 거요! 문을 닫아드립시다"

문이 닫히고 발소리가 멀어져 갔다.

방도 마루도 진흙과 병사들의 발자국으로 더러워져, 엉망이 된 추한 몰골이 안뜰 바로 위로 올라 온 태양 아래 드러났다. 그들이 뒤엎고 간 사랑채에서 헛간에 이르기까지, 어디서부터 손을 대야 좋을지 몰라 옥희는 망연자실한 채 바라보고 있었다. 바깥 주변만이라도 정리해줄 아범은 어젯밤 그 소동에 더 이상 참지 못하고 거칠게 반항했다. 게다가 화적이니 빨갱이니 괴뢰군이니 하는 욕설을 퍼부어, 결국 악질적인 반동이라는 이유로 체포되었다. 후미진 곳에서 몰래 보고 있던 나이 많은 하녀가 그 사실을 알려주었다.

그리고는 오늘 아침 일찍 머슴 하나가 작별 인사를 하러 중문까지 와서는 이제부터 의용군에 지원하러 갑니다요, 오랫동안 신세진 주인님께 인사도 못 드리고 가는 것이 슬픈 일입니다요 중얼중얼거리면서 손등으로 눈물을 훔치며 가버렸다는 것이다. 잔소리를 하지 않고 일을 시키면 혼자서는 새끼줄 하나 꼬지 못하는 소박하고 말재주 없는 머슴이었다. 그 머슴이 전쟁터에 끌려가봤자 소총조차 만족스럽게 다루지 못할 것이라 생각하니 옥희는 머슴의 신세가 가여워졌다.

"저런 사람은 병사로 써주지 않아. 탄환을 나르는 게 고작이야."

순희는 딱 잘라 말했다.

그건 그럴지도 모른다고 생각하자 조금은 안심이 되는가 했더니

"등에 짊어진 탄환이 명중되면, 폭탄처럼 터져서 모가지가 날라갈 거야."

하고 순희가 잔혹한 말을 했다.

옥희는 저 머슴이 어딘가 빈농의 다섯째인가 여섯째 아들로, 어릴 때 얼마 되지 않은 돈에 고용살이를 살아왔고, 머슴으로 주인집에서 살게 되기까지 지독한 고생을 해왔다는 이야기를 아주 잠깐 들었다. 왕성하

게 클 나이부터 고생이 몸에 밴 탓인지, 그의 머리는 언제나 흐리멍덩하고 둔하게 밖에는 움직이지 않았다. 자신과 똑같은 처지에 있는 사람들을 위한 해방 운동이 있다는 것도 모르는 채, 그저 묵묵히 자신 앞에 주어진 운명의 궤도를 향해 나아가는 것 이외에는 할 줄 모르는 사람이었다. 이런 사람들이 인민군의 손에 해방되었다는 것, 고용인에서 자작농이 되어 일가를 이룬 것, 그러한 일들을 옥희는 좋은 일이라고 생각했다. 옥희는 머슴들에게 저택의 일부를 해방시켜 주고 싶다고 순순히 생각했다. 그러나 모처럼 자신이 써도 된다는 말을 들은 옥희 오빠들 방 문제를 생각하는 것만으로도, 머슴은 벌써 싫은 생각이 났다. 짚부스러기가 흩어진 하인 방 쪽이 얼마나 마음이 편한지 모른다는 말을 그는 아범에게 참지 못하고 했다.

"그렇게 매끈매끈한 침대 같은 데 누우면, 난 기분이 나빠져서 잠이 안 와유."

그는 진심으로 토로했다.

그러나 그런 그가 더 이상 고용인이 아니고, 이 집의 동거인으로 격상되어 해방된 논과 밭도 그의 소유지이며 밭을 갈거나 씨를 뿌려 얻은 수확물이 전부 네 것이 된다고 알아듣게 말해주어도, 처음에는 아무리 해도 진짜라고 받아들이지 않았다.

그러던 것이 한 달이 지나고 두 달이 가는 가운데, 정말이구나, 모두가 이건 내 것이라 하는구나 생각하게끔 되었다. 그리고 또 별을 따는 것보다 어려운 일이라 여기고 포기했던 일이지만, 여자의 모습이 슬슬 자신과 가까운 존재로 비치게 되었다. 에라, 이제 곧 나도 아내를 얻어 아이라도 만들어볼까 생각하여 에헤라 에헤라 인생이 재미있어지기 시작한 참이었다. 그런데 위원장 용산과 지도자 학출이 어느 날 시에서 온 농업위원인가 하는 공무원 분위기의 남자를 안내해 왔다. 그리고는 하는 말이, 무상으로 경지를 하사한 국가에 대한 인민의 의무로서 수확물의 4분의 1을 납세하라는 것이었다. 그에 대해 불평을 말하는 자는 물론 있을 리가 없었다. 옛날 소작료에 비교하면 현격한 차이가 있는 것으로, 그저 더욱 고마울 따름인 한편 역시 인민정부구나 하며 기쁘게 반겼다. 그런데 공무원이 밭에 와서는 예리한 눈으로 콩의 작황을 살펴보고 좋아 보이는 장소를 지정했다. 한 평의 콩을 베어내게 하고, 그 한 평 분에서 나오는 콩 껍질의 숫자를 세게 한 뒤, 하나의 콩 껍질 안에 들어 있는 콩의 개수를 곱하여 계산했다. 그리고 4분의 1을 숫자로 산출해서 되로 잰다.

"야아, 훌륭한 사람 아닌가. 정말 과학적이구나."

학출이 혀를 내두르며 감탄했다.

"쌀도 이런 식으로 하는 건가."

용산은 조금 어안이 벙벙해서 살짝 물었다.

"물론 그렇습니다. 계산은 정확할수록 좋겠죠."

시정부에서 온 위원이 성실하게 대답했다.

밭작물이 끝나면 논 쪽이 시작된다. 아직 벼는 익지 않았기 때문에 예비 조사인가 싶었지만, 논두렁에 심은 것, 공지를 헛되게 쓰지 않으리라 생각해 만든 콩과 고추, 채소밖에 나지 않는 돌투성이 밭작물, 예를 들어 토마토와 가지에 이르기까지 하나도 남기기 않고 조사한다. 그것 역시 하나 하나 숫자를 세어 기록해서 4분의 1 현물세를 내는 것이니, 수확물로 납세해야 한다고 들었다. 머슴 곁에서 뽕나무 잎으로 만

든 대용 연초를 피우고 있던 아범이

"어떤 악덕 지주도 뒷갈이[32]랑 논두렁에 심은 것까지 눈독을 들이진 않았다구. 4분의 1이라고는 하지만, 실제로는 어마어마할 게지."
하며 투덜댔다.

그날 이래로, 천국이 조금씩 무너지기 시작했다. 추수하는 가을을 기다리지 않고, 보유 식량의 헌납 운동이 시작되었다. 전황은 지금 한 숨 돌린 상태로, 병사들이 주린 배를 감싸 쥐고 싸운다는 이야기를 듣게 되면, 목구멍 안에 있던 것마저 꺼내 주고 싶은 기분이 되는 것은 당연했다. 조합원들은 기꺼이 수중에 있던 식량을 헌납했다. 그래서 그것으로 일이 끝나려나 싶었는데, 추가 헌납 운동이 시작되었다. 추가에 추가를 거듭해서 나중에는 아무것도 없게 되자, 이번에는 인원 헌납이 되었다. 이것 역시 어쩔 수 없는 일로, 전쟁에 이기기 위해서는 모두 기꺼이 전쟁터든 어디든 나가자는 것이었다. 머슴도 더는 수중에 가지고 있는 식량이 없어 그 헌납에 참가하지 않았기 때문에 이번 징용 모집에는 순순히 응할 마음이 났다.

이와 똑같은 이야기를 옥희는 판출에게 들어 알고 있었다.

순희가 강탈당한 쌀 문제로 정신을 못 차리고 있었기 때문에, 옥희는 판출의 일은 자기 혼자만 알고 있기로 마음먹었다. 하녀들이 알아차리지 못하도록 마음을 쓰며 몰래 사당으로 가서 판출에게 식사를 날라다 주었다.

판출은 제단 앞으로 기어 나와 예의바르게 옥희와 마주보고 앉았다.

---

32   뒷갈이 : 벼를 베고 난 논에 보리나 채소 따위를 심는 일.

"아무것도 모르는 제가, 소학교밖에 나오지 않은 무지한 농부가 비판할 수 있는 일은 아니겠지만, 인민군의 행동 방식은 아무래도 저희들의 감정에는 맞지 않는 구석이 있습니다. 예를 들어 친구인 금수 일만 해도……"

어법도 올바르고 느긋하게 이야기를 꺼냈는데, 그것을 요약하면 이런 것이었다.

판출의 이웃 사람인 금수는 해방 직후에 경찰관을 지망한 적이 있다. 농지 해방으로 자작농이 되기는 했지만, 오랜 세월의 가난뱅이 생활이 일시에 개선될 리가 없었다. 금수는 자기 집을 돕기 위해 도시에 나가 일하기로 했다. 일시적으로 돈 벌러 나가는 것이 아니라 둘째아들이라는 이유로, 가능하면 도시 사람이 되어 장사로든 무엇으로든 출세하고 싶다는 희망도 있었다. 그러나 만사 생각한 대로는 되지 않는 법이어서 그는 급한 대로 월급쟁이가 되고 싶어했다. 그렇다고 해도 소학교밖에 나오지 않는 그에게 열려 있는 길이라고는 없어 거리를 헤매고 있었는데, 경찰관 모집 광고가 눈에 들어왔다.

대단한 사람들이라는 듯이 경원하고 있었던 데다 당장은 응모할 생각이 나지 않았지만, 동창생 중에 경찰관이 된 사람이 있었다. 길에서 우연히 그 친구와 마주친 때부터, 권유받은 대로 서류를 제출해 두었다.

그러자 바로 그 무렵, 운송점에도 걸어 두었던 취직 자리가 결정이 되어서 경찰 쪽은 자연히 흐지부지 되었다. 전쟁이 나서, 인민군이 진출해 왔기 때문에 그는 운송점의 화물 검사계 현직으로서 열심히 일했다. 그때, 의용군 징병 모집이 시작되어 중요한 인원을 남긴 다른 인원 전원이 전장으로 내몰렸다. 그는 중요 인원 안에 포함되어 남겨졌지만, 낙동강 전선에서 낙오해 도망쳐 온 동료를 만나게 되었다. 그는 그 탈주병을 숨겨 주었고, 부상을 입고 있었기 때문에 치료를 도와주었다. 혼자서 걸을 수 있게 되었을 때, 그 친구는 쌍둥이산으로 쪽으로 멀리 달아났다. 산꼭대기에 있는 절 암자를 근거지로 자위대가 생겼기 때문에 그곳의 보호를 받았다. 그러자 그 사실이 새어나가 의혹의 눈길이 금수의 신변을 감시하고 체포 직전이 되었기에 금수 역시 다시 반공의용대 쪽으로 도망쳤다. 그러자 금수의 신변 조사가 시작되어 그의 경찰관 지원서가 나왔는데, 거기 보증인으로 판출의 이름이 표시되어 있었다. 판출은 보증인이 된다는 구두 약속조차 한 적이 없었기 때문에 기억이 없다고 생각했다. 금수가 인감을 위조한 것이 아닐까 이의를 제기했지만, 정치보위국원은 그것을 믿어주지 않았고 신병을 구속하겠다고 기염을 토했다. 시내에 거주하는 판출 친구의 예이지만, 이러한 혐의가 걸리기만 하면, 그만 불시에 체포되어 그것으로 행방불명이 되는 사람도 있었다. 판출은 일단 가석방되어 집으로 돌아갔지만, 학출이 마을의 비협력분자 리스트를 만들어 거기에 판출을 올려놓았기 때문에 판출에게 유리한 조건은 하나도 없었고, 다시 체포되는 일은 필연이었다.

바로 그때, 의용군 징병 모집을 하는 격문이 왔고 학출은 판출을 협박했다. 지원하면 혐의가 벗겨진다는 것이다. 어느 쪽이든 신변의 안전은 지킬 수 없다는 사실을 알고 판출은 결심이 섰다.

그 결의의 이면에는 예의 4분의 일 현물세와 식량 헌납 운동 건도 감추어져 있었다. 학출의 공격의 화살은 예리했다. 판출 일가에게 다소의 보유 식량(콩을 수확할 때까지 가족 다섯 명이 어떻게든 근근이 살아가기 위한 정도의 보릿가루가 약간 있었고, 호박과 토마토로 부족한 부분을 보충하고 있었다)이 있다는 점을 들어, 모조리 내어놓지 않은 자들은 반동이라고 맹렬하게 공격했다.

"애초 그런 과격한 기질을 가진 자에게 권리를 가지게 한 것이 잘못이었어요. 그런 자밖에 신용하지 않는 인민군의 사고를 이해하기 어렵습니다. 그 사람은 위에 충성을 보여주기 위해 무턱대고 엄격하게 굴고 있는데, 그런 마음가짐은 찬성할 수 없었어요. 인민군을 위해 대단한 손실이라고 생각합니다. 실제로 인민군의 처리 방식은 가혹합니다. 의혹도 지나치게 많다고 생각했습니다. 저는 열성분자는 아니었을지 모르지만, 결코 비협력은 아니었어요. 금수가 유격대가 된 것도, 금수에게 말하라고 한다면 부득이한 일이었다고 말하고 싶겠죠."

그리고는 판출은 나이든 사람처럼 깊은 한숨을 한번 내뱉고 어깨를 떨어뜨렸다.

"그래서 어떻게 할 작정인데요?"

옥희는 자신도 한숨을 내쉬면서 물었다.

"갈 곳이 없어요. 역시 쌍둥이산으로 가겠지요."

판출은 한탄하듯이 대답했다.

"유격대 일을 할 수 있을까요."

옥희는 온순하기만 한 판출이 바위 투성이인 산에서 산으로 도망다니는 모습을 상상하고 애처로운 마음이 들었다.

"할 수 없지요."

"유격대원은 얼마나 있을까요"

"오백 명 정도인 것 같은데……"

"오백 명! 모두 판출 같은 처지인 사람들뿐이겠네요."

"그렇다면, 좋겠지만……"

"그러면 나쁜 사람도 있는 건가요?"

"먹을 게 없기도 하고 산에 사는 주민들이 인민군과 내통해서 공격당하는 일도 있어서 마을을 방화하려 하는 것 같은데……"

"어머나. 그건 안 되지. 꼭 옛날 화적들 같잖아요."

옥희는 혐오로 몸이 떨렸다.

"화적이면서 강도지요."

"그런 곳에 어째서 가려는 거예요? 난 반대예요."

"거기 지도자는 우익 청년인 것 같아서……"

"아, 그 서북청년단 일당 말인가요?"

"……"

판출은 고개를 끄덕였다.

"응, 가지 말아요. 여기 있으면 좋겠어요. 안전한 한도 내에서 내가 돌봐줄게요."

"……"

판출은 고개를 떨구었다. 정말로 가고 싶지 않다고 생각했다. 태어나서 한 번도 집을 떠나 본 적이 없는 그였다. (대전으로 일박 수학여행을 갈 때조차 금전 상태가 좋지 않았던 탓도 있었지만, 낯선 고장에 가는 것이 불안한 까닭에 가고 싶다며 무리하게 부모님을 조르는 일을 그만두었던 것이다) 가능하다면, 어떤 고생을 참고서라도 집에 있고 싶었다. 무슨 일이든지 그는 현상태가 급격하게 변하는 것이 불안했다.

옥희는 판출의 얼굴이 흙빛이 되어 근심으로 물드는 것을 알아차렸다. 부드럽고 온화했던 판출의 어린 시절에 관한 몇 가지 추억이 옥희를 봄 햇살 같은 마음으로 이끌었다. 어느 여름날, 학교에서 돌아오는 길에 소나기를 만났다. 참외밭 원두막에서 비를 피하고 있자니, 판출이 거기로 천둥소리를 겁내며 뛰어들어 왔다. 오두막지기 아범이 울타리 안으로 들어오라 해서 갔는데, 두 사람은 노인이 연초를 피우고 있는 것을 보았다. 노인의 수염투성이 입이 촷 하고 소리를 내면, 담배통이 발그레하게 밝아진다. 그 붙었다 사라졌다 하는 불을 바라본다. 노인은 담배통이 비게 되면, 새로운 담배잎에 페페 하고 침을 섞어 가득 채워 넣었다. 그리고 천천히 성냥을 문질러 불꽃을 담배통으로 가져간다. 그러나 굉장한 천둥과 번개바람이 함께 울타리 안으로 침입해와 그 불을 꺼버린다. 그러자 노인은 성냥을 또 한 대 문질러 천천히 담배통으로 가져간다. 그러자 또 폭풍이 와서 홋, 하고 불어 끈다. 그런 일을 다섯 번 여섯 번이나 반복해도 노인은 전혀 초조해하지 않고 서두르지도 않으며 똑같이 느릿느릿하게 성냥을 문지르고, 천천히 담배통으로 가까이 가져간다. 이번에는 성공해줘, 옥희는 기도하는 마음이 되어 불이 가까스로 바람을 견뎌내고 성공할 것 같은 상태를 조마조마 바라보고 있다. 빨리 하면 좋을 텐데, 노인은 콧수염이 잔뜩 난 입술을 입을 대는 부분에 천천히 가져가 간신히 불을 붙였다. 그러자마자 바람이 불어 성냥이 꺼졌다.

"어머, 안돼!"

옥희가 낙담하자

"장난꾸러기 바람 녀석! 오늘밤 놀러 오면, 엉덩이를 흠씬 두들겨 줄 테다".

노인이 시치미를 떼면서 중얼거렸기 때문에 옥희와 판출은 자신도 모르게 홋, 하고 소리내며 얼굴을 마주보았다.

그것을 힐끗 곁눈질하더니 노인은 말했다.

"두 사람 그렇게 나란히 앉아 있는 걸 보니, 꼭 부부 인형 같네."

그 순간 옥희는 얼굴이 새빨개지도록 부끄러워져서 한 순간도 거기에 있을 수가 없었다. 오두막을 뛰어 나가 반월천 부근에 오니, 소나기가 그치고 동쪽 하늘에 무지개가 걸렸다. 그러나 진흙탕 같은 물이 수면으로 부풀어 올라 출렁출렁 소리를 내며 소용돌이를 만들고 있었다. 벌써 흙으로 만든 다리는 떠내려갔다. 어떻게 하지? 옥희는 울상을 지었다. 판출은 곁에 와서 묵묵히 서 있더니, 천천히 조리[33]를 벗고 바지를 벗어 가방과 함께 끈으로 묶었다. 옥희는 판출이 저 혼자만 강을 건너는 것인가 안절부절 못했다. 그러자 그는 옥희의 짐을 잡아채듯이 집어 들어 자신의 짐과 함께 동여맨 다음 강으로 들어갔다. 모험을 싫어하는 판출로서는 결코 할 수 없을 것이라 의심했지만, 판출은 능숙하게 탁류를 끝까지 건넜다. 맞은 편 언덕의 갯버들나무에 짐을 단단히 묶더니 그는 이쪽으로 돌아왔다. 옥희는 판출이 생각했던 것 이상으로 용기 있는 것을 보고 감탄했지만, 판출이 자신에게 등을 돌리며 업히라고 말했을 때는 위험하다고 생각하지 않을 수 없었다. 그러나 주저하고 부끄러워하는 옥희의 손을 와락 당겨 재빨리 등에 업은 그는 성큼성큼 물살 속으로 들어갔다. 누런 진흙탕의 소용돌이를 눈 아래로 보면서, 옥희는 이제 곧 떠내려가게 될 거야 무서워하며 정신없이 판출의 어깨에 매달렸다. 판출이 한발 한 발 살피면서 돌을 피하고 소용돌이를 솜씨 있게 다루는 것이 몹시도 믿음직스러워서, 그의 어깨와 등에 스민 땀냄새조

---

[33] 조리[ぞうり], 草履 : 일본식 짚신.

차 향기롭게 느껴지는 것이었다.

옥희는 그때를 그리워했다. 어쩌다 판출과 두 사람만의 시간을 가졌던 몇 개의 추억도 그것과 겹쳐져, 지금 이렇게 불운의 구렁텅이에 빠져 있는 판출이 가여워 견딜 수가 없었다.

"아가씨! 역시 저는 가겠어요. 댁에 혐의가 씌워지면 큰일이에요."

판출은 결심이 선 것처럼 눈을 빛냈다.

"그래도 — 아무래도 판출에게는……"

"할 수 있어요. 어떻게든 그 사람들과 보조를 맞추고 있는 사이에 한국군이 되물리쳐 주겠죠."

"한국군이?"

"네! 유엔군 반격이 시작된 것 같다고들 합니다."

"유엔군이라구요?"

"네, 모르고 있었어요?"

"응, 아무것도요 —"

"라디오는 안 들어요?"

"라디오 들을 정도로 행복하지 않은 걸요 뭐."

"안 들은 게 다행이네요. 댁 가까이서 라디오를 도청하려고 학출이가 잠복해 있었으니까요."

"어머, 어째서요?"

"시내에서는 모두 벽장 속에서 몰래 일본 방송을 듣고 있으니까요."

"일본 방송을?"

"그렇죠. 가장 정확한 보도니까요. 거기 따르면 세계 16개국 군대가 유엔군을 만들어 인민군에 맞선다고 하는데……"

"어머, 멋지다."

옥희는 잠에서 깨어나는 듯한 기분이 들었다. 그러나 뭔가 착각하고 있는 것처럼 여겨져 어째서 이런 기분이 되는 것인지 자신의 마음을 이해하기 어려웠다. 한국군이 온다고 해서 좋은 일도 없을 것 같은데, 하고 생각했다.

"그럼 남쪽으로 도망쳐요. 유격대 쪽으로 가는 것보다 훨씬 나을 거예요."

"저도 그렇게 생각해요. 하지만 그것도 위험하니까…… 어떻게든 해볼게요. 어느 쪽이든 일단 쌍둥이산으로 숨지 않으면, 남쪽으로도 갈 수 없어요."

바스락, 하고 물건 떨어지는 소리가 났다. 흠칫 놀라 옥희는 입을 다물었다. 판출은 몸을 움츠리고 밖을 엿보았다.

누군가 급하게 사당 앞을 가로질러 빠른 걸음으로 사라진다.

옥희는 문을 밀고 밖으로 갔다.

"어! 영희야. 뭐 하러 왔어?"

영희는 살구나무 아래서 깜짝 놀란 듯한 모습을 하고 있다. 나뭇잎을 손가락 끝으로 뜯으면서 이쪽으로 곁눈질을 보내거나 한다. 옥희는 그게 몹시 야비하게 느껴지면서 공포와 불안 등이 복잡하게 얽힌 마음으로

"너, 이상하구나. 어디서 온 거야."

하고 날카롭게 추궁했다.

"잘못했어. 엿들은 거 아니니까 용서해 줘."

영희는 그 평평한 볼이 담갈색이 되어 뻔뻔하게 굴며 한 발 옥희 쪽으로 가까이 다가왔다.

"……."

옥희는 벌써 숨이 막혀 공포로 떨기 시작했다.

"난 언니가 보고 싶었을 뿐이야. 사당 안에서 사람 이야기하는 소리가 들려와 깜짝 놀랐어. 그래도 그게 언니였으니까, 아, 그런가. 할어버지 영혼에 기도를 드리고 있었구나. 그건 그렇잖아. 언니한테는 불행이 너무 많은 걸 뭐. 난 그렇게 생각하고 몰래 자리를 뜬 거야. 사실은, 나도 언니 옆에서 같이 기도하고 싶었어."

"근데, 너는 무신론자잖아."

"부르조아를 위한 신이라면 부정해. 하지만, 할아버지 제단 앞에 가면, 할아버지를 만난 것 같은 느낌이 들어 즐거운 걸. 게다가 할아버지 영혼은 단지 영혼일 뿐 신이 아니잖아."

"우습구나. 무신론자라면 선조의 영혼 역시 마찬가지잖아?"

"그건……"

영희는 말문이 막혔다. 논리로 졌다고 생각했지만,

"언니는 변했어".

"저런, 난 변한 거 없는데."

"그래도, 전보다 훨씬 까칠해졌는 걸. 언니는 센티멘털한 쪽이라고만 생각했거든."

"센티멘털하지 않게 되어서 미안하구나."

"그것 봐. 그런 빈정대는 말까지 할 수 있잖아. 순희랑 완전 똑같아."

"순희를 나쁘게 말하면 용서하지 않을 거야."

"무서운 말투네. 그래도 말할래. 방금 순희가 우리 집에 와서 밀고자라느니 쌀도둑이니 하면서 어머니랑 나를 욕하고, 온갖 욕설을 퍼붓고

갔어."

"그렇지 않다는 증거가 있니."

"증거는 우리들 양심에 있지. 간밤 일로 우리들을 의심하는 건 자유야. 그렇지만, 신께 맹세하건대……"

"신께, 라고."

"그럼, 다시 말할게. 양심에 맹세코……"

"인민정부에 맹세코겠지."

"그래, 뭐든 말해 봐. 자, 코뮤니즘에 맹세코라고 해볼까. 간밤에 어머니가 충고하러 온 것은 진심으로 큰집을 도울 생각에서였어. 언니가 불쌍하다면서, 그건 어머니가 옥희 언니를 동정한 거야. 수사대가 올 거라는 건, 내가 듣고 온 거야. 할머니를 생각하면 역시 큰집에는 쌀을 남겨 둬서는 안 된다고 생각하고…… 내가 할 수 있는 일이라 해도, 그 것밖에 없었는 걸 뭐. 정부를 배반하면서까지 큰 집을 도우려 했더니…… 언니한테마저 의심을 당하게 되면, 난 슬퍼지잖아."

영희는 약간 부은 듯한 홑꺼풀 눈을 무겁다는 듯이 아래로 떨어뜨렸다. 그 눈꺼풀로 치솟아 오르는 것처럼 커다란 눈물방울이 굴러 떨어져 먼지 묻은 넙데데한 뺨에 한 줄기 흔적을 남겼다.

그 안쓰러운 모습을 보니 옥희는 약간 후회가 되면서 영희가 말하는 대로일지도 모른다고 믿는 마음이 되었다.

"언니, 더 이상 우리를 의심하지 말아줘."

영희는 옆으로 와서 옥희의 가슴에 늘어뜨려져 있는 치마끈을 만지작거리기 시작했다.

"난 사람 의심하는 거 싫어."

"그럼, 안심해도 돼?"

"그거야 네 마음이지. 근데, 어째서 뒷문이 열려 있었지?"

옥희는 끝까지 파고들어 바로잡아 두고 싶은 마음에 영희의 얼굴을 유심히 바라보았다. 옥희는 영희 얼굴의 털구멍 하나 놓치지 않았지만 어머, 이런 데 사마귀가 있었던가 하고 영희의 오른쪽 눈꺼풀 끝 쪽에 생긴 귀여운 사마귀를 발견했다.

"의심받는다고 해도 하는 수 없지. 그렇지만 똑똑히 말해둘게. 어머니가 할머니 문안드릴 수 있도록, 저런 식으로 못을 박아둔 채로 꾸며 놓은 거야. 큰아버지가 병원에 계시는 동안 어머니랑 내가 할머니를 봐드렸다구."

"……."

옥희는 그랬을지도 모르겠다고 생각했다. 몇 주 동안이나 할머니를 내버려두었던 시절의 일이 생각났다. 할머니는 하녀들이 돌봐주는 것을 좋아하지 않았다. 선의와 악의가 그녀의 마음속에서 싸움을 시작했다. 시든 꽃잎처럼 근심 어린 예전의 영희. 아버지 없이 자란 아이가 그렇듯 기가 죽어 있었는데, 옥희에게만큼은 응석을 부리고 조그마한 위로의 말에도 눈물을 잘 흘리던 사촌동생의 모습을 그려보니, 인간이 불과 2개월 만에 그렇게 심하게 변하는 것도 아닐 거라는 해석에 도달했다. 옥희는 의심하는 것을 멈추어야지 생각했다.

"알았어! 네가 말하는 걸 믿을게."

"언니!"

영희는 으앙, 하고 옥희의 품에 매달려 얼굴을 묻고 훌쩍거렸다. 옥희는 영희의 어깨에 손을 얹고 그 딱딱한 무명 군복 위를 부드럽게 어루만져 주었다.

"어머니가 얼마나 기뻐하실까? 순희에게 그런 말을 들은 게 분해서 어머닌 울고 계셔."

영희는 이것저것 다 잊어버리고 순수하게 기쁨에 빠져 있다가 문득,

"언니, 나도 할아버지한테 절할래. 내가 조상님들을 깔보지 않는다는 증거를 봐주지 않을래?"

말하기가 무섭게 옥희 품에서 떨어져 나가 무턱대고 사당 문을 열러 간다.

옥희는 깜짝 놀라 숨이 넘어갈 것 같았다. 뭐라도 말해 달래서 돌려 보내자, 아니야, 영희가 뭔가 눈치 채고 있는지 어떤지 확인하고 나서 돌려보낼까 등등 망설이고 있던 때여서, 그저 어안이 벙벙해져 어떻게 손도 써보지 못했다. 게다가 방금 울었나 싶더니 갑자기 웃음을 떠뜨리는가 하면 근심이라도 하듯 얌전히 있는 듯 하다가도, 마치 다른 사람처럼 까불며 떠든다. 엉뚱하고 괴상한 구석이 있는 영희였기에 (그것조차 아버지 없이 자란 아이의 비뚤어진 성격이라 해석하고 가여워했지만) 그런 성벽을 그대로 드러낸 것인지 계획한 게 있어 일부러 그런 행동을 하는 것인지 판단하기 곤란했다.

옥희는 영희가 문에 손을 대었을 때 눈을 감고 숨을 멈추었다. 다음 순간 일어날 것 같은 영희의 비명 소리를 기다렸다.

그러자 문을 연 영희는 잠시 안을 점검하더니 주저하는 기색도 없이 주크화를 벗고 제단 앞으로 가서 무릎을 꿇었다.

옥희는 덜덜 떨면서 사당 앞으로 가 안을 들여다보았다. 거기에는 영희가 있을 뿐, 판출의 모습은 보이지 않았다. 그는 예의 그 장소에 몸을

숨기고 있었다. 옥희는 후유하고 한숨을 쉬었다. 눈이 흔들흔들거려 쓰러질 것만 같은 것을 간신히 참아 내고, 거기 있어야 할 밥상을 찾았다. 살펴보니 놋쇠 식기와 은수저가 제단에 말쑥하게 정렬되어 있다. 어느새 판출이 이런 식으로 준비를 잘해 놓은 것일까, 옥희는 차츰 마음이 편안해졌다.

영희는 그녀의 모친이 그랬던 것처럼 양손을 내려 다다미 위에 두고 깊숙이 절을 했다. 절을 세 번 반복한 후에 무언가 입 속에서 중얼중얼거리며 보통의 자세가 되어 제단 안쪽의 유패를 바라보고 있다. 옥희는 영희가 제단 위 식기를 조사하고 있는 듯한 느낌이 들어 다시 깜짝 놀라 숨이 막혔다. 그런데 영희는

"저런, 언니. 할아버지 유패 칠이 벗겨졌네."

하고 큰 소리로 말했다.

"응, 훨씬 전부터 그랬어."

옥희는 대답하며 휴우, 하고 안도의 한숨을 쓸어내렸다.

"있잖아, 언니! 사촌 형제라는 건 피가 많이 섞이지 않았다고들 생각하지만, 모두 한 할아버지 피라고 생각하면 굉장히 가까운 거네."

영희는 새삼스럽게 태평스러운 소리를 하고 있다. 옥희는 한시라도 빨리 영희가 물러가주기를 바랐지만

"그런 건 당연한 얘기잖아."

하고 대꾸하지 않을 수 없었다.

"그러니까 말이야, 민족도 마찬가지잖아? 동포 동지가 전쟁을 하다니, 좀 아니라는 생각이 들어."

"좀 뿐이겠니. 정말 나쁜 일인 게 틀림없지."

"그러니까 말이야. 나도 그렇게 생각해. 근데 모르겠어. 나 같은 사람으로선."

영희의 이 말은 진심이었다. 그렇지만 그런 일에 상관하고 있을 때가 아니었다.

"순희가 올 것 같아. 너, 돌아가!"

"그러네. 걔는, 너무 사나워서."

영희의 얼굴이 갑자기 긴장되더니 사당에서 나왔다.

"또 무슨 정보가 있으면, 나한테만 이야기해줘."

옥희는 돌아가려는 영희에게 말했다.

"사실은 있어. 대전 교도소에 계신 큰어머니, 큰아버지에 관한 것뿐이기는 하지만…… 오늘은 그만할게."

영희는 무슨 생각을 했는지 그 이야기에서 도망이라도 치려는 듯이 빠른 걸음으로 사라져 뒷문으로 나갔다. 못질한 한 장짜리 판자가 비스듬히 들러붙어 있어 일견 아무 일도 없었던 것처럼 보였다.

옥희는 영희의 발소리가 완전히 멀어지는 것을 확인하고 사당 안으로 들어갔지만, 여전히 불안이 사라지지 않아 거기 우두커니 있었다. 그때 안에서 판출이 속삭였다.

"아가씨, 큰일 났네요."

옥희는 몸이 오그라들었지만 작은 목소리로 속삭이며 답했다.

"걔, 눈치 못 챈 것 같아요."

"그렇지 않습니다. 이 안으로 들어와서 뚫어지게 사방을 둘러보았으니까 의심하고 있는 건 틀림없습니다."

그랬던 걸까? 옥희는 맥이 풀렸다.

"머지않아 체포하러 올 거 같으니……"

판출은 거기까지 말했지만 뒷말이 막히는 모양이었다.

"……."

옥희는 판출이 어떻게 하면 좋을지 몰라 곤란해 하고 있다고 생각했다. 결단을 내리지 못하는 그가 가여워져서, 어떻게든 도와주고 싶다는 마음으로 가슴이 쥐어뜯기는 느낌이 들었다.

"저, 여기서 나가겠습니다."

판출은 비통하게 말했다.

"나가서 어떻게 하려구요?"

옥희는 울화가 치밀었다.

"여기 있으면 댁에 폐를 끼치게 되니까, 저택 밖으로 나가서 체포되고 싶습니다."

그 말에는 아무런 기개가 없었다.

"남자답지 않아. 그렇게 패기가 없어서 어쩌려구요?"

옥희가 비난하듯이 말했다.

"그래도 어찌할 도리가 없지 않습니까."

"밤이 되면, 쌍둥이산 쪽으로 가요."

"그 밤을 기다릴 수가 없으니까요."

이때 옥희의 마음에 생각이 반짝 떠올랐다.

"저기, 빨리 나와 봐요."

말하고 문을 열어 판출이 나오는 것을 기다렸다.

"어떻게 하실려구요?"

판출은 창백해져 있었다. 입술이 먹을 칠한 것처럼 까맣다. 이런 겁쟁이가 게릴라가 될 수 있을까 몰라. 문득 자기 오빠가 떠올랐다. 모두가 다 겁쟁이들뿐이라는 생각이 들었지만, 그 초조한 마음이 지나쳐 연민이 그녀의 마음을 뒤흔들었다. 판출 역시 진정으로 겁쟁이는 아니다, 자기를 업고 탁류 속을 힘차게 나아갔던 저 어린 시절 판출의 용기는 지금의 그에게도 역시 있을 터였다. 다만, 전쟁이라고 하는 추악한 사태에 휘말려 들고 싶지 않은 것뿐이리라.

옥희는 판출의 손을 잡고 헛간으로 달려갔다. 어두운 헛간 안으로 들어가 휴 한숨을 놓으면서, 거기 기둥에 걸려 있던 하녀의 작업복을 끄집어내려 말없이 판출에게 건넸다.

판출은 그 검정색으로 물들인 몸뻬와 푸른 상의를 보고, 깜짝 놀라며 옥희의 계획을 깨달았다.

"얼른 그 위에 입어요. 머리는 수건으로 감추면 돼."

판출은 자신이 입고 있던 작업복 위에 여자용 작업복을 껴입고 흙이 묻은 수건을 여자들이 청소할 때 하는 방식으로 머리에 썼다. 판출의 변장이 끝날 때까지 옥희는 자루에 쌀을 담고 된장과 소금을 싸서 가지고 왔다.

준비가 끝나자 판출은 옥희 앞에 정중하게 머리 숙여 인사했다.

"번거롭게 해드려 죄송합니다. 이 은혜는 결코⋯⋯"

"그런 한가운 소리를 하다니! 자, 정신 똑바로 차려요. 반드시 살아 도망가는 거예요. 그런 건 살아난 다음의 이야기예요."

"네, 아가씨⋯⋯ 아가씨도 기운 내세요."

판출은 코를 훌쩍이며 손등으로 눈물을 훔쳤다.

"마음 약하기는."

하고 말했지만 자신도 자꾸 눈물이 나오는 것을 어찌할 수가 없었다.

"그럼, 아가씨……"

"잘 가요……"

판출은 짐을 집어올리고는 헛간 밖으로 나갔다. 태양이 쨍쨍 눈부시게 내리쬐어 눈이 부셨다. 그러나 그는 활기차게 걷기 시작했다. 옥희는 판출을 뒷문으로 데려가 문을 조금 열어두고 밖을 보았는데, 탈곡장 쪽으로는 사람 그림자가 하나도 없었다. 거기를 조금 걸어가니 언덕이 있고 소나무가 드문드문 자라있었다. 판출은 이미 눈길을 한번 옥희에게 주고는, 숨을 들이쉬고 걷기 시작했다.

옥희는 다른 때 같으면 몹시 우스꽝스러워 보고 있기 어려웠을 그의 뒷모습을 눈물이 번진 눈으로 배웅했다.

그러자 그때 순희가 집 앞에서 부르는 소리가 들렸다. 옥희는 깜짝 놀라 신경을 곤두세우고 집 쪽으로 뛰어갔다.

마당에는 학출을 선두로 해서 제복을 입은 사람들 여럿이 와서 서 있었다.

옥희는 숨을 죽인 채 얼굴색이 변했다.

"무슨 용무시죠?"

순희가 묻자

"여성 동지!"

학출이 한 걸음 앞으로 나왔다.

"또 강탈하러 오셨나요?"

순희는 모두를 노려보면서 물었다.

"여성 동지! 그런……"

학출이 분개해서 한 걸음 더 앞으로 나왔다.

"여성 동지니 뭐니 그렇게 부르지 마세요. 그런 말은 우리나라에는 없었다고 생각해요. 기분 나빠요."

옥희는 동생의 허리를 찔렀다. 그 손을 순희가 뿌리쳤다.

"그쪽 여성 동지와 이야기합시다."

학출은 옥희 쪽을 향해 말을 시작했다.

"네!"

옥희는 동생의 그늘에서 나오며 말했다.

"댁의 저택을 접수하겠으니 양해해주십시오."

"아니!"

순희가 외쳤다.

"양해하고 말 것도 없지 않나요?"

옥희가 온화한 목소리로 대답했다.

"그건 그렇습니다만, 무단으로는 좋지 않으니까요."

학출은 위엄을 부렸다.

"역시 조합 사무소로 쓰는 건가요?"

옥희는 어느 정도 각오가 되어 있었기에 물었다.

"상이군인 요양소가 됩니다."

학출은 그렇게 말하고 등 뒤에 서 있던 장교 쪽을 돌아보았다.

"여성 동지! 댁의 여러 사정은 잘 알고 있습니다. 조용히 있고 싶은 마음이시겠지만, 어쩔 수가 없었습니다. 될 수 있으면 다른 장소를 찾아보려 했지만, 아무래도 적당한 장소가 발견되지 않아서요. 접수당했다고 생각하면 화가 나시겠지만, 전쟁에서 부상당한 젊은 동포들을 돕는 일이라면 사리에 맞고 편한 기분이 되실 것 같습니다. 실은, 여성 동지 아버님의 허락을 얻었습니다."

인민군 장교인데도 말씨는 정확한 서울말이었다.

"어머, 아버지 승낙을요? 아버지를 만나신 거예요?"

"며칠 전 서울로 가셨습니다."

"서울로요? 어째서요?"

"그건, 그……"

중위는 대답을 주저했다.

"정치보위국에서 데려간 거죠?"

순희가 단호한 어조로 물었다.

"그건 물론 그렇습니다. 그렇지만 병세가 중하셔서 더 좋은 의사들에게 진단을 받게 하려는 편의도 있었겠지요. 저는 정치상의 일은 관계가 없기 때문에 아무것도 모릅니다만……"

"대전에 계신다고만 생각하고 있었어요."

"거기는 공습이 심해서 위험해졌습니다."

이것은 새로운 정보라고 옥희는 생각했다. 인민군 해방 지역에 공습이 있으리라고는 생각지도 못한 만큼 그녀의 놀라움은 컸다. 그러나 장교가 당연하다는 얼굴로 말했기 때문에 놀라거나 하지 않는 것이 좋다고 깨달았다. 다만, 전승 전승 하며 위세 좋은 일들만 선전하고 다니던 학출만이 정말로 불쾌한, 어색한 얼굴이 되어 바깥쪽을 향하는 것이었다.

"알았다!"

불쑥 순희가

"공습을 당했으니 부상병이 엄청나게 나온 거야."

라고 혼잣말처럼 말했다.

"그렇습니다. 적은 아군의 수배에 달하는 공군을 동원해서 우리 용맹한 장병들에게 신형 폭탄을 빗발치듯 내리쏟고 있습니다. 아군에게 공군력이 부족한 것이 참으로 유감스럽기 짝이 없습니다."

"중위님!"

그때 몸집이 작은 하사관이 이 사람 좋은 장교에게 주의를 재촉하듯

"더 이상 시간이 없습니다. 밤까지 대략 수용이 끝나지 않으면 다음 일이 밀리게 됩니다".

"그래! 좋아. 그럼, 여성 동지, 잘 부탁드립니다. 지금 단계에서는 저쪽 사랑채만으로 충분할 것 같습니다. 가구나 다른 것들도 그대로 놔두셔도 상관없습니다. 물건들에는 결코 손대지 않게 하겠습니다. 그러나 만일 안심이 되지 않으신다면, 병사를 남겨두고 갈 테니 도와달라고 하셔서 물건을 밖으로 실어내십시오. 다만, 이건 제 좋을 대로 하는 부탁입니다만, 아버님 방의 서가와 오빠 분 방에 있는 책장만큼은 그대로 놔둬주십시오. 저 몇 백권이나 되는 책들은 큰 도움이 될 겁니다."

"일본어 책인데도 괜찮나요. 일본어 아니면 영어 책뿐인데요."

순희가 새침하게 말했다.

"저희들은 적의 책이야말로 연구할 가치가 있다고 해석하고 있습니다. 일본어 책이니까 적성이라고 한정 지을 수는 없습니다. 그 나라에는 우리 동지들의 손으로 쓰여진 우수한 책들이 많이 있습니다."

"안됐군요. 좌익 서적은 한 권도 없어요. 북한에서 온 서북청년단의 간섭이 심해서 모두 몰수됐어요."

순희가 툭툭 내뱉어도 그 장교는 전혀 화를 내는 기색이 없었다.

"그건 유감이군요. 그러나 의학 서적은 굉장히 도움이 됩니다. 저도 의과대학생이기 때문에……"

"아……"

옥희는 오빠들을 떠올리고는 몹시 그리워졌다.

"중위님! 시간이 다 되었습니다."

하사관이 조금 큰 목소리로 말했다.

"아! 좋아. 그럼 또……"

장교는 옥희 등에게 경례를 하고 물러가기 시작했다. 모두가 그 뒤를 따라 나갔다.

옥희는 제정신이 들어 판출의 일로 마음이 떨렸다.

"이것도 저것도 모두 도둑뿐이야. 어느새 서가까지 다 조사해 두구 말이야."

순희가 뾰로통해 하고 있는 사이에 옥희는 툇마루를 오른쪽으로 서둘러 돌았다. 뒷 출입구 문을 열고는 발돋움해서 언덕 쪽을 보았다. 완만한 경사면에 소나무 숲이 더운 듯한 모습으로 자토의 표면을 덮고 있다. 그 언덕 능선이 있는 곳에 겹쳐진 맞은편 작은 산 위에는 공동묘지의 봉분을 한 무덤이 보인다. 씻은 듯한 새파란 하늘이 바로 거기까지 내려와 있다. 어디선가에서 산비둘기가 울고 있고, 그것을 신호로 담 바깥으로 자라난 백양목 안에서 질세라 매미가 울기 시작했다. 여름 한낮의 흔한 풍경인 것이 오히려 그립게 생각되었다. 그렇다는 것은 옥희로서는 천지개벽 이상의 변혁이 있었다는 것이며, 자연 역시 원래 상태가 아닐 것 같은 착각에 빠져 있었기 때문이었다.

판출이 그런 곳에서 헤매고 있을 리는 없다. 멀리 반대편 지평선 아래로 우뚝 솟은 쌍둥이산 쪽으로 걸어가고 있을 그를 생각하면, 자연이 예전과 다름없는 모습 그대로 있다는 사실이 뭔가 또다시 착각 같은 기분이 드는 것이었다.

　그 한나절, 두 사람의 자매는 몹시 분주하게 일해야 했다. 옥희는 무엇이든 그대로 두자고 말했지만, 순희는 언니가 싫다고 하면 자기 혼자서라도 한다며 아버지 방 정리를 하기 시작했다. 옥희는 동생을 돕지 않고 있을 수가 없어 사랑채 쪽으로 갔다. 툇마루도 마루도 걸레질을 하지 않고 두었기 때문에 먼지가 쌓여 있었다.

　아버지의 전용 양복 서랍과 앉은뱅이 책상, 가구류는 하녀들에게 도와달라고 해서 내실 쪽으로 옮겼다. 벽장과 서고 안에서는 고서화와 골동품류가 산처럼 나왔기 때문에, 그것도 한 묶음씩 해서 어머니 방 벽장으로 옮겼다. 어떤 가치가 있는 것인지 두 소녀에게는 도무지 이해되기 어려웠지만, 불그스름한 갈색으로 퇴색한 두루마리와 표장[34]도 되어 있지 않은 채 닥종이 상태로 아무렇게나 말아놓은 것도 많이 나왔다.

　아버지 방이 끝나고 양관에 착수했지만, 오빠들 소지품만 바깥으로 실어내고 침대와 응접 세트는 그대로 두자고 옥희는 조금 강하게 주장했다. 몸이 피곤해진 탓도 있었지만, 더 이상 내실 쪽에 빈 장소가 없어진데다 양관 쪽만이라도 손을 대지 않은 채로 놔두고 싶다는 기분이 들었기 때문이었다. 우스꽝스러운 허세라고 동생은 호되게 나무랬지만, 일본인 화상에게서 고가의 돈을 주고 구입한 것을 알고 있는 유화도 현

---

34 표장 : 비단이나 두꺼운 종이를 발라서 책이나 화첩(畵帖), 족자 따위를 꾸미어 만드는 것을 말한다.

관의 블론즈 나상도 호화로운 서류 상자도 모두 그대로 두기로 했다.

"도둑맞고 나서 징징대지 마."

순희는 언니가 의외로 강하게 말해 고집을 꺾었지만, 그렇게 말하면서 못을 박았다.

"좋아, 난 그 장교를 믿고 싶어."

옥희는 딱 잘라 말했다.

"그런 녀석, 북한 사람인 주제에 서울말 같은 거 쓰다니 우스웠어. 호인 같은 구석이 있어도 뿌리가 북한 사람인 걸 뭐. 마음을 놓으면 안 돼."

순희의 말끝에 뭔가 되바라진 데가 있었기 때문에

"마음을 놓다니?"

하고 옥희는 흥분했다.

"요컨대 방심하는 거지. 얼굴이 하얗고, 미남자에…… 게다가 인텔리 같잖아."

"순희야! 기분 나쁜 말 하지 말아줘. 이 와중에 그런 농담 할 수 있는 처지니? 너도 닳고 닳았구나."

"그래! 난 어른인데 뭐."

순희는 새침하게 입을 삐죽 내밀었다.

옥희는 동생이 무엇을 생각하는지 짐작이 가서 그런 사태가 실제로 일어난다면? 하고 상상했지만, 몹시 복잡한 마음이 되고 불쾌해져 속이 이상해지려고 했다.

옥희는 내실로 가서 하녀들에게 냉수를 떠오게 해 한 모금 마시고 기분을 진정시켰다. 그때, 거기 중문을 성큼성큼 들어 온 작은 체구의 하사관이

"이 중위님이 사랑채까지 좀 와주셨으면 하시는데요."

라고 말했다.

"이 중위? 아! 그 장교가 이 중위인가?"

옥희가 동생을 보며 무슨 일일까 하는 눈짓을 하자

"내가 갈게."

하고 순희는 냉큼 사랑채 쪽으로 가기 시작했다. 옥희는 동생이 어떻게 할 작정인지 짐작하기 어려운 채로, 하사관이 나간 중문을 통해 밖을 바라보았다. 대문 쪽에서 떠들썩한 소리가 들려 바라보니 들것을 멘 병사들이 줄지어 나타나 사랑채 쪽으로 운반해 간다. 연달아 들것이 계속되고, 그 사이를 목발을 짚은 부상 군인이 스스로 걸어가는 모습도 보였다. 부상자인데도 걸을 수 있는 사람은 걸어서 다른 병사의 손을 빌리지 않는다는 마음의 준비가 보였다. 다급한 분위기가 순식간에 주위에 가득했다.

순희는 금세 돌아왔다.

"응접실을 의무실로 하고 오빠들 방을 의무관 거처로 하겠대. 아버지 방이랑 객실, 마루는 병실이래. 저 장교는 의외로 예의가 바르네! 그런 일 우리한테 보고하지 않아도 되는데."

라고 말했다.

"좋은 분이 와줘서 어쩐지 안심이야."

"그래도, 실제로는 방심할 수 없어. 사랑 뒤쪽 툇마루를 널빤지 문으로 막아 버릴까봐. 중문도 단단히 문단속 해두는 게 제일이야."

순희는 매서운 어조로 말했다.

해질 무렵까지는 부상병의 수용이 끝났다. 사랑의 네 개 방에 다 수용할 수 없게 되자, 뜰에 텐트를 쳐서 들것 비슷한 허술한 침대를 땅바닥에 놔두고 부상병을 그 위에 눕혔다.

정자 안도 붙박이 벤치를 철거하고, 연못은 메워져 넓은 뜰에 가득 부상병이 나란히 뉘여졌다. 신음소리가 주위를 시장처럼 떠들썩하게 해 저택 안 모습은 이제 완전히 변했다.

부상병 숫자에 비해 간호병은 조금밖에 없는 데다 의무관은 놀랍게도 그 이 중위 단 한 사람으로 조수가 두 사람 있을 뿐이었다. 이 중위가 분주하게 땀을 비오듯 흘리며 일하고 있는 것을 봐오던 순희가

"치료를 받지 못해 신음하고 있는 병사들이 많이 있어. 열여섯이나 열일곱 정도 되는 소년병 같은 애들 허벅지에서 피고름이 계속 흘러나와…… 저런 소년병은 적색도 백색도 아니라구. 죄 받을 일이야!"

라고 말한다. 옥희는 순희에게도 이런 감상적인 데가 있나 싶었다. 밤이 되었다. 사랑 쪽에서는 신음하는 소리가 밤하늘에 울려퍼져 안뜰을 통해 옥희 등에게도 들려왔다. 그런데 그 가운데는 엄마, 아파하고 우는 소리가 섞여 있었다. 옥희는 깜짝 놀라 흥분 상태가 되어 더 이상 잠을 잘 수가 없었다. 연민이 그녀의 마음을 흔들기 시작했다. 문득 그 밤의 수사대가 했던 비인정한 처사를 떠올리고는 자기 마음의 모순으로 인해 괴로웠다.

그 상반되는 두 가지 마음의 싸움으로, 옥희는 그날 밤 거의 잠을 잘 수가 없었다. 날이 밝았다. 잠이 깨어 있었던 것 같은 순희가

"밤새도록 괴로웠어."

라고 말했다.

"너도 잠 못 잤니?"

옥희는 자신의 마음을 간파당한 것 같아 조금 부끄러워하면서 물었다.

"응! 잘 수가 없었어. 저 신음 소리에 애간장이 끊어질 것 같아서……
빨갱이라고 생각하면 밉지만, 불쌍해."

"어째서 의무관이랑 간호병을 늘리지 않는 걸까?"

"모두 전장으로 내몰린 거야. 틀림없이. 저 장교 밤새도록 일한 모양
이었어. 사랑 쪽은 지옥이야."

아침 식사가 끝나자 하사관이 다시 찾아왔다. 이 중위가 자매를 만나
고 싶다는 것이었다. 옥희는 동생과 둘이서 사랑 쪽 뒤 툇마루까지 나
갔다. 거기에 이 중위가 흰색 가운 차림으로 맞으러 나왔다.

"어머, 눈이 새빨개요."

순희가 중위의 얼굴을 거리낌 없이 쳐다보면서 말했다.

"폐를 끼치게 되었습니다만, 부탁이 있어서…… 저녁에 한숨도 자지
못하고 일했습니다만, 겨우 절반을 해결했을 뿐입니다. 지금부터 마당
쪽 부상병들을 치료하려고 합니다. 말씀드리기 매우 죄송하지만, 두 분
손을 빌리고 싶어서……"

이 중위는 말하기 어렵다는 듯이 말했다.

"좋아요, 도와드리죠."

순희가 결연한 어조로 말하자

"그렇습니까? 다행입니다. 정말로 도움이 될 겁니다. 여성 동지, 감사
합니다."

"그 여성 동지 하는 말이 귀에 거슬리네요. 김 양이라든가 순희라든
가 불러주셨으면 하는데요."

순희가 거침없이 말했다.

"지당하십니다. 인민정부의 언어에 익숙하지 않을 때는 좀 어색하실 테니까요."

"아니, 익숙해질 수는 없어요."

"그렇습니까, 자, 당분간 말하지 않기로 하지요. 하하하."

이 중위는 표정을 편하게 했다. 그 얼굴을 보고 '완전히 똑같은 조선인인데'. 옥희는 깊이 감동했다.

옥희 자매는 즉각 준비에 들어갔다. 학교 요리 시간에 입었던 흰색 가운으로 몸차림을 하고, 마스크를 쓰고 부지런히 나갔다. 옥희는 사랑 쪽 툇마루를 걸어가면서 자신들이, 특히나 동생이 인민군에 협력을 하게 된 데 대해 조금도 싫은 생각을 하지 않는 것이 이상하다고 생각했다. 그러나 동시에 해서는 안 될 일을 하고 있다는 불안이 있었다. 그러나 몇 만의 원군을 얻은 것처럼 자신들을 반기는 이 중위를 보면, 그런 정체를 알 수 없는 불안은 순식간에 사라졌다.

그리고 온돌과 마루 위에 침대도 없이 바로 눕혀져 있는 부상병들의 생기 없이 흐려져 있는 눈이 반짝 빛나는 것을 보았을 때, 도우러 나와 잘 됐다고 마음속 깊이 느끼는 것이었다. 얼굴에 자줏빛으로 찢어진 상처가 난 병사들에게 연고를 바르고, 탄환을 끄집어낸 어깨 구멍에 거즈를 대었다. 절단해야 하는 다리가 점점 썩어가고 있는데도 그야말로 잠시 안정시키기 위해 주사를 한 대 놔주거나 해서, 고름이 생기거나 썩어가 코로 숨쉬기 어려울 정도의 악취가 났다. 옥희는 참기 어려웠지만 이 정도로 많은 수의, 그리고 이렇게나 흉한 상처인데도 약품이 거의 공급되지 않고 있다는 점을 알아차렸다.

"불쌍해. 모두 죽는 걸 기다리고 있을 뿐이야."

하고 한탄했다.

그것을 들은 이 중위가

"사실은 그렇습니다. 약도 기구도 아무것도 없어요. 놀라 마땅한 옛날 식 처치로 어물어물 얼버무려야 하니 괴롭습니다."

깊은 고민을 얼굴에 나타내며 작은 소리로 말했다.

"아닙니다. 이제 곧 약품이 올 겁니다. 시내 의사들이라도 있어 와준다면 도움이 되겠는데, 반동들이 모두 피난해버렸기 때문입니다. 약품이랑 의료 기구까지 땅 속에 묻고 도망간 겁니다."

조수복을 입은 하사관이 주위에 기운을 북돋으려는 듯이 말했다.

"탄환조차 나를 수가 없는데 의약품 따위를 믿을 수 있을까! 일시적인 위로의 말은 하지 않는 게 좋아."

이 중위가 뿌루퉁해서 커다란 목소리로 말했다.

"그렇기는 합니다만, 중앙병원 창고에서 외과 약제가 발견되었으니까 이제 곧 나누어 주겠죠."

하사관은 북한 사투리의 억양으로 대답했다.

"아니, 중앙병원도 피난 간 건가요?"

옥회는 아버지의 동지였던 거기 원장과 좌익 편이었던 간호사를 떠올리며 물었다.

"그 놈은 처음에는 상당히 협력하는 체 했지만, 전황이 불리하게 되니까 허둥지둥 피난가버렸습니다."

이 중위가 대답했다.

"전황이 악화된 것이 아닙니다. 예상한 대로 매듭이 지어지지 않은 것 뿐입니다. 그런 중간분자는 신뢰할 수가 없어요. 유리한 쪽에 붙으

려고 거취를 결정하지 않는 자들과 기회주의자들은 반동보다 다루기
어렵습니다."

하사관이 몹시 화를 내면서 덧붙였다.

옥희는 마음이 꺼림칙했다. 자신들도 그 기회주의자가 아닌가 싶었다.

뜰 쪽의 부상병은 좀더 상태가 나빠 클로로포름과 빨간 약 정도로는
아무리 해도 속임수가 통하지 않는 중상자들뿐이었다. 뼈가 부러져 덜
렁덜렁한 다리를 빨리 잘라내달라고 외치는 인텔리같은 병사는 이 중
위의 소매를 붙들고 떨어지지 않았다. 양쪽 눈을 못 쓰게 된 병사는 안
대를 풀어 달라고 옥희의 손을 잡고 놓아주지 않았다.

"제 얼굴은 상처가 아물었습니까? 여성 동지?" 얼굴 가운데 보라색 상
처가 난 소년병에게 붙잡혀 자기 누나랑 꼭 닮았다는 말을 들은 옥희는
가슴이 먹먹했다.

"이 선생님."

옥희는 중위에게 한국식으로 불렀다.

"이 사람들을 내실 쪽으로 옮겨 주세요. 최소한 하룻밤이라도 온돌에
서 자게 해주고 싶어요."

하고 제안했다.

"미스 김, 마음은 고맙게 받아들이겠습니다만 소용없습니다. 저기를
좀 보세요. 숨이 끊어진 병사들뿐입니다. 이제 조금 있으면 이 병사들
도 저쪽에 나란히 있게 될 겁니다."

정자 쪽에 눈길을 주면서 그는 작은 목소리로 말했다.

옥희는 일본풍 다실[35] 모양을 한 정자 아래 나란히 뉘어 있는 죽은 병
사들을 보았다. 옥희는 정신이 아찔해졌다.

"언니, 제대로 해. 못 봐 주겠어."

순희가 매섭게 나무랐다. 쉽게 기절을 하게 되면 주위의 중상을 당한 병사들에게 미안한 일이라고 순희는 생각했던 것이다.

"자, 좀 쉴까요."

아무런 손도 쓰지 않고 그저 부상병들의 상처를 살피는 것만으로 그쪽을 빠져나가면서 이 중위는 말했다.

"네 ― 그래도, 이대로 죽게 하다니요! 죽기를 기다릴 뿐이라니……"

옥희는 중위의 뒤에서 반쯤 죽어가는 사람들을 쳐다보지 않으려고 하면서 빠져나오다가 울먹였다.

"아무도 그러고 싶다고는 생각지 않습니다. 인원이 몹시 소중하다고 생각해도, 지금으로서는 어떻게 해 볼 도리가 없어요."

툇마루로 가 피곤한 몸을 내던지듯 하면서 중위가 말했다.

"인원? 단지 인원이라니, 물품 같군요."

"물품입니다. 전쟁 자재인 거죠."

"아니예요. 생명이에요. 영혼이라구요."

옥희는 외치듯이 말했다.

"부상을 당해 쓸 수 없게 된 병사들이란 건 부러진 나무토막보다도 다루기가 곤란하죠. 나무토막은 길가에 버릴 수 있지만, 사체는 묻어야 하고."

"아니! 그런 사고방식은 용납할 수 없어요."

"저도 그렇게 생각하고 싶지 않았습니다. 하지만, 적어도 전쟁터에

---

35 스키야주쿠리[數寄屋造り, すきやづくり]: 다도(茶道)를 위해서 지은 건물, 다실(茶室).

와서 변했습니다."

"그게 북한 방식인 거예요."

"당치도 않습니다. 저는 북한 방식으로 생각하거나 말하는 게 아닙니다. 저는 보통 사람입니다."

"보통 사람의 사고방식이 아녜요."

"전쟁이란 건 그런 겁니다. 당신 역시 그렇게 될 겁니다."

"아뇨, 그렇게 되지 않아요."

"그건 여성의 감상입니다. 공중 폭격을 당해 산산조각이 된 인간을 보세요. 그저 고깃덩어리에 지나지 않습니다. 아픔을 느끼고 살려고 발버둥치는 동안에는 인간이지만, 숨이 끊어지면 냄새나는 고깃덩어리입니다."

"제가 사람을 잘못 봤네요. 도우러 오는 게 아니었어요."

옥희는 화가 났다.

"제가 하는 말의 이면을 깨닫지 못하시는군요. 그만큼 젊은 거겠죠."

"그럴지도요."

"그렇습니다. 곧 알게 될 겁니다."

갑자기 그때 대문 쪽에서 뜻밖의 악대 소음이 들려왔다. 징과 북, 꽹과리와 단 하나의 나팔 소리가 키키 하고 무신경하게 울려퍼졌다. 이때 아닌 소음은 신음하고 있는 부상병들과 죽은 사람들 뿐인 저택 안을 놀리기라도 하듯 짓궂게 들렸다. 옥희 등은 이 비통한 분위기가 그 부조화스러운 악대 소리에 깜짝 놀라고 있는 것처럼 느껴졌다. 이 중위가 분연히 일어나서 침입자와 싸움이라도 하려는 듯한 표정으로 뜰로 내려섰다. 그런데 그때 사냥꾼으로 변장한 중키의 남자가 얼굴에 하얀 분을 마구 칠하고 목총을 휘두르며 사냥감을 쏘아 떨어뜨리는 흉내를 내면서 선두에 서서 나타났다. 그 바로 뒤에 징을 든 젊은이가 세 사람 잇따랐다. 종이 모자를 덮어쓰고 붉은 어깨띠를 멘 채 가슴이 울리도록 성가시게 징을 두드렸다. 그러자 부채 같은 모양의 소고를 빠른 박자로 울리며, 그것을 머리 위로 번쩍 쳐들거나 사타구니 사이로 두들기거나 하면서 일곱 사람 정도의 젊은이가 미친 듯이 춤을 추면서 들어왔다. 그 뒤에 커다란 꽹과리를 꽝꽝 두드리는 커다란 남자와 큰 북을 어깨에 매단 노인이 엉덩이를 흔들고 어깨를 뒤흔들며 유쾌하게 들어왔다. 길이 2미터는 됨직한 나무 나팔을 허공으로 돌려 키―키 부는 사람 뒤에는 거지 분장을 한 남자가 익살꾼처럼 그 사이를 천천히 행진했다. 모두 조화를 장식한 모자를 쓰고 있었는데, 귀신이 둔갑해 나온 듯한 느낌을 주었다. 그들은 양관 앞의 조금밖에 남아 있지 않은 빈 땅에 원형 대열을 만들고는 "거 참, 인민 대중들아, 귀 기울여 들여보시게. 우리 인민군 대 승리의 쾌보를! 우리들도 이렇게 찾아 나왔습니다, 인민 영웅인 부상병 동지들이여, 잠시 기분전환으로, 자, 음악을……" 커다란 소리로 외치는 사람은 키다리 용산으로 보였다. 그는 인민군 대승리라고 굵게 쓴 커다란 깃발을 원형 대열의 한가운데 세우고, 자자, 시작해 하고 모두에게 신호를 보냈다.

그러자 징과 북의 돌발적인 음악이 시작되었다. 이것은 매년 추수 때마다 열리는 풍년 춤이었다. 인민군의 승리를 축하하는 이 행사라면 농민다운 기획이라고 납득할 수도 있겠지만, 눈앞에 펼쳐진 지옥도와는 너무나도 어울리지 않아 선의로 해석하기에는 아무래도 상식 밖의 일이었다.

"기다렷!"

악대가 연주를 시작하고 광대가 춤을 추기 시작하는 순간 벼락같은 목소리가 났다.

사냥꾼 분장을 한 남자가 놀라 멍하니 참으로 의외라는 표정을 지었다.

"당신들 상식이 있는 거요? 보시오! 다 죽어가는 사람들 면전에서 보란 듯이 장난하는 거요?"

이 중위는 노기로 부들부들 떨면서 원형 대열의 안으로 헤치고 들어왔다.

"중위 동지!"

사냥꾼으로 분한 남자가 중위 앞으로 다가오더니

"우리들은 부상병 동지들 기운을 북돋아 주려고……"

어머, 저 사람 학출이었어, 옥희는 놀랐다.

"부상병들을 위로한다구? 동지! 당신 머리는 진찰받을 필요가 있군. 중지하고 냉큼 나가시오."

이 중위는 격앙되어 있는 자신이 보기 흉하다고 생각했지만 이미 늦었다.

"나가라고 하면 나가겠습니다. 하지만, 우리 농민들 마음은 헤아려 주실 수 있겠지요."

학출은 불만스러운 표정을 역력히 얼굴에 드러내면서, 끈덕지게 눌러 붙기라도 할 것처럼 그 자리를 뜨지 않았다.

"당신들 기분이란 게 뭔데?"

중위는 퉁명스럽게 말했다.

"마산이 함락되고 부산은 바로 코앞입니다. 낙동강 상류에 나가 있는 적이 당황해서 주력을 남쪽으로 퇴각시킨 모양입니다. 동부전선과 서남쪽이 우리들 손으로 들어오면 승리는 의심할 것 없지 않겠습니까?"

학출은 전황을 상세히 알고 있는 자신에 다소 우쭐해져서, 이렇게 말하면 중위도 분명 자기에게 동감해줄 것이라고 예상했다.

"농민 동지! 난 전선 문제를 상관하고 있을 수가 없소! 약품이 없고 의료 기구가 없소. 아무것도 없는데 병사들은 죽어갈 뿐이요. 부상병은 점점 늘어갈 뿐인데 난 미칠 지경이오. 전승 축하도 좋지만, 하고 싶으면 밖에서 해주시오."

이 중위는 분노와 불만을 마음속으로 억누르며, 상대의 무신경함을 경멸하면서 말했다.

"그렇게 하지요. 어쨌든 우리들 의도가 이해되지 않아서 유감입니다."

학출은 이 중위에게 곁눈질을 하고 나서

"자, 동지들, 나갑시다! 여기 책임자는 우리들의 위문을 달가워하지 않는 모양이오."

"뭐라고?"

이 중위가 분격해서 학출 쪽으로 가려고 했다. 그것을

"이 선생님, 잠깐만요."

라며 순희가 멈춰 세웠다. 옥희는 동생이 자극하는 말을 하지나 않을까 조마조마했지만,

"저런 무신경한 사람하고는 이야기해봤자 소용 없어요."

동생은 드디어 말해 버렸다.

이 중위는 순희에게 소매를 붙잡혀 단념했지만, 학출의 눈이 분노를

머금고 순희를 미워 못 견디겠다는 듯이 쏘아보았다. 옥희는 모두가 줄지어 나가는 모습을 걱정스럽게 바라보고 있었는데, 느닷없이 대기를 찢는 듯한 굉음이 들려 깜짝 놀라 얼어붙었다. 그때 깎아지른 듯한 날카로운 날개가 지붕에 닿을락말락하면서 날아갔다. 적기다, 하고 농악대 사람들은 순식간에 거미 새끼가 흩어지듯 사방으로 달아났다. 으스대고 있던 학출은 대문 뒤로 뛰어들어 온돌 아궁이에 머리를 처박았다. 이 중위에게 손을 잡힌 옥희는 신발을 신은 채로 양관으로 뛰어들어가 뒤쫓아오던 순희와 함께 소파 밑으로 숨었다. 이 중위는 밖으로 뛰어나가 부하들을 독려했지만, 이제 어떻게도 손을 댈 수가 없게 된 것 같은 절망의 외침이 되었다. 하얀 사람 그림자를 땅위에서 발견한 제트기는 획 원래 있던 곳으로 되돌아와 저공으로 총격을 가했다. 날아가버렸다고 생각하면 다시 돌아와서 시간 내내 기총소사를 반복했다.

양실 유리창이 사방으로 튀고, 벽과 마루에 두드려 박히는 탄환 소리가 부지직 부지직 한다. 병실과 마당에서는 신음소리를 숨겨 숨 막히는 듯한 침묵이 가득했다. 비행기가 공기를 가르는 소리와 악마 같은 기총소리가 간격 없이 이어지는 시간이 어째서 이렇게나 긴 것일까. 마침내 비행기가 날아가고 멀리 시내 쪽에서 사이렌이 울부짖는 것이 들려왔다.

"방금 비행기는 유엔기야. 나 저기서부터 보고 있었어."

순희는 소파 밑에서 나오면서 귀신의 머리라도 벤 듯 기고만장해서 부서진 창문 쪽으로 뛰어갔다.

옥희는 아득해졌던 정신을 차리면서 지금 여기서 일어난 새로운 사태가 어떤 것일까 생각했다. 그것은 우선 순희의 노골적인 기쁨을 삼가게 하는 것이었고, 사랑 쪽으로 나가 부상병들에게 어떤 변화가 있는지 살피고 농악대 사람들이 무사히 피해갔는지 파악하는 일이었다.

"통쾌하다 통쾌해, 인민군 고소하구나!"

순희는 완전히 이성을 잃고 외치고 있었다.

"그런 말 하는 거 아냐. 이 중위한테 안됐잖아."

옥희는 정성껏 동생을 타일렀다.

"정말! 그 사람, 어떻게 된 거지. 자 봐, 모두 총에 맞아 죽었어."

옥희는 벌떡 일어나 사랑 쪽으로 나갔다. 마당 가까이 눕혀져 있던 부상병들은 몹시 기겁을 한 듯 입을 크게 벌리고 눈을 뜬 채로 죽어 있었다. 뜰에 내려가니, 조금 전까지 살아 있던 병사들이 움찔 놀란 모습으로 숨이 끊어져 있다. 그러나 가느다란 손을 흔들며 살려줘라고 신음하는 병사! 그것은 양쪽 눈을 잃은 부상병으로, 무릎에 구멍이 뚫려 검은 피가 철철 흐르고 있었다. 알아차리고 보니, 이제 막 당해서 아직 완전히 죽지 않은 병사가 저기에도 여기에도 있었다. 옥희는 자신으로서는 아무래도 어찌할 수 없겠다 싶었고, 죽은 사람을 이렇게 가까이서 보게 되어 몹시 불편해지기 시작했다.

그러나 그런 허약한 자신이 이 경우 얼마나 추하고 죄가 많은 것인지를 깨닫고, 견딜 수 있을 만큼 견뎌보기로 비장한 결심을 했다.

"미스 김, 미스 김!"

어딘가에서 옥희를 부른다. 보니까 정자 뒤편에서 작은 적십자 깃발을 흔들고 있는 사람은 이 중위였다.

"엎드리자마자 다리를 다쳤어요. 좀 일으켜 주세요."

라고 말한다. 얼굴은 태연한 척 웃고 있다.

옥희는 부상병들을 타 넘어 이 중위가 있는 곳까지 갔다. 구두의 표면에 구멍이 뚫려 거기서 피가 나왔다.

"적십자 기를 흔들어 기총 소사를 막아보려고 했습니다. 어리석은 행동이었죠. 다리를 다쳤어요."

"다리가 아녜요. 발끝인 것 같아요."

옥희는 이 중위의 신발을 벗겼다. 피로 물든 발이 벌써 붓기 시작했다.

"일으켜 주시면, 제가 혼자서 걸을 수 있습니다."

이 중위는 옥희의 어깨에 매달려 일어서서 다리를 절름거리기 시작했다. 옥희는 중위의 허리를 지탱해가면서 마당 가득 드러누운 죽은 사람들과 중상자를 보지 않으려고 눈길을 피했다. 그러나 오히려 그곳의 처참한 광경이 마음속에 파고들어 중위와 툇마루에 이르렀을 때는, 그녀 쪽에서 먼저 맥을 못 추고 말았다.

마을 사람들이 총출동해서 죽은 이들을 뒤쪽 언덕에 가매장했다. 그러나 새로이 죽어가는 사람들은 늘어만 가서, 매장하는 데도 사람 손이 부족했다. 농악을 연주하러 왔던 농부들 가운데서도 부상자와 사망자가 나왔지만, 학출은 나쁜 짓을 해도 멀쩡한 운이어서 긁힌 상처 하나 없었다. 이 매장 사업은 그가 일해준 것이 크게 도움이 되었다.

그러나 시내의 공중 폭격 피해는 예상 외로 컸다. 각처의 병원도 폭격을 당했기 때문에, 거기 부상병들을 옥희 집으로 옮겨와야 하는 상황이었다. 사망자들을 매장장으로 옮겨도 계속해서 부상병들이 왔기 때문에, 김씨 저택 안은 내실의 방방도 부상병들로 가득하게 되었다. 영희네 집과 탈곡장의 헛간까지 지붕만 있으면 어떤 건물이라도 이용해야 했다.

그런 혼란에 휩쓸려 들어가 자신을 돌아볼 틈도 없이 지낸 까닭에, 옥희는 집안에 스며든 고름과 썩어가는 살의 악취를 견디어낼 수 있었는지도 몰랐다. 시내의 폭격은 연일 반복되어 검은 연기가 피어오르는 모양이 집 밖으로 나가지 않아도 잘 보였다. 공습이 있는 동안 제발 이 집만은 못 보고 넘어가 주었으면 하고 옥희는 할머니가 누워 있는 곁에서 누구에게랄 것도 없이 빌었다. 폭탄이 갈라지는 굉음은 손에 잡힐 듯이 들렸다. 땅울림으로 저택 안 건물이 흔들렸지만 할머니는 사태를 알아차린 것인지 그렇지 않은 것인지 여느 때처럼 가슴 위에 손을 깍지 낀 채 눈을 감고 조용히 계셨다. 지진이 없는 이 나라에서는 이번 폭격에 의해 땅이 흔들리는 것이 그 지방 사람들에게 실제 이상의 공포를 가져다주었다. 몇 년에 한 번 오는 대홍수 이외에는 천재라는 것을 겪어본 일이 극히 적었던지라, 이 공중 폭격은 신이 내린 재앙과 완전히 똑같은 공포가 되었다. 사람들은 절망의 나락으로 떨어졌다. 시민들이 비명을 지르고 있는 꼴이야말로 마땅히 아비규환이라 부를 만한 것으로, 슬프게 우는 소리는 하늘에 가득 찼다고 말할 수 있으리라.

다행스러운 일은 폭격이 시에만 한정되었다는 것이다. 시 상공을 지나 날아갔던 비행기가 시로 돌아오기 때문에, 오류리 상공 근처에서 급선회를 하고 하얀 물체를 발견하면 기총 소사를 하러 춤추듯 내려오던 소형기가 사라졌다는 점이다. 마을 사람들은 자연히 하얀색을 밖으로 내어놓지 않은 채 경보 사이렌이 울림과 동시에 집 안이나 둑 그늘에 숨듯이 해서 폭격의 목표가 되지 않고 넘어갔다.

공습이 있을 때마다 부상병이 실려 왔지만 그것도 초반의 일이었다.

시에 주둔하고 있던 부대는 전선으로 총출동했고, 병원도 대부분 잿더미가 되어 김씨 집안으로 이송되어야 할 부상병은 전부 이관이 끝난 탓에 그런 혼란은 열흘 안에 매듭이 지어졌다. 그러나 그 대신이랄까, 살던 집이 없어진 시민들이 공습에 희생된 육친의 매장을 하는 둥 마는 둥 하며 가까이 있는 시골로 쇄도했다. 그들은 통곡을 하기도 하고, 동정을 구걸을 하기도 했다. 그런데 이제까지 긴 세월 동안, 어쩌면 농가 사람들이 기억하는 한 자신들을 바보 취급하고 경멸해 온 시내 사람들에 대해 동정심을 가지는 이는 한 사람도 없었다. 뒷간 내용물을 퍼서 그 오물을 비료로 쓰기 위해 시내 집집마다 받으러 갔을 때라든지, 푸성귀 잎이든 뭐든 보답으로 가져가지 않으면 좋은 얼굴을 보이지 않았다. 뒷간을 푸고 난 뒤 청소에 결함이라도 있을 참이면, 그 집의 주부가 나와서 그러니까 당신들은 농사꾼이라 불린다는 둥 야만인이라는 둥 면전에서 욕을 하는 것이었다.

5년에 한 번은 경험하는 가뭄 재해 때는 춘궁의 굶주림을 견디지 못한 마을 노파가 손자 손을 끌고 바가지를 허리춤에 단 채, 시민들의 집집으로 남은 밥을 얻으러 다니게 된다. 그럴 때 시민들은 문빗장을 굳게 걸고 한 숟가락의 밥을 베푸는 것도 아까워하는 것이었다. 이래저래 긴 세월의(그것은 거의 천년에 가까운 역사일지도 몰랐다. 농민의 생활은 신라시대에 이미 궁핍에 빠져 있었다고 어떤 책에 나와 있으니) 원한이 이 생각지도 않은 인재 탓에 지금까지 계속된 주객의 장소를 바꾸었다. 농민의 동경의 대상이었던 비농가가 농가의 문전으로(하기야 문이 있는 집은 한 집도 없고, 단지 흙과 돌로 만든 낮은 담이 초가집 주위를 에워싸고 있을 뿐이지만) 동정을 구걸하게 된 때였다. 이때 그 원한이 한꺼번에 폭발한 것인지도 몰랐다. 이재민이 된 시민은 우선 먹을 것을, 다음에는 살 곳을 구걸하는 것이었다. 먹을 것 쪽은 농촌이라 해도 여분은 아무것도 남아 있지 않았고, 예의 사분의 일 현물세와 헌납 운동 때문에 햅쌀을 수확할 때까지는 풀뿌리라도 캐어 먹지 않고서는 도저히 안 될 지경이었다. 다만, 고구마와 참외, 토마토가 밭에 있었기 때문에, 물물교환으로 나눠주는 것은 가능했다. 불에 타지 않고 남은 옷가지와 손가락에 끼고 있던 금이나 은, 옥반지가 터무니없이 싸게 쳐져 정말 얼마 되지 않는 토마토와 참외 등과 교환되었다.

그런 구걸이 옥희의 집에도 밀어닥쳤다. 김씨 집안은 시민들에게도 널리 알려져 있었던 까닭에 여기로 오기만 하면 어떻게든 되겠지 하는 순진한 생각으로 몰려든다. 그 중 많은 것은 기생집이라든가 요리점에서 나긋나긋한 장사를 하던 여자들로, 예전에 한번이라도 옥희 아버지가 발걸음을 한 적이 있으면(혹은 전혀 그런 일이 없다고 해도 지어낸 이야기로라도), 댁의 아버님과는 언제 어떻게 친밀하게 지냈는지 등등 타고난 말재주로 설득하려고 한다. 먹을 것이라고는 쌀 한 톨도 없습니다, 지난 가택 수사에서 전부 빼앗겼어요, 거절하면 이렇게 군인들이 많이 와 있는데요 뭘, 군에서 특별 배급이 있겠죠 하며 김씨 집안이 인민군으로부터 특별한 보호라도 받고 있다는 투로 이야기한다. 그러다 끝에는 옥희 등이 사용하고 있는 세 개 방 중 하나를 비워 달라, 주방도 마루도 비어있는 듯하니 빌려 주는 것이 인정이 아니냐면서, 뭣하면 넓은 부엌의 땔나무 두는 곳이라도 상관없으며 하녀들을 주방에서 살게 하면 한 칸 비는 것이 아니냐며 졸라대기 시작했다.

이 사람들을 물리치는 것도 옥희에게는 큰일이었지만, 이 방면은 순희가 솜씨있게 처리해 주었다.

어떤 금은보화를 가지고 와도 옥희들에게는 조금도 탐나지 않았지만, 역시 식량은 궁한 처지였다. 발각되지 않은 식량이 약간 있을 뿐 이렇게 많은 수의 부상병들을 수용하고 있는데도 군에서는 곡식 한 톨도 보급해 주지 않았다. 탄약 운반도 변변히 하지 못하는 군이기에, 식량을 말할 계제가 아니었고 전선의 병사들조차 계속 굶주리고 있기 때문에 어쩔 수가 없었다. 부상의 고통, 죽음에 대한 고민만으로도 옥희 등의 마음속은 도려내지는 듯 아픈데, 개중에는 배가 고프다, 물 같은 것이라도 좋으니 곡물이 들어간 것을 목구멍으로 넘기고 싶다며 호소하는 이들이 있었다. 두 사람의 하녀는 최근에는 한결같이 부상병들의 죽을 끓이느라 정신없이 바빴고, 군대와 함께 농가로 징발하러 가 거의 협박하다시피 해서 가져온 콩와 감자를 조리하거나 했다. 그렇게 해도 도저히 병사 전부를 먹일 수는 없었다.

"더 이상 불쌍해서 보고 있을 수가 없어. 할머니 몫만 남겨 두고, 나머지는 전부 내놓아 버릴까." 순희가 히스테릭하게 말할 정도였다.

그 마음은 옥희로서도 똑같았다. 어느 날 옥희가 붕대를 감아준 소년병인가는 이런 잠꼬대를 했다.

"이야! 어머니, 주먹밥 감사해요. 눈처럼 새하얀 주먹밥이네요. 맛있어요. 맛있어." 그리고는 주먹을 입으로 가져가 맛있다는 듯이 우물우물 한다. 옥희는 참을 수가 없어져서 내실로 가 쌀을 꺼내 밥을 해야겠다고 생각했다. 그것을 순희가 온 기미를 알아차리고 깜짝 놀라 그만두었던 것이다.

이제까지 순희는 이 중위의 간병에 정신을 빼앗기고 있었다. 시에서 온 다른 장교가 이 중위 대신 병사들을 진찰했는데, 이 사람은 인민군 스럽게 인정이 박한 사람이었다. 이 중위가 어째서 다른 인민군과 다른 것인지 순희는 그 비밀을 이 중위의 입으로 털어놓게 했다. 그 이야기에 따르면, 이 중위는 경성의대[36]의 조교수인데 한국 정부의 부패 관리에 반감을 가져 좌파로 기울어졌다. 그때 인민군이 진격해왔기 때문에 기뻐하며 인민군에 협력하게 되었다는 것이다. 그런데 북으로부터 온 요원에게 마음으로부터 신뢰를 얻는 데까지 가지 못하고 감시당하는 상태가 조금은 있는데다, 실제로 사건에 부딪히면 공식주의에 철저하지 못하고 결국 휴머니즘이 나온다는 것이다. 그에 대해 안이한 동정주의라며 상부로부터 질책받기도 해서 실은 요즈음에는 인민군 측에 선 것을 후회하지 않는 것도 아니라는 것이다.

그러나 일단 충성을 맹세한 이상에는 일신상에 어떤 불리한 상황이 생기더라도 어디까지나 인민군 측에 설 것이라는 점, 배신하고 남쪽으로 도망치는 일은 하지 않을 테니 안심하라며 이 중위는 무심코 순희에게 비밀을 털어놓은 것을 후회했다. 그리고 다른 사람에게 새어나가지 않도록 해달라고 몇 번이고 다짐을 했다는 것이다.

"이 중위한테만은 하얀 쌀밥을 먹이고 싶어."

순희는 언니에게 말하기 어렵다는 듯이 하면서 그 일을 발설했다.

옥희는 혹시 순희가 이 중위를 사랑하고 있는 것은 아닐까 생각했다. 그렇게 말하자면, 짚이는 데가 없는 것도 아니었다.

---

36 경성의대 : 경성제대 의학부를 말한다. 1946년 서울대학교에 통합되었다.

그 다음 날. 옥희는 동생이 앞치마 밑에 주먹밥을 두세 개 숨기고 사랑 쪽으로 가는 뒤를 밟았다. 내실도 외실도 구별이 없어져서 침모와 하녀들, 고용살이들의 방에서 사랑채에 걸쳐 여기도 저기도 모두 부상병들 투성이였다. 툇마루 역시 거동을 할 수 있는 간호병(이 사람들도 어딘가는 부상을 당했다)들로 몹시 북적거렸다. 순희는 그 가운데를 교묘하게 빠져나가면서 사랑 마루에 빼곡히 들어찬 부상병들 사이를 어떻게든 통과하며 양관 쪽으로 서둘러 갔다. 순희를 멀리서 뒤쫓던 옥희는 지금은 이미 떨어져 나간 문짝 건너편에서, 순희가 이 중위를 딱 마주치는 것을 문 이쪽 편에서 발견했다. 이 중위는 오른쪽 발에 붕대를 산처럼 감은 채 다리를 절름거리며 부상병의 치료를 하고 있었다. 옥희는 거기서도 치료를 받고 있는 환자들과 치료를 돕고 있는 조수들이 잔뜩 있는 가운데, 동생이 어떻게 그 주먹밥을 이 중위에게 먹이려 하는 것일까 걱정하면서 지켜보았다. 먹을 것이라고 하면 지위의 높고 낮음도 없이 눈빛이 변하는 이즈음, 순희가 이 중위한테만 잘해준다는 것이 알려지면 상황이 평온하지 않으리라는 것은 명백한 일이었다. 자칫 잘못하면, 가택수사를 당하지 말라는 법도 없다.

이 중위는 커다란 하얀 마스크를 쓰고, 환자의 정강이 살을 도려내고 썩은 부분을 깨끗이 하고나서 그 뒤는 조수에게 맡긴다. 자, 다음은 하고 옆의 들것을 시작한다. 그때, 그 순간을 포착한 순희가 이 중위의 손을 당겨 신호를 보내며 그 흰 가운의 커다란 오른쪽 주머니에 종이로 싼 것을 찔러 넣었다. 그러자 이 중위가 알았다는 시선을 순희에게 보내고 싱긋 웃었다.

그것을 본 순희는 다행이다, 라고 말하는 듯이 깊은 한숨을 한 번 내쉬고 다음 환자의 팔 붕대를 풀기 시작했다. 환자를 가운데 두고 두 사람은 아무 말 없이 마주보고 있었지만, 마음과 마음이 차분하게 서로 이야기를 주고받는 모양새다. 옥희는 순희가 잘 해낸 것에 마음을 놓았지만, 이 중위가 저 주먹밥을 어디서 어떤 식으로 남한테 들키지 않고 먹을까 생각하니 조금 우스워졌다. 저 점잖은 신사가 남몰래 살금살금 주먹밥을 맛있다는 듯 볼이 미어터지게 먹는 모습이라는 것이 뭔가 조금 우스꽝스러웠다.

그러자 유쾌한 기분이 들었지만, 옥희는 옆에서 신음하고 있는 부상병의 목소리에 재빨리 정신을 차렸다. 통증과 굶주림으로 누런 가죽을 바른 종이인형같이 여윈 사람들이 눈에 들어오자, 갑작스레 심장이 죄어들고 양심에 가책을 느꼈다. 죄를 짓고 있는 자신이 몹시 나쁘게 생각되는 것이었다.

지금은 이미 인민군이니 빨갱이니 하는 차별감은 전혀 없어졌다. 게다가 이렇게 하루하루 통증을 호소해오고, 간병해주는 일을 감사하게 여기며 한 집에서 생활하고 있으니 서로 정이 들어 조용히 눈물을 머금는 일이 많았다. 요즘에는 전선에서 후송되어 온 부상병들의 대부분이 소년병들뿐으로, 함흥 지방의 고등학교 학생이거나 강원도 북부 농촌 농부의 자식이거나 했다. 옥희가 옆으로 오기를 기다리지 못하고, 뭔가 자기 일신상의 사정을 털어놓는다. 혹시 내가 여기서 죽게 되는 일이 있으면 이 목에 걸려 있는 은 십자가를 우리 어머니가 계신 곳으로 보내달라, 내가 크리스찬이라는 사실은 비밀로 하고 있으니 발각되지 않도록 처리하지 않으면 가족이 곤란을 당하게 되리라는 것이었다. 또 한 사람은 출정하는 날, 책을 넣은 손가방을 학교에 둔 채로 전선으로 급히 나오게 되었다는 것인데, 그 가방은 아직 책상 위에 놓여진 그대로일까요? 실은, 그 가방 안에는 누나가 아끼는 약혼반지를 넣어둔 필통이 있어요. 사정인즉슨, 그날 아침 누나가 만들어준 도시락 반찬이 마음에 들지 않아서 말다툼을 했지요. 그래서 누나가 얄미워져서 누나가 가장 소중히 하는 물건을 숨겨서 곤란하게 만들어주자, 며칠쯤 그렇게 해서 누나가 반성하면 돌려줘야지 하는 생각으로 저지른 일이었지만, 이런 상황이 되리라고는 꿈에도 생각지 못했다, 그 금으로 만든 반원형의 반지가 눈을 감을 때나 꿈에 나와 괴로우니 뭔가 편지로 알려줄 수는 없을까, 이런 이야기를 끊임없이 반복하는 것이었다. 주홍색으로 그려진, 탄환을 피하기 위한 부적을 살갗에 붙이고 있는 농부의 아들은 댁에서는 농사를 짓지 않는가, 이런 커다란 집에 살고 있는 것을 보면 분명 대지주가 틀림없을 텐데, 북에서는 대지주는 모두 토지를 몰수당하고 추방되었다. 이 댁이 추방당하지 않은 것을 보면, 전부터 인민민주주의에 협력해 온 까닭일 것이다. 댁에서는 논과 밭 중에서 어느 쪽이 더 많은가, 벼는 이제 슬슬 익기 시작한 무렵이겠지, 찹쌀 농사는 얼마 정도 지었는가, 아아, 떡이 먹고 싶어졌다. 우리 집 어머니는 백설기를 무척 잘 만든다, 붉은 팥을 뿌린 백설기를 조청에 찍어 볼이 밀어지도록 먹을 때의 맛은 이루 말할 수가 없으니까 하며 침을 꿀꺽 삼켰다. 뚱하게 입을 다문 채 한마디도 말을 하지 않는 청년도 있었다. 학생 출신으로 간부 후보생이었는데, 옥희 등에게 무언가 적의를 품고 있어서 입을 열지 않고 있다가 최근에 들어 당신 아버님의 이름을 알고 놀랐다, 거기 책장에 있는 책을 빌렸더니 댁의 아버님 성함이 쓰여 있어서 알았다, 공산당원이 아니니 100퍼센트 신뢰는 할 수 없지만, 협상파이니 얼마간은 신용할 수 있다, 그래서 말씀 드려도 좋겠지만, 이번 전쟁에는 두 개의 오산이 있다. 미국에서 한국을 버리는 것처럼 꾸미고 이런 식으로 나온 일이 그 첫 번째요, 다음은 미국이 만약 온다고 해도 태평양을 건너 전장에 오기까지 세 달이 걸린다, 그 사이에 전 국토를 장악해서 기성사실을 만들어 버리면 우리 것이다, 그러니까 서울을 삼일 만에 함락시키고, 5일째에는 수원을 손에 넣은 것이다, 대전은 십일 이내로 무너뜨릴 예정이 조금 어긋나기는 했지만, 그래도 아직 시간이 있었기 때문에 주력을 그대로 곧바로 남하시켰더라면 대구도 부산도 예정된 14일째에 맞추지는 못하더라도 적어도 4주 이내에는 함락시킬 수 있었을 텐데. 그렇게 해두고, 남은 지방을 평정했으면 좋았을 텐데. 그런데 주력의 선봉이 대전으로 왔을 때, 조금 주저하게 되었다. 그렇다는 것은 대전은 영남지방과 호남지방의 분기점으로, 호남지방을 장악하게 되면 곡창이라 불리우는 곳만 있어도, 전군의 식량을 조달하고도 남는 것이었다. 거기에 눈이 어두웠던 것이다. 그 후로, 영남지방에는 미군이 속속 증강되었는데, 이것을 서쪽에서 서남쪽으로 우회해서 포위하고 남쪽에서부터 협공하려는 작전이 된 것이다. 여기에도 오산이 있었다. 우리 군은 주력을 이분해서, 보급선이 늘어나고 분산된 것이다. "여성 동지, 분하다고 생각하지 않소. 이제 조금만 하면 되는 거였소. 우리 아름다운 강산이 우리들 인민의 손으로 되돌려지는 거였소. 아, 유감이오! 빌어먹을! 이 원한은 반드시 풀고야 말거요" 하며 주먹을 쥐고 으르렁거렸다. 그러자 허리의 커다란 상처가 터져서, 피가 철철 넘쳐 흘렀다.

이 젊은 장교는 몹시도 반항기가 심했는데 여기로 왔을 당시 아랫배를 가리키며, 여기를 베라고 소리치는 것이었다. 진찰해보았더니, 맹장염인 것을 알았다. 그러나 마취제가 없다고 하니, 그래도 상관없으니 해달라는 것이었다. 그래서 절개수술이 시작되었다. 얼마나 아플까 싶어 옥희는 옆에 붙어 있지도 못할 정도였지만, 본인은 이를 악물고 이마에서 구슬 같은 땀을 뚝뚝 흘리며 숙인 목을 쳐들어 자신의 눈으로 자신의 썩은 맹장을 바라보았다. 끄집어내진 맹장을, 그는 정말 더러운 물건이네 감탄하면서 바라보았다. 수술이 끝나고, 배의 표면을 다 꿰맬 때까지 한 마디도 아프다고 하지 않았던 것이다. 이렇게 독한 사람도 있구나 하고 옥희는 그 군인을 보는 게 어쩐지 두려워지는 것이었다. 이 군인은 자신의 격분을 이기지 못한 것인지 상처가 깊고 허리뼈가 썩기 시작한 것을 알게 된 그날 밤, 칼로 손목을 동맥을 찔러 피를 철철 흘리고 자살했다.

이렇게 갖가지 성격의 환자들이 한 사람 한 사람 옥희의 마음에 파고들어왔다. 몹시 강렬했던 그 후보생까지도 이 사람 저 사람 모두 같은 동포로, 조국의 행복을 바라지 않는 사람은 없었다고 사무치는 느낌으로 생각했다. 어째서 이렇게 불행한 것일까 민족의 운명을 생각하며, 옥희는 그 장교가 자살한 다음날 눈물을 흘렸다.

공습은 시가가 완전히 부수어질 때까지 계속되어, 전선에서 후송당한 부상병의 숫자는 증가 일로였다. 새롭게 도착한 부상병 중에는 이 사람 저 사람 할 것 없이 친하게 말을 거는 사람, 누구한테 무슨 말을 들어도 대답 한번 하지 않는 사람, 큰 소리로 웃으며 멍청한 얼굴을 하는 사람 등 여러 사람이 있었지만, 그것은 그 병사의 개성이라기보다는 전투의 치열함에 원인이 있는 듯했다. 끊임없이 지껄이는 병사는 낙동강

중부 전선에 있었던 모양이었다. 메뚜기떼처럼 거대한 무리가 되어 우르르 적진에 돌입했던 모양새와 그것이 유엔군의 신형 폭탄을 한 발 맞고는 형체도 없이 완전히 타버리는 무시무시한 광경을, 마치 불꽃놀이를 보러 간 시골 사람의 호기심 어린 말투로 이야기했다. 모닥불 속에 셀룰로이드 인형을 태우는 것 같지 뭐야, 하고 그가 마치 남의 일처럼 이야기했을 때 그 옆에 있던 사각형 얼굴의 병사가 시끄러워, 넌 통쾌해서 보고 있었던 거냐 고함을 쳤다. 얼이 빠져서 과거의 기억을 완전히 잃어버린 병사 한 명은 자신이 어디서 태어났고, 언제 어디서 어떻게 전선으로 나갔는지, 아니 전선에 있었던 사실 자체를 잊어버리고 있었다. 현재 자신이 부상당했다는 사실조차 알아차리지 못한 채 어째서 여기가 아픈 거얏, 하며 까닭 없이 멍한 얼굴로 아픔을 호소했다.

실려와서는 죽고, 죽고 나서는 매장당하는데 변변치 못한 무덤이 뒤편 언덕에 사마귀처럼 솟아 올라 예의바르게 늘어서 있다.

저쪽 멀리 있는 공동 묘지의 무덤과 어느 쪽이 숫자가 많을까 비교해 보고 싶을 정도로 날이 갈수록 늘어갔다. 비오는 밤 등에는 도깨비불이 나타나 도깨비불과 도깨비불이 서로 경주를 하거나 껴안거나 하면서 커다란 불덩어리가 되었다가 뿔뿔이 흩어졌다가는 했다.

이 중위 대신으로 온 얼굴이 큰 지휘관은 매일 안달복달하며 부하들을 꾸짖고, 이 중위와 의견이 맞지 않아 충돌했다.

전쟁이 언제 끝날까 지금은 정말 예측도 할 수 없는 채, 굶주림과 피로로 옥희 등도 야위어 병이 날 것 같은 상태가 되었다.

단지 부상병들을 저대로 버려둘 수 없다는 마음 하나로 자신을 채찍질하면서 병실로 나가는 것이었다.

지옥도 이런 식일까 하고 자신의 신변을 둘러보는 가운데, 계절은 정해진 궤도에 올랐고 안녕이라는 인사도 없이 지나쳐 가며 새로운 계절이 찾아온다. 언제 누구에게 도둑질당했는지 없어진 닭과 언제 누가 가져가버렸는지 행방을 알 수 없게 된 땔나무. 집안은 점점 빈곤해졌지만 옥희 등은 자신들의 처지를 한탄할 기력도 없이 그런 자연의 변화를 신기하다는 듯이 바라보는 일이 있었다. 이제 9월이 되었다는 소리를 들으면, 왠지 희망이 생기는 듯한 느낌이 들었다. 그것은 전쟁이나 부상병들 때문이 아니었고 나라의 운명 때문도 아니었다. 아무래도 논에 고개를 수그리기 시작한 벼 이삭 덕분인 듯 했다. 지금 조금만 참고 견디면, 햅쌀을 수확할 수 있다. 그렇게 되면 조금은 주위가 밝아지지 않을까 생각되는 것이었다.

그러던 때였다. 어느 비 오는 밤, 낮 동안의 피로로 겨우 잠이 들었던 옥희를 동생이 흔들어 깨웠다.

"언니, 큰일 났어. 불이야, 화적이라구."

순희는 재빨리 몸차림을 갖추고 이상 사태에 대처하려는 마음을 단단히 먹고 있었다.

불길은 매우 가까워서 판출 등이 있는 마을인 듯 보였는데, 밤하늘에 솟아오르는 불꽃은 대나무통으로 불씨를 살리는 것처럼 세찬 기세였다. 그러는 중에 왠지 판출의 마을보다 조금 멀다고 여겨졌고, 대충 화재 현장이 어딘지 짐작이 되었다.

바깥 쪽에서는 화재를 알리는 반종이 울렸다. 마을 사람들이 와와 떠드는 소리, 여자아이들의 비명 소리가 들린다. 그러나 아무래도 단순한 화재가 아니었고, 불의 분말이 바람에 떨어지는 아래 부근에서, 소총을 쏘아대는 소리가 섞여 있었다. 사랑채 쪽에서는 몇 명 되지 않는 간호병이 소총을 들고 대문 밖으로 나가 가까이 다가오는 사람들을 쏘아대기 시작했다.

옥희는 바람의 방향에 따라서는 자신의 집도 위험하다고 판단하고, 여차하면 할머니를 업고 피난을 가려고 대기하고 있었다. 순희는 사랑채 쪽으로 가서 바깥의 동정을 살피고 있었다. 옥희는 거듭되는 재난에 얼마간 마음이 굳세어지는 했지만, 혹시 상공을 통과하는 유엔기가 이 화재를 발견하고 어라, 뭐지 하며 급강하해서 온다면 어쩌지 쓸데없는 걱정을 하기도 했다. 그때, 어둠 속에 불쑥 나타난 사람 그림자! 좀처럼 내실 쪽으로는 들어오지 않는 병사들이었기 때문에 깜빡 안심하고 있었지만, 혹시나 하는 불안에 떨기 시작했다. "누구야?" 하고 묻고 싶은 소리를 꾹 참고 누르고 있자니

"언니 있어?"

라고 말하는 영희의 소리. 그것을 듣고 일단 안심은 했지만, 어쩌면 이토록 당돌한 짓을 하는 걸까 화가 치밀었다.

"뭐하러 왔어? 소리도 내지 않고, 이상한 짓 하지 마."

여느 때와 달리 호되게 나무랐다.

"어머, 역시 순희 언니였구나."

영희는 도망치는 사람처럼 걸어가 버린다.

"사람을 잘못 보고 그래. 뭐니 대체."

"역시, 언니였구나? 다행이다."

옥희는 이런 때 저런 태평한 말이 잘도 나오는구나 싶어 이때만큼은 사촌동생을 경멸했다.

"저 불은 예삿일이 아니야. 쌍둥이산에서 나온 패잔병들이 저지른 일이야."

영희는 미워 못 견디겠다는 듯한 느낌을 담아서 말한다.

"패잔병?"

옥희는 혹시나 하는 어떤 기대가 있었다.

"물론 한국군이지. 반공의용군인지 하는 기치를 내세우고 강 건너편 마을을 습격해왔어. 이렇게 가깝게 마을로 내려오다니, 녀석들은 대담해졌어. 왜냐하면, 인민군이 허술해진 데다 진 싸움이니까."

"강 건너 마을인 거야, 저건?"

장지에 새빨갛게 비치는 화염의 그림자를 보면서 옥희는 물었다.

"그래, 강 건너 마을은 전멸이야. 곡물 약탈도 하겠지. 논에 있는 벼에 불이 옮겨 붙을까봐 걱정이야."

"그랬구나."

옥희는 언뜻 학출을 떠올리고는 왠지 통쾌해졌다. 고소하다고 말해주고 싶은 것을 퍼뜩 입을 다문다.

"그것보다 걱정인 건 우리 집이야! 어젯밤, 화살 한 대가 우리 방 장지에 꽂혔는데 협박장이 묶여 있었어. 인민군 협력자는 민족반역자다. 두고 보아라! 그리고 나서……"

"어떻게 됐는데, 그리고 나서, 무슨 일이 또 생겼어?

"언니네 집은 협박장 안 왔어?"

"안 왔는데."

"순희 말인데."

"순희?"

"이 중위하고 서로 사랑한대. 머지않아 처벌할 테니 각오하고 있으라는데."

"……."

옥희는 움츠러드는 자신의 마음을 의식하면서

"걔는 아직 어린애잖니. 그저 호의로 하는 일인 거야. 그게 연애일까."

"그래도, 그런 식으로 쓰여 있었어. 게다가 지휘관도 이 중위 부하도 그런 이야기를 했는걸." 쿵쿵 발소리가 들려왔다. 영희는 아직 이야기를 다 하지 못한 느낌이었지만, 그 발소리가 순희라는 것을 깨닫자

"나중에 또 올게."

하며 재빨리 툇마루로 사라져 갔다.

"언니, 전투가 끝났어. 유격대 사람들 모두 쌍둥이산 쪽으로 물러갔어. 그래도, 그 유격대에 섞여 있었다던가 해서 판출이 여동생이랑 마을의 농부들, 다른 마을 젊은이들 전부 여섯 사람이 붙잡혔대."

방에 뛰어들자마자 순희가 말했다.

옥희는 멍하니 선 채로 대답도 할 수 없었다.

날이 밝았다. 불은 태울 수 있는 것을 모조리 태우고 나서 저절로 수습이 되었다. 화재로 집을 잃은 마을 사람들은 미치광이 상태가 되어 붙잡은 유격대 한 사람 한 사람을 단단히 묶어 옥희네 집으로 왔다. 양관 앞 공터에서 지휘관을 중심으로 즉석 재판이 열렸다.

손을 뒤로 묶인 여섯 명의 남녀, 라고 해도 여자는 판출의 동생 한 명뿐이었다. 옥희는 그 의기소침한 모습들을 보고 그 어떤 얼굴도 범죄자라고 하기에는 거리가 먼 존재들이라고 생각하지 않을 수 없었다. 세 명

쯤 모르는 얼굴이 섞여 있었지만, 모두 순박한 농부들로 게릴라 따위와는 아무런 인연도 없는 얼굴을 하고 있었다. 특히, 판출의 여동생은 옥희와는 같은 소학교를 다녔다. 오빠인 판출과 달리 머리가 명민하지 않고 그저 사람이 좋기만 할 뿐으로 무슨 이야기를 시켜도 그래, 그래 대답하는 아이였다. 사람을 미워한 일도 미움을 받은 일도 없고 말다툼 한 번 한 적 없는, 태어날 때부터 농부의 딸로 태어난 온화한 성격이었다.

옥희는 저 아이가 게릴라라니 완전히 무고죄겠지, 머지않아 재판을 받으면 모든 것이 드러날 거야, 하며 중문 안쪽에서 동생 등과 함께 상황을 지켜보고 있었다.

그런데 지휘관의 심문은 지극히 간단했다. 너희들이 현장에 있었다는 것이 최상의 증거다, 유격대의 앞잡이로 혼잡한 틈을 타 도둑질에 가세한 것은 틀림이 없다, 지난달부터 공습 직전에도 적 쪽으로 연락하는 자가 있다는 것은 확실했다, 그자들의 스파이 행위로 시의 중요 건물은 모조리 재가 되었다, 스파이가 있다는 최상의 증거로는 인민군의 지휘소라든가 내무서라든가 정치보위국이 있는 건물에 한해서 직격탄이 명중했다는 것이다, 그리고 그 부서가 이전하는 곳마다 반드시 공습당했다. 너희들도 그 스파이와 한 패가 아니면 게릴라 일당이겠지.

어떠냐, 변명이 있나? 뭐라고?

있다면 진술해 보라. 그러자 마을 젊은이가 자신은 지난 밤 자위대의 불침번으로 마을 입구에 서 있었다, 그때 돌연 어둠 속에서 게릴라가 나타나 총을 들이대었다, 그래서 양손을 들어 올리고 항복했더니, 강 건너 마을로 안내하라고 했다, 흠칫흠칫 하면서 게릴라의 선두에 서서 가던 중 이쪽저쪽에서 많은 수가 나타났다, 여기에 잡혀 온 사람들도 모두 그때 있었던 것 같다, 어쨌든 강 건너 마을에 도착했더니, 불을 지르고 나서 그 소동을 틈타 곡물을 들고 나가 쌍둥이산까지 싣고 가라, 그렇게 말을 하니 어쩔 수 없이 우리들은 거기에 갔을 따름이다, 입술이 새파래져서 부들부들 떨면서 진술했다. 그러자 지휘관은 거짓말 마! 너희들 중에는 게릴라의 형제도 있고 누이도 있다, 강제로 갔다고는 생각되지 않는다, 야, 거기 수염을 기른 놈, 넌 게릴라지, 뭐? 그렇군. 좋아, 넌 정직해서 좋구나. 어때, 그 옆의 놈도 게릴라지? 응? 그렇다고! 음, 역시 그랬군. 너희는 모두 게릴라고, 스파이다. 어떠냐, 동지들, 본관은 본때를 보이기 위해서 이놈들을 총살에 처할 것이다. 찬성하는 사람은 손을 들라. 그러자 간호병과 함께 학출 등 강 건너 마을 사람들이 일제히 손을 올렸다. 옥희는 그야말로 가슴이 졸아들어 정신없이 판출의 누이 쪽으로 갔다. 너 어째서 거기에 있었던 거야, 그걸 말 해 하고 말을 걸었다. 모두가 깜짝 놀라 옥희를 보고 있다. 판출의 누이는 가만히 옥희를 보더니, 커다란 눈물 방울을 뚝뚝 떨어뜨릴 뿐 아무런 대답도 없다. "애, 어째서 잠자코 있는 거야. 응, 넌 게릴라도 스파이도 아니잖아?" 옥희는 몸이 달아 대답을 재촉했지만, 판출의 누이는 입을 열지 않는다. 그러던 중에 입을 우물우물 열더니 작은 목소리로 "오빠 —" 하고 말했다. 옥희는 그 말을 듣고 전신의 피가 응결되는 듯한 느낌이 들어 판출 누이의 입을 때려주고 싶었다. 여기에는 남한테 이야기할 수 없는 사정이 있다, 특히 인민군들 앞에서는 들려줄 수 없는 이야기일 거라고 생각했다. 그러나 이렇게 된 이상 들을 수 있는 데까지 듣지 않을 수 없다. "너네 오빠가 왔었니?"

　그러자 판출의 누이는

"응! 온 건가 싶어 보러 갔었어."

"그것뿐이야?"

"응, 그래. 그리고 나서 학출에게 붙잡힌 거야."

"어머나, 그랬어?"

옥희로서는 보기 드물게 발끈하며

"당신, 이 사람 생사에 관한 문제잖아요. 어째서 거짓말을 한 거죠. 이 아이한테 죄가 없다고 말하세요!"

하고 학출이 있는 곳으로 가서 소리 질렀다.

"죄가 없다니, 판출 같은 사람을 봤단 말이다. 이 처녀도 자기 오빠 편에 가세해서 우리들을 공격했단 말이다."

학출은 한층 더 으스대며 자신 있다는 듯이 대답했다.

"그렇고 말고. 시간 낭비는 이제 더 필요 없다. 판결한다. 총살 단행이다."

지휘관은 일어섰다. 그의 커다란 얼굴이 정사각형으로 보였다. 그때 이 중위가

"나는 반대야. 심의가 지나치게 간단해. 무엇보다, 이런 문제는 여기서 결정할 성질이 아니다. 정치보위국으로 넘기자."

하며 얼굴이 빨갛게 상기되었다.

"뭐라고? 이 동지는 전장의 규칙을 모르나. 이 문제를 재판할 권한은 우리들한테 있다."

지휘관은 같은 계급이었기 때문에 이 중위를 그렇게 간단히 나무랄 수는 없었다.

그런 까닭으로 두 사람의 중위 사이에서 격론이 벌어졌다. 지휘관은

부하들 앞에서 논쟁에 질 수는 없다고 생각했는지 이 중위에게 안에서 이야기하자고 말했다. 이 중위는 좋다고 말하면서 그의 뒤를 따라 수술실로 들어갔다.

몇 분이 지났다. 옥희는 경련을 일으킬 것 같은 기분으로 판출 누이의 곁에 버티고 서 있었다. 이 말수 적은 아이가 자신의 무죄를 주장하지 못한 채 죽는구나 싶어 가슴이 터질 것 같았다.

그때 지휘관이 혼자 나타났다. 모두 마른 침을 삼키며 그를 바라보았다. 그는 느긋하게 커다란 입을 열어 말했다. "예정대로 집행한다."

"어떡해!"

옥희 등은 소리질렀다. 순희는 돌연 이 중위가 있는 곳으로 달려갔다. 그러자 기세가 오른 학출이 외쳤다.

"저 처녀도 붙잡아 주시오. 이 중위는 저 처녀의 영향으로 반동이 될 기미가 있소."

지휘관은 순희 쪽을 보고 화난 듯한 얼굴을 했다. 그러나 이 중위가 있는 쪽으로 달려가는 순희를 불러 세우려고는 하지 않았다.

그리고 나서 한 시간도 지나지 않은 사이에 여섯 사람은 뒷산으로 끌려갔다. 그들은 팽이와 삽을 할당받아 옆에 기다란 구멍을 파고 난 뒤 그 가장자리에 세워졌다.

옥희는 순희와 둘이서 이 중위에게 매달리며 여섯 사람의 목숨을 살려 달라고 간청했다. 여섯 사람 모두 살려주지 못한다면, 자위대의 저 젊은이와 판출의 누이 두 사람만이라도 살려줄 수 는 없을까 간곡한 말로 애원했다.

이 중위는 두 사람의 이야기를 새겨들으며 그렇게 해드리고 싶지만, 그의 힘이 미치지 않는 일이라며 울적한 어조로 입을 열어 대답했다. 얼굴색이 창백해진다 싶더니 검푸르게 색이 변하며 고민하는 것이었다. 그 고민은 심각했고 두 사람에게는 털어놓을 수 없는 어떤 비밀이 있는 듯 절망만 하고 있을 뿐이었다. 옥희는 이 중위가 지휘관에게 협박당했기 때문이라고 해석했다. 어떻게 해도 자신들의 애원을 들어주지 않으리라고 깨달은 순간, 옥희는 슬픔으로 마음이 죄어들어 내실로 가 자기 방에 틀어박혔다. 순희는 언덕 쪽의 상황을 보고 와서는 언니에게 보고했다. 판출의 누이도 괭이로 구멍을 파고 있다든지 구멍이 완성되어 옆으로 일렬로 세워졌다는 것, 왼쪽에서 두 번째에 판출의 누이가 서 있다든지 하는 것들을 말했다. 순희는 제정신이 아니었다. 애가 타 잠시도 가만히 있지 못하고, 언니가 있는 곳과 언덕이 보이는 뒤뜰 굴뚝 쪽을 왔다갔다 하는 것이었지만, 그것이 옥희에게는 견딜 수가 없었다. 옥희는 어린 시절 집에서 기르던 개가 병이 나 숨을 거두는 것을 본 적이 있다. 네 개의 다리가 실룩실룩 하기 시작하더니 얼굴 피부의 경련이 멈출 때까지 개는 괴로워했다. 그러더니 마지막으로 슬픈 듯 외마디 소리로 울며 실이 뚝 끊기듯 숨을 거두더니 하얗게 된 눈동자가 희미하게 열리며 주인들을 보았다. 아무리 봐도, 그 모습이 죽고 싶지 않아, 모두와 헤어지고 싶지 않아 말하는 것 같았다. 옥희는 불쌍해서 견딜 수가 없어 죽은 개를 꼭 끌어안고 소리 내어 울었다.

살아있는 생명에 만약 혼이 있다면 (반드시 있을 것이라고 믿고 있는 옥희는) 죽음의 순간에 그 혼이 육체에서 갑자기 빠져나간다는 것, 그 빠져나가는 순간 석별의 정은 견디기 어려울 정도로 깊다는 것, 빠져 나간 혼은 물러가기가 어려워 자신의 죽은 몸 주변을 서성거린다는 것 등등을 마치 자신이 체험한 듯 느낄 수가 있었다. 인간은 죽을 때 그러한 슬픈 기분을 한번은 맛보아야 하지만, 같은 죽음이라면 나무처럼 시들 듯 서서히 자연적으로 육체가 시들어 혼이 빠져 나가는 편이 가장 편할 것이었다. 부상병을 돌보게 되면서부터는 이미 수백 명 넘게 죽는 사람을 보았지만, 그 영혼들도 육체부터 먼저 죽어 가고 자연스럽게 혼이 빠져 나가는 것이 아닐까 생각되었다. 그러나 펄펄 살아 있던 인간을 강제로 죽이는 일은 혼의 입장에서는 최고의 고통이어서, 이토록 괴로운 일은 없을 것이라는 생각이 들었다. 지금 자신이 책상에 엎드려 있는 사이에 여섯 개의 혼이 죽어 이 세상과 작별하고 시체를 파묻기 위해 자신의 손으로 동굴을 파고 있다는 것을 들었을 때 그녀는 자신의 여동생이기는 하지만 순희의 옆얼굴을 갈겨 주고 싶어졌다. "넌, 정말 무신경하구나. 파렴치해!"라고 소리 지르고 싶은 것이었다. 옥희는 그 지휘관이 자신의 반만이라도 연민의 정이 있다면 도저히 여섯 사람을 총살시킬 마음은 먹지 않았을 것이라고 생각했다. 설령, 반 인민군 게릴라라고 해도, 이 조선이라는 나라를 사랑하는 마음에 있어서는 마찬가지가 아닌가. 이 중위가 말한 것처럼 여섯 사람을 정치보위국에라도 넘기면, 포로나 죄수라는 신분으로 살려둘 수 있지 않을까, 그리고 시간이 지나는 동안 사상이 바뀌어 국가에 충성을 맹세하지 말란 법도 없는데 등등을 생각하니 점점 더 괴로워질 뿐이었다.

옥희는 폭포수처럼 쏟아지는 눈물에 젖었다. 훌쩍이는 가운데서도 저 여섯 사람은! 하는 생각에 숨이 막혔다. 그녀는 책상 위에 엎드렸던 얼굴을 들어올리고 귀를 쫑긋 기울였다. 그러자 순희가 와앙, 하고 울면서 달려왔다. 순희는 방금 그 여섯 사람이 헝겊으로 눈이 가려지고, 바로 그 반대쪽으로 여섯 명의 병사가 우뚝 선 채 겨냥하는 모습을 보고 온 것이다. "언니" 하고 외치면서 순희가 언니에게 매달린 순간 탕, 하는 사격 소리가 울려퍼져 왔다. 숨이 콱 막혀 자매는 서로 끌어안은 채 떨어지지 않았다.

"악마야, 저 놈은."

순희는 지휘관을 볼 때마다 그렇게 말했다. 어찌나 자주 그러는지 옥희는 동생에게 주의를 주었지만, 순희는 입버릇이 되어 악마 악마 하고 끝까지 우겨대는 것이었다. 그러는 가운데서도 새로운 부상병이 시체가 되어 나가는 교대가 이루어지고, 교대의 빈도는 날이 갈수록 빈번해졌다. 급격한 변화가 전선에 있는 듯해, 전혀 예상도 못했던 광경이 옥희 등의 눈앞에 펼쳐졌다. 처음에는 그것을 북으로 도망치는 피난민인가 여기기도 하고 혹은 퇴각하는 병사인가 생각했다. 난민의 모습을 한 자도 있고 병사도 있었기 때문에 그런 착각이 일어났다. 이렇게 많은 부상병들이 후송되고 병사들도 퇴각해 오는데, 어째서 영준 오빠는 나타나지 않는 것일까 옥희 등은 이야기를 나누었다. 순희는 오빠가 저런 비참한 모습으로 나타날 바에야 오지 않는 편이 낫다고 말했지만, 옥희는 어떤 불구가 되도 좋으니 오빠가 살아 있다는 실증을 보고 싶다고 말했다.

시의 남쪽을 막고 서 있는 와룡산 근처에서 돌연 포성이 울려퍼지기 시작했다. 그것을 듣는 순간 부상병들조차 깜짝 놀라 일어났을 정도였다. 언제 어디서 어떤 변화가 일어난 것일까. 시의 남북을 관통한 국도에 홀연 인파가 나타났고, 그것이 점점 불어나 국도를 훨씬 벗어난 여기 오류리 쪽으로도 몰려 들었다. 시민의 모습을 한 사람들이 삼삼오오 이쪽으로 오면서 반월교를 건너 언덕으로 퍼지면서 걸어간다.

"어머! 저 사람들, 철사로 묶여 있어!"

순희가 뒤뜰 굴뚝대에 올라 소리쳤다. 두 사람씩 손목에 철사가 동여 매져 있고, 뒤에 붙어선 병사들이 그 사람들에게 고함을 치고 있는 것을 보고 옥희는 경악했다. 연달아 포박당한 사람들이 나타났지만, 그중에는 맨발인 채 괴로워하며 자신의 몸을 질질 끌고 가는 사람도 있었다. 옥희 등은 그 상황이 무엇인지 판단하느라 고심했다.

다음 날, 유럽인들이 같은 모습으로 결박당해 북으로 연행되었다. 모두 푸르스름하게 빛나는 눈을 하고, 커다란 몸집을 가누기 어려워하면서 지쳐 걸어가다 쓰러지곤 한다. 그것을 총대로 후려갈기며, 감시병이 소리 지르고 호통을 친다. 그리고 나서 다시 시민복 차림의 사람들이 끊임없이 북을 향하는데, 너나할 것 없이 결박당해 있었기 때문에 피난민이 아니라는 사실을 겨우 알 수 있었다.

저 사람들은 모두 대전 형무소에 있던 죄수들일 것이라고 순희가 추측했다. 포성은 점점 더 가까워오고 시에는 대포 자리가 설치되었다. 이즈음 순희는 혹시 어머니도 저 속에 계실지 모른다는 말을 꺼냈고, 북쪽으로 연행되어가는 사람들 중에 여자의 모습이 눈에 띠면 달려가는 것이었다. 그리고 호된 꾸지람을 듣고는 풀이 죽어 되돌아왔다.

9월이 지나고 10월로 접어든 무렵이었다. 퇴각하는 군대가 갑자기 늘어나 시내에서 몇 시간 휴식한 후 북쪽으로 향했는데, 어느 군대나 모두 국도를 피해 이 마을 주변의 지름길을 택하는 것이다. 그 이유를 알았다. 대오를 만들어 퇴각하는 병사들의 머리 위에 유엔기가 덮쳐 들어 총격을 가하는 것이었다. 비행기가 나타나자 병사들은 재빨리 좌우로 나뉘어 소나무 밑이나 벼랑 끝에 엎드렸다.

그리고 나서는 삼삼오오 분산되어 북쪽으로 바삐 움직인다.

"언니, 사랑 쪽이 큰일이야."

순희가 말하러 왔다.

사랑에서는 실외, 실내를 막론하고 일어나 앉을 수 있는 병사들은 모두 상반신을 일으켜 앉아 있다. 그 모습을 바라다보면서 지휘관이 연설조로 무엇인가 말을 하고 있다.

"부상병들도 퇴각하는 거야."

순희가 속삭였다.

"장병 동지!"

지휘관의 목소리는 비장했다. 우리들은 퇴각해야 한다, 남방전선에서는 연전연승했음에도 불구하고, 지난 달 말경 맥아더가 인천에 상륙하여 우리 군의 후방을 차단했다. 그러니 지금 당장 우리 쪽의 주력을 북으로 이동해서 전선을 정비해야 한다, 따라서 동지들도 북으로 이동한다, 그러나 보행 가능한 사람만 해도 좋다, 걸을 수 있는 사람은 손을 들어 보라.

순식간에 창백한 손들이 올라왔다. 핏기 없는, 찐 무우 같은 손들이 빼곡이 들어올려졌다. 좋아, 동지들은 즉각 출발 준비를 하라. 그리고 나서, 일어나지 못하는 동지들은 불가피하니 여기에 남아라,

그러자 여기저기서 지휘관 동지, 우리들을 죽여주시오, 어차피 적이 오면 우리들은 죽임을 당할 것이오, 마찬가지로 죽임을 당하는 것이라

면 동지 손에 죽고 싶소, 피 맺히는 목소리로 호소했다. 지휘관의 얼굴이 으윽 하고 일그러지더니 주름투성이가 되며 감은 눈에서 눈물이 뚝뚝 흘렀다. 알고 있소 하며 눈물로 목이 메었다. 그러나 본관으로서는 도저히 그런 일은 할 수 없소, 하고 싶다면 스스로 하시오. 그러고 나서 좋다, 동지들이여, 똑똑히 부탁한다! 인민군 만 — 세, 인민공화국 만세, 그리고 으아 하고 소리 질렀는데 소리와 함께 쓰러진 병사도 있었다. 언제 준비한 것인지 호신용 칼로 목구멍을 찌른 것이었다.

옥희는 현기증이 났다. 거기에 서 있을 수가 없어 내실에 간신히 이르렀다. 순희가 언니를 안고 방으로 데리고 들어갔다. 곧바로 뒤쫓아 온 이 중위가

"여성 동지! 큰 신세를 졌습니다. 드디어 마지막이 왔네요."

그 마지막이라는 말은 여러 가지로 해석될 수 있었다.

"우리들도 도움을 받았어요."

순희는 언니를 대신하여 대답했다.

"우리들은 북으로, 댁들은 남쪽으로! ……그렇지만, 우리들은 은혜와 원수를 초월합시다."

"물론이에요. 우리들은 반드시 다시 만날 수 있어요."

옥희는 두 사람이 자신을 사이에 두고 간접적으로 마음을 전하고 있다는 사실을 알아챘다.

"순희야! 뒤뜰로 가줄래."

그녀는 조용히 두 사람을 보지 않으려 하면서 말했다.

순희는 언니 곁을 떠나 걷기 시작했다. 그 뒤를 이 중위가 따라간다. 두 사람의 발소리가 퍽 사이좋게 어울려 조화를 이루어, 듀엣처럼 유쾌

하게 그리고 슬프게 옥희의 마음에 울려 퍼졌다.

두 사람의 발소리가 완전히 멀어지자 정적이 거기로 숨어들었다. 옥희는 두 사람이 손을 마주 잡고 울고 있는 모습을 상상했다.

그때 사랑채 쪽에서

"이 동지, 이 동지!"

떠들썩하게 큰 소리로 부르는 소리가 났다.

이 중위가 뒤뜰에서 툇마루 쪽으로 뛰어 올라 사랑채 쪽으로 서둘러 간다. 옥희는 흘끗 그 얼굴을 보았는데, 중위의 눈이 빨갛게 되어 있어 마음이 흔들렸다.

어수선한 몇 분이 지났다. 그때 한 무리의 간호병이 짊어질 수 있는 만큼의 짐을 등에 올린 채 중문에서 안쪽 뜰로 나타나 일렬횡대로 나란히 섰다. 이 중위의 부하인 하사관이

"여성 동지, 신세 많았습니다. 안녕히 계십시오, 경례 — 엣!"

긴 구령을 붙이며 날렵하게 손을 들어올렸다.

옥희는 서둘러 나가 신발 벗는 섬돌 위에 섰다

"……."

뭔가 말하려고 했지만, 말이 목구멍에 눌러 붙어 버렸다. 그 대신이랄까 눈물이 주르르 쏟아졌다.

간호병들은 뒤로 돌아 보조를 맞추며 나갔다. 옥희는 툇마루 끝에 엎드렸다.

간호병들 뒤로 부상병들이 어깨동무를 한 채, 이인삼각 경기를 하는 듯한 모양을 하고서 다리를 절름거리며 떼지어 뒤따랐다.

옥희는 그것을 보고 있을 수가 없어서 방으로 숨었다. 맨 마지막에

나온 지휘관과 이 중위가 문 근처에서 옥희에게 경례했다. 지휘관은 기운 찬 목소리로, "다시 만날 것을 약속합니다!" 외친 후에 걸어 가버렸다. 그와 나란히 선 이 중위는 어깨에 가방을 늘어뜨린 채 권총을 허리에 찬 늠름한 자세였다. 옥희에게 손을 들어올리고는 자, 하고 숨을 들이쉬며 걸어갔다. 그러자 경황없이 달려 온 순희가 맨발로 뜰에 뛰어내려 그 뒤를 쫓았다.

"순희야! 순희야!"

옥희는 깜짝 놀라 동생을 붙잡으러 역시 맨발로 뛰어 나갔다.

그런데 순희가 막 대문 쪽으로 다가갔을 때, 총검을 찬 남자가 휙 나타나 순희를 가로막았다. 옥희는 그 남자를 보고

"앗!"

소리치며 손과 다리가 얼어붙었다.

쥐색 양복이 때와 땀으로 더러워져 있고, 무릎과 팔꿈치가 찢어져 노란 피부가 엿보였다. 입이 쩍 벌어진 단화를 위에서부터 거친 줄로 동여 묶었고, 비로 축 늘어진 중절모를 쓰고 있기는 했다. 어딘가에서 손에 넣은 인민군의 무기인 따발총이라 불리우는 기다란 철포를 휴대한 모습은 한눈에 봐도 유격대라는 것을 판별할 수 있었다. 담장 그늘에 숨어 부상병들이 떠나가는 것을 기다려 틈입해 온 이상 무언가 흉계를 꾸미고 있는 것이리라. 그것뿐이라면, 옥희는 이렇게까지 놀라지는 않았을 터였다. 인상이 변하고 말라 비틀어졌지만, 저 타고난 증오서린 커다란 입이며 땅딸막하게 불거져 나온 어깨 등으로 보아, 침모를 쫓아 시내 공회당에 갔을 때 입구에서 만났던 접수처의 청년을 뚜렷이 떠올

리게 했다. 그리고 그렇게 본다면, 지금부터 일어나려는 사태가 심상치 않으리라는 것을 예감했다.

그의 뒤로 계속해서 나타난 게릴라 대원이 다섯 명 정도였다. 모두 똑같이 찢어진 옷 — 양복에 학생복, 농부의 작업복 등 제각각의 복장을 한 채 손에 든 총만큼은 제대로 된 것이었는데, 그것도 인민군의 것이었고 한국군의 카빈총, 권총 등도 여러 종류였다.

"뭘 하려는 거예요?"

순희가 강경하게 소리쳤지만,

"이 계집년! 인민군 녀석에게 정조를 팔아! 화냥년아!"

서북청년 출신 게릴라 대장이 표독스럽게 내뱉었다. 그 말의 천박스러운 울림을 참을 수 없어 옥희는 몸을 떨었다. 그리고는 대장이 수하들에게 민족반역자의 죄를 범한 순희를 붙잡아 총살하라고 명령하는 것을 듣고 정신이 아득해졌다. 대원 한 사람이 순희를 붙잡아 밖으로 데리고 가고, 대장은 다른 대원과 사랑채 쪽으로 뛰어들었다.

우렁찬 외침이 있고 나서 총격이 시작되었다. 인민군 만세를 외치면서 절명하는 모습이 손에 잡힐 듯했다. 옥희는 지금 여기에서 일어나고 있는 일이야말로 지옥이 아닐까 싶어 기겁했다. 이제 무엇을 생각하고 무엇을 슬퍼하는 일이 가능할까. 단지, 마지막으로 꺼져가는 그녀의 의지를 지탱하게 해 준 것은 동생의 일이었다. 응접실과 정원의 부상병들을 해치우고, 구십 며칠간의 원한을 푼 대원들은 한층 더 피에 굶주려 순희에게 모여들었다. 순희는 며칠 전 게릴라 혐의로 총살당한 저 희생자들의 묘지로 끌려갔다. 옥희는 대장의 소매에 매달려 애원해보았다. 저 아이가 민족 반역자인지 어떤지 하느님은 알고 계십니다, 저 아이를 총살해야 한다면 저도 죽여주세요, 저를 눈감아 주면서 어째서 저 아이만은 안된다는 것입니까, 제가 대신하겠습니다, 제발 저를, 옥희는 숨이 끊어질 듯 동정을 구걸했다. 가장 보기 흉한 모습으로 몸도 마음도 내던진 애원이었지만, 받아들여지지 않았다. 그들은 사상의 원한뿐만 아니라 이성에 대한 질투에 눈이 먼 것인지도 몰랐다.

순희는 씩씩하게 묘지 위에 섰다. 빠른 체념이 그녀를 강하게 만들었다.

"언니, 할머니를 어떻게 하지? 언니가 여기 있으면, 미치광이들에게 무슨 일을 당하실지 몰라. 어서 집으로 돌아가."

몹시 차분하게 이렇게 이야기하는 동생을

"순희야!"

하며 옥희는 끌어안으려고 했다. 그러나 대장이 그녀를 붙들며 그렇게 죽고 싶어하지 않아도 이제 곧 순번이 올 거요, 말했다.

그러는 사이 준비는 되었고, 형식만큼은 갖추어서 처형이 시작되었다. 그때 여기서 이상 사태가 돌발적으로 일어났다. 중문에서 한 사람이 뒤에 남겨졌는데, 농부 작업복을 입고 우물쭈물하던 젊은이가 갑자기 따발총을 중문 뒤로 향하고 쏘아대기 시작했다. 대장이 털썩 쓰러지고, 다른 부원들이 뒤쪽으로 돌아서 응전을 시작했다.

옥희는 정신을 잃었다. 전투가 어떻게 끝났는지 전혀 기억이 없다.

마침내 정신이 들자 옥희는 자신의 방에 누워 있었다. 나이가 어린 쪽 하녀가 옥희의 얼굴을 가까이 들여다 보더니, 옥희의 눈을 보고 다행이다, 소리쳤다.

옥희는 보기 싫게 일그러지고 눈물로 더러워진 하녀의 얼굴을 보고

"모두, 어디 간 거야?"

라고 물었다.

"모두 벼 베기 하러 갔습니다요."

하녀는 시치미를 떼듯이 대답했다.

"어머, 잘 됐다. 쌀을 수확할 수 있는 거네."

"병사들이 쓸어가기 전에 베어두는 겁니다요. 마을 사람들이 총출동해서 베고 있는데, 시시때때로 대포탄이 막 떨어져 무서워서……"

"전쟁?"

"네, 바로 이 들판을 사이에 두고 서로 쏘아대고 있어서……"

"그런데도 벼를 베러?"

"예, 베어두지 않으면 굶어 죽으니까유. 어차피 죽을 바에야 대포 탄에 맞아도 마찬가지 아닌가베 하믄서 모두 기운 내고 있습니다요."

"모두라니?"

"큰 하녀랑 판출이, 살아남은 사람은 모두……"

"판출이라고? 어머, 그 사람이?"

"돌아왔습니다요. 확실히는 모르지만, 산에 숨어 있었다든가 해서 어깨에 상처를 입었습죠."

옥희는 여기서 기억이 되살아나 그날의 그 장면이 선명하게 떠올랐다. 농부 옷을 입은 게릴라가 동료들을 배신하고 총을 쏘아댄다. 그 남자가 누구였는지 확인할 틈 같은 것도 전혀 없었지만, 그 사람이 판출이었던 것 같은 느낌이 든다. 그건 그렇다 해도

"그럼, 순희도 들에 나간 거네".

반신반의한 채로 몹시 초조해하면서 옥희는 하녀의 대답을 기다렸다. 그러자 하녀가 순희의 이름을 듣자마자 와아아, 하고 입을 열어 얼

굴을 일그러뜨리고 울기 시작했다. 콧물이 흘러내려 후루룩 훌쩍거리고는 또다시 울기 시작하여 통곡의 양상이 될지도 몰랐다.

"어째서 우는 거야? 응, 순희가 죽은 거야?"

"……."

하녀는 고개를 끄덕여 긍정하고는 하염없이 계속 울었다.

옥희는 눈앞이 캄캄해졌다. 묘지 위에 차분하게 서 있던 순희가 언니, 할머니를 어떻게 하지, 하며 말을 걸고 있다. 아아, 그렇다면 순희는 역시 그때 게릴라에게 총을 맞고 죽은 것인가? 옥희는 그 농부 복장을 한 게릴라가 동료들을 공격하기 시작한 순간까지는 동생이 아직 살아 있었던 것이 아닐까 생각해 보았다. 순희가 총에 맞아 쓰러지려고 할 때, 그 농부 복장의 남자가 저항하기 시작했다. 그렇다고 한다면, 동생은 목숨을 건져 살아 있을지도 모른다. 아니, 아니다. 이것은 희망적인 관측으로, 저 농부 복장을 한 남자가 대장만큼은 쓰러뜨릴 수 있었다고 해도 다른 대원들이 반격해서 쏜 총에 죽음을 당하고, 따라서 순희도 당했던 것이다, 이런 식으로 머릿속이 복잡해져 그렇지 않아도 두통이며 현기증으로 숨을 쉬는 것도 힘든 판에 더는 정확한 사고를 할 수가 없는 지경이었다. 그런 까닭으로, 어쨌든 걸핏하면 졸도하는 자신의 몸을 회복하려고 노력했다.

나이든 하녀는 옥희를 보더니 병이 나아주어 고마운 일이라며 기뻐했다. 그녀는 순희가 게릴라 부원의 총에 맞은 것을 확인했다고 말했다. 옥희는 어린 하녀의 이야기를 듣고 아마 그럴 것이라 체념하고 있기는 했지만, 그렇게 분명하게 이야기를 들으니 슬픔이 다시 생생해졌다. 거의 견디기 힘든 괴로움이었다.

며칠인가 지났다. 전투는 여전히 계속되고 전선은 꼼짝도 하지 않아 이름도 모르는 포탄이 섬뜩한 소리를 내며 이곳 상공을 어지럽게 날아 다녔다. 밤이 되면 일곱 색깔의 꽃이 핀 것처럼 아름다운 광선이 어둠을 채색했다. 농부들은 그 어둠을 뚫고 논에 나가 벼 베기에 몰두했다.

옥희는 두 사람의 하녀에게서 여러 가지 일을 알게 되었는데, 순희가 게릴라 대원에게 죽임을 당하고 나서 그 묘를 현장에 만들었다는 것이 다. 게릴라 대원도 역시 몇 사람인가 죽어 이 시체들을 현장에 파묻어 두었는데, 매일 새떼가 와서 쪼아 대어 지금은 이미 백골만 남게 되었다고 했다. 강 건너 마을에서는 학출만이 도망쳤지만, 용산 등이 그대로 남아 불탄 자리에 오두막집을 짓고 벼 베기에 열심이라는 것이었다. 그 용산이가 이곳 마을에 화해를 신청해, 특히 판출과 관계를 회복하여 옛 원한을 잊으려 하고 있고, 판출은 그날 밤의 화공 작전에 참가하긴 했지만 다른 마을 쪽으로 보내졌기 때문에 강 건너 마을을 불태웠던 일과는 관계가 없었다는 것이었다. 그러니 원한이 있다고 한다면 오히려 판출 쪽이었다. 동생의 죽음을 복수하려 든다면 못할 것도 없었지만, 그런 마음이 전혀 없는 듯 동생의 시체를 파내어 자신들의 묘지에 이장했다는 등등의 사실이 옥희의 마음속에 자리잡았다.

사랑채 쪽 부상병들의 시체를 마을 사람들이 와서 깨끗하게 정리해 주었다는 것을 듣고, 옥희는 어느 날 자리에서 일어났다. 사랑 쪽으로 가기 전에 동생의 책상 앞에 정좌했다. 책상에는 호랑이 자수를 넣어 장식한 액자가 있었는데, 그 속에 순희는 자신의 사진을 넣어두었다. 순희의 사진을 액자에서 꺼냈는데, 어머니의 사진 또한 서랍에서 발견하였다. 옥희는 그 두 개 사진을 들고 사당으로 가서 제단에 안치했다.

갸름한 얼굴에 날카로운 눈초리, 뾰족한 턱, 어떻게 하면 이렇게까지 꼭 빼닮을 수가 있을까 감탄이 나올 정도로 닮았다. 어머니의 소녀 시절 사진이 있었다면 비교해보고 싶을 정도다. 순희는 아버지가 출옥을 자축하며 사다 준 저 벰베르크로 된 치마를 입고 있어, 지나치게 어른스럽게 보이는 탓에 어머니와 닮은 것으로 보이는지도 몰랐다. 옥희는 두 사람의 얼굴을 비교하는 동안 몸속이 떨려오기 시작했다. 꾹 눌러왔던 통곡의 슬픔이 세포마다 스며드는 것 같았다. 그 슬픔은 소리내어 울거나 외쳐 봐도, 큰 소리로 떠든다거나 어떤 수단을 강구해 보아도 도저히 표현할 수가 없는 것이었고, 발산시키는 것도 불가능한 상황이었다. 무엇인가 무거운 물건에 짓눌리는 듯한 괴로운 슬픔이었다. 어른들이 잘 하듯이, 손바닥으로 땅을 내리치면서 목 놓아 우는 그런 방식을 취해 보아도 수습이 되지 않는 형편이었다. 생전의 일들과 추억이 겹치고 착종되어 아아, 어떻게 하면 옥희는 자기 마음속의 일들을 말로 표현할 수 있을까 한탄했다.

옥희의 마음속에는 어느새 어머니가 죽은 사람이라는 기성관념이 자리를 잡고 있었다. 자신의 신변에서 일어난 여러 가지 일들로 보아 그랬다. 북으로 연행된 사람들을 보았을 때의 상황, 여자들이 적었던 점, 저런 식이라면 도중에 굶주리고 지쳐 주저앉아 버리고 말 거라고 생각되던 일, 어머니의 성질로 봐서는 감옥 안에서 반항하여 연행되는 것을 거부하지 않았을까 싶었다.

그래서 저 지휘관이 판출의 누이 등을 처형한 것처럼 어머니도 죽임을 당하지 않았을까 하는 점 등, 그런 일들로 미루어 보아 그런 식으로 생각한 것이다.

옥희는 인민군 측의 그러한 냉혹 비정함에 화가 치밀었다. 그런 비정함이(어떤 선생님으로터 들은 것이기는 하지만) 유물사상의 산물이라는 것을 입증하는 하나의 실례처럼 생각되었다.

그렇지만, 문득 순희를 데리고 간 저 반공 게릴라 대장을 떠올리자 옥희는 당황하지 않을 수 없었다. 국수주의를 선전하고 백의민족의 신성함을 과시하고 있는 그들이 저런 야만스런 만행을 저지르지 않았나. 부상병들을 살육하고, 유엔 비행기를 보고 그렇게나 기뻐하던 순희를 민족 반역자라며 데려 간 그들의, 저 돌발적이고 발작적이었던 행위는 어떻게 해석하면 좋은 것일까? 인민군측은 이론적이고 우익은 본능적이었다는 차이, 그리고 결과에 있어서는 어느 쪽이든 준열했으며, 격정적이고 비인간적이었다.

옥희는 울다 지쳤다. 슬픔에도 극한이 있었다. 돌처럼 굳어져서 옥희는 사당에서 나왔다. 사랑채 쪽으로 나가는 것은 고통스러운 일이었다. 동생과 둘이서 부상병들을 돌보던 일, 신변의 고민으로부터 멀어져 있었던 저 몇 개월간이 그리웠다. 이 중위의 옆에 꼬박 붙어서 붕대를 감는다든지 약을 가져온다든지 하며 생기가 넘쳤던 순희가 눈에 선했기 때문이었다.

툇마루 모퉁이를 돌면, 침모 방 저쪽은 어느 방이나 장지문이 떼어져서 빈집처럼 되어 있었다. 사랑채 쪽도 문짝은 하나도 남아 있지 않고 떼어진 채로, 텅 비어 휑뎅그렁했다. 방방마다 빗자루로 깨끗이 청소가 되어 있고, 정원 쪽도 대체로는 정리가 되어 있었다. 텐트 다리와 자투리들이 여기저기 흩어져 있고 파헤쳐진 흙은 그대로였지만, 어디에도 죽은 사람의 그림자는 남아 있지 않았다. 이렇게 깨끗하게 청소해준 마을 사람들의 호의를 고맙게 여기면서 약해진 몸을 툇마루 기둥에 기대고 눈을 감으니, 부상병들이 빼곡이 들어차 아프다느니 배가 고프다느니 하며 시끄럽게 떠들고 있다, 잠꼬대를 하거나 미친 듯이 웃는다. 백치 같은 얼굴, 성난 얼굴, 쾌활해 보이는 얼굴, 낙천적인 얼굴, 저걸 해달라 이걸 부탁한다며 옥희의 손을 빌리려 했던 병사들! 옥희는 눈을 떴다. 환상은 순식간에 사라지고 텅 빈 방과 뜰이 되었다.

옥희는 양관으로 갔다. 테이블 위에는 빈 병과 빈상자가 흩어져 있었다. 안에는 약품이 조금씩 남아 있고, 붕대도 사용 가능해 보이는 것이 몇 개쯤 있었다.

형제의 방에는 침대가 이 중위 등이 사용했던 위치 그대로 남아 있다. 그들은 지금 어디에 있는 걸까? 와서 전투를 하고, 져서 돌아갔다. 몇 백이라 할 수 있는 시체를 남겨 놓고! 무엇을 위해서 싸우고 어째서 죽어야 하는 걸까. 옥희는 언덕 쪽을 바라보았다. 봉분을 한 무덤이 바둑돌을 나란히 늘어놓은 것 같이 언덕을 뒤덮고 있다. 옥희는 다시 현기증이 났다. 그 너머에 순희가 세워졌던 붉은빛 흙의 튀어나온 부분이 보였기 때문이었다.

순희의 묘는 어떻게 되어 있을까? 옥희는 자신에게 힘을 북돋우면서 거기까지 가볼까 생각했다.

"아가씨!"

문득 뜰 쪽에서 남자의 목소리가 들렸다.

옥희는 유리가 없는 창에서 그 사람을 보고,

"어머나, 판출".

그러나 목소리도 나오지 않은 채 옥희는 그를 바라보았다. 얼굴은 새까맣고 볼은 홀쭉했다. 혹시 다른 데서 그를 만났다면, 도저히 그라고 알아보지 못했으리라. 그는 목소리만큼은 원래대로였는데 자세히 보니 입가나 콧날이 옛날 그대로였다.

"고생 많았지요."

옥희는 간신히 입을 열었다.

"예! 나쁜 놈들과 함께 지내서……"

그 나쁜 놈이 그때의 게릴라 대장이었다고 옥희는 지레짐작했다. 그러자 그 농부 복장을 한 남자가 판출이었다는 사실이 분명하게 느껴졌다.

옥희는 그때 일을 판출이 꺼내지 않을까 기대하면서 창문 쪽으로 다가갔다. 의심스러운 눈으로 옥희를 보고 있던 판출은 그가 논으로 나가지 않을 때 잘 입곤 했던 그 카키 색 작업바지에 반소매 와이셔츠 차림을 하고 있었다. 오른쪽 어깨를 보여주면서

"산을 내려올 때 총탄에 맞아서 어깨를 다쳤는데, 약품이 있을까 싶어서 왔습니다".

그는 말을 더듬었다.

옥희는 깨달았다. 그 일은 누구에게도 말해서는 안 된다, 한국군이 오더라도 판출의 입장을 유리하게 해줄 수 있도록.

"그래요? 여기 옥도정기가 조금 있어요."

옥희는 그렇게 말하고 테이블 위에서 약을 가져다주었다.

"고맙습니다. 댁에도 커다란 불행이 계속되고 있어서…… 순희 아가씨가……"

판출은 갑자기 고개를 수그렸다. 얼굴이 상기되어 거짓말을 하는 게

힘든 모양이었다.

"이제 괜찮아요. 생각나게 하지 말아줘요."

옥희는 조금 강하게 말했다.

"죄송합니다."

판출은 수그린 채로 자신의 발치를 바라보았다.

얼마 안 있어 생각났다는 듯이

"내일, 한국군이 시로 들어옵니다. 선봉대는 인민군을 추적해 온 것입니다만, 부대장이 내일 올 것 같은데 환영 준비를 해야 해요".

물러가는 인사를 하며 돌아갔다.

옥희는 판출이 보이지 않게 되었을 때, 두 사람은 이야기할 일이 많으면서도 한마디도 그 이야기를 건드리지 않았다고 생각했다. 그것은 두 사람 모두 그 사건에 구애받고 있기 때문이었다. 옥희는 판출이 순희를 구해내려 했던 일을 마음속 깊이 새겨두었다.

다음날 아침 일찍, 마을 사람들은 손에 손에 태극기를 높이 들고

"국군 만세!"를 합창했다.

그것은 피점령 민족이 승자를 맞이할 때 하는 표면적인 형식의 아첨만은 아닌 듯했다. 원래는 같은 한국 민족이며 자기들 나라의 군대이기에 친밀감을 느끼는 것은 자연스러울 터였다. 마을 사람들은 몹시도 위엄을 차리며 규칙만을 내세우고 인정머리 없는 방식으로 일했던 학출 등의 조합 간부가 사라진 사실을 기뻐했다. 고춧가루와 가지까지 숫자를 하나하나 세었던 인민위원의 방식이 무엇보다도 거슬렸던 것이었다. 노인 한 사람은 환영의 깃발을 흔들면서

"흙 속의 자갈까지 하나하나 숫자를 세서 가져갈 것 같은" 인민군이

었다고 험담을 해댔다. 그것을 듣고서, 다른 노인 한 사람은 "자기 바로 앞에 있는 아버지뻘 되는 나를 붙들고 동무, 동무 하는 건 어이가 없었지! 북에서는 부모도 자식도 순서가 거꾸로인가" 조롱했다. 유교 윤리가 뿌리 깊은 이 지방에서는 노인과 젊은이의 순서가 있고 남녀의 구별이 있어서 이 사람 저 사람 할 것 없이 친구로 불리우거나 하는 일은 혐오했다. 이런 하찮은 일이 사람들로 하여금 인민군보다는 역시 뭐니뭐니해도 한국군이 좋다고 생각하게 만드는 것이었다. 결국, 한국군이든 인민군이든 같은 민족으로 양군의 서로 다른 점을 찾아내면 단지 그 정도뿐이었다. 그렇다고는 하지만, 그 사소한 점이 실은 큰 것이었는지도 몰랐다.

옥희는 대문 앞으로 나가 지나가는 한국군을 보고 있었다. 인민군에 비해 혈색이 좋고 복장도 정돈이 되어 있었고, 무엇보다 장비가 좋았다. 패배해서 남쪽으로 떠밀려 갔던 예전의 한국군보다도 훨씬 정비가 된 듯한 느낌이었다.

선두에 선 병사는 태극기를 어깨에 둘러메고 철모를 등에 매단 채 투지만만하게 전진한다. 옥희는 그들을 보고 있는 동안, 혹시 큰오빠가 이 안에 섞여 있을지도 모른다고 생각했다. 그것은 딱히 부자연스러운 데가 없는 생각이었고, 병사로 나간 큰오빠이니까 군대 안에 있다고 해서 이상할 것은 없었다. 그러나 그녀는 문득 그렇지 않다고 생각했다. '큰오빠는 인민군 의용군이야.' 그렇게 자신에게 타이르며 큰오빠가 이 군대에 있을 리가 없는 거야 하며 스스로에게 알아듣게 설명해야 했다. 그러나 얼마 지나자 또다시 오빠가 이 대오 안에 있는 것만 같은 착각이 들어 곤혹스러웠다.

게다가 자신의 오빠가 이 병사들과 마주해서 서로 죽고 죽였다는 것은 아무래도 진짜 있었던 일로 여겨지지 않았다. 영준은 중학교 동창으로 군인이 된 친구와 어깨를 나란히 하며 걷곤 했고, 함께 영화를 보고 찻집에서 레코드를 듣곤 했다.

한국군은 며칠 동안 계속 지나갔고, 그 뒤로는 머리카락 색깔이 다른 병사들이 돌연 나타났다. 거의 예상하지 않았던 일이었던 데다가 이 지방에서는 태평양전쟁이 끝난 이후 미군 점령 시대에도 좀처럼 미군 병사를 볼 일이 없었다.

그런데 한국을 위해 멀리 멀리서 이렇게 찾아와서 싸워주는 것이니, 그 노고를 치하하고 위로하기 위해서라도 환영해주자는 분위기가 되어 한국군 때와 마찬가지로 마중을 나갔다. 그러나 어떤 깃발이 좋을지 의논을 해보았지만, 만국기를 마침 가지고 있는 농가 따위는 있을 리가 없다. 누가 어느 나라의 병사인지 도무지 알 수가 없었다. 하나의 나라인 미군조차 하얀색과 노란색, 까만색, 다갈색 등 여러 가지 피부색의 사람들이 있었고, 무엇보다 미국 국기가 어떤 그림의 깃발인지 알 수가 없었다. 유엔군 깃발을 만들면 간단할 터였지만 유엔 같은 것은 그 존재도 모르고, 지구에 월계수를 배치한 유엔군 깃발부터가 아직 이 전쟁 때는 충분하지 않았기 때문에 어쩔 도리가 없었다.

어찌 되었든 조심조심 태극기를 흔들며 상대에게 통할 리는 없었지만, 말을 모르니 간단하게 "만세"라고만 외쳤다.

한국군이 온순하게 통과했던 까닭에 이들도 그러려니 믿어 의심치 않았던 마을 사람들의 면전에서 실로 해괴망측한 풍경이 전개되었다.

대오를 지어 왔던 병사들이 길가에 줄지어선 남녀노소에 냉큼 손을 내밀더니 악수를 청해 사람들을 당황하게 한 것까지는 좋았지만, 토담 밖으로 나와 멍하니 서 있던 소녀를 갑자기 끌어안았다고 생각한 순간 소녀의 턱을 손으로 누르고 혀를 빨기 시작했다. 한 사람이 시작하자 우르르 전염되어 여기저기서 강제 키스가 시작되었다. 끼야악 외치며 살려달라고 비명을 지르는 소녀들을 어른들은 어떻게 손도 못 쓴 채 보고 있다. 젊은이들이 보다 못해 난폭한 짓을 하는 병사들에게 달려들었지만, 한층 숫자가 많은 상대에게 밀려 금세 녹아웃knockout이었다!

사람들 앞에서 성적인 것을 입에 올리는 것조차 상스러운 인간으로 비난당하는데, 이런 야만적인 금수나 다를 바 없는 행위를 사람들 앞에서 아무렇지도 않게 해내는 데 마을 사람들은 아연실색했다.

그러나 사태가 악화된 것은 그 이후부터였다. 옥희는 그 소동 속에서 재빨리 집으로 돌아와 하녀들도 불러들였다. 대문을 막 닫으려고 하는데 대장 같아 보이는 자가 여기서 휴식하겠으니 그대로 놔두라고 말하는 것이었다. 얼마간 영어를 할 줄 아는 옥희는 대문은 그대로 둔 채 중문만은 걸어두고 내실로 숨었다.

그러자 사랑채 가득히 신발을 신은 채로 들어간 병사들이 툇마루를 따라 이곳으로 다가온다. 옥희는 하녀들과 함께 주방으로 들어가 천정 뒤편으로 숨었다.

내실 쪽으로 들어온 병사들은 기세 좋게 찾아다녔지만, 포기하고 사랑채 쪽으로 돌아갔다.

세 사람은 숨을 죽인 채 언제까지고 거기 있었지만, 그럭저럭 부대가 움직이기 시작한 것 같아 잠시 후에 내려 왔다. 병대는 전진했고, 마을은 고요해졌다.

그날 밤이었다. 다시 병대가 와서 사랑채에 들어갔는데 오늘밤은 거기서 자고 갈 모양이었다.

"숯처럼 새까만 병사가 있다니께유. 내는 어둠 속에서 우뚝 서 있는 머리 없는 유령인가 했시유. 그게 하얀 이로 씨익 웃으면서 내를 쫓아 왔다니께유."

두 하녀가 번갈아 가며 말하는 바람에 세 사람은 다시 주방 천정 뒤로 숨기로 했다. 그러나 방을 나오자마자 정말로 어둠과 꼭 같은 색깔의 사람이 갑자기 손을 내밀었기 때문에 옥희는 방으로 도로 들어가고 두 하녀는 마루에서 안쪽으로 도망쳤다. 그런데 하녀들은 금세 붙잡혀 비명을 지르고, 나이든 하녀는 저항을 하는지 우지끈 뚝딱 마루가 흔들흔들 움직였다.

옥희는 순식간에 도망갈 곳을 잃고 할머니 방으로 들어가 장지를 닫고 손으로 붙잡고 있었다. 몸이 떨려 손에 힘이 들어가지 않아 그리로 와서 억지로 문을 열려고 하는 병사의 힘에 당해낼 수가 없었다. 그래서 할머니의 이불 속으로 기어들어가 숨을 죽였다. 장지가 열렸다. 전혀 얼굴이 보이지 않는 사람이 거기 누워 있는 옥희 할머니를 꼼짝않고 바라보더니, 휙 회중 전등을 밝히고 그 빛줄기로 누워 있는 사람의 얼굴을 살폈다. 그러자 할머니의 얼굴이 그 빛의 테두리 안으로 들어왔다. 미이라가 하나 거기에 있었다. 그는 흠칫 놀라 뒤로 쓰러질 뻔하며 이상한 소리를 지르며 도망쳤다.

"할머니!"

옥희는 할머니에게 매달리듯 하면서 울기 시작했다.

그 다음 날은 옥희는 사당 안에서 난리를 모면했다. 점심 무렵 결국 사당 안에도 침입자가 있었다.

백인 병사로 신기하다는 듯이 제단을 바라보더니 이마리아와 순희의 사진은 떼어내고 촛대와 향로를 집어들었다. 요모조모 살펴보고 촛대 두 개에 향로 한 개, 세 개를 전부 갖고 싶은 모양이었지만, 놋쇠 촛대는 유럽풍과 크게 다름이 없었던지 금과 은, 백동 합금으로 특별히 주문한 향로 쪽을 집어들고 나갔다.

군대가 지나가는 일이 가까스로 끝난 듯했다. 옥희는 수척해진 모습을 늦가을의 둔한 햇살 속에 내놓은 채 이것저것 생각에 잠겼다. 문학과 음악, 영화를 통해 존경하는 마음을 금치 못했던 저 유럽인들이 몹시 야비하게 느껴지는 것에 관해 생각하고 있었다.

그러자 뜰의 저쪽 끝에서 나이든 하녀가 기운 없이 나왔다. 양손을 옛날 식으로 모은 채 고개를 수그리고 옥희 앞에 섰다.

아무것도 말하지 않고 그저 그렇게 서 있다. 고분고분한 의사를 나타내는 것인지 사죄를 하고 싶다는 것인지 치욕을 당한 일을 해명하고 싶은 것인지 옥희는 하녀의 그런 모습을 잠자코 보고 있을 수만도 없었다.

"무슨 일이에요? 사정을 말해줘야죠."

"……."

하녀는 그런 말을 들어도 여전히 벙어리 마냥 입을 아무 말이 없다. 잡티와 밭일로 보기 흉해진 얼굴이지만, 가령 그녀가 평범한 생활을 할 수 있고 조금만 더 젊었더라면 상당히 보기 좋았으리라 여겨질 정도로 둥근 윤곽의 정돈된 얼굴을 하고 있다.

옥희는 애가 타서 조금 엄한 말투로 무슨 말을 하러 왔는지 빨리 말하라고 다그쳤다. 그러자 하녀는 띄엄띄엄 이야기하기 시작했다 — 이런 더럽혀진 몸을 주인님 앞에 드러내는 것은 안 될 일이다, 사람 눈에 띄지 않는 곳에서 몰래 목숨을 끊는 것이 마땅하나 돌연 사라지게 되면 아가씨가 필시 놀라시겠죠, 그렇지 않아도 불행과 불운투성이 일뿐이어서 옆에서 보고 있기도 딱한데, 이런 쇤네같은 사람마저 폐를 끼치게 되어 죄송하다, 쇤네는 요 며칠 저 도깨비같은 놈들에게 처참하게 농락당했고 희롱당할 만큼 희롱당했다, 그것이 분해서 견딜 수가 없다, 한때는 쇤네들이 이런 꼴을 당한 덕분에 아가씨가 해를 입지 않았다면 하고 스스로에게 변명을 해보았지만, 이대로 참아버리기에는 쇤네 인생이라는 게 너무 불행하다,

쇤네는 산 속에서 자라나 글을 못 배우고, 예의범절도 모르는 야만인일 뿐이지만, 그래도 인간의 도리는 분별할 줄 안다, 쇤네가 시집을 간것은 쇤네가 열여섯 나던 해로, 시집간 그 무렵에는 쇤네 마을에서는 그래도 달님 같다고 조금은 떠들썩해서 시어머니나 시누이도 애지중지해주었다, 남편과 사이도 원만해서 아이도 둘이나 낳았지만, 삼 년 내리 흉작에 시댁은 빚더미에 앉았다, 도저히 보고 있을 수가 없어서 쇤네는 쇤네 하나만이라도 입을 덜게 되면 그것만으로도 수월해지지 않을까, 어딘가에서 일을 해서 급료를 아이들에게 보내주면 어떻게든 되겠지 싶어 댁에서 일하게 되었다, 시댁에서 쫓겨났느니 운운하며 말씀드렸던 것은 실은 구실에 지나지 않고, 이제까지 말씀드린 것이 진짜다, 주인님을 속인 것 같아 마음이 꺼림칙했지만 실은 그런 사정이 있었다, 선금 백원은 남편에게 보내고 이제 이백 원 더 모으면 그만두자 생각하고 있었는데 이 전쟁이 일어났다, 돌아가라는 말을 들었지만 어떻게든 이백 원을 더 모으자고 애를 쓴 것이었다, 그런데 다음 세상까지 약속

한 남편의 얼굴을 대할 낯이 없게 된 이 몸, 욕탕에서 몸의 더럽혀진 부분을 북북 씻어보았지만, 어떻게 해도 깨끗해진다는 느낌이 들지 않는다, 풀뿌리를 캐어먹고 나무껍질을 먹더라도 남편이 있는 곳에 있었더라면 좋았을 것을. 마을로 내려와서 일하게 되면 돈을 손에 넣을 수 있다며 물질에 눈이 어두웠던 게 운이 다한 것이었다, 아아, 쉰네는 칼이 있다면 이 더럽혀진 온몸을 갈기갈기 찢어버리고 싶다, 그런 연유이니 부디 쉰네에게 휴가를 주셨으면 한다, 연약한 아가씨를 오로지 혼자 남겨두고, 신세를 진 이 댁을 떠나는 것은 살을 에는 듯이 괴롭지만, 아무 말 없이 나가는 것보다는 낫지 않겠나 싶어 부탁을 드린 것이다 ─"아가씨! 쉰네가 없더라도 기운을 잃지 마시고, 잘 지내셔야 합니다요."

옥희는 하녀가 생각했던 것보다 논리가 서 있고 지조가 확실한 것을 알게 되어 하녀를 다시 보게 되었다. 그리고 하녀의 마음에 뿌리내린 옛 윤리 관념도 잘 알 수 있었다. 이 하녀가 아니더라도 누구라도 그런 기분일 것이다.

"휴가를 받아서 집으로 돌아간다면, 그건 괜찮겠지만⋯⋯"

옥희는 하녀의 마음을 가늠하기 어려웠다.

"쌍둥이산 중 좀더 멀리 있는 산에는 사람들 말로 빨갱이 게릴라들이 이리저리 헤매고 있다는데, 쉰네는 쉰네 나름대로 생각이 있습니다요."

"그 생각을 알고 싶은 거예요."

"그건 말씀드릴 수가 없습니다요."

"그렇다면, 휴가는 줄 수가 없는데."

"그건 곤란합니다요. 댁에 폐를 끼칠 것 같습니다요."

"좀더 생각해봐요. 기분이 좀 진정되면 생각도 달라질 테니까."

"아무래도 휴가를 주지 않으시겠다는 겁니까요?"

"그래요, 경솔한 일을 하면 안 되니까 그렇죠."

"그런 겁니까요."

하녀는 가볍게 절을 하고 물러갔다. 옥희는 부엌 안으로 들어가는 하녀의 뒷모습을 주시해서 보고 있다가

"설마 ―"

하고 중얼거렸다.

그런데 이것은 옥희의 오산이었다. 다음 날 그 하녀는 안 보였고 걱정이 되어 마을 사람들에게 부탁해 찾아보게 했더니, 공동묘지 어느 언덕 낡은 무덤의 옆으로 뚫린 굴에서 하녀가 발견되었다. 그런데 굴 벽에 기대어 정좌한 자세를 흐트러뜨리지 않은 채 하녀는 숨이 끊겨 있었다. 혀를 깨물어 자신의 몸을 벌 준 것이었다.

사랑채 쪽에 치안대 사무소가 생겼다. 한 개 소대 정도의 병력이 상시 주둔한다든가 해서 사랑채 쪽이 갑자기 떠들썩하게 되었다. 옥희는 방심은 금물이라고 생각해 오빠의 바지에 작업복 상의를 빌려 입고 남장을 했다. 얼굴을 더럽게 하고 모습을 보이지 않도록 신경을 썼다. 중문은 빗장을 확실히 걸고 사랑채 쪽으로 통하는 툇마루 모퉁이를 식기 선반과 궤짝을 운반해 와 막았다. 소위가 한 명, 일등병사가 한 명, 나머지는 병졸이 몇 명 있었는데 자기들이 밥을 해먹었다. 그렇지만 때때로 중문을 두드리고는 하녀를 불러내어 된장과 간장을 달라고 졸랐다.

고추장도 역시 보통의 가정집이라면 삼 년분은 저장해 놓고 있었는데, 그런 조미료를 내놓으라는 정도로 지나가는 것이라면 무섭지 않았

다. 그러나 쌀을 내놓으라는 말을 들었을 때는 곤혹스러웠다. 옥희가 여기저기 감추어 두었던 쌀도 잡곡까지 모두 먹어 치웠고, 이 분량으로는 며칠을 넘기지 못하는 가운데 굶어죽을 것이라 생각하고 옥희는 낙담해 있었던 것이다. 그 사실을 하녀가 몰래 저택 밖으로 빠져나가 판출에게 전했다. 판출은 햅쌀을 찧어 와 뒷문으로 가지고 와주었다. 일찌감치 베어 두었기 때문에 쌀알이 조금 녹색 빛이 돌았으나, 약간의 퀴퀴한 냄새는 참아야 했다. 그 햅쌀을 사당에 제사 드리고, 예년대로 선조들에게 보고했다. 곡식의 신에게도 예를 차리는 제사를 실로 형식적으로 드렸다. 크리스트교와 이 옛날식 제사가 이 집에서는 사이좋게 함께 거행되었고, 할머니는 입을 열지 않아도 옥희가 그런 일들을 해주는지 그렇지 않은지를 분명히 의식하고 있었다.

옥희는 이 어린 하녀가 뭐든 세세히 알고 있고 상당히 용감하게 일 처리를 하는 것에 감탄했다. 나이 든 하녀의 그 사건이 있던 직후, 어느 날 밤 옥희에게 자기도 나이 든 하녀처럼 해야 하는 것인가 의견을 구한 적이 있었다. 속옷이 생리가 있을 때처럼 피가 묻은 것을 부끄럽게 여겼는데, 그걸 우물가에서 빨면 천벌을 받는다고 해서 반월천까지 세탁하러 갔던 하녀였다. 폭행을 당한 뒤 생리가 있을 시기도 아닌데 새빨간 것이 흘러내리는 게 불결하여 참을 수가 없었다. 결국 그녀가 생각하기에는 나이 든 하녀도 자신도 같은 죄이다, 나이 든 하녀가 한 것처럼 하지 않고서는 더러운 죄가 씻어질 수 없다면, 자기도 그렇게 해야 하는 것인가, 호소하는 것이었다. 그래서 옥희는 그 일은 특별히 죄라고 부를 정도가 못 된다, 죄를 저지른 것은 남자들이었고 너희들은 피해자이니까 하느님도 너그럽게 봐주실 것이라 괜찮다고 일러주었다. 그러자 생리가 여자에게만 있는 것은 여자가 전생에 죄를 지었기 때문이라고 나이 든 하녀가 가르쳐 주었다, 그렇다면 그때 굉장하게 흘린 피도 마찬가지로 여자의 죄가 아닌가 하는 의문이 들었다고 어린 하녀는 말하는 것이었다. 옥희는 그 의문을 해결해 주려면 공력이 들 것 같아 조금 귀찮은 생각이 났다. 넌 아직 어리니까 그런 일에 끙끙대지 않아도 좋다, 이제 곧 완전히 원래대로 될 테니 이제 그런 일은 말하지 않았으면 좋겠다, 엄하게 꾸짖듯이 이야기하고 입을 다물게 했다. 야단을 맞았다고 생각해 묵묵히 있는 하녀가 딱해져서, 그날부터 같은 방에서 재우고 순희의 하이킹용 바지를 주었다. 속옷도 새것을 내주었다. 이런 질 좋은 물건을 받아 과분하다며 황송해하는 하녀에게 어차피 머지않아 도둑맞을지도 모르니 지금 실컷 입어두렴, 말했더니 하녀는 순식간에 얼굴을 붉히며 기뻐 어쩔 줄을 몰랐다.

사랑채 쪽에서 무슨 일이 일어나는지, 세상이 어떻게 되어가는 것인지 옥희는 마치 감옥에 있는 듯 지내고 있었기 때문에 다른 세계의 일처럼 알지 못하게 되었다. 그런데 어느 날 하녀가 중문 문틈으로 밖을 엿보더니 옥희에게 빨리 와서 보지 않겠냐고 한다. 그 모습이 예사롭지 않아서 옥희는 몰래 다가갔다.

대문 쪽이 갑자기 시끄러워지더니 마을 사람들이 병사들에게 내몰리면서 다수 연행되어 가고 있다. 보니까 모두 강 건너 마을 사람들뿐이었다. 맨 뒤에서 느릿느릿 들어온 것은 용산이었다. 그는 얼굴이 흙색이 되었고 완전히 죽을상을 하고 있었다. 그 키 큰 몸을 꺾어 반절로 구부린 채 계속해서 무엇인가 애원하고 있었다. 시끄러워, 변명은 저쪽 가서 해 하며 병사에게 총대로 엉덩이를 떠밀리면서 뜰 저쪽으로 끌려가고 있다.

그리고 나서 앞쪽에서 어떤 일이 있어났는지 옥희에게는 보이지 않았다. 짧은 상의에 모양새 좋은 바지, 철모에 권총을 차고 유엔군복을 입은 소위가 그쪽으로 잡혀 온 일동을 향해 무언가 선고인 듯한 것을 말하고 있다. 옥희는 언젠가 지휘관이 마을을 불태우러 온 반공 의용군 대원에게 사형을 선고했던 사실을 떠올리고 깜짝 놀랐다. 한국군이 온 이후로는 한동안 그런 일이 일어나지 않은 데다 역시 자유군대라 너그러운 것일까 옥희는 안도하고 있었다. 그런 까닭에 지금 여기서 어떤 일이 벌어지려 하는 걸까 가슴이 오그라들었다.

용산의 목소리만이 다른 사람보다 한층 커서 잘 들렸다 ─ 자기 같은 농사꾼은 좌도 우도 모른다, 단지 그때그때 위정자가 이렇게 해라 하면 이렇게 하고 저렇게 하라면 저렇게 한다, 거스르고 싶어도 거스를 힘이 있을 리가 없지 않겠습니까, 그러나 분명히 말하면, 자신은 대한민국 사람이기에 역시 한국 군대를 보는 것이 반갑다, 그때 학출이 함께 도망가자 그랬고 남겨지면 어차피 죽임을 당할 게 뻔하다는 말을 실컷 들었다, 게다가 권총으로 협박당하게 됐지만 가지 않았다, 그건 누렇게 익어가는 벼를 보고서 꼼짝도 할 수 없는 심정이었고 지금 당장 베지 않으면 때를 놓친다고 생각하니 벼를 두고 떠나는 것이 부모와 사별하는 것보다 괴로웠다, 우리들이 인민군에게 잘해주었다고 해도, 토마토와 가지, 수중에 가지고 있는 쌀을 내어 준 정도다, 그 정도 일로 죄가 되리라고는 생각지 않았다, 그러니 오늘 이런 꼴을 당하는 것은 실로 의외의 일이다, 이제부터는 어떤 명령이라도 달게 받고, 충성을 맹세할 테니 너그럽게 봐 달라, 죽으라고 하면 죽지는 못하겠지만 죽는 흉내는

낼 작정이다 — .

"용서해줍쇼, 대한민국의 너른 아량을 보여주셨으면 합니다요."

"네 놈은 말 주변이 좋은 모양이다만, 만약 북한 괴뢰군이 다시 이곳으로 오면 지금처럼 똑같이 나불나불 지껄여대겠지. 어쨌든 너희들은 군법회의에 넘겨질 거다. 괴뢰군 놈들처럼 이 자리에서 총살하지 않는 것만도 다행으로 여겨라."

장교는 위엄 있게 잘라 말했다.

"도저히 용서받을 수 없는 겁니까요?"

"용서할 수 없다."

"그렇습니까. 그럼, 여쭙겠습니다요. 반공의용대가 산에서 내려와 양민을 죽이고 간 것은 어떻게 설명하시렵니까?"

"반공의용대는 군대가 아니고 그런 일은 없었어."

"있었습니다요, 무엇보다 이 댁 아가씨를 그 의용대인가가 살해하는 걸 내가 이 눈으로 봤다니께요. 아니, 이건 참을 수가 없다 싶어 우리들은 도망쳤습니다만, 놈들끼리 내분이 일어나 자기들끼리 싸워서 전멸하는 것을 보고 돌아온 겁니다요."

"뭐라고? 내분이라고?"

"예에 — 동지들을 죽이는 걸 똑똑히 봤습니다요."

"흠 — . 좋아, 그것도 조사해보지. 배신자가 있었군. 그건 그거고, 너희들은 너희들이다. 자, 지금 당장 연행해라."

장교는 그렇게 말하며 부하들을 지휘해서 체포자들을 포박해 데리고 나갔다.

옥희는 불안이 심해져 방금 들은 것을 판출에게 전해야 하는지 어떨지 망설였다. 용산 등은 묶인 채로 대문을 나섰고, 그들이 멀어질 때까지 가족들이 지켜보고 있었다. 울음을 떠뜨린 여자와 아이들의 야윈 모습은 애처로웠다. 옥희는 여자들의 움음소리를 듣고 견딜 수 없어져 내실로 뛰어들어 갔다.

옥희는 뒷문으로 나갔다. 용산 등이 저런 꼴을 당한다면 영희가 무사하게 있을 리가 없다. 아무 소식도 없게 됐지만, 영희도 벌써 저렇게 체포당한 것일까. 어쩔 수 없어 그렇다고는 하지만, 이렇게나 오랫동안 영희 일가를 떠올리지 않았던 것에 옥희는 참회하는 심정이 되었다.

전혀 알아차리지 못하는 사이에 가을은 닥쳐왔고 연한 하늘 빛에 겨울의 조짐이 살며시 다가왔다. 그곳 탈곡장에는 잡초가 무성한 채로 방치되어 있었지만 그것도 누런색으로 시들어 있고, 여기저기 피어 있는 당국화 꽃이 서리에 상한 채 색깔이 변해 고개를 떨구고 있다. 여느 때 가을에는 탈곡장에 새 볏짚이 산처럼 쌓여 있고 시끌벅적 탈곡이 한창이었을 텐데, 작은집 안에는 오래된 볏짚조차 없었다. 잿빛으로 시든 짚 부스러기가 살풍경하게 흩어져 있었다.

영희네 집 문은 활짝 열어 젖혀져 있었다. 밖에서 집안이 보이지 않도록 가린 벽 아래 화단은 군화로 짓밟아 뭉개진 흔적으로 어지러웠다.

옥희는 안에 있는 사람이 놀라지 않도록

"숙모."

하고 불렀다.

소리 하나 없이 괴괴하다. 세찬 바람이 뜰로 솟구쳤고, 짚부스러기가 소용돌이치며 날아 오른다. 옥희는 한 번 더 불러보았다. 그러나 역시 대답이 없었다. 옥희는 계속해서 두 번 숙모를 부르더니 개의치 않고 올라가 장지를 열었다.

이불을 덮고 누워 있는 숙모가 머리만 내밀고 가만히 꼼짝 않고 있었다. 옥희는 이불 깃을 들어올리고 숙모의 얼굴을 보았다. 종이처럼 하얗고 왜소하게 야위어 있다. 그렇지만 숙모가 죽은 것 같다는 느낌은 왠지 들지 않아서 이마에 손바닥을 대어 보았다.

체온이 미약하게 느껴졌다.

"숙모."

옥희는 숙모를 조금 세게 흔들었다. 그 기세에 숙모가 눈을 떴다. 옥희는 몹시 기뻐하며

"옥희예요! 알아보시겠어요?"

하고 물었다. 숙모는 눈을 치켜 뜨고 옥희를 바라보고는 고개를 끄덕였다. 옥희는 숙모에게 병이 나신 거냐고 물었다. 숙모는 그렇지 않다고 대답했다. 영희는 어디 갔느냐고 물으니 조그마한 목소리로 산이라고 대답했다.

"어머, 그 아이가 산에?"

그렇다면 게릴라가 된 것이냐고 물으니 그렇다고 한다.

옥희는 영희다운 행동이라고 생각했다. 그렇게 하지 않고 있을 수 없는 운명이라는 것도, 지금은 납득이 되었다. 옥희는 깊은 슬픔이 자신을 엄습해 오는 기분을 느꼈다. 이렇게 차례차례 처참한 사건을 대면하게 되니 이제 슬슬 면역이 생겼으면 좋겠다 싶었다. 옥희는 현기증이 나는 것을 간신히 참았다.

누군가가 숙모를 체포하러 오지 않았냐고 물으니 온 것 같다고 숙모

는 들리지 않을 정도로 작은 목소리로 대답했다. 그런데 어찌된 일인가 재차 물었더니, 마침 그때 자기는 의식이 없었기 때문에 그들이 죽은 사람이라고 판단한 것 같았다, 그 사람들이 발소리도 거칠게 나가는 서슬에 자기는 정신이 들어서 알았다는 것이었다.

옥희는 숙모가 며칠이나 먹지 못하고 있었다는 것, 일부러 이렇게 굶어 죽으려 했다는 것을 듣고는 몹시 안타까워하면서 지금부터는 자기가 숙모를 돌봐줄 작정이다, 그러니 본가로 와달라고 숙모에게 부탁했다. 옥희는 그렇게 하지 않고서는 못 견디는 것이 당연하다고 느꼈다. 그러나 숙모는 이대로 죽게 해달라, 자기는 겁쟁이라 자살 같은 건 도저히 흉내도 못 낸다, 그러니까 이렇게 자연히 죽어가기를 기다렸다, 이제 조금만 더 있으면 그때가 올 거라고 생각한다, 여기까지 오는 것이 힘들었지만 지금은 벌써 편해졌다, 그러니 자비를 베푸는 셈 치고 부디 쓸데없는 간섭은 하지 말아달라며 부탁을 거절하는 것이었다.

옥희는 묻고 답하는 게 소용없다고 느꼈다. 벽장에서 헝겊을 발견하고는 그걸 묶어 끈으로 삼아 숙모를 업었다. 숙모는 모기 우는 소리 같은 목소리로, 어째서 이런 짓을 하니? 제발이니 내버려 두렴 하고 아기처럼 울었지만, 물론 저항할 힘 같은 것은 없었다. 가벼워진 숙모를 등에 업는 일은 그렇게 힘들지는 않았다. 숙모는 체념한 채 얼굴을 옥희 등에 대고 눈을 감았다.

숙모는 시어머니 곁에 눕혀져 시어머니의 얼굴을 보면서 눈물을 흘렸다. 울고 난 끝이라 그저 조금 눈가가 젖었을 뿐인데 그것이 오히려 애처롭게 보였다.

오랫동안 굶은 사람에게는 유동식이 가장 좋다고, 옥희는 미음을 끓여서 숙모에게 먹게 하고, 인삼을 달였다.

숙모가 가까스로 기운을 차린 무렵, 할머니가 눈을 뜨고 조용히 이렇게 말했다.

"너도 팔자가 사나운 여자인 게야."

숙모는 그 말을 듣고는 입술에 경련을 일으킨 채 울면서 시어머니의 손을 쥐었다. 두 사람 모두 똑같이 야위고, 마른 나뭇가지처럼 가느다란 손바닥을 하고 있었다.

옥희는 판출이 치안대 사무소에 불려가서 심문을 받았다는 사실을 알고, 제발 판출에게 혐의가 씌워지지 않기를 빌었다. 판출은 옥희에게 했던 것과 똑같은 말로 혹독한 심문을 버텨냈다. 옥희는 그가 타고난 고지식한 인물이라 심문의 올가미에 걸려 무심코 자백하지는 않을까 염려했다. 거짓말을 하는 것이 죄가 된다는 것은 충분히 알고 있었지만, 이 경우는 백의 진실보다도 그 거짓이 가치 있다고 생각했다.

판출은 백골이 되어 버려진 옛날 동료들의 거처에 끌려가기도 하고, 그가 있었다고 하는 마을로 실지 검증에 가기도 했지만, 가까스로 끝까지 버티어 들키지 않고 이럭저럭 해결이 되는 듯했다. 옥희는 후유 안도하며 가슴을 쓸어내렸다.

그리고 나서 겨우 마을은 조용해졌다. 수확한 벼의 마무리도 끝내고, 드물게 풍작이었기 때문에 이대로 평화롭게 된다면 조금 과분할 것 같은 느낌조차 들 정도였다.

그런데 시로 돌아온 여러 관청 중에 가장 의욕에 넘쳐 업무에 착수한 것이 농업 부문 담당으로, 각 마을에 쌀 공출을 할당해왔다. 그것이 작년 이맘때의 약 배에 가까운 양이었기 때문에, 농부들을 놀라게 했다. 그리고 쌀 가격이 다른 물가에 비해 지나치게 낮았다. 시내의 상점은 아주 조금밖에는 개업을 하지 않은데다 거의 암시장의 물건들 뿐이라 농부들이 탐내는 의류와 식료품 잡화는 전혀 손에 넣을 수 없는 것도 이전과 마찬가지였다. 단지 공출의 대가로 비료 배급이 있다는 것에 희망을 가질 수 있었다.

그런 까닭에 농민들은 쌀섬을 만들어 쌀 무게를 달아 가득 채워 넣고는 한 길가에 내어 놓았다. 담당 직원이 와서 맞추어 보고는 쌀섬 숫자를 세어 트럭에 실어 가져간다. 멀어져 가는 트럭을 보고 있는 농부들은 규칙에 맞추어 쌓아 올려진 쌀섬이 자기들 육체의 일부라도 되는 듯이, 자신들로부터 멀어져 가는 것을 마음 아파했다. 드디어 트럭이 보이지 않게 되자 미리 약속하기나 한 것처럼 한숨을 내쉬었다.

그 쌀값은 좀처럼 나오지 않았다. 시청은 도청에서 공문이 오지 않았다고 말하고, 도청에서는 중앙청에 조회중이라고 했다. 농부가 조심하고 또 조심하며 시청으로 향해도, 공무원들은 시끄럽다는 듯한 눈으로 퉁명스럽게 응대했다. 지붕이 날아가거나 벽이 무너지거나 한 못 쓰게 된 집을 함석과 널조각으로 수선해서, 조야한 책상과 의자에서 몸에 걸친 옷밖에는 아무것도 없는 상태로 사무를 보는 공무원들이 너무나 궁상스러웠다. 농부들은 무언가 관계자처럼 행세한 뒤, 금품을 받고 도망치는 수법의 사기라도 당한 것 같은 미덥지 않은 기분이 들었다.

겨울이 되었다. 크리스마스 전에 압록강 이남은 평정하여 끝이 나리라. 혜산진惠山鎭[37]에는 유엔기가, 청진에는 한국기가 펄럭이고 수도방어사단이 백두산 기슭을 장악하고 있으니 두만강변에 달하는 것도 열흘을 넘지 않으리라는 홍보처의 선전 삐라가 기세 좋게 마을에 배포되었다. 어쨌든 전쟁은 딱 질색이니 제발 그렇게 되었으면, 좌든 우든 어느 쪽이라도 좋으니 국토가 통일되어 내전이 일어나지 않았으면 하는 게 국민들의 심정이었다.

옥희는 납치되어 살아남은 정객들이 평양에서 유엔군의 손에 보호되고 있다는 소문을 반신반의하면서 의지하였다. 아버지가 돌아오시고 오빠들 중 누군가가 돌아온다, 그리고 어머니도 어디선가 살아계실지도 모른다는 희망적인 관측을 하게 되었다. 그러던 즈음의 어느날 밤, 옥희는 어머니가 집으로 돌아와 있는 꿈을 꾼 적이 있다. 신경이 약한 옥희는 대체로 꿈을 잘 꾸는 편이었는데, 꿈을 하룻밤에 몇 번씩이나 꾸고 꿈과 꿈이 아무런 맥락도 없었다. 꿈 속에서는 제법 조리가 있고 명쾌해서 이건 잊지 않겠지 자신했어도, 눈을 뜨면 하나도 기억이 나지 않는 것이 보통이었다. 그러나 이 날 밤 어머니에 대한 꿈은 시작과 끝이 일관되었고, 그 꿈 하나만으로도 잠이 깨어 그대로 날을 지새운 탓에 꿈이 마음속에 내내 남아 있었다.

어떤 꿈이든 주방에서 어머니가 닭의 잔뼈를 두드리며 유쾌한 얼굴을 하고 있는 데서 시작한다. 여느 때와 달리 하녀들에게 상냥하게 일을 시킨다, 무언가 끓는 음식의 맛을 보고, 이건 정말 잘 됐어, 아주 맛있잖아 하며 거기 있던 이들에게 이 사람 저 사람 할 것 없이 맛을 보라

---

37 혜산(惠山): 역사적으로는 함경도 혜산군의 일부였고 혜산진을 중심으로 변경 방어를 위한 요새가 놓여져 있었다. 압록강을 사이에 두고 중화인민공화국 지린 성의 창바이 조선족 자치현이 있다. 한국전쟁 당시 혜산진 전투로도 유명하다. 적설과 빙판으로 인한 기동상의 제한에도 불구하고 혜산진을 향해 진격을 시작한 미 제17연대는 1950년 11월 21일, 동해의 항공모함에서 출격한 해군함재기에 의해 시가의 85%가 파괴된 혜산진과 압록강 연안 일대를 점령하는 데 성공하였다.

고 말한다. 자신도 숟가락에 떠서 옆 사람 입에 떠다주기도 한다, 그런 어머니가 난데없이 마음이 변해 휙 일어나 이쪽으로 온다. 무척이나 새침해져서는 여왕이나 그 무엇처럼 위엄을 부리며 다가온다, 아, 어머니 오랜만이에요 하고 눈물을 글썽이며 어머니가 납치된 이후 이 집에 일어났던 여러 가지 일들을 이야기하고, 뭔가 위로의 말 한마디라도 들었으면 바라는 옥희 옆을 그녀는 마치 생판 남처럼 냉담하게 빠져나간다, 옥희는 많은 사람들 앞에서 울거나 소리지르는 것은 보기 흉한 일이니, 모두가 돌아간 뒤 남이 끼지 않은 자리에서 모녀끼리 슬픔을 나눠야지 체념한다, 정신이 들자 집 안은 아무것도 이변이 일어나지 않은 듯하다, 문득 바라보니 순희가 새치름하게 거기서 호랑이가 금강산에서 포효하고 있는 그림을 자수로 놓고 있다, 어설프게 말을 걸면 동생이 나무라는 소리를 할 것 같아 살그머니 그 자리를 물러난다, 그런데 어머니는 어디 계신가 찾으니 어느새인가 옥희는 공동묘지 가운데 와 서 있다. 거기에는 한 평의 평균 대지에 하나씩 무덤이 만들어져 있는데, 그것이 바둑판의 눈처럼 정렬해 있다, 그런 가운데 서 있거나 앉아 있는 몇 천 명의 군중이 저마다 묘지 주위에서 꿈틀거린다, 그때 멀리 떨어진 언덕 정상에 수정과 같이 비쳐 보이는 의상을 걸친 여자가 있어 지금부터 연설을 한다는 것이다, 그 여자가 자신의 어머니라는 것을 알아차리고 옥희는 기뻐한다, 어머니, 부르면서 달리기 시작한다, 그런데 그런 자신이 겨우 열 살 정도의 어린 여자 아이로, 열 살이면 잘 걸을 수 있을 텐데도 아장아장 걷는 아기와 마찬가지였다. 어머니 옆에 가는데 이렇게 해서는 일 년은 걸릴 것 같다고, 몹시 안절부절 못하면서 어머니, 살려 줘요 외친다 그때 바로 옆에 어머니의 얼굴이 있다, 영화에 자주 있는 저 클로즈업이라고 하는 그것이다, 어머니의 눈이 번쩍번쩍 빛나며 어째서 이런 곳을 어슬렁어슬렁 하고 다니느냐, 살고 싶으면 집 안에 가만히 있으렴, 보통의 목소리를 만 배나 크게 한 것처럼 어처구니 없이 크게 소리 지른다. 옥희는 깜짝 놀라서 눈을 떴다. 옥희는 며칠이나 그 꿈을 잊지 않고 있었지만, 사실과 부합되는 꿈이든 반대되는 꿈이든 어머니가 이제 이 세상 사람이 아니라는 것은 확실하다고 생각했다. 요즈음 자신이 조금 방심하고 있었기에, 어머니가 자신에게 경고하러 온 것이라고 어렵사리 판단이 되었다.

인민군이 패배하여 물러가고 나서는 다시 전기를 쓸 수 없게 되어 라디오를 켠 일도 없었다. 그런데 치안대 병사들이 축전지에 라디오를 설치하여 듣고 있는 것 같았다. 거기서 새어나온 정보도 아닐 터였지만, 전선에 돌발적인 변화가 생긴 모양이었다. 이제까지 느긋하게 있던 병사들이 수상한 눈초리가 되어 안뜰을 서성거리기 시작했다. 어느 날 하녀가 (이즈음 영하 십몇 도의 한파가 와서 옥희는 할머니 방 온돌에 불을 지피고 방 안에 틀어박혀 있는 일이 많았다) 말하기를, 사랑채 쪽으로 몰래 숨어 가봤더니 거기 있던 서적들이 한 권도 보이지 않았다, 수상히 여겨 망을 보았더니 병사들이 가지고 반출하는 것을 보았다. 서적이 없어진 것뿐만 아니라 응접실에 있던 물건은 커텐과 낡은 구두 같은 종류까지, 실용적인 데 도움이 될 만한 것들은 하나도 남기지 않고 가지고 나갔다는 것이다. 판출이 대문 밖을 서성거려 하녀가 살짝 다가가 보니, 병사들은 반출한 물건을 시내로 운반해 암시장에 팔고 외제 담배와 외국 통조림 식품을 구입한다고 가르쳐 주었다. "곧 내실 물건도 털어갈지 모르니 조심하시라고 아가씨한테 말씀드리는 게 좋겠다" 이야기했다는 것이다.

옥희는 어머니 방에 세 개 있는 장롱과 벽장, 궤와 상자, 눈에 띄는 것은 모두 커다란 자물쇠를 걸었다.

숙모는 일어나 앉게끔 된 데다가 역시 자기 집이 걱정되는 까닭에 식사 시간에만 오고 나머지 시간은 자기 집에서 빈집을 지키겠다며 돌아갔다. 마을 사람들도 병사들의 모습을 보면 서둘러 숨었다. 어쩐지 차분하지 않은 눈초리가 되어 안절부절 못하고 대수롭지 않은 일에도 화를 내며 싸움을 걸어온다는 것이다. 그러는 사이, 북방 전선의 급변화에 대한 정보가 새어 나왔다. 양력 세밑도 다가오는 무렵이었지만, 유엔군에게 밀려 궤멸하기 시작한 인민군에 가세한 새로운 군대가 있었다. 그것은 인민군의 몇 배가 되는 대대적인 원군으로, 만주 지구에서부터 얼어붙은 압록강 전체 연안을 따라 쇄도하여 유엔군을 쫓아버렸다. 그 원군은 태평양전쟁 중 제팔로군八路軍[38] 안에 있던 한인부대라 하기도 하고 중공군 정규병이라고도 하는가 하면, 아니 단순한 의용군으로 지휘는 북한 인민군이 하고 있다는 등 여러 가지 소문이 시내에 퍼졌다. 소문은 시내에서 마을로, 그리고 옥희의 귀에까지 도달했다. 사람들은 또다시 전란의 불행에 말려드는 것인가 하고 진절머리를 냈지만, 이번에야말로 수도가 함락되는 일 같은 것은 없으리라. 어쨌든 세계 십몇 개구의 군대가 와 있으니 지난번 한국군이 했던 것 같은 바보짓은 하지 않을 것이다.

수도가 평안하고 무사하다면 여기 여주시도 일단 괜찮지 않을까. 남

38　팔로군 : 1937~1945년에 일본군과 싸운 중국공산당의 주력부대 가운데 하나. 정식명칭은 '국민혁명군 제8로군'이며 신사군(新四軍)과 함께 항일전의 최전선을 담당한 부대이다. 1947년에 인민해방군으로 다시 명칭을 바꾸었다. 신사군이 화중(華中) 지방에서 활약했던 데 비해, 팔로군은 화베이[華北] 지방에서 항일전을 벌였다.

쪽에서 이제 막 돌아온 피난민들은 부수어진 자기 집을 수리하고 월동 준비를 그대로 계속했다. 그들은 농가가 탐내는 소금과 설탕, 의류품을 가지고 와서 주식과 교환하기도 하고, 대량으로 사들인 배추로 몹시 서두르며 김치를 담거나 했다.

설날이라든가 단오라든가 하는 명절 축하는 어디서든 음력으로 하는 것이어서 양력 설날이 오더라도 특별한 일은 없었다. 그렇지만 학교와 교회에서는 양력에 따라 행사를 했던 까닭에 크리스마스이브나 설날이 되면, 옥희는 역시 쓸쓸한 기분이 들었다. 크리스마스이브에는 매년 옥희도 순희도 교회 성가대의 중요 멤버였기 때문에, 새하얀 천사 옷을 입고 월계관을 썼다. 한밤중에는 신자들 집을 방문해서 아기 예수의 탄생을 알린다, 집집마다 촛불을 쫙 켜고 가족들이 기립해 박수치며 환영한다, 그리고 성가대와 목소리를 맞추어 성가를 부른다. 그것이 끝나면 국수와 떡국, 과일 등 저마다의 가정 상황에 따라 성가대를 대접한다. 그렇게 해서 추운 겨울 하늘 아래 예정대로 신자 가정 방문을 끝마치면 마지막으로 옥희의 집으로 간다, 대문 앞에서 특별히 공들여 목소리를 맑게 하고 박자에 신경 쓰며 노래를 부르면, 이마리아는 오오 주여, 우리 생명의 주여, 오오 주여 주여, 할렐루야, 할렐루야 하고, 영묘한 기운을 받기라도 한 듯 광적인 소동을 벌이며 일동을 맞아들인다. 청년, 소녀 등 전체 이십 몇 명이 사랑채가 좁다하고 들어가 앉아 음식 대접을 받고, 밤을 새어가며 이야기를 나누었던 것이다.

'작년 성극은 훌륭했어.'

옥희는 어두운 천정으로 눈을 향했다. 천정에는 가득 무대가 나타나고, 성모 마리아로 분한 옥희 자신이 조용하게 나온다, 날개 옷을 단 천사 순희 등이 신비한 빛 아래서 천사의 노래를 부른다, 머리에 푸른 빛 줄기를 받으며 서 있는 자신과 소리 하나 내지 않고 넋을 잃은 채 무대를 바라보는 관객들까지, 지금 선명하게 이 눈에 떠오르는 것을 옥희는 소중하게 그대로 두고 싶어졌다.

"아가씨, 치안대가 허둥거리면서 나가고 있습니다요, 꼭 도망가는 거 같아요."

하녀가 알리러 왔다. 옥희는 아름다운 환상이 사라진 것이 아쉬웠지만 밖으로 나갔다.

치안대는 마침 나가려는 상황이었다. 별도 없이 낮게 낀 구름 아래서 어둠 속으로 소리도 없이 나가는 병사들을 옥희는 중문을 통해 방금 보았다. 어두운 그림자가 땅거미 속에서 굼실굼실 사라져 간다. 밤눈에도 똑똑히 알 수 있었던 것은 그들이 산더미 같은 짐을 지고 길을 재촉하는 모습이었다.

그들이 사라지고 나면 숨어 있을 필요가 없어지니 몸도 마음도 가벼워질 것이다. 그러나 다음에 또 무엇이 올까 불안이 심해졌다.

차가운 것이 얼굴에 닿았다. 눈이 내리기 시작했다. 옥희는 몸을 떨었다. 스며드는 추위에 몸도 마음도 차가워졌다.

'이렇게 쓸쓸한 설날도 있네.'

오늘이 양력 1월 1일인 것이다. 다시 빈집이 된 사랑채를 향해, 너는 언제 주인을 맞이해서 원래대로 되돌아갈 거니, 말하고 싶은 기분을 느끼며 올라가 살펴보았다. 불을 켤 것까지도 없이 어떤 방의 책장이든 텅 비어 있고, 책장 그 자체도 부서져 화톳불이 되었는지 흔적도 없다. 오빠 방에 놓아 두었던 물건들도 전부 가지고 나갔는데, 무겁다거나 당장은 살 사람이 나서지 않을 블론즈의 여자 나상만이 쓸쓸하다는 듯 남겨져 있었다. 응접실의 유화는 언제 없어졌는지 이것도 걸려 있던 장소만 하얗다.

옥희는 방으로 돌아와 잠을 청했다. 그러나 시내 방향에서 들리는 차바퀴 소리, 웅성거리는 군중의 소리가 들려와서 무슨 일인지 나가 보지 않고서는 있을 수가 없었다. 그녀가 뒷뜰 굴뚝대가 있는 곳으로 나가자 숙모가 달려왔다. 멀리 시내 쪽에서 자동차의 헤드라이트가 서로 추월하려는 듯 앞을 다투며 속속 뒤이어 끊이지 않는 것을 보면서, 숙모는 자기 집 뒤 툇마루 아래서 보았던 이야기를 해주었다. 그것은 모두 군대가 후퇴하는 소동이라는 것이다. 차를 얻어 타지 못한 병사들이 차량 사이를 누비며 걸어간다든지, 지프를 세우고 타려 해서 타고 있던 병사와 싸움을 하는 모습이 헤드라이트에 비춰져 몇 번이나 자기 눈에 보였다는 것이다.

눈은 알맹이가 큰 함박눈이 되어 거기서 그렇게 보고 있는 사이에 하염없이 내려 쌓였다. 나무도 담도, 오두막집도 모두 하얀색 일색이 되어 간다. 두 사람은 헤어져 각자의 집으로 돌아갔지만, 그런 소동은 진정되기는커녕 시간이 갈수록 한층 더 격렬해졌다. 그 소동이 바로 옆에서 들려왔기 때문에 벌떡 일어나지 않을 수 없었다.

뒤쪽으로 나갈 새도 없이, 바로 그때 산사태와도 같은(어느 해였는지 대홍수로 반월천이 범람하기 직전, 누렇게 산처럼 솟아오른 물결이 강 상류 쪽에서부터 뒤집혀 떨어지는 것을 본 적이 있었지만) 어마어마한 음향이 바로 거기로 밀어닥쳤다. 문득 정신을 차리니, 새하얗게 쌓인 눈 위가 점점 까만 참깨를 뿌린 듯 더러워진 모양이 쌓인 눈의 반사된 빛에 보였다. 그것은 바로 뒤 언덕 건너

편 공동묘지가 있는 구릉 근처였는데, 거기서 내다보이는 한도의 지면이 사람으로 뒤덮였고, 그게 파도처럼 넓어져서 이쪽으로 오고 있었다. 그 맨 앞의 줄이 영희네 집에 도달한 것을 보자마자 탁한 물이 빈틈으로 흘러들어가듯 우르르 영희네 집 대문으로 밀어닥쳐 문을 두드리기 시작한다. 옥희는 집 앞으로 돌아가 즉시 대문을 잠그러(요즘은 대문 관리는 다른 사람에게 완전히 맡겨두고 있었기에) 달려가기 시작했다. 그러나 그때 이미 사람들이 거의 눈사태가 난 것처럼 우르르 밀려 들어왔다.

대부분 여자와 아이들로, 노인부터 어린 아이에 이르기까지 숨이 곧 끊어질 듯했지만, 차가운 바람과 눈을 피해 잠깐의 휴식을 취하자 다시 길을 서두르는 것이었다.

"모두 피난민이야."

옥희는 공포가 사라졌지만 이렇게 많은 피난민이 어디서부터 왔는지 궁금했다.

두 번째 인파가 왔을 때 옥희는 중문을 열고 나가

"아주머니, 어디서 오셨어요?"

하고 중년의 여자에게 말을 걸었다.

빈집이라고만 믿고 있던 그 여자는 갑작스럽게 묘령의 여자가 나타나는 바람에 처음에는 귀신인가 싶어 깜짝 놀랐지만

"어머나 이런, 아가씬 어째서 이런 데서 어슬렁거리고 있어요?"

라고 되물었다. 옥희가 이 집에 사는 사람이라고 대답하자 남아 있을 작정이냐고 묻는다. 그렇다고 대답하자 당치도 않다고 말했다. 지금 당장 피난가야 한다, 자기들 뒤를 중국 오랑캐들이 쫓아 오고 있다. 자기들은 서울을 28일에 출발해서 간신히 여기까지 왔다, 오는 도중에 기진

해 쓰러져 숨을 거둔 사람도 많이 있을 정도로 완전히 지쳐 있다, 그래서 한치 앞도 걷고 싶지 않지만 여하튼 소문에 듣기로는 저 오랑캐들인 까닭에 무슨 일을 당할지 알 수가 없으니, 어쨌든 남으로 남으로 이렇게 걸어가고 있다.

도로는 후퇴하는 군대로 넘쳐흐르는 데다 병사들도 도망치는 것이 급해서 흥분해 있다, 멍청히 있으면 차량에 치여 죽임을 당하는 까닭에 피난민들은 도로가 아닌 산과 들을 걸어가고 있다, 불행히도 이 큰 눈으로 발이 동상에 걸린 것 같지만, 어떻게 해서든지 군대가 머무르는 곳까지는 가지 않을 수가 없다, 북한 인민군 점령하 90일간, 자기들은 수도에서 말이 안 될 정도로 지독한 꼴을 당했다. 자기는 담배 행상을 해서 간신히 목숨을 이어갔지만, 자기들이 무엇을 먹고 살아남았다고 생각하나, 식량 배급은 인민군이 충성 분자라고 지목하는 사람에게만 주었고, 그것도 끝무렵에는 배급이 없을 정도였고 대부분의 사람들은 토마토와 오이로 살아 왔다. 저 더운 염열 지옥을 90일간 천정 뒤와 지하 굴에서 지낸 사람들이 상당히 많다, 아무튼 반동 적발이 엄격해서 중간분자도 깜박하면 반동으로 취급되고, 젊은 남자는 전부 병사로 잡혀 갔다. 같은 조선인이 저럴진대, 오랑캐가 오면 어떤 상황이 될지 모르겠나, 나쁜 말은 하지 않을 테니 아가씨도 즉시 피난가라, 아마도 친절하게 대하려는 마음에서겠지만, 여자는 입이 닳도록 설득하려고 했다. 그러나 옥희는 이 여자가 두려워하는 정도로는 중공군이니까 하는 이유로 몹시 싫어하거나 하지는 않았다. 압록강을 건너 이 한반도에 침공해 온 북방민족에 대해서는 옥희는 역사를 배워 알고 있었다.

한민족韓民族에게 있어 이 북방민족은 두려움의 대상이었고, 역사에 두드러진 외적의 대부분이 북방에서 왔다. 부여족이 남하한 이래 그들은 여진, 숙신肅慎 등의 원래 만주족에게 침공당하고, 몽고족에 예속당하기까지 만몽지방 출신자들에게 번번이 침범당했다. 중국 본토의 한족漢族에게 무력으로 침공당한 일은 신라 때 당唐에 대해, 고려 때 수隋에 대해 전투를 한 정도였다. 이 두 번의 싸움도 한민족이 승리하는 형태로 종결되었다. 기자箕子39라든가 위만衛滿40이라든가 하는 낙랑樂浪41의 한족 통치와 같이, 학문 교육과 예악을 한반도에 널리 보급시킨 공적은 있을지언정 꺼리고 혐오할 일은 아니었다. 그러나 오늘날 오랑캐라는 명칭으로 불리우는 관념적인 언어에는 그 한족도 잘못 섞여 들어가 있다는 논리를 갖고 있었지만, 옥희는 역시 불안했다.

"오늘밤 당장이라고는 하지 않을 테니, 날이 밝으면 피난 가세요. 아가씨처럼 예쁜 처녀가 오랑캐 손에 더럽혀지는 게 분하니까 이런 쓸데없는 말을 하는 거예요. 우리 친척 중에 만주로 이민 간 사람이 있었는

---

39 기자(箕子) : 중국 상(商)나라의 군주인 문정(文丁)의 아들로, 주왕(紂王)의 숙부이다. 주왕의 폭정에 대해 간언을 하다 받아들여지지 않자 미친 척을 하여 유폐되었다. 주(周)의 무왕(武王)은 주왕을 토벌한다는 명분을 내세우고 제후들을 규합하여 상을 공격하였으며, 기원전 1046년 상(商)을 멸망시켰다. 그는 갇혀 있던 기자를 풀어주었으나, 기자는 주의 신하가 되기를 거부하며 상의 유민을 이끌고 북쪽으로 이주했다. 일부에서는 기자가 한반도로 옮겨가 그곳에 기자조선을 세웠다는 이야기도 전해진다. 이러한 '기자동래설(箕子東來說)'은 중국의 여러 사서와 『삼국유사』, 『제왕운기』, 『동국사략』 등의 고려와 조선 시대의 사서들에 나타나 있다. 조선시대에는 이러한 기자동래설에 근거하여 단군과 함께 기자의 제(祭)를 지냈으며, 그의 사당을 세우기도 하였다. 그러나 현재는 역사적 사실로서 받아들여지고 있지는 않다.

40 위만(衛滿) : B. C. 194년 고조선의 준왕을 몰아내고 왕이 되었으며, 고조선의 국력을 크게 키운 인물이다. 학자들은 그를 고조선계 유민, 또는 한인(漢人)계 연인(燕人)으로 보는 견해로 나뉘어지는 등 위만의 국적을 두고 논란이 있었다.

41 낙랑(樂浪) : 청천강 이남 황해도 자비령 이북 일대에 있던 한(漢)의 사군 중 하나를 일컫는다. 한 무제가 기원전 108년 고조선을 멸망시키고 그 지역에 낙랑, 진번, 임둔, 현도군의 한사군을 설치하였다. 이 중 중심 역할을 한 것은 낙랑이었으며, 낙랑에는 많은 한인(漢人)들이 살면서 옛 고조선 유민들을 압박하고 착취하였다고 전해진다. 이후 낙랑군은 토착민의 지속적이고 거센 반항과 백제 · 고구려의 협공으로 고구려 미천왕 14년(313)에 고구려에 병합되어 완전히 소멸되었다.

데, 그 만주병사들한테 어떤 꼴을 당했는지 아가씨한테 들려주고 싶네. 고운 여자라고 생각하면 다른 사람의 아내라도 붙잡아서 첩으로 삼고 말이지, 돈이 갖고 싶으면 자기 부인이랑 아이들까지 팔아 치우니 야만스럽잖아."

그 여자는 이런 말을 남기고 날이 밝기 전에 출발했다.

다음날은 눈이 다시 내려 쌓였고 피난민은 늘어났다. 시가지의 건물이 파괴된 덕분에 멀리 시의 끝까지 내다보였다. 차와 사람이 도로에 넘쳐흘러, 북쪽 방향 쌍둥이산 아래부터 이쪽으로 굽이굽이 이어진 구릉도 사람의 물결로 가득 메워졌다. 걷다 지쳐 쓰러진 채 눈 위에서 잠들어 버린 사람, 얼어죽은 아기를 눈 밑에 묻고서 울며불며 가는 여자, 가득 짐을 짊어진 채 못 걷겠어 애원하는 아이를 무서운 얼굴로 야단치는 남자, 지옥의 수라장도 이럴까 옥희는 마음이 오싹해질 뿐이었다. 피난민들에게 줄 것은 없었지만, 따뜻한 물 정도는 끓여서 줄까 하는 마음도 없지는 않았지만 몇 천이라는 많은 숫자의 사람을 생각하면, 그 자비로운 불심 역시 싹을 틔우는 것만으로도 시들었다.

그날 저녁 무렵, 판출이 길 떠나는 차림으로 옥희에게 작별 인사를 하러 왔다. 옥희는 판출을 본 순간 과연 그랬던 걸까 하며 지난 일들이 떠올랐다.

판출은 지난번처럼 유격대의 한패가 되는 것은 질색이었다. 그때는 사방이 완전히 인민군에게 에워싸였던 터라 갈 곳은 쌍둥이산밖에 없었다. 그래서 그런 상황이 되었지만, 이번에는 피난으로 가장하여 될 수 있으면 고향에서 멀지 않은 곳으로 달아나서, 정황을 봐서 돌아올 작정이다, 듣자 하니 피난민 가운데 젊은 남자가 없는 것은 한국군이 장정들을 국민방위군으로 준비시켜 끌고 갔기 때문이라고 한다, 그런데 그 국민방위군이라는 것은 거의 무계획한 것으로, 장정들을 인민군에게 넘기지 않기 위한 임시 처치다, 급여도 아무것도 없고 굶어 죽는 사람조차 나왔다. 일반 피난민 쪽이 오히려 나을 정도인데, 자기는 그 국민방위군에 잡혀갈 염려도 있다, 물론 인민군이 오면 자신은 한국군 측 게릴라였으니 당장 체포될 것이다, 그런 이유로 인민군에도 한국군에도 들어갈 수 없다는 것이다, 바보인 척 흉내를 내서 피난민 속에 섞여 있으면 어떻게든 되겠지, 다만 걱정인 것은 뒤에 남겨질 부모님들인데, 아버지도 어머니도 이미 육십을 넘으셨고 다른 자식도 없어 병이라도 나시면 큰일이라 생각하니 우울해진다, 그리고 옥희의 일도 실은 자기집과 똑같은 정도로 몹시 마음에 걸릴 것이다, 신분이 높고, 자기 은인인 아가씨에게 이런 말씀을 드리는 게 분수를 모르는 일이다, 무례천만하다는 것은 잘 알고 있으나, 이 전쟁터에서 가족을 전부 잃으면서도 살아남은 아가씨가 불쌍해서 견딜 수가 없다, 그건 마치 넓은 바다 한가운데를 작은 배로 떠도는 이야기 속의 소녀와 꼭 닮아 딱하기 그지없다, 아가씨 오빠를 대신해서 아가씨를 돌봐드리겠다는 결심을 했다, 옆에 있어도 아무것도 해드릴 수 없기는 하지만 자기가 가까이 있다는 사실만으로도 아가씨는 안심하실 거라고 자기는 생각한다, 다행히 아직 쌀이 남아 있어 약탈만 당하지 않는다면 보리를 거둘 때까지는 유지할 수 있을 것 같다, 보리는 될 수 있는 한 넓은 면적에 씨를 뿌려 두었다. 비료를 줄 일손도 없으니 보리가 여물지 어떨지 모르지만 봄이라도 되면 얼마쯤은 수확할 수 있을 것이다, 쌀은 자기 아버지가 조금씩 가지고 와서 드릴 것이다, 봄이 되면 보리 수확도 해드릴 거다, 단지 부탁하고 싶은 건 자기 부모님이 병이 났을 때 어떻게 좀 돌봐 달라.

"그러면, 아가씨 안녕히 계세요."

그는 옥희를 바라보며 떠나기 힘들다는 듯이 서있었다. 말하고 싶은 것은 거의 다 말한 것 같았지만 실은 더 중요한 것을 말하고 싶다, 자기 마음속을 시원하게 전달할 수 없어 무척이나 답답하고 괴롭다, 그런 것이 그의 검은 두 눈동자에 잘 드러나 있다. 옥희는 그것을 민감하게 알아차렸다. 보통 때였다고 한다면, 옥희는 모욕당했다고 여겨 화를 냈을 것이었다. 그러나 지금 이런 때, 이런 일을 판출이 자기에게 드러내고 말해주어도 조금도 부자연스럽지 않았다. 판출이 자신을 은인이라고 말했지만, 마땅히 은혜를 입은 것은 이쪽일 것이다. 신분의 높고 낮음을 따지는 것도 먼 옛날 일로, 지금 이런 상태가 되고 보면 격식이 어떻고 가문이 어떻고 하며 신경을 쓰는 것조차 어리석은 일이었다. 피차 벌거숭이가 된 이 경우에 상하 차별 따위 있을 리가 없지 않은가.

옥희는 그런 일을 논리로가 아니라 심장으로 알아차렸다. 그리고 자신이 오랫동안 판출을 좋아했다는 것, 그것은 소녀 시절로 거슬러 올라가는 일로서 동란 이래 자신의 마음에 판출이 깊이 새겨져 있었다는 것을 바로 지금 인정해야 하는 게 아닐까 싶었다.

그렇지만 그런 일을 입에 올리는 것은 아무래도 상스러운 일인 것처럼 여겨졌다. 판출 역시 결코 입 밖에 내지 않으리라는 것을 옥희는 알고 있었다.

"날 더 이상 아가씨니 뭐니 부르지 말아줘요. 나야말로 판출 덕분에 살아있는 거나 마찬가지 아니겠어요. 집의 일은 조금도 염려하지 말고, 판출이야말로 무사히 살아남아 줘요."

그리고는 얼굴을 숙이고 슬픔을 밖으로 나타내지 말자, 그렇게 하는 것이 이 사람에 대한 배려라고 생각했다.

자, 그러면 하고 판출은 한 번 더 옥희에게 눈길을 주었다. 달아올라 뜨거워진 시선을 가만히 고정시키고 있었지만, 그러는 사이에도 피난민들이 지나가는 웅성거리는 소리가 끊이지 않는다. 그는 숨을 한번 들이쉰 뒤, 괴로운 생각을 끊어버리고 걷기 시작했다.

눈은 끊임없이 내리고 있고 바람마저 불어왔다. 판출은 눈보라의 장막 속으로 멀어져 갔다. 옥희는 대문 밖으로 나갔다. 그녀는 판출이 난민의 물결 속으로 삼켜져 논도 밭도 구별이 사라진 설원 위를 남쪽으로 남쪽으로 걸어가는 모습을, 그가 보이지 않게 될 때까지 바라보며 서 있었다.

피난민의 수는 확실히 줄어들었고 후퇴하는 군대도 대체로 안정되었다. 후미를 지키는 임무를 맡은 한국군이 시의 남쪽으로 진지를 마련하고 몰려오는 인민군을 막아냈다. 그러나 우군으로부터 고립된 그 부대의 부대장은 구 일본군의 장수였던 군인으로, 당시 북중국 전선에서 그 용맹한 이름을 떨친 명장이다. K 소장이라고 하면, 그 시절 일본인 장수들 사이에서도 대단히 존경받는 명장이었다. 그러나 오늘날의 모든 미국식 군대 안에서 최후의 병사 한 명까지 진지를 사수하는 전법과 칼을 빼들고 적진으로 쳐들어가는 특공대식 공격법은 시대에 뒤떨어졌다고 비난받았다. 그는 이곳 여주시로 후퇴하기 전까지 이미 세 번 옥쇄玉碎[42] 전법으로 인민군에게 고통을 주었다. 인민군 가운데 중공의용군 부대는 이 일본식 전법으로 과거 만주사변 이래 일본군을 상대한 전투에서 호되게 고배를 마셨던 탓에 K 소장을 가장 다루기 어려워하고 있었다. 만일 우군의 측면 지원이 약간이라도 있었다면, K소장의 옥쇄전법은 어쩌면 성공했을지도 모르는 일이었다. 그러나 북부전선에서 맹장 워커 중장[43]을 잃고, 후임 리지웨이[44] 중장을 얻은 한국군은 그 타고난 합리타산주의적인 전법에 의해 승리가 확실한 전선까지는 병사의 손실을 줄이고 퇴각하는 것이 올바르다고 여겼다. K 소장의 느린 퇴각, 오히려 정체에 가까운 전법에 한국군은 불만을 품고 있었다. 그런 이유로, 전적으로 고립무원이 되어 완전히 포위되면서도 잘 싸웠지만, 유감스럽게도 총지휘관으로부터 지지를 받지 못하는 옥쇄전법은 유지될 리가 없었다. 그는 이곳에서 승산이 있다는 길조를 보면서 후퇴했는데, 부하들을 대부분 잃은 채 비분강개하여 군직을 물러났다고 한다.

그것은 일단 차치하고서, 그런 사태 가운데 피해를 입은 것은 여주시가지였다. 지난 번 공습으로 삼분의 일을 남겨둔 시가가 이 전투로 잿더미가 되었다.

낙하하는 포탄은 그 수를 알 수 없었고, 들쭉날쭉하게 남아 서 있던

42　옥쇄(玉碎) : 부서져 옥이 된다는 뜻으로 명예나 충절을 위하여 깨끗이 죽는다는 뜻.

43　워커(Walton Harris Walker, 1889~1950) : 미국의 육군 군인. 제2차세계대전 종전 이후 주일(駐日)8군 사령관이었으나 한국전쟁 발발 이후 한반도로 파견되었다. 낙동강 전선을 방어한 것으로 잘 알려져 있으며, 1950년 12월 훗날 육군 대장이 되는 아들인 샘 S. 워커 대위의 은성 무공훈장 수상을 축하해주기 위해 가던 중 의정부 남쪽의 양주군 노해면(현재 서울 도봉구)에서 교통 사고로 사망했다. 그의 죽음을 기려, 그의 이름이 붙여진 건물과 지역들이 현재에도 남아있다. 부경대의 워커하우스를 비롯한 대구의 캠프 워커, 서울시의 워커힐호텔 등이다.

44　리지웨이(Matthew Bunker Ridgway, 1895~1993) : 미국의 육군 군인. 6·25전쟁이 한창이던 1950년 교통사고로 사망한 미8군사령관 월튼 워커 중장의 후임으로 6·25전쟁에 참전하였다. 1951년 4월에 상관 맥아더가 트루먼 대통령에 의해 해임되자, 대장으로 승진한다. 리지웨이는 맥아더의 뒤를 이어 제2대 유엔군 사령관 및 미 극동군 사령관, 그리고 제2대 GHQ(일본 점령 연합군 최고사령부) 최고사령관 자리에 올라 연합군 점령하의 일본을 통치하면서 한반도의 유엔군을 지휘하게 된다.

빌딩의 잔해는 완전히 평평해져 버렸다. 피난 갈 기력도 없어 만에 하나 요행을 믿고 잔류한 시민들 역시 손 써볼 도리도 없이 포탄의 먹이가 되었다. 옥희 역시 이 공포스러운 양측 군대의 사투 한복판에 내팽개쳐졌다. 숨이 끊어지려 하는 할머니를 껴안고 힘겹게 살아남았다. 인민군이 공동묘지 한 구석에 포좌를 설치해놓은 덕분에, 유엔군 측의 포격 목표가 되어 김씨 저택의 안팎 가릴 것 없이 탄환이 날아 들어왔다. 대문이 바람에 날아가고 양관의 지붕에 구멍이 뚫렸다. 담은 사정없이 무너졌다. 사랑채가 불타기 시작했을 때는 이제 이것으로 자신들도 마지막이구나 싶었지만, 마침 거기로 전진해 온 인민군 병사들이 불길이 번지는 것을 막아주었다. 어떤 식으로 불을 껐는지 물론 옥희가 본 것은 아니었다.

"언니."

자기를 계속 부르는 여자 목소리에 깜짝 놀라 정신이 돌아온 옥희였다. 할머니의 몸 위에 자기 몸을 덮어 할머니를 보호하던 옥희는 무척이나 귀에 익은 그 목소리에 기운이 났다. 할머니 방에서 자기 방으로 와 장지문에 끼운 유리를 들여다보았다. 바람에 날아간 기왓장과 나무 토막이 잔뜩 쌓여 있는 뜰에 못 보던 병사가 서 있다. 두 자는 내려 쌓인 것 같은 눈은 지저분하게 더러워져 있고, 어지럽게 흩어진 기와 조각과 자갈들로 무수하게 구멍이 나있었다. 그런 광경을 배경으로 한 그 키 작은 병사의 얼굴도 먹을 마구 칠한 것처럼 더러워져 있다. 입고 있는 것은 진흙색으로 물들여 무명 솜을 넣은 군복이었는데, 그 뚱뚱하게 껴입은 모습은 마치 그을린 곰처럼 꾀죄죄했다. 기와가 미끄러져 흘러내려 맨 바닥이 드러난 사랑채 지붕 위로, 맑게 갠 푸른 하늘이 처참한 부근 일대를 내려다보고 있었다.

마당에 쌓인 눈에 발을 묻고 서 있는 사람은 여병이었는데, 자기와 몹시 가까운 이라 생각하면서도 옥희는 여전히 그게 누구인지 생각나지 않았다.

"언니, 나예요, 영희예요."

유리창에 비친 옥희의 얼굴을 발견하고, 영희는 군모를 벗으면서 외쳤다. 삐쭉삐쭉하게 자른 머리카락이 보기 싫다고 생각하면서도

"어머나, 영희야."

옥희는 툇마루로 뛰어 나왔지만, 다음 말이 목에 걸려 가슴이 메었다.

"사랑채를 다시 치료소로 사용했으면 좋겠다고 합니다. 부상병이 여럿 나왔거든요."

영희는 격식 차린 어투로 말했다. 몹시 급해 보였고 더 이상의 이야기는 한마디도 하고 싶지 않은 듯했다.

"……."

옥희는 어리둥절해서 대꾸도 하지 못했다. 그 후로 영희가 어디서 어떻게 지내왔는지, 건강해서 다행이다, 너 언제부터 군인이 됐어? 거기에 와있는 군대는 어디 군대지? 등등 이야기를 나누고 싶었다. 무엇보다, 사촌동생이 무사히 돌아온 것이 기뻤다.

"언니, 여기 온 건 중국에서 온 의용군이에요."

"뭐? 중국?"

옥희는 몹시 놀랐다. 역시 불안해진다.

"걱정하면 안 될 것 같아 알려주러 왔어요. 한국 괴뢰군들이 중국인들을 오랑캐니 뭐니 하면서 악선전을 했잖아요. 그러니까, 어리석은 자

들이 의용군의 실태도 모르면서 무서워했죠. 중국 의용군은 항미원조
抗美援朝[45]의 신성한 십자군인데, 우리 조선 인민을 학대할 이유가 없잖
아요. 자, 저기 장교가 오네요. 언니, 그 자세 그대로 태연하게 맞이해
주세요. 난 언니가 피난 갔을 거라 생각했어요. 그래도 다행이에요. 잘
하셨어요. 자, 왔네요."

대문이 날아가 버려 아둔한 모양으로 입을 벌리고 있는 중문으로, 30
세 정도의 장교가 눈에 발을 빠뜨리면서 다가왔다. 영희와 마찬가지로
잔뜩 껴입은, 솜을 넣은 군복 차림이었다. 어디에 계급장이 있는지 쉽
사리 알 수는 없었지만, 자세를 똑바르게 하고 노란 얼굴에는 부드러운
미소를 띄우고 있었다. 장교는 다른 한 사람을 동반하고 있었는데, 그
는 한 눈에 보아도 북한 사람이라 알 수 있는 몽골리안 계통의 얼굴을
한 하사관이었다. 장교는 옥희가 내려다보는 방향에서 직립한 자세를
바로잡으며 중국어로 말했다.

그 말을 북한 사람이 통역해주었다. 우리는 원조 의용군으로, 이번에
이 지방으로 진격해 온 중화인민공화국 사람들이다, 이 지역에서는 잘
아시는 것처럼 격전으로 부상자가 상당수 나오고 있다, 달리 적당한 집
이 없어 저택의 일부를 치료소로 사용하고 싶다, 병사들은 군율이 엄정
하므로 댁에 폐를 끼치는 일은 하지 않을 것이다, 만에 하나라도 그런 일
이 있다면 본관이 엄하게 단속할 작정이니 잘 부탁드린다는 것이었다.

옥희는 마음이 진정되었다. 예의를 갖춘 상대의 태도에 호감이 갔다.
게다가 말하는 내용이 곧장 마음에 와 닿았다. 옥희는 사랑채의 지붕을

---

45 항미원조(抗美援朝) : 한국전쟁 당시 미국을 반대하고 북한을 지원한 중국의 외교 정책을 가리
키는 용어.

가리키면서 저렇게 파괴된 거물인데다 지금 포탄이 계속 떨어지고 있는 것조차 상관하지 않으신다면 쓰셔도 좋다고 대답했다. 그러자 파괴된 곳은 우리 쪽에서 수리하겠다, 떨어지는 포탄은 앞으로 반나절이면 떨어지지 않을 거라고 대답하며 크게 소리 내어 웃었다.

장교들이 경례하며 물러나는 뒤를 쫓아가던 영희는

"부상병 수용 때문에 힘에 부쳐요! 짬이 나면 이야기하러 올게."

하는 말을 남기고 분주하게 사라졌다.

사랑채 쪽이 다시 떠들썩해졌다. 지붕을 고치고, 부서진 벽을 수리하고 들것에 눕혀진 부상자를 실어나르거나 한다. 말을 알아들을 수 없기 때문에 시끌시끌한 소리만 내실 쪽으로 전해져 왔다. 첫날 옥희가 있는 곳으로 인사를 하러 온 그 얼굴이 노란 장교가 몸소 지휘를 하고, 병사들에게 안뜰의 눈을 치우게 하고 깨끗이 해주었다. 사랑채 쪽이 부상병들로 가득해서 간호를 하거나 잡일을 하는 병사들은 잘 곳이 없으니, 하녀방과 그 툇마루를 사용하면 안 되겠느냐는 두 번째의 요청이 있었다. 옥희는 불안을 여전히 느끼면서 승낙했다. 병사들은 몽고계인 한국인과는 인종이 다른 한족이었지만, 이 두 민족의 정신의 기저에는 하나의 윤리관이 흐르고 있었기 때문에 융합하는 구석이 많았다. 몇 천 년 이래 유교 세례를 받은 그들이다. 공산주의 정체에 통솔되는 상황이 되었지만, 그 마음을 지배하고 있는 것은 그들 본래의 종교와 윤리였다. 옥희는 애써 그들 앞에는 모습을 나타내지 않았지만, 우물가에 얼음이 덮여 하녀가 양동이를 든 채 미끄러져 쓰러졌을 때, 그들은 하녀를 도와주고 넘어져 다친 데를 치료해주었다. 그런 일이 있고나서는 물을 길어준다, 장작을 찾아온다 해서 하녀를 기쁘게 했다.

"오랑캐라는 사람들, 친절해서 좋네요. 쉰네는 이제 하나도 안 무서 워요."

하녀는 종공 병사들에게 호의를 품었다.

어느 날 옥희는 뒤뜰로 돌아가는 병사를 발견하고, 주방 쪽으로 가 거기 작은 창에서 그 병사의 행동을 지켜보았다. 병사는 뒤뜰에서 시들 어가는 모습으로 서 있는 살구나무와 복숭아나무를 보더니, 베면 어떨 까 생각에 잠기는 듯 했지만 잠시 머리를 갸웃하고 궁리한 끝에 역시 단 념하는 모습이었다. 그 길로 서쪽으로 돌아가 사당 앞에서 발을 멈추더 니 그는 놀란 것 같은 얼굴을 했다. 그리고 나서 조심조심하는 자세가 되어 사당 문을 열고, 근처를 둘러보았다. 아무도 없는 것을 확인하고 선 손을 합장하고 가볍게 절을 했다. 조금 쑥스러워하더니, 다시 누군 가 보고 있지 않을까 주변을 살폈다. 왁자지껄 떠들어대는 다른 병사 세 사람이 마침 우연히 거기로 왔다. 그러자 모두는 야아, 이건 사당 아 닌가 하는 식으로 가리키면서 먼저 와서 합장한 병사에게 기쁘다는 듯 이 말을 건다. 그들의 고향에도 있던 같은 형식의 사당이라 어쩐지 그 리운 심정이 되는 듯한 모습이었다.

옥희는 그 모습을 보고부터는 이 이국 병사들을 경계하는 마음을 누 그러뜨렸다. 저택 주변의 탈곡장과 헛간 등은 옥희의 동의를 얻어 해체 한 후 장작으로 썼다. 전투의 현장은 상당히 남쪽으로 멀어진 듯해서 포탄 소리는 들리지 않게 되었지만, 언제 또 전선이 가까이 돌아오지 않는다고 할 수도 없었다. 게다가 한국 유격대가 전선 후방에 잔류하고 있어 방화를 할지 모른다는 걱정이 있으니 작은 초가집은 제거하는 편이 낫다는 의견이었고, 옥희는 온돌을 지피는 장작이 필요했다.

간호병 가운데 섞여 일하고 있던 영희는 일이 일단락되었을 때, 할머니 문병을 온 김에 내실로 왔다. 그때, 한국 치안대가 오던 날 그녀는 자신의 집에 숨어 있었다. 차마 어머니를 혼자 남겨두고 갈 수 없어 괴로워했지만, 용산 등 강 건너 마을 사람들이 체포되는 것을 보았다고 했다. 그리고 그날 밤 자신을 잡으려고 치안대가 덮쳤기 때문에 어머니만은 하늘에 운을 맡기기로 하고 자신은 도망쳤다, 인민군 게릴라들이 자신을 맞아들여주었고, 산을 타고 북쪽으로 달아나 서울까지 갔다, 그러나 평양이 함락되었을 때 다시 남쪽으로 와서 쌍둥이산으로 숨어 들었다.

칠십여 일을 산중에서 지낸 고생은 말로 다 할 수 없는데, 추위와 배고픔으로 몇 번이나 자살하려는 생각이 들었지만 어머니가 걱정되어 실행하지 못했다, 그때 중국에서 의용군이 원조하러 와주었다, 중국 인민에 대해서는 아무리 감사해도 모자란다고 생각한다며

"언니, 이번에야말로 완전 승리야. 전선은 훨씬 남쪽으로 내려간 데다 낙동강도 아마 얼어붙었을 테니 여름에 했던 그런 실패는 반복하지 않겠지. 이제 곧 전쟁은 끝날 거야. 봄이 오면, 우리나라는 통일된 국토 위에서 평화를 즐길 수 있을 거야. 난 언니한테 감사하고 있어. 어머니의 생명을 구해 준 은인인 걸 뭐. 언니는 항상 우리들 편이었어".

영희는 감격하더니,

"부탁이 있어, 제발 들어줘. 난 무심코 괜찮다고 말해버렸거든".

옥희는 엉뚱한 말을 하는 버릇이 사촌동생에게 전부터 있었는지 어땠는지 생각해내려 하면서 잠자코 있었다.

"병사들 식량은 밀가루가 주식이야. 하지만 운송이 늦어지니까 근교

농민들한테서 쌀과 콩을 사들이고 있어. 게다가 문제인 건 조미료가 없다는 거야. 언니, 소금 저장해 놓은 게 있으면 팔지 않겠어?"

"소금 같은 거 없어. 못 믿겠거든 집안을 뒤져봐도 좋아."

옥희는 일단은 안심했지만

"그래? 사실은 소금이 아닌 게 더 좋아."

영희가 말한다.

"그러면?……"

옥희는 날카롭게 바라보는 영희의 눈을 피하면서, 사촌동생의 속셈이 두려워졌다.

"생각해봤는데, 언니니까 분명 승낙해줄 거라고 믿어."

옥희는 참을 수가 없어졌다.

"저기, 너무 애태우게 하지 말고 빨리 말해줘! 네가 원하는 건, 된장이랑 간장이지?"

"응, 그리고 고추장도."

"고추장까지?"

옥희는 사촌동생의 수법이 너무 미워서, 신뢰를 했던 자신이 어리석게 느껴졌다.

"있잖아, 잘 생각해봐, 멀고 먼 대륙에서 와준 저 분들을 위해 해드리고 싶은 일이 얼마나 많은데. 하지만 지금 우리들로서는 뭘 할 수 있겠냐구. 염분이 모자라서 병사들은 얼굴이랑 손이 부어오르기 시작했어. 딱해서 보고 있을 수가 없어서 내가 자청한 거야."

"알았다니까. 너한테 설교 듣지 않아도 알고 있어. 자, 된장이든 뭐든 모두 줄게. 네 맘대로 해도 좋아."

"내가 가지는 게 아니라, 군대가 사들이는 거야."

"그게 그거지. 할머니가 걱정되면 조금은 남겨 놓아줘. 세 개 있는 장독대 중 하나에는 5년이나 지난 된장이 들어 있어. 간장도 7년 이상 된 묵은 것들뿐이야. 마늘즙이 섞여 있어. 어머니가 특별히 공들여 담근 거야. 아버지 반찬으로만 쓰신다고. 하녀들한테 엄하게 시킨, 저······"

말하는 도중에 어머니가 된장을 담그거나 간장을 만들거나 할 때의 모습이 생생하게 보인다. 그런 일을 할 때 어머니가 얼마나 발랄하고 유쾌해보였던가. 대갓집의 연중행사 가운데 가장 큰일 중의 하나로, 혹시나 실수해서 썩게 하면 큰일이라고 심혈을 기울여 밤잠도 자지 않고 누룩과 씨름하던 모습, 잘 되었을 때 어머니가 기뻐하던 모습, 쌀이 없고 옷을 잃어버리더라도 저 된장 곳간만 무사하다면, 하면서 목숨 다음으로 소중히 여겼던 곳에 눈독을 들인 사촌동생이 밉고 또 미웠다. 옥희는 참지 못한 채 감상에 지고 말아 엉엉 울기 시작한 것이었다.

"언니, 걱정 마. 나도 할머니를 소중하게 생각하고 있어. 우리 집에 있는 걸로 해결될 수 있다면 언니한테는 말하러 오지 않았을 거야. 조금은 남겨 놓았는데, 고추장을 대장 동지에게 드렸더니 맛있다, 맛있다 하면서 기뻐하시고, 된장만 있으면 찰흙이라도 씹어 먹을 수 있겠다고 병사들이 기뻐하는 걸 보니 정말 뭐라도 드리고 싶어진 거야."

그 말투가 오히려 거슬려

"그러니까 전부 다 드리겠다고 하잖아, 빨리 가서 너의 병사들을 기쁘게 해주려무나".

옥희는 홱 자리를 떠서 할머니 있는 곳으로 돌아갔다.

영희는 언짢아하는 사촌 언니에게 조금 미안한 기분이 들었지만, 사랑채 가득 있는 병사들이 얼마나 기뻐할까 생각하면 언니를 슬프게 하는 것 정도는 아무것도 아닐 듯 싶었다.

영희가 쿵쿵 발소리를 울리며 사랑채 쪽으로 사라지는 것을 기다려 옥희는 된장 곳간으로 내려갔다.

우물가와 이어진 곳에는 노천의 장독대가 있다. 화강암을 주위에 쌓아올리고 굵은 자갈을 깔아 지면보다 두 자 정도 높이 돋우고, 허리 위치보다 높은 담을 둘렀다. 그 담은 붉은 벽돌과 검은 기와를 번갈아 쌓아올린 것으로, 백색의 회반죽으로 다지고 그 위를 기와로 지붕을 이었다. 청결한 울타리 안에 옥희의 키 정도 되는 커다란 장독에서부터 한 되 들이 정도의 작은 단지를 말끔하게 놓았고, 어느 독이랄 것도 없이 덮개를 씌워 놓았다. 날씨가 좋은 날에는 덮개를 벗기고 햇볕을 쪼이게 하고, 비가 오는 날에는 덮개를 하고 독을 씻게 한다. 하루에 한 번은 이곳을 둘러보고, 어느 독이나 가득 들어있는 내용물을 보고서는 마음이 든든해져 행복한 기분이 되었던 어머니!

먼지를 뒤집어 쓴 눈이 장독을 더럽히는 그대로, 옥희는 여기를 손질하는 일조차 잊고 있었다. 혹시 된장이 상했을까 싶어 걱정하면서 속에 든 것을 확인해보니, 된장에는 돌소금이 뿌려져 있고 간장에는 고추가 떠 있어 새까만 액체에서는 향기로운 냄새가 풍겨 나왔다.

하녀가 빈 장독을 껴안고 따라와서는, 걱정스럽다는 듯이 옥희를 보았다. 좀 전의 이야기를 들은 것 같았다.

"저 사람은 역시 큰집을 미워하고 있었구먼. 이런 때 앙갚음을 당하니 못 참겠네."

하고 중얼중얼거린다.

"조용히 해! 너한테 그런 말을 들으면 쓸데없이 분하게 여기지 않겠니. 빨리 그 독을 이쪽으로 건네주렴."

옥희는 하녀가 안고 온 작은 독을 집어 들었다. 무의식중에 하녀를 야단치고 나서 옥희는 하녀를 불쌍하게 여겼다. 하녀는 언제든 이 아씨한테 꾸지람을 들어본 적이 없었던 탓에 몹시 쩔쩔맸다. 이런 상황 속에서 자기는 이 아씨만을 의지해서 살아가고 있는데, 아씨에게서 버림을 받으면 어떻게 살아갈 수 있으려나 쓸데없는 감상에 빠져 눈물을 뚝뚝 떨구기 시작했다. 그것을 보고 옥희는 오히려 화가 나서, 빨리 큰 독 안의 것을 작은 독으로 옮기라고 혼을 냈다.

옥희 등이 일을 대강 끝냈을 때, 영희가 취사병으로 보이는 세 사람을 데리고 된장 곳간에 왔다. 지금부터 뭔가 대단히 좋은 일을 할 것이라고 말하지 않았을 뿐, 기세가 올라 득의양양해져 지휘자와 같은 모습이었다. 주위 들은 서투른 중국어로, 병사들에게 무언가를 이야기해 주고 있다. 이 김씨 집안의 된장과 간장은 다른 집에서는 도저히 쫓아갈 수 없을 정도로 훌륭한 물건이다, 하물며 저기 농가의 것 따위하고는 비교도 되지 않을 정도의 맛이다, 이 나라에서는 이렇게 조미료는 가정에서 만들 수 있는데 각각 가정마다 독특한 맛이 있다, 이 김씨 집안이 자기 본가라서 말하는 것은 아니지만, 김씨 집안이 아니면 낼 수 없는 맛이 있다, 특히 자기는 이 된장절임은 천하일품이라 생각한다, 고추장 속에서 지금 꺼내 보여줄 텐데, 새빨갛게 물든 무우 고추장 절임, 가지와 오이와 땅두릅의 새싹 같은 것은 둘이 먹다 하나가 죽어도 모를 정도다 등등의 말로 선전했다. 병사들 입장에서 보면 염분에 굶주리고 있기 때문에 단지 소금만으로도 충분한데, 그런 맛있는 된장절임이라면 얼마나 맛이 좋을까 군침이 돌아 참기 힘들었다. 그래서 영희가 장독 뚜껑 벗기는 것을 기다리지 못하고, 자신들이 제각각 장독으로 덤벼들어 뚜껑을 열었다. 손가락을 찔러 넣고 된장과 간장을 맛보더니 오오, 신음하는 듯한 기성을 질렀다. 염분에 굶주린 그들의 식도와 위장이 탐하듯 된장을 흡수한다. 한동안은 게걸스럽게 손가락을 핥고 꺼내서는 먹는다. 그런데 세 사람 중 가장 키 큰 병사가 새빨간 고추장을 한줌 입에 넣고는, 불이 붙은 것처럼 입 속이 타기 시작해 괴로워 견딜 수 없어하더니 비명을 지르며 우물로 갔다. 물을 퍼 올려 입 안을 차갑게 해야 했다.

그런 대소동을 연출한 후, 작은 쪽 장독을 세 사람이서 메고 사랑채 쪽으로 운반해 갔다.

처음부터 끝까지 옥희는 방에서 엿보고 있었다. 사랑채 쪽에서 또 한 번 큰 소동이 일어나고, 서로 빼앗듯이 맛을 보더니 눈 깜짝할 사이에 바닥이 난 작은 장독을 아까 세 사람이 가지고 왔다. 다시 한가득 가지고 가는 모습을 보면서 옥희는 조금 전에 영희에게 불쾌한 감정을 가졌던 일을 후회했다.

그러다가 문득 옥희는 쌀과 보리는 손에 넣을 수 있어도, 교통이 두절된 지금에는 언제가 되어야 입수할지 모르는 조미료라 생각하니 역시 아까워졌다. 소금을 구한다고 해도, 된장을 만들고 간장을 담글 때까지는 1년은 기다려야 하기 때문이다. 하녀도 같은 생각을 한 것 같았다. 세 개 있는 작은 독(된장과 간장, 그리고 고추장)을 부엌 구석 쪽으로 치우고, 그 위에 멍석을 덮어 혹시라도 약탈하러 오더라도 쉽게는 발견되지 않도록 위장을 해놓았다. 아가씨, 이것만 있으면 1년은 버틸 수 있어요, 옥희에게 말했다.

영희가 돈다발을 가지고 왔다. 된장 곳간을 몽땅 사들여서 한번에 대금을 지불하는 것이 좋겠다, 전시 시세로 계산해보았는데 혹시 부족하다고 생각하면 또 추가하도록 배려할 예정이라는 말을 전했다. 머지않아 전 국토가 통일되면, 인민정부 발행의 화폐가 아니면 사용할 수 없게 된다, 그렇게 낙담할 일은 조금도 없다, 언니는 예전에도 정세에 뒤떨어지기 쉬운 성격으로 보였는데, 이 인민권을 기뻐하지 않는 걸 보니 역시 옛 관념에서 벗어나기 힘든 것 같다, 한국군도 외인부대도 대부분 전의가 상실된 데다 어쨌든 우리 쪽은 육지로 연결돼 있어 대규모 군대가 계속 원군을 투입하고 있으니, 안심하고 있으면 좋지 않겠느냐고 사촌 언니를 타이르듯이 말했다.

옥희는 어떤 말을 들어도 그 돈다발이 고맙다고 생각되지 않았기 때문에 방구석에 내팽개쳐 두었다. 그러자 하녀가 그래도 돈은 돈이라며, 전쟁이 끝나면 이걸로 뭔가 살 수 있을지도 모르는데 하면서 그것을 주워가지고서는 어딘가에 숨겨두러 갔다.

옥희는 최근 자신이 어딘지 기운이 없는 데 비해서 하녀가 자기 대신 뭔가를 생각해주고, 척척 용건을 해결해준다는 것을 깨달았다. 하녀라는 존재를 이렇게 똑똑히 본 적이 없는 옥희는 다른 집에 맡겨져 단지 일만 하는 불운한 신세의 고용된 하녀들에게 감상적인 동정을 기울인 일이 예전에도 있었다. 그렇지만 요즈음처럼 자신과 하녀가 동등하게 보인 일은 없었다. 그녀는 하녀에 대한 기존의 정해진 관념을 일소하고, 고용주라든가 고용인이라는 그런 제도가 없는 소비에트 사회라는 것이 올바르다는 사실을 이즈음 몸으로 느꼈다. 할머니를 중심으로 자신과 하녀가 신분의 구별 없이 일심동체가 되어 살아가고 있는 이즈음에는 주종의 구별이 있을 리가 없었다.

하녀가 있는 덕분에 옥희는 자기가 직접 판출의 집에 가서 쌀을 받아오거나 마을의 동태를 보러 가거나 하는 일도 하지 않고 지낼 수 있었다. 옥희로서는 하녀가 은인처럼 고마웠고, 하녀와 같이 불우한 많은 여성들이 진정으로 구제될 수 있다면, 이대로 인민정권의 세상이 되어도 좋은 것이라고 생각했다.

하녀는 판출의 집으로 갔다 올 때마다 판출의 부모님 근황을 알려 주었다. 노인 두 사람이 온돌방 안에 틀어박혀 움츠려 지내는 모습이나 옥희를 걱정하고 있는 일 등을 이야기해 주었다. 쌀은 어디에 숨겨 놓고 있는지 하녀도 알지 못하게 가지고 나온다는 것이다. 비어 있는 옆방의 온돌 아래 숨겨두고 있다는 것을 옥희는 알고 있었지만, 하녀에게는 역시 말하지 않는 것이 좋겠다고 생각했다. 어느 날 하녀는 병사들이 마을 사람들의 쌀과 잡곡도 수매했다는 이야기를 듣고 왔다. 판출의 집은 솜씨 좋게 모면했지만, 그 대신 된장을 내어가 조미료 때문에 곤란하게 되었다는 것이다. 옥희는 사발에 한 가득씩 따로 간직해 둔 조미료를 가지고 가게 했다.

시든 들판을 보리가 자라나 이른 봄의 색채로 물들이기 시작한 바깥 세상을 아랑곳하지 않고, 초가집 안으로 움츠러들어 살풍경하게 살아가고 있는 마을 사람들을 옥희는 애처롭게 생각했다. 강 건너 마을 사람들은(젊은이들이 한국 치안대에 체포당한 채 돌아오지 않은 탓에 거의 노인과 여자, 아이들뿐이었지만) 인민군의 세상이 되었으니 조금은 기를 펴도 좋을 듯 싶었지만, 다시 어떤 변화가 오지 않으리라 단정할 수 없어 조심조심하며 지내는 모양이었다. 군대의 뒤를 따라 온 교도반이 나가서 여러 가지 선전을 하고 교육을 했지만, 기뻐서 나간다는 분위기가 보이지 않았다. 피리를 불어도 춤을 추지 않는다는 식인 마을 사람들을 교도반은 아니꼽게 생각해서, 호되게 질책했지만 마을 사람들은 머리를 움츠린 거북처럼 참고 견디며 야단을 맞는 것이었다.

멀리 사라진 전선이 어느새 북으로 다시 되돌아간 것일까. 밤의 정적을 깨고 포성이 은은하게 들려왔다. 이곳 하늘에는 좀처럼 나타난 일이 없는 유엔기도 다수 통과하게 되었다. 와룡산 근처로 인민군이 퇴각해 와서 진을 쳤을 무렵, 그 위 상공에 저공으로 나타난 유엔기가 공만한 크기의 작은 폭탄을 무수히 떨어뜨리기 시작했다. 지극히 작은 소형 폭탄인데도, 떨어지자마자 섬광을 발하며 불타올라 주변 일대가 불바다가 되었다. 온갖 것을 모조리 태워버렸다. 살아있는 생물뿐만 아니라 바위도 흙도 새카맣게 타서 눌어붙은 모양을 보고, 사람들은 간담이 서늘해졌다.

사랑채 쪽이 부산하게 떠들썩하기 시작했다. 부상병을 실어내가고, 중요 자재를 이동하기 위해서 소형 트럭과 원래 유엔군 것이었던 지프가 좁은 마을 도로에 북적대었고, 마을 사람들도 동원되어 차량으로 싣지 못한 것들을 등에 지고 옮겼다. 옥희는 유엔군이 다시 이곳으로 올지 모른다고 생각했지만, 지난번처럼 희망을 가질 수 없었다. 그 야만적인 행위가 자신의 몸에 일어날지 모른다고 생각하니 악마의 군대가 오는 것처럼 불안에 떨었다.

부상병의 이동이 끝나고 장교들이 맨 뒤가 되어 사랑채를 나갔다. 그때, 그 얼굴색이 노란 대장이 안뜰로 와서 옥희에게 작별의 인사를 고

했다. 당황하는 모습도 없이 여유 있는 태도로 오랫동안 신세를 졌다는 감사의 말을 한다. 싱긋 웃고는 발길을 되돌리는 모습을 보고, 옥희는 설령 몇 주간밖에 알고 지내지 않았다 해도 여기에는 일종의 질서가 생겨났다는 것, 그 질서가 무너지고 다른 사람들이 다시 오는 것이 유감스럽다는 생각이 들었다. 무엇보다도, 의용병들이 인류를 존중하는 태도가 고맙게 느껴졌다.

대장이 나가자 바로 영희 모녀가 부랴부랴 들어왔다. 옥희는 그 두 사람이 떠날 차림을 한 것을 보고 마음이 아팠다. 말을 걸기 전에 눈물이 흘러내렸다. 그 모습을 보더니, 영희는 격하게 울기 시작했다. 어깨를 떨며 옥희의 무릎에 몸을 던졌다. 몸부림치는 사촌동생을 끌어안고, 옥희는 오열했다. 숙모는 할머니가 계신 곳으로 가 저 옛날 식의 큰절을 올리며 작별을 고했다. 양손을 이마에 모으고, 조용히 편히 앉아 정중하고 은근하게 허리를 깊이 굽혀 절을 한다. 그것을 세 번 반복하면서 자기가 시집왔을 때 처음 이 시어머니에게 큰절을 한 일, 그때 시어머니는 아직 정정해서 싱글벙글 하며 자신을 바라보던 일, 큰절이 끝났을 때 자신의 손을 잡고 예의범절을 이렇게 잘 가르쳐 주신 그쪽 부모님은 훌륭한 분들이라고 말해 주었던 일 등 이것 저것이 눈에 떠오르기 시작한다. 그 눈에 지금은 그저 시든 나뭇조각처럼 되어버린 시어머니의 누운 모습이 보여 비통한 심정으로 견딜 수가 없어 시어머니의 옆에 엎드려 우는 것이었다. 시어머니가 희미하게 손을 흔들었다. 이제 됐다, 시끄럽잖니 하는 것처럼 느껴졌지만, 문득 정신을 차려보니 시어머니의 눈에 축축한 것이 빛나며 비단처럼 잔주름이 잡힌 얼굴이 슬픈 듯 경련을 일으키는 것이었다. 그것을 본 영희 어머니는 통곡하기 시작했다.

시어머니의 임종을 지킬 수 없으리라는 것 등을 생각하니 영원한 이별의 슬픔을 담아 소리 내어 곡하는 예를 드리게 되었다.

옥희는 영희가 이번에야말로 인민군이 승리해 국토가 통일되고 봄과 함께 평화가 올 것으로 간절히 바라며 기도하는 심정으로 기뻐한 일, 그녀가 생기발랄하게 부상병들을 돌보아 온 요즈음을 생각했다. 그녀는 사촌동생의 이 비장한 소원이 다시 끝장이 났다고 생각해 감상적인 기분이 되었다. 그리고 영희 모녀가 인민군의 뒤를 따라가야 하는 사태를 충분히 이해하고 있었기 때문에, 남아 있으라고 권유하려는 생각은 들지 않았다. 옥희는 저 치안대의 활동을 떠올리고는 이번에는 자신도 복수를 당하지 않을까 불안해지는 것이었다.

그때, 저택의 상공을 제트기가 매처럼 가로지르기 시작했다. 정체를 알 수 없는 폭음이 산발하고 하늘과 땅 어느 쪽의 포격인지 알 수 없었지만, 정신이 들었을 때는 집은 화염에 둘러싸여 있었다. 하녀가 밖에서 쓰러질 듯이 달려와 들도 산도 마을도 모두 불타기 시작했다고 외쳤다. 그러자 영희는 자기 어머니를 불러 손에 손을 잡고, 대문 쪽으로 잘 가라는 말을 할 사이도 없이 달려갔다.

옥희는 두 사람을 불러 세우는 편이 나았다고 생각했다. 사랑채 쪽 지붕 위에서 찢어지는 듯한 음향을 내고 있는 비행기를 보고는, 이 탄막을 뚫고 두 사람이 무사히 달아난다는 것은 도저히 불가능하리라 여겨졌다. 그것도 순식간, 사랑채 쪽 지붕이 날아올라가 몸이 송두리채 딸려가는 듯한 땅울림에 정신을 잃을 뻔한 옥희는 하녀가 요란스럽게 비명을 지르며 부엌으로 숨어드는 것을 보고 할머니 있는 곳으로 뛰어들어갔다.

땅울림으로 안채가 흔들려 천정이 갈라졌다. 옥희는 할머니의 몸을 자기 몸으로 감싼 탓에 숨이 끊어질 듯 했다. 그런데 할머니의 목소리가 그 처절한 음향 가운데서 똑똑히 옥희의 마음에 들려온다.

"옥희야! 할아버지 계신 곳으로 가!"

하늘의 계시와 같은 것이 옥희의 머리에 반짝여 그녀는 자신의 힘이라고는 믿어지지 않을 정도의 힘으로, 이불 째 할머니를 싸서 피난했다. 마루에서 뒤뜰로 내려간다. 그러자 마루의 선반이 무너져 몇 백 개나 되는 숫자의 도자기가 히스테리컬한 소리를 내며 떨어졌다.

뒤뜰에서 훨씬 토담 쪽에 있는 사당까지 불과 5미터 거리를 옥희는 오마일이나 되는 길 한복판과 같이 느꼈다. 더딘 자신의 다리에 조바심이 났다. 기와가 날아와 그녀의 주변에 싸락눈처럼 흩어졌다.

사당 안에 할머니를 눕히고 후유 한숨을 놓는다. 일곱 치나 되는 두꺼운 기둥과 대들보, 횃대로 짜 맞추어져 있고, 두 자도 더 되는 두꺼운 벽으로 둘러싸인 튼튼한 만듦새의 사당이 격렬하게 흔들리기 시작했다.

포격은 집요하게 반복되어 1년이 경과한 듯한 길고 긴 공포의 시간이 제자리 걸음을 하고 있다. 밤이 되어 포격은 멈추고, 거짓말같이 고요해졌다. 그때 불길이 사당 문짝을 새빨갛게 물들였고, 맹렬한 기세로 벽이 뜨거워져 사당이 불에 탈 것 같았다. 옥희는 할머니를 보호하며 할머니의 늙은 몸을 안고 매달렸다. 그녀는 불길이 사당에 옮지 않도록 계속 기도했다.

진눈깨비가 내렸다. 재가 된 건물의 흔적에서 수증기가 피어올랐다. 그 수증기가 완전히 사라져 없어지고, 타다 남은 잔해 위에 눈이 낮게 내려왔다. 갑자기 시야가 열려 하늘이 넓어진 듯한 느낌이 들었다. 거기로 전차가 땅을 고르는 정지 작업을 하는 것처럼 통과하고, 병사들이 게릴라를 경계하면서 북으로 퇴각한 인민군을 쫓아갔다. 몇 대나 되는 전차, 몇천이나 되는 병사가 불탄 자리를 지나 묘지를 넘어 갔지만, 폐허 구석에 있는 작은 사당은 알아차리지 못했다.

드디어 모든 것이 끝났다. 전선은 북으로 멀어졌고 다시 한번 38도선에서 격전이 시작되었다.

옥희는 제단 밑에 비축해둔 적은 양의 쌀을 발견하고 불탄 자리에서 끄집어 낸 솥으로 죽을 끓였지만, 할머니는 식욕을 잃고 한기에 견디기 어려워하는 모습이었다. 불탄 자리의 재가 완전히 싸늘해져버렸기 때문에 사당 주위로는 차가운 바람이 무자비하게 불어 닥쳤고, 불기운이 없는 사당을 계속 얼음처럼 만들었다. 할머니의 몸은 완전히 차가워졌고 손발은 얼음처럼 되었지만, 심장이 아직 작은 소리를 내며 고동치고 있었다. 옥희는 할머니가 지금 여기서 숨을 거두게 된다면, 자신도 할머니의 뒤를 따르는 편이 좋을 것 같다는 생각이 들었다. 이런 때 하녀가 있어 주었다면 생각했지만, 그 하녀는 행방불명이 되었다. 드넓은 지구상에 오직 혼자 살아남은 것 같은 착각이 들어 마음이 위축되었다. 어두운 밤이 되는 것이 한층 무서워져 몇 번이나 할머니를 부르면서 바싹 마른 손을 문질렀다.

"옥희야!"

한밤중의 일이었다. 갑자기 할머니가 부르는 바람에 옥희는 할머니의 얼굴 쪽으로 다가갔다. 할머니는 입을 열 힘을 잃은 채, 숨 쉬는 것이 괴로운 모양이었다. 한마디 하면 잠시 쉬고, 다음을 말할 때까지 다시 숨을 골라야 했다. 게다가 할머니는 무언가 교훈 같은 것을 말하려고 했지만, 전후 문맥이 끊겨 대강의 뜻을 파악하는 데 애를 먹었다.

옥희는 훨씬 전에 할머니가 말씀해 주신 교훈을 떠올리고, 지금도 그런 말씀을 하고 있는 것이라고 헤아렸다.

우리 민족은 지나치게 불행하다, 옛날 책에 의하면 우리 민족은 풍류를 좋아하며 이웃과 화목하고 낙천적이라 해서, 소위 평화 애호 민족이었다는 것이다. 우리 민족이 다른 민족을 침범한 일은 한 번도 없었지만 타민족이 침범해 온 때만은 창을 들고 싸웠다, 그 침략을 격퇴하고 승리를 거둔 일이 번번이 있었지만, 결코 침략은 하지 않았다, 아니 오히려 적에게 굴복해야 하는 때가 많았다, 이 땅의 주위에는 야망에 불타는 침략 민족이 너무나 많아서, 우리 민족의 평화를 사랑하는 천성을 짓밟았다, 우리 민족의 불행은 그때 시작되었다, 압박받은 민족이라는 것은 가난뱅이와 마찬가지로 교활하고 성질이 비뚤어지는 법이다, 그 나쁜 후천적 성격이 오랜 세월을 거치며 선천적인 성격 같은 것이 되었고, 반발하여 내면적인 격렬한 성정으로 변했다. 그러니 이 민족은 부드러운 심성을 마음속에 간직한 채, 격하게 미워하고 격하게 분노한다, 게다가 행복을 얻는 데 지나치게 초조해한다, 이 초조와 격정이 불행을 크게 만든다, 이 나쁜 피는 피의 세례에 의해서만 깨끗해진다, 네 할아버지가 그때 자결한 것을 두고 충신은 두 임금을 섬기지 않는다고 해석해서 할아버지를 존경할 수도 있지만, 사실은 다른 데 원인이 있었다, 당시 우리 민족은 노국파니 청국파니 미국파니 일본파니 할 뿐이어서 자국파는 없는 것이나 마찬가지였다, 그런 사대적인 민족성을 슬프게 여긴 할아버지는 자결하는 것으로 끝을 냈다, 독립했다고는 하지만 이

나라 정치가의 혈액에는 아무래도 그 피가 흐르는 것 같다, 네 아버지가 한 일은 그런 점에서는 올바르다고 생각한다, 하지만 네 아버지는 너무 유약하다, 이 민족의 가장 약한 점을 똑바로 고쳐내기에는 네 아버지는 적임이 아니었다, 그러나 실망할 것 까지는 없다, 피로 피를 씻어내는 일이 일어난다고 해도 그 뒤에는 민족 본래의 피가 싹트겠지, 그리고 전 세계가 야만의 아욕을 버렸을 때, 이 민족의 천성이 크게 도움이 되겠지.

옥희가 그런 목소리에 마음을 기울이고 앉았자니, 할머니가 느닷없이 이렇게 분명하게 말하는 것이었다.

"옥희야, 내 손을 꽉 잡아주렴. 나는 할아버지 곁으로 간다. 어차피 가야 하는 것이라면, 좀더 빨리 갔으면 좋았을 텐데. 지금 가장 슬픈 때, 가장 괴로운 생각을 참으며 가는구나! 응, 착한 아이니까 슬퍼하지 말려무나. 네가 울면 내 영혼은 잠들 수가 없을 거야. 아니, 나는 언제까지나 네 곁에 있다, 불쌍한 옥희! 이 나라의 운명을 꼭 빼 닮았구나, 너는!"

천천히, 그러나 할머니는 일생 최후의 일성에 어울리지 않게 똑똑히 말했다. 이야기를 끝내자 입을 굳게 다물고, 괴로운 듯이 가슴을 일렁였다. 그리고 스―우 하는 소리가 나더니 숨을 한번 크게 들이 마시고는 그것으로 조용해졌다. 옥희는 그런 할머니를 응시했지만, 정말로 할머니가 숨이 끊어졌는지 어떤지 의심스러웠다. 할머니의 가슴은 뛰지 않았고, 숨은 끊어진 채 돌아오지 않았다. 할머니가 죽었다는 것을 확인해도, 아직 믿기지가 않아 여느 때처럼 시든 나무처럼 다만 고요하게 계신 것이 아닐까 생각했다.

할머니가 아직 건강해서 옥희와 함께 밖으로 돌아다녔던 때가 떠올랐다. 할머니는 시가지에 나가는 것을 싫어하고 강 근처나 언덕 위로 가고 싶어 했다. 풀의 이름을 너무나 잘 알고 있어 먹는 풀과 독이 든 풀, 약초를 옥희에게 가르쳐 주었다. 그런 야생풀을 여럿 따다가 말려서 쪄먹고, 오래 살아 너희들이 제 몫을 하는 것을 보고 싶다고 할머니는 말했었다. 옥희가 꽃가마에 타고 시집가는 것을 보기 전까지는 눈을 못 감겠다고 했다. 그러던 할머니가 방금 가장 비참한 상태에서 최후를 마친 것이었다.

옥희는 할머니의 가슴 위에 엎드려 울기 시작했다. 눈물보가 터지자 이제 멈출 수가 없었다.

날이 밝았다. 태양이 환하게 사당 문에 비쳐 거북 등모양 문양의 창살 그림자를 선명하게 떠오르게 했다. 옥희는 차가워진 할머니를 자신의 체온으로 데워 다시 살아나게라도 하려는 듯이 할머니를 안고 있었다. 흐르던 눈물도 완전히 말라 축 늘어졌고, 피곤으로 정신없이 자고 있었다.

누군가 문 밖에 와서 계속 말을 걸고 있다.

"누구 안 계신가요?"

그 사람은 같은 말을 몇 번이나 계속 반복하고 있다. 나이 든 음성이었는데 몹시 부드럽게 들렸다. 옥희는 그 평화로운 목소리에 일체의 괴로움을 잊고, 모든 게 악몽이었나 하는 착각이 들었다.

"이 댁 분께 부탁이 있어 왔습니다만, 잠깐 문을 열어 주십쇼."

그런 정중한 말투를 쓰는 사람은 판출의 어머니밖에 없다. 옥희는 정신이 들어 곁에 누워 있는 할머니를 보았다.

할머니는 얼굴이 한층 더 작아졌고, 피부는 노랗게 변색이 되어 있었다. 옥희는 슬픔이 새롭게 북받쳐 올랐지만 문을 열러 나갔다.

"아!"

옥희는 거기 와 서있는 판출의 어머니를 보고 놀랐다. 추운 듯이 양팔을 끼고, 검정 치마에 솜을 둔 하얀 상의만 입은 추위 보이는 옷차림. 정신이 나간 것처럼 멍한 눈을 하고, 자기에게 말을 걸고 있는 사람이 옥희라는 것도 알아차리지 못한 듯하다.

"정말로 죄송합니다. 묵을 데가 없어진 사람인데, 신세를 지러 왔습니다. 댁은 이렇게 넓으니 저 한 사람 정도 묵게 해주지 못하실 것도 없겠다 싶어……"

옥희는 말문이 막혔다. 커다란 집이라도 보는 것처럼 사당 안을 바라보는 늙은 여인의 눈동자는 어딘가 먼 쪽으로 움직이고 있다.

사랑채가 있던 불탄 자리 쪽에서 갑자기 노인의 목소리가 들렸다. 판출의 아버지가 헐레벌떡하면서 이쪽으로 온다. 불탄 자리를 곧장 밟고 넘어 왔다.

"이봐, 뭘 하고 있어, 이런 데 와서. 밤새도록 찾았잖아."

판출의 아버지는 늙은 아내의 팔을 잡았지만, 판출 어머니 쪽에서는 그 손을 뿌리쳤다. 나는 이 댁에 신세를 질 작정이다, 그동안 당신은 불탄 집을 다시 세우면 된다고 우겨대는 것이었다. 무슨 말을 하는 거야, 이 댁도 완전히 불타서 아무것도 없잖아, 가옥이란 가옥은 전부 불타서 무너져 버린 게 안 보이나? 판출의 아버지는 훈시하듯이 말한다. 그러나 판출의 어머니 쪽에서는 거짓말 말아요, 여기 이렇게 큰 저택이 있잖아요 하면서 듣지 않는다. 이게 무슨 저택인가, 이건 작은 사당이라구. 늙은 남편은 장님에게 사정을 가르치듯이 말한다.

"아가씨도 불행입니다요. 딱하게 되셨어요. 이것도 저것도 모조리……"

판출의 아버지는 그렇게 말하고, 판출의 어머니가 전투로 정신이 이상해졌으니 신경 쓰지 말라고 말했다.

이곳 마을 사람들은 자신들이 전투 한가운데 놓여졌다는 사실을 깨닫지 못하고 집안에서 떨고 있었다. 그런데 벽이 날아가고, 지붕이 불붙기 시작했기 때문에 몹시 허둥지둥 당황해서 피난한 것이었다.

판출의 부모는 공동묘지가 있는 구릉에 이르러, 언젠가 나이 든 하녀가 굴 속에서 자살한 그 장군총에 숨어 전투가 끝나기를 기다렸다. 땅이 흔들려 움도 천장도 무너지는 터라 위험했지만, 밖으로 나갈 수도 없었다. 거기서 며칠을 지냈는지 기억도 없을 정도로 공포에 떨면서 지낸 것이다. 포성이 완전히 멎었기에 굶주린 배에 못 견뎌 굴을 나와 집으로 돌아갔더니 거기에는 토벽이 조금 남아 있을 뿐, 탈 수 있는 것은 모조리 다 타고 집을 재건하는 일은 될지 안 될지 의심스러워졌다. 그때까지 멍하니 있던 판출 어머니가 아무것도 없게 된 집의 흔적을 보더니 갑자기 유쾌하다는 듯이 웃어대기 시작했다. 판출의 아버지는 깜짝 놀랐다. 노인은 그런 일을 이야기하면서 마을에서는 목숨을 잃은 사람도 상당수 있는데, 댁에서는 어찌되었든 두 사람 모두 살아 남아 우선 다행이라 할 수밖에 없다, 용케도 저 상태에서 할머니를 여기까지 옮겨 왔다고 말했다.

옥희는 할머니의 옆에 엎드려 울었다. 그 슬퍼 보이는 모습에 옥희 할머니의 얼굴을 보고

"나쁜 일은 겹쳐서 일어난다고 하더니만, 이건 또 큰일이 났구만요.

아, 아니, 울고만 있어서는 안됩니다요. 글쎄, 어찌된 일이랍니까?"

그는 아직 거기 멍하니 서 있는 늙은 아내를 재촉해서 사당 안으로 들어가 불상 앞에 합장했다.

할머니의 장례일에는 살아남은 마을 사람들이 도우러 와주었다. 판출의 아버지는 어떻게든지 해서 정렬부인의 이름에 걸맞은 장례식을 해드리고 싶다는 의향이었지만, 마을 사람들은 온돌 구덩이와 토벽을 이용해서 판잣집을 이제 막 만들고 난 터라 먹을 것을 찾으러 다니는 것이 고작이었다. 그래서 할머니를 저택 안에 가매장하고, 김씨 집안 사람들이 돌아오고 나면 쌍둥이 산기슭의 김씨 묘지에 본장을 하기로 했다. 본장이 언제 될 수 있는지 예상할 수 없지만, 그렇게 하는 것으로 형식을 갖추어 위안이 되었다.

할머니의 묘는 사당 옆에 생겼다. 장례에 온 사람들은 사당 주변에 모여들어 발걸음을 떼기 어렵다는 듯 세상 이야기에 꽃을 피웠다. 그때 노인 한 사람이 옥희 할아버지의 장례식이 얼마나 훌륭하게 치루어졌는지 이야기했다. 의암 선생의 부고를 전해 듣고 조문객이 운집했는데, 상여를 짊어지러 모인 사람 숫자만 해도 대단했고, 서른두 명이 메는 본 상여에 굵은 동아줄을 엮어 앞과 뒤로 늘였다, 동아줄에 손을 대는 것만으로도 좋으니 상여를 매고 싶다고 애원하는 사람들뿐이었다고 한다.

그런 까닭으로 장례식 행사는 오래도록 계속되었다.

"선두에 선 사람이 묘지에 도착했는데 후미가 아직 언덕 위에 있었으니까."

"묘지와 여기 거리는 얼마 정도였능가?"

"삼십리는 충분히 됐것제."

10리는 4킬로미터에 상당하니, 12킬로미터가 된다. 이야기가 다소 과장되어 그것을 보지 않은 농부들은 설마, 하고 믿지 않았다. 그러자 최 노인이라 불리는 늙은이가 코밑수염을 거꾸로 세우듯이 하면서

"자네들 젊은 사람들은 진짜 격식을 모르니 그런 말을 하는 거지. 삼십 리 줄지은 행렬이라는 게 그렇게 긴 것이 아니라구. 의암 선생이 경상도에 감찰사가 되어 부임하셨을 때도, 악대만 해도 이십 리나 이어졌대."

라고 성이 나서 말한다. 그러나 구 한국 시대에 있었던, 그런 높은 사람의 수행 행렬을 본 적이 없는 연배들은 최 노인의 말이 끝나는 것을 기다리지 못하고, 와하하 자지러지게 웃는다. 웃고 있는 그들의 등 뒤로는 불탄 흔적과 구멍이 숭숭 뚫린 야산이 있을 뿐이다. 돌아가려 해도 갈 집도 없는 불행한 신세인데도, 보통 때와 크게 다르지 않다는 태도로 웃고들 있다. 고뇌에 짓눌린 것 같은 기분을 피하기 위해서, 그리고 이 한순간의 즉흥으로 슬픔을 망각하기 위해서인 것처럼 보였다. 여느 때 같으면, 어디든 장례가 끝난 뒤에는 맛있는 음식이 나오고, 대접 술에 흠뻑 취할 수 있다. 옥희는 이웃 사람들에게 아무 대접할 음식이 없다는 것을 이렇게 괴롭게 생각한 적이 없었다.

농부들은 그렇게 언제까지나 있고 싶다는 분위기였지만, 한 사람 가고 두 사람 일어서자 저마다 귀로에 올랐다. 석양이 사람들을 뒤에서 비추고, 구름이 고요하게 떠 있다. 거기에는 아무것도 변한 것이 없었다.

우리도 돌아갈까 하며 판출의 아버지가 동행한 사람을 재촉했다. 판출 어머니는 자기 집보다 여기가 좋다고 우기며, 좀처럼 일어나려 하지 않았다. 옥희는 판출 아버지에게 어머니를 그대로 놔두시라고 부탁했다.

"그렇다면 부탁드리겠습니다요, 그렇게 하는 편이 아가씨한테 좋을 지도 모르겠습니다."

판출의 아버지는 승낙했다.

옥희는 부엌의 불탄 흔적 속에서 된장독을 찾아내야 했다. 된장 곳간의 도자기들은 대부분 부서졌고, 원래 형태대로 남아 있는 독도 내용물은 텅 비어 있었다.

부엌의 지붕은 본체에 붙여 단 작은 지붕이었기 때문에, 그 위에는 나뭇재와 기와가 있을 뿐이었다. 거기를 들쑤시고 있는 사이에 나뭇재와 같은 덩어리가 손에 걸렸다. 옥희는 앗, 소리를 질렀다. 새까맣게 타서 작아진 사람이, 바로 된장독을 감싸는 듯한 자세를 하고 있다. 옥희는 하녀의 이름을 불러 보았다. 할머니가 돌아가셨을 때와는 또 다른 슬픔이 옥희의 마음을 아프게 했다. 남들만큼의 생활도 해보지 못한 채 짧은 인생을 마친 하녀. 순희의 낡은 옷을 얻어 입고 정신없이 기뻐했던 모습이 떠오른다. 사랑채에 있는 병사들의 눈에 띄지 않도록 판출의 집에 가서 식량을 날라 오거나 땔감을 발견해오거나 하면서 정성을 다해 일했던 모습이 눈에 어린다. 피로 더러워진 속옷을 반월천에 가지고 가서 빨아 온 날, 자기도 나이든 하녀가 한 것처럼 해서 더러워진 몸을 깨끗이 할까요, 말하던 때의 하녀를 떠올린다. 옥희는 하녀의 시체를 정성스레 옮겼다.

구덩이를 파러 온 판출의 아버지는 묘가 다 만들어지자 괭이를 내던지면서 구덩이 파는 일은 이제 지긋지긋하다고 했다. 전쟁이 일어나고 나서 몇 백이나 되는 묘를 판 그는 죽은 사람을 보는 것이 이제 진절머리가 난다고 했다.

노인은 온돌 바닥에 묻어둔 곡식 그릇을 파내어 옥희가 있는 곳으로 날라 왔다. 겉겨인 채 그대로 있는 것이 독으로 세 개, 백미로 되어 있는 것이 하나, 보리와 콩은 헛간 속에 숨겨 두었다는 것이다. 그러나 독 안에서 겉겨는 여물어 터져 뻥튀기가 됐고, 쌀은 볶은 쌀이 되어 있었다. 보리와 콩은 새카맣게 타 있었다.

초여름까지 이 식량만으로 세 사람이 살아남기 위해서는 야산의 풀뿌리에 의존하지 않을 수 없는 것이었다.

옥희는 마을 사람들에 섞여 산으로 나가 소나무 껍질을 벗기고 칡뿌리, 참마 뿌리를 캐왔다. 그것을 돌절구로 즙을 짜서 전분을 얻기까지의 더딘 작업은 판출의 어머니가 함께 해주었다.

이런 원시생활을 해야 하는 경우를 불평한 것도 처음뿐으로, 굶주림에 몰리고 나서는 야산에 먹을 것을 찾으러 다니고 기도하는 마음으로 풀의 싹이 자라나기를 지켜보는 것이었다.

판출의 어머니는 젊은 사람의 모습을 볼 때마다 아, 내 새끼가 돌아왔구나 기뻐하다가 가까이 온 사람이 그렇지 않다는 것을 알고 낙담하곤 했다.

시가지 쪽에서는 어느 쪽이라 할 것도 없이 사람들이 모여들어 노천시장이 선다고 한다. 거기에 가면 뭔가 영양이 될 만한 것이 있지 않을까 옥희는 생각했다. 마을 사람들은 누구라고 할 것 없이 얼굴이 흙빛이 되고 푸른 부종이 생겼다. 옥희는 팔다리가 나른하고 계속 누워 있고 싶은 생각이 들곤 했다. 매일 아들이 돌아오기를 초조하게 기다리던 판출 어머니가 고열이 나서 몸져누웠다. 옥희는 어느 날 판출이 자기에게 남겼던 말을 떠올리고 정성껏 간병했다. 그러나 판출 어머니의 용태는 좋아지지 않았다.

옥희는 시가지에 가면 영양이 될 만한 무언가를 발견할 수 있을지 모른다 싶었다. 거기에는 외국의 여러 가지 통조림을 팔고 있다고 한다. 해열에 잘 듣는다는 풀뿌리를 판출 아버지가 캐어 와 달여 먹게 했어도, 낫지 않는 것은 영양실조 때문이라고 옥희는 생각했다. 그래서 뭔가 돈이 될 만한 물건은 없을까 주위를 둘러보았다. 무너진 토담과 주춧돌밖에는 아무것도 팔 수 있는 것이 없다. 옥희는 제단 위에 있는 그릇에 눈길을 주었다. 처음부터 알아차리고 있기는 했지만, 생각했다는 사실만으로도 벌을 받을 것 같아 생각하지 않으려 하고 있었다. 놋쇠 촛대가 두 개, 역시 놋쇠로 만든 제기와 그릇이 한 쌍 있었다. 그 물건들은 폐허가 된 현재 환경에는 과분한 것처럼 보였다. 백동과 은이 다량으로 섞여 있어 녹 하나 슬지 않은 데다 진짜 금처럼 빛나고 있었다. 이 두 개의 촛대 이외에도 멋진 조각을 새긴 향로가 있었을 터였다. 그것을 훔쳐 간 병사의 모습은 지금도 옥희의 마음에 남아 있다. 그러니까 그 일이 암시가 되어 옥희는 자신이 지금 조상에 대해 면목 없는 일을 하려 한다고 생각했다. 제단 앞에 가서 꼼짝 않고 그것을 보고 서 있던 옥희는 역시 이 물건에는 손을 대지 않는 편이 좋다고 생각했다. 그때 판출 어머니가 잠꼬대를 했다. 뭔가 근사한 음식을 얻어먹는 꿈인 듯 입을 우물우물 하면서 쨤쨤이 아가씨도 많이 드셔요, 한다. 옥희는 눈물을 글썽했다. 조상님 죄송합니다, 사죄하면서 재빨리 손을 뻗어 촛대부터 내려놓았다.

시가는 멀리서 조망했을 때보다 훨씬 처참한 상태였다. 완전한 형태로 남겨진 건물은 하나도 없었다. 불타고 포격으로 부서진 외관에 정성 들여 땅 고르기를 한 듯한 상태였다. 다만, 도로만은 원래 모양을 하고 있어 중앙로의 아스팔트 도로가 대단히 훌륭하게 남아 있었다. 옥희는 그 도로에 서서 시가의 원래 모습을 어림해 보았다. 그러나 큰길과 큰 길 사이의 몇 개 작은 길은 예전에 어떤 건물 사이에 있었는지 짐작이 가지 않았다. 건물이 있었을 당시에는 시 전체가 상당히 넓은 장소라고 느껴졌는데, 지금 이렇게 구석구석까지 한눈에 내다보니 의외로 좁게 느껴졌다.

붉은 벽돌로 만든 벽이 정말 경미하게 남아 있거나, 콘크리트 벽이 조금만 형태를 남기고 있는 곳을 잘 이용해서 한평이나 두평의 작은 가게 가 세워졌다. 불에 탄 함석과 널조각으로 지붕을 이어 사람이 살고 있 다. 그러나 그 작은 가게들은 오 분 정도 걸어서야 하나, 십분 정도의 간 격을 두고 또 하나 있는 식으로 군데군데 있었고, 도로를 걷고 있는 인 파도 마찬가지로 적었다. 그 얼마 안 되는 사람이 대부분 여자나 노인 아니면 아이들로, 젊은 남자는 볼 수가 없었다.

국도로 연결되는 중앙도로의 포장 도로를 지프와 쓰리쿼터가 윙윙 소리를 내며 달려가고, 그 뒤로는 시치미를 떼는 적막이 남겨졌다.

노천시장은 정차장이 있던 자리에 세워져 있었다. 역의 구내 플랫폼 이 원래 그대로인 것이 어딘지 정다웠지만, 레일은 몹시 휘어지고 옆으 로 길게 쓰러진 기관차와 화차, 객차가 고통스러운 듯한 모습을 하고 있었다. 옥희는 사랑채와 뜰 한가득 있던 부상병들이 떠올라 괴로웠다.

역 앞 광장 로타리를 중심으로, 널조각 한 장을 영업 도구로 삼아 여 자와 아이들이 손님을 기다리고 있었다. 구경만 하는 손님보다 파는 사람이 더 많은 느낌이었다. 옥희가 나타나자 못을 조금 널조각에 올려 두고 있던 노인이 옥희의 바지를 붙잡고는 사라고 졸랐다. 소나무 껍질을 섞어 만든 밤떡을 팔고 있는 여자가 필사적으로 옥희를 손짓 해 불렀다. 외국 담배를 늘어놓고 사람을 기다리는 얼굴을 하고 있던 소년은 옥희를 보자 낙담했다. 땅콩과 소금에 절인 쇠고기, 파파야 등의 통조림을 팔고 있는 마흔쯤 되어 보이는 여자는 조금 으스대는 듯이 잘난 체하며 옥희를 힐끗 곁눈질했다.

이 사람은 물건을 살 사람도 많지만 가격도 비싸서 일일이 대응하는 것이 귀찮다고 말하는 얼굴이다. 옥희는 그 여자의 옆에 자신의 가게를 벌여 놓는다. 보자기를 풀어 펼치는 것으로 충분했다. 나타난 물건을 보더니 통조림 파는 여자가 말했다.

"이런, 진기한 물건을 가지고 왔네. 그래도 그런 물건은 안 팔려."

옥희는 초장에 기가 꺾여 낙담했다.

거리 세 개 정도에 늘어서 있는 장사치들은 손님이 나타나면 일제히 호객을 한다. 그 목소리가 옥희의 몸에 견딜 수 없는 압박을 주었다. 그것은 목숨을 거는 절규로 들리는 데다 격렬한 쟁투와 같이 무서운 것이었다. 어떤 사람이건 모두 형편 없는 물건을 팔러 나왔지만, 대신 무언가 사서 돌아가고 싶었기 때문에 많지 않은 손님에게 필사적이 되어 가까이 불러들였다.

옥희는 맨 안쪽에 있었기 때문에 그녀의 앞까지 와주는 손님은 아직 나타나지 않았다. 그녀가 기다리는 손님은 외국 병사들이었다. 지프가 시장 가까이 올 때마다 기대로 가슴이 울렁거렸다.

그러나 시장 주위를 획 하고 한번 돌아서 부웅 먼지를 남기며 사라져

간다. 야유당한 듯한 기분만 남을 뿐이었다.

오른쪽 옆 통조림 장수가 물물교환을 해준다면 저 고기 캔과 땅콩을 가지고 싶다고 생각하면서, 보기만 해도 맛있어 보이는 그림의 레테르를 쳐다보았다. 그러나 그런 기분이 드는 자신이 몹시 천하게 느껴져 구역질이 나올 것만 같았다. 옥희를 보고 있던 통조림 장수가 자네도 어지간히 배가 고파 보인다, 불쌍해라, 예쁘게 생겼는데 누가 도와주는 사람이 없을까 혼잣말을 한다.

옥희가 배가 고파서만은 아닌 것 같다고 대답하자, 그럼, 자네도 소금기가 부족한 거겠지? 자네 집에는 조미료가 있는가 묻는 것이었다. 옥희는 과연 그렇구나 짚이는 데가 있었다. 요즈음 소금기가 부족한 채소 죽만으로 살아가고 있었다. 그러고 보니 판출 어머니의 병도, 마을 사람들이 나병환자처럼 부증이 생기는 것도 모두 염분 부족이 원인이었다.

그래서 노천시장 안을 둘러보고 소금을 팔고 있는지 어떤지 확인했다. 그러나 소금 같아 보이는 물건은 눈에 띄지 않았다.

지프가 왔다. 옥희는 이번에야말로 자기 물건을 사줄 사람을 찾게 될 것 같은 예감이 들었다. 지프가 시장 사람들을 털어내 버리듯 사람들 가운데로 진입하더니 로타리 쪽에 멈추어 섰다. 그러자 키가 큰 병사 뒤에서 색다른 차림을 한 여자가 내려왔다. 예전 같으면 이 나라 여자가 이런 차림을 하고서 이렇게 다른 나라 병사와(설령 우군이라 하더라도) 팔짱을 끼고 많은 사람들 앞에 나타나리라고 상상이나 했을까! 새빨간 목도리가 우선 옥희의 눈을 끌었다. 우스꽝스럽게도, 무언가 남쪽 오랑캐 같은 느낌의 지나치게 강렬한 무늬의 얇게 짠 옷감을 모르는 척 입고 있다. 다음으로 이상하게 보인 것은 진한 녹색의 짧은 코트였다. 풀즙으로 물들인 듯한 얄궂은 색깔을 상의로 입은 것이 이상하게 보였다. 그리고 나서는 진홍색 타이트 스커트였는데, 이것도 위와 아래가 색이 반대다. 옥희는 키 큰 병사를 완전히 잊어버리고 자신 쪽으로 다가오는 젊은 여자를 보았다. 병사는 아주 신기하다는 듯이 주위를 둘러보고 있다. 여자는 모두가 자신을 뚫어지게 쳐다보고 있다는 사실을 의식하고는, 거기에 반발하면서 아무것도 신경 쓰지 않는 척 하려고 한다. 그래서 조금 뾰로통하고 어색하게 뻐기고 있다. 포동포동하고 귀여운 얼굴, 조금 튀어나왔지만 예쁜 눈, 기껏해야 열일곱이나 여덟. 저 여자애가 저렇게 되기 이전에는 아마 영리한 처녀였을 것이라고 생각되었다. 그러나 기가 센 성격에 다른 사람과 원만하게 지내지 못했을 지도 모른다. 화려한 취향이어서 가난은 도저히 견딜 수 없었으리라. 젊은 여자가 옆으로 왔다. 입술이 피처럼 빨갛고, 볼도 페인트를 칠한 듯 하다. 그리고 손톱도 삼각형으로 뾰족하게 한 위에 붉게 칠했지만, 뭐라 말할 수 없이 불쾌한 느낌을 준다. 다리는 나일론 스타킹으로 산뜻했고 에나멜 구두도 값비싼 것이리라. 폐허에 핀 한 송이 독한 꽃이다.

"저봐. 양갈보야."

통조림 장수가 옥희의 귀에 대고 속삭였다.

"아줌마, 이것 사요."

양갈보가 퉁명스럽게 통조림 장수 여자 앞으로 와서 통조림과 껌, 담배 등을 널빤지 위에 늘어놓았다.

"이게 말이야, 하나도 안 팔려."

통조림 장수 여자가 교활하게 말했다.

"그럼, 됐어요. 다른 데 가죠."

양갈보는 새치름히 물건을 집어든다.

"다른 데 가지고 가고 싶거든 가도 돼. 그래도 모처럼 왔으니 놔두어도 상관없어. 다만 말이야, 가격이 좀……"

"약삭빠르시군요, 아줌마! 배도 넘게 팔고 있는 주제에"

"무슨 말을 하는 거야! 배로 팔았다면 큰 부자가 됐겠지! 이상한 말 좀 하지 말라구. 물건 팔아주고 싫은 소리 들어야 돼?."

몹시 사나운 태도로 양갈보에게 덤벼든다. 영업 문제가 되면 필사적이 된다. 서슬이 시퍼런 것을 보고, 양갈보 쪽에서는 얼마간 믿을 수 있다고 생각해 안심하는 마음이 생겼다.

"그렇게 화 내지 않아도 되잖아요. 좋아요. 이전 가격으로."

옥희는 자기 가게 앞에 와서 촛대를 손에 잡은 병사 쪽에 정신이 팔렸다. 초를 세우는 심지 쪽을 집기도 하고, 촛대를 어루만지기도 하는 것이 마음에 드는 모양이었다.

"하우 머치?" 커다란 목소리로 옥희를 내려다본다.

옥희는 말은 알아들었지만, 금방 대답이 나오지 않았다. 가격에 대해서는 전혀 미리 정해놓지 않은 데다 어느 정도 시세면 좋은 것인지 알 수가 없었다. 옆에서 통조림 값 지불하는 것을 훔쳐보니, 한 상자에 오백원 꼴로 지불하는 모습이다. 그래서 촛대 하나에 오백원이면 어떨까 싶어 대답을 하려는 참에

"원?"

병사가 손가락 하나를 세운다.

옥희는 다시 망설였다. 1원인지 백원인지 짐작이 가질 않는다.

그러자 병사는 손을 쫙 펴더니

"화이브?"

물었다. 옥희는 가슴이 두근거렸다. 오백이라면 팔아도 좋았지만, 이제 되묻는 것도 갑자기 쑥스러워져 얼굴이 붉어지고 입술이 생각대로 움직이지 않는다.

아니, 그것뿐이라면 어떻게든 대답을 하거나 확인을 하거나 했을 터였다. 바로 그때, 계산을 마친 양갈보가 옥희 쪽을 보았다. 그녀는 무심하게 자신의 동행과 이야기하고 있는 사람을 보고, 무엇하면 통역을 해주어야겠다고 생각했다. 그러나 흘끗 보았을 때, 어? 하는 느낌이 들었다. 어딘가에서 본 적이 있다, 혹시, 이 여자아이가 그 사람이라면, 자기의 이런 모습을 보이는 것은 창피하다고 생각했다. 깜짝 놀라 그녀는 눈을 피했지만, 다시 한번 확인하고 싶은 생각에 다시 옥희의 얼굴을 자세히 보았다. 그때 옥희와 눈이 마주쳤는데 역시 맞다고 생각했다. 옥희도 마찬가지로 그 양갈보가 된 여자아이를 알아보고는 몹시도 어색해져서 퍼뜩 얼굴을 숙였다.

병사는 무엇이 불만스러운지 옥희에게 물었다. 그러나 그는 동행한 여자아이에게 팔을 끌리며 물러났다.

옆에서 보고 있던 통조림 장사가

"자네, 아까운 일을 했네. 5달러라면 좋은 가격 아닌가. 달러는 절대적이야. 1달러가 5백 원에 매매된다구."

하고 말했다. 옥희는 아깝다고 생각하면서도, 여자아이가 지프에 타는 것을 보고 있었다.

"자네 곤란한 모양이니, 내가 팔아 줘도 될까. 그보다 통조림이랑 교환해 줄까.”

탐색하는 듯한 눈이 되어 있는 여자에게

“그렇게 해주시면 도움이 될 것 같아요”.

옥희는 대답했다. 양갈보와 같은 존재가 나타나는 장소에는 한시라도 있고 싶지 않았다.

통조림 장수는 옥희가 가져 온 제기를 모조리 받아들고 피너츠니 콘드비프[46]니 옥수수니 하는 통조림을 다섯 개쯤 거들먹거리며 건네준다.

“자네, 소금을 원하는 것 같아서 이 피너츠 쪽을 많이 준 거야. 저쪽 사람들은 짠 것을 싫어하는 것 같아. 이것저것 다 달아서 말이지. 우리들 입맛에는 맞지가 않아. 피너츠만큼은 소금이 들어가 있으니까, 맛을 보면 얼마쯤 몸이 나아질 거야.”

라고 말했다. 옥희는 그것을 보자기에 쌌다. 그 노천시장이 지옥처럼 보여 몸서리를 치면서 자리를 떴다.

운송회사 도로 근처에 왔을 때, 한눈에도 접객업 출신으로 보이는 중년 여자가 옥희를 불러 세웠다. 검정색 서지 치마에 녹갈색 저고리, 넓은 이마의 잔주름을 분으로 감추고, 숱이 적어진 머리카락에 스틱형 포마드를 발랐다. 그런 진한 냄새를 물씬 풍기면서

“아가씨, 좀 기다려요. 당신 방금 그 사람한테 속았어요. 나한테 왔으면 좀더 좋은 값에 팔아주었을 텐데. 자, 봐요. 저기 새로 생긴 집이 보이죠.”

그러자 원래는 운송회사 창고로 콘크리트 벽이 가득 성벽처럼 남아

---

46 콘드비프(corned beef) : 콘드비프 혹은 콘비프. 소금으로만 간을 한 쇠고기 통조림을 말한다.

있는 곳에 통나무 기둥에 함석 지붕을 한 바라크가 만들어져 있다. 그것을 자못 대저택이나 되는 것처럼 자랑스럽게 내보이는 그 중년 여자를 옥희는 경계했다.

"저렇게 보여도 안은 넓어요. 칸 수가 네 개나 있는 데다 부엌도 훌륭해요. 세 칸은 차 있지만, 나중에 한 사람 더 들어올 수 있거든요. 신청이 많아서 거절하는 데 애를 먹고 있죠. 귀찮아 죽겠어요. 아가씨처럼 용모가 뛰어난 사람이 들어와 준다면 예예 하고 쾌히 승낙하는 거죠. 자, 별 볼일 없는 아가씨도 한 달에 백 달러는 벌어요. 아가씨라면 이백 달러는 틀림없을 거예요. 불쌍하게, 굶어서 초췌하네요. 부산이나 대구에서 점점 유행 상품이 들어오는 데다, 여기가 기지가 된다는 둥 해서 병사들은 증가 일로에 있죠. 어때요, 내가 있는 곳으로 와요. 네? 좋죠? 함께 가서 상황을 보고 나서 결정해도 좋아요. 자, 가요. 커피 대접할 테니."

옥희는 이 여자의 말을 삼분의 일도 듣지 않는 사이에 심장이 두근거리기 시작했다. 자신이 유괴될 것 같은 기미를 느끼고, 어떻게든 해서 달아날 궁리를 해야 한다고 생각했다. 그러나 서투르게 했다가는 오히려 폭력에 호소할 수도 있을 거야.

옥희는 임시건물에서 방금 본 것과는 다른 양갈보가 작은 체구의 병사와 나오는 것을 보았다. 새빨간 드레스를 입고, 나이트클럽에라도 온 것처럼 기다란 옷자락을 질질 끄는 듯한 모습이 우스꽝스러웠다.

"저 지금은 급해서요. 아주머니가 병이라서 이걸 사러 왔거든요."

옥희는 침착하려 하면서 말했지만, 목소리가 떨렸다. 그러자 어느새 다른 여자가 갑자기 다가와서 옥희의 팔을 붙잡았다. 옥희는 두 중년 여자 사이에 끼어 옴짝달싹할 수가 없어졌다.

"그럼, 이걸 집에 전하고 나서 올게요."
라고 말했다.

"괜찮아요. 내가 가져가 드릴게."

나중에 온 중년여자가 말하면서 옥희를 잡아끌기 시작했다 옥희는 저항했지만 두 사람을 당해낼 수 없을 것 같아 울기 시작했다.

"잠깐 기다려요."

돌연 뒤에서 젊은 여자가 째지는 목소리를 내질렀다. 중년 여자들은 흠칫 멈춰 서더니, 돌아보고는

"뭐야, 메리 아냐?"

"그 사람한테 볼 일이 있어요. 나중에 내가 데리고 갈 테니 거기 두세요."

옥희는 그 여자를 보았다. 아까 노천시장에 온 그 양갈보였다. 그 여자에게 자신의 운명을 맡겼다.

"놓아주면 용서 안 해."

"시끄러워요. 나도 도망칠 곳 있으면 도망칠 거니까."

"입만 살아가지고서는. 넉살도 좋구나, 넌! 건방진 흉내를 내면 어떻게 되는지 알지."

"겪어봐서 알고 있어요."

양갈보가 옥희의 팔을 잡았다.

"자, 가요."
하고 걷기 시작했다.

"의란아, 고마워."

옥희는 그 여자아이에게 말했다.

"시장에서 순희네 언니가 절 봐버렸을 때 얼굴에서 불이 나는 줄 알았어

요. 그래도, 저 여자들한테 붙잡힌 것을 그냥 보고 있을 수는 없었죠."

최의란은 얼굴을 바깥쪽으로 돌리듯이 하며 말했다. 옥희는 동생의 이름을 듣고는 가슴이 메었다. 순희의 좋은 경쟁 상대였던 최의란의 당시 소녀였던 모습을 떠올렸다. 순희와 마찬가지로 격한 성격에 화려한 취향을 가진 소녀. 춤이며 노래며 경쟁하면서 언제나 순희와 다투곤 했다.

"순희 이야긴 들었어요."

얼마 동안 잠자코 있던 의란이 말했다.

옥희는 숨이 막혔다.

"나, 댁에 갔었어요. 도움을 받으려고요. 근데, 아무것도 없었죠. 모두 죽었다고 생각했어요. 훨씬 지나서 순희 이야길 들었어요."

옥희는 그때 있었던 일을 무심코 이야기할 뻔 했지만, 말하지 않고 넘어갔다.

"제 얘긴 들었어요?"

의란이 물었다.

"못 들었어."

옥희는 되도록 의란을 보지 않으려 하면서 대답했다.

의란의 아버지는 옥희 등이 다니는 교회의 주임목사였던 데다가 외무차관 직을 맡고 있어 천도하는 정부의 뒤를 쫓아 인민군이 시에 들어오기 전에 탈출한 상태였다.

"우리들, 운이 없었어요. 대전에 도착했더니, 인민군도 동시에 입성했죠. 그래서 아버지는 체포됐고요."

의란은 견딜 수가 없어져 손수건으로 눈을 눌렀다. 그녀의 마음속에는 그 당시의 여러 가지 사건이 강한 인상을 남겼다. 아버지가 체포당했기 때문에, 의란 일가는(어머니와 형제 자매 다섯) 대전에 남아 아버지의 안부를 알기까지는 어떤 박해도 견디리라 결심했다. 아버지는 거기 형무소에 들어가 많은 반동분자들과 함께 형을 받았다. 형무소는 가득 찼고, 심한 더위 때문에 환자가 속출했다. 차입도 면회도 허용되지 않았기 때문에, 의란 등은 아버지가 건강한지 어떤지조차 알지 못한 채 애가 타서 안절부절 못하고 있었다. 그녀 일가의 생활은 말이 아니었다. 원래부터 반동분자였기 때문에 감시가 끊이지 않았고, 협력 시민도 생활고에 허덕이는 형편이었다. 그런 차에 공습이 시작되었다. 매일 밤낮으로 이어지는 공중 폭격에 정신이 이상해질 지경이었다. 시의 중심부는 이곳 여주시처럼 파괴되었다. 인민군은 패배하여 물러나고, 유엔군이 시로 들어와 형무소는 해방되었다. 그러나 그 이전에 걸을 수 있는 죄수들은 전부 북으로 연행해 간 터라 형무소에 남아 있는 사람들은 환자들뿐이었다. 그런데 그 사람들이 전부 살해되어 있었다. 의란 등은 육친의 안부가 궁금해 애가 달은 많은 사람들과 함께 형무소로 가서 죽은 사람들 사이를 찾아다녔다. 그런데 불행히도, 그녀의 아버지가 그 가운데 섞여 있었다. 부패하기 시작한 얼굴이었지만, 고뇌했던 양상을 알 수 있었다. 그런데 이야기를 끝마친 의란이 몸을 떨면서 울기 시작했다.

"나, 큰 맘 먹고 말하는 거예요. 놀라지 말아요."

의란은 얼룩진 얼굴을 들더니 옥희를 바라보면서 말했다.

옥희는 가슴이 덜컹했다. 듣고 싶지 않다고 생각했다.

"순희 어머니도 그 가운데 계셨어요."

"……."

옥희는 의란을 응시했다. 그런 참혹한 이야기를 해준 의란이 미웠다. 의란은 옥희의 눈동자가 위태로워 보였기 때문에 입을 다물었다.

옥희는 돌연 울기 시작했다.

얼마 안 있어 의란이 손목시계를 들여다보더니

"어머, 벌써 시간이 이렇게 됐네. 나, 서둘러 가야 해요".

"그래도, 아까 여자들을 어떻게 하려고? 너 곤란하게 되는 거지?"

"내가 곤란한 정도로 넘어갈 수 있다면 다행이잖아요. 시내로는 이제 오지 않는 편이 나아요. 나도 배가 하도 고파서 헤매고 다니다가 저 여자들에게 걸렸어요. 이제 종친 거죠. 내 몸은 썩은 몸뚱이에요. 다만, 남동생이랑 여동생들 밥을 먹일 수 있다는 것만이 위안이에요. 그럼, 잘 지내요."

몸을 훌쩍 돌리며 사라지는 의란을 옥희는 언제까지나 보고 있었다.

제단 앞에 서서 도자기 향로에 향을 태우며 옥희는 격식을 차려 어머니와 동생의 영혼을 위로했다. 슬퍼하기 시작하면 끝이 없을 것 같았다.

판출의 어머니는 잘 자고 있었다. 두 개의 문에 달빛이 가득 비쳤다. 옥희는 밖으로 나갔다. 보름달이 폐허를 내려다보고 있다. 지저분하게 보이는 불탄 자리와 부서진 토담, 봉분을 한 무덤이 아름답게 보인다. 원래 여기에 있던 모습이 그 가운데 나타날 것 같은 착각이 들었다. 옥희는 사당 안으로 돌아가려다가 된장 창고가 있던 쪽에서 사람 그림자를 보고 그 자리에 못 박혀 섰다. 하얀 저고리의 그 그림자는 달빛에 빨려든 것처럼 희미하게 보였다. 옥희는 숨을 죽이고 그 그림자를 주시했다. 머리 모양으로 보아서 여자였고, 그 그림자가 거기 부서진 독의 파편을 주워 혀로 핥아먹고 있다는 것을 알아차렸다. 낮에 왔으면 좋았을 텐데 생각한 옥희는 그 사람의 그림자가 애처로웠다. 그럴 줄 알았다면, 모두에게 나눠주어도 괜찮았다. 옥희는 부엌이 있던 자리에서 불타 눌어붙은 된장 덩어리를 찾아내 끓여 맛을 우려내볼까 싶었다.

사람 그림자는 하나가 아니었다. 또 한 사람 자그마한 그림자가 부서지지 않은 독 안에서 나왔다. 옥희는 소리를 내지 않도록 하면서 사당 안으로 들어왔다. 밖의 소리는 밤이 깊어질 때까지 들렸다. 옥희가 잠이 든 것은 슬슬 날이 밝아 올 무렵이었다.

닭이 우는 소리에 눈이 떠졌다. 판출의 어머니는 아까부터 일어나서 닭이 시끄럽게 우는 것을 보고 있다.

불길 때문에 한 쪽만 까맣게 타버린 살구나무의 시든 가지 위에서, 까치 세 마리가 하얀 색과 검정색의 얼룩 날개를 짧게 푸드득거리며 나뭇가지에 머물렀다 날아올랐다 하면서 시끄럽게 울고 있다.

옥희가 일어나서 나오자 오늘은 좋은 소식이 있을 것 같다, 어쩌면 판출이 돌아올지도 모른다고 판출 어머니가 옥희에게 말한다.

매일 아침 해를 향해 절하면서 아들이 돌아오기를 바라는 판출 어머니였지만, 보리가 자라난 것이 눈에 띄는 요즈음, 젊은이들을 애타게 기다리는 기분이란 어느 집에서나 마찬가지였다.

옥희는 강 건너 마을의 산등성이가 되어 있는 언덕을 바라보는 버릇이 생겼다. 판출이 피난민들에게 섞여 저 언덕을 넘어 갔다고 생각하면, 느닷없이 돌아오는 그의 모습이 보이지 말란 법도 없다 싶었다. 그 때는 눈에 덮여 언덕의 산등성이도 움푹하게 팬 곳도 구별이 되지 않았지만, 지금은 어쩐지 아지랑이 같은 것이 나풀나풀거린다. 거기를 꾸불꾸불 고부라져 내려오는 산길의 붉은 흙 표면이 햇빛에 비치고 있다. 옥희는 거기를 내려오는 판출을 마음에 떠올려 보곤 했다.

갑자기 토담 바깥에서 물건 파는 행상의 날카로운 소리가 들렸다. 소금이요, 소금, 소금이 왔어요. 생명의 소금이요!

"어머!"

옥희는 가슴이 뛰었다. 기적이 땅 속에서 솟아난 기분이었다. 그녀는 정신없이 토담의 무너진 틈새로 나갔다. 그러자 키가 작고 바짝 마른 몸집이 작은 남자가 미친 듯이 설명을 하고 있다. 때에 절어 더러워진 미제 자루를 땅바닥에 두고, 모서리가 떨어져 나간 사발을 자루에서 꺼내는 것을 보고 옥희는 진짜 소금이라고 생각했다. 눈처럼 희다 싶었지만, 사실은 먼지로 착색이 된 돌소금이었다. 그것을 소중하다는 듯이 금가루라도 헤아리는 것처럼 도자기에 두둑하게 담고, 따로 찻잔에 담았다. 기다리고 기다리던 소금이요, 사랑스러운 소금이요, 누구한테나 드립니다, 사양하지 말고 와보세요, 큰소리로 외친다.

임시 오두막을 주거지로 삼아 양지쪽에서 흙벽돌을 만들고 있던 남자, 거적문을 열고 얼굴을 내민 여자, 여기서도 저기서도 꿈이 아닐까 의심하면서 우르르 소금 장사 옆으로 다가왔다. 소금장수는 온힘을 다해서 설명을 계속한다. 그러나 사람들은 거기 찻잔 한 가득의 소금이 백미 한 되라는 말을 듣고 기가 막혔다.

백미 한 되가 뭐냐, 쌀은 없어도 살아갈 수 있지만 소금 없이는 단 하루도 생명은 보전할 수 없다고 그는 외친다.

마을 사람들은 어이가 없어 말도 나오지 않는다. 그때 최 노인이란 사람이 자기 오두막으로 달려가 지폐뭉치를 안고 와서, 그것을 소금장수에게 내밀면서 소금을 팔라고 졸랐다. 소금장수는 지폐 따위 문제도 되지 않는 기색이었지만, 혹시나 해서 확인해 보더니

"무슨 말을 하는 거요. 이런 것을 가지고 있으면 전범 취급을 당한단 말이요".

몹시 화를 내며 지폐 다발을 내던지며 돌려준다. 인민권은 바람에 흩날려 뿔뿔이 흩어졌다. 옥희는 그 광경을 보고 문득 영회와 얼굴이 노랗던 장교를 떠올렸다.

소금장수는 마을 사람들의 안색을 흘끗 보더니, 상당한 소금 기근이라고 짐작했다. 마을 사람들은 백미냐 소금이냐 계속 망설였다.

"상의할 일이 있는데, 백미를 가지고 오라고 해도 그건 무리가 아닌가. 벼나 콩이나 보리라면 거래가 성사되겠지만."

최 노인이 말하자 잠시 고개를 갸웃하던 소금장수가 좋소, 그럼 선착순이요, 소금은 한 되밖에 없소, 소리쳤다.

판출의 아버지가 옥희 옆으로 왔다. 작은 독을 끌어안고 있다. 독은 흙으로 더러워져 있는데, 안에는 벼가 들어 있다. 그것은 종자벼였다. 못자리에 파종할 때까지 무슨 일이 있어도 손 대지 않을 작정으로 묘지처럼 꾸민 봉분 안에 넣어 두었던 것이라고 한다. 이렇게 된 바에야 생명이 소중했다. 먹는 입이 줄었기 때문에 논의 절반으로 농사를 지어도 충분할 것 같으니, 이 반을 떼어 소금과 교환하면 어떨까 의논을 해왔다. 옥희가 동의하자 노인은 소금장수가 있는 곳으로 갔다.

거래가 끝나자 소금장수는 하나 더 준비해온 자루에 곡물을 넣어 어깨에 메고, 소금자루를 겨드랑이에 끼고 강 건너 마을로 장사하러 갔

다. 그가 어깨에 맨 자루는 곡물로 꽉 차서 터질 것 같았고, 그 무게에 싱글벙글하면서 마을에서 멀어져갔다.

마을 사람들은 손에 넣은 소금을 맛보면서 캐어 온 들풀에 간을 해서 먹을 일을 기대하며 각자의 오두막으로 돌아가려고 했다.

"지프가 와요."

갑자기 누군가가 말했다. 모두 반월천 건너 마을 도로에 흙먼지를 내고 있는 소형차를 보았다. 이 마을을 목표로 해서 오고 있는 듯한 모습이었기 때문에, 모두 엉겁결에 움찔하여 무언가 재난이 내려오는 것 같은 불안에 떨었다. 그래서 지프가 (다리가 무너져 떨어졌기 때문에) 강 바닥 쪽으로 내려가 보이지 않게 되자, 모두 몹시 서둘러 오두막으로 돌아갔다.

옥희는 판출 어머니의 손을 잡고 사당 쪽으로 서둘렀다. 그러나 판출 어머니는 우리 아들일지도 모르니 여기서 기다린다며 우기는 것이었다. 그것을 판출 아버지가 와서 사당으로 끌고 갔다. 마을은 숨을 죽이고 지프가 도착하기를 기다렸다.

지프는 강을 가로질러 이쪽 강변으로 난폭하게 뛰어올라와 언덕 아래로 나왔다. 운전하고 있던 하사관의 옆에 소위가 있다. 지프는 김씨 집 옆까지 왔지만, 토담은 무너져 있는 데다 건물은 눈에 띄지 않고 어디에 차를 세워야 좋을지 망설이는 모습이었다. 겨우 대문의 흔적을 발견하고 차가 멈췄다. 소위가 내렸지만, 주위를 둘러보더니 얼굴색이 변하며 절망했다. 대문 기둥이 서 있던 주춧돌을 발견하고, 근처를 어림짐작하며 주의 깊게 앞으로 나아가 양관의 돌계단이 있던 곳까지 왔다. 토대석과 정원 연못의 흔적, 타서 눌어붙은 나무토막과 재, 흙먼지. 보는 것 전부가 그의 기대를 완전히 배반했다. 그는 현기증이 나서 바닥에 쓰러질 뻔 했지만, 자신이 입고 있는 군복을 보고 퍼뜩 정신을 차린 듯 했다.

그는 고쳐 생각하고 기운을 내서 저택이 있던 흔적을 향해 외쳤다.

"김씨 집안 사람들이 어디로 갔는지 아시는 분 안 계십니까?"

그 목소리는 마을 안으로 들렸지만 마을 사람들은 모두 그 사람을 믿지 않았다. 믿지 않았다기보다는 거기 있는 두 개의 군복이 무서운 것이었다. 어떤 색의 군복이든 군복인 이상 사람들은 믿을 수가 없었다. 아무도 대답을 하지 않았다.

그는 몹시 초조해하며 안뜰 쪽으로 와서

"옥희야, 옥희야!"

하고 큰소리로 불렀다.

옥희는 자신의 귀를 의심했다. 사당 문을 열고 밖으로 뛰어나갔다.

"아……"

외쳤지만 옥희는 그리로 달려오는 군인이 모르는 사람 같아서 어리둥절했다. 한편, 창백하게 부어오른 얼굴에는 옥희의 옛 모습이 없어서 장교는 그녀가 누군지 의아하게 여겼다. 그는 군모를 벗고, 그쪽으로 온 처녀의 옆으로 다가갔다. 넓은 이마와 짙은 눈썹에 옥희는 그를 알아보았다. 둘째 오빠 인준이 아닌가.

"……"

옥희는 둘째 오빠의 가슴에 뛰어들었지만, 벅차서 감당을 못할 지경이었다.

"역시 옥희구나."

그는 동생의 머리를 보고 알아보았다. 그의 가슴은 무너져 내리는 듯

했다.

제단 앞에서 그는 세상을 떠난 육친들과 재회했다. 판출의 아버지가 판출 어머니를 데리고 나가 남매 두 사람만 있게 해주었다.

그는 일본으로 밀항하는 데 성공하지 못했다. 작은 기범선으로 부산 앞바다로 나가자마자 연안 경비선에 붙잡혀 감옥에 들어가게 되었다. 그때 이미 전쟁은 시작되었고, 신경이 흥분된 재판관은 그에게 무거운 형을 요구했다. 낙동강 전선이 위급을 고하던 때, 그는 학도 출진을 권유받아 간부 후보생이 되었다.

"형에 관해선 들어서 알고 있었어. 형과 같은 부대에 있던 사람이 포로가 됐는데, 그 사람한테서 들었는데……"

인준은 거기까지 말하고는 심하게 목이 메었다. 옥희는 고개를 떨어뜨리고 울었다. 전쟁터로 가던 그날 큰오빠의 모습이 생생하게 떠오른다. 불쌍한 오빠! 옥희는 그 겁쟁이 큰오빠가 격전 속에서 어땠을지 알 것 같은 기분이 들었다.

문 밖으로 하사관이 왔다.

"소위님, 이제 시간이……"

인준은 문득 정신이 들어 눈물을 훔치고 얼굴을 가다듬었다.

"이제 곧……"

이라고 대답했다.

"오빠, 가세요……"

옥희가 그렇게 말하자 인준은 가슴이 터질 것 같았다. 언제 다시 여기로 돌아올지 모르는데도

"자, 될 수 있는 대로 빨리 올 테니까."

말하며 자리에서 일어났다.

인준은 다시 한번 제단 앞에서 머리를 숙이고 숨을 들이쉬고 나갔다.

옥희는 사당 앞에 서 있었다. 지프 쪽으로 가면 함께 태우고 가달라고 애원할지도 몰랐기 때문이었다. 오빠가 지프에 탈 때 자세를 바르게 하고 자신에게 거수 경례를 하는 것을 보았다. 그 경례는 자기가 아니라 이 사당을 향해서라는 것을 이내 알아차렸지만, 이 사당을 지키고 있는 것은 자신이며 그 자신이 가치 있는 입장에 있는 것이라고 자각했다.

둘째 오빠가 돌아올 때까지 자신은 이곳을 지켜야 한다.

지프는 반월천을 건너 왔던 방향으로 멀어져 가 보이지 않게 되었지만, 옥희는 언제까지나 그곳에 서 있었다.

(끝)

해방 '조선'의 비참, 그 연원을 찾아서

장세진

1.

『무궁화無窮花』는 장혁주가 한국전쟁을 취재하기 위해 두 차례 한국을 방문하고 쓴, 두 번째의 일본어 장편소설이다. 이 소설은 첫 번째 장편인 『아, 조선嗚呼朝鮮』에 비하자면, 소설을 발표했던 당대나 지금이나 상대적으로 조금 덜 알려진 측면이 없지 않다. 『아, 조선』의 경우, '친일파' 작가라는 인식으로 인해 한국 문단에서는 환대를 받지 못한 대신 적어도 일본 쪽에서는 적지 않게 주목을 받았던 사정이 있다. 일본의 패전 이후 갑작스레 단절되다시피 한 옛 식민지 '조선반도'에서 일어난 이 전쟁은 일본인들에게 많은 궁금증을 자아냈는데, 뉴스나 신문 보도의 형식을 뛰어 넘어 소설과 르포를 혼합해 놓은 듯한 장혁주發 현장 통신은 전쟁의 양상을 구체적이고 생생하게 그리는 데 상당한 도움이 된 까닭이었다. 친일작가라는 레테르는 당시 한국뿐만 아니라 전후 일본 문단에서도 일종의 낙인 같은 것으로 작용했는데, 작가로서 작품 활동에 곤란을 겪어오던 장혁주는『아, 조선』으로 인해 일본 문단에서 재기의 입지를 굳힐 수 있었다.

그런 까닭에,『아, 조선』이후 2년 후에 발표된『무궁화』는 작가로서 훨씬 안정적인 조건 속에서 창작되었던 것으로 보인다. 게다가 이 시점은 재일조선인 사회에서 암살 위협을 받을 정도로 예민했던 그의 일본 귀화 문제도 수속을 밟아 모두 일단락된 뒤였다. 단편소설「협박」에 등장하는 작가의 분신으로 보이는 인물 '나'의 표현을 빌자면, 이 시기 그는 귀화 문제로 더 이상 가슴을 졸이지 않아도 되는 "가슴이 후련"한 상태였다. 그래서일까.『무궁화』는『아, 조선』에 비하자면, 훨씬 더 작가로서의 야심과 기획이 깊어진 작품으로 보인다.『아, 조선』이 전장에서 마주친 동류 조선인들에 대한 "가여움으로 통곡"하고, 그 "비참함을 있는 그대로 솔직하게 그려" 내는 의도였다면,[1]『무궁화』의 경우는 분명 그보다 한 걸음 더 나아간다. 확실히,『무궁화』는 이 민족적 비참의 연원은 대체 무엇인가, 라는 질문을 스스로에게 던지고 그 해답을 작가 나름대로 탐구한 시도이다.

---

1 장혁주,「협박」, 호테이 토시히로 편, 시라카와 유타카 해설,『장혁주 소설선집』, 태학사, 2002, 282쪽.

2.

벌어진 사태에 대한 원인을 찾는 행위는 결국 상황은 그렇게 될 수밖에 없었다는 식이 되게 마련이지만, 장혁주는 해방 이후 조선의 정치 난맥상이야말로 이 모든 사태의 가장 중차대한 요인이라고 진단한다. 그는 특히, 해방 이후 조선의 정치 실패를 가장 상징적으로 드러내는 사건이 '남북협상파' 혹은 (당대 널리 통용된 명칭으로 말하자면) '중간파'의 몰락이라 여겼던 것으로 보인다.

실제로, 『무궁화』는 남북협상파 정치가인 '김명인' 일가의 몰락에 관한 이야기이다. 여주인공 '옥희'의 아버지 '김명인'은 바로 김구 계열 남북협상파의 일인이며, 중간파들이 건립한 당의 당수로 거론될 만큼 꽤나 유력한 정치인으로 설정되어 있다. 그러나 이승만 주도의 단정 수립 직후 남북협상파가 처할 수밖에 없었던 정치적 위기를 고스란히 반영하듯이, '김명인'은 소설 속에서 이미 병들고 쇠약한 상태로 등장한다. "남북 분리가 민족의 비극"이라는 것, "남북 각각의 배후에 있는 2대 세력을 배제하고 민족 자체의 힘으로 독립해야 한다"는 당시 남북협상파의 주장은 대다수 조선인들의 상식이나 희망과 일치하고 있었다. 그럼에도 불구하고 그들은 단정 수립 직후 정권의 대대적인 정치적 전향과 숙청 작업의 대상이었다. '중간파'들이 사람들의 시야에서 하나 둘씩 점점 사라지고, 미국과 소련이라는 외부 권위에 편승했던 세력이 남과 북의 정치적 헤게모니를 장악한 이 상황이야말로 장혁주가 『무궁화』를 통해 이야기하지 않을 수 없었던, 동족끼리의 전쟁을 야기한 가장 근본적인 이유인 셈이다. 소설 속 '김명인'은 남쪽 극우 세력(서북청년단으로 추정되는)의 음모에 의해 총으로 저격당하는가 하면, 전쟁이 발발한 후에는 북쪽의 인민군에게 납치되다시피 끌려간다. 이처럼 '김명인'은 1945년에서 1950년 사이 남한에 실존했던 대다수 남북협상파 정치인의 비극적 행로를 전형적으로 보여주기 위해 설정된 인물인 셈이다.

한편, 장혁주가 남북협상파 혹은 중간파를 재현의 무대 한가운데로 소환해낸 데는 다른 이유도 있어 보인다. '조총련'과 '민단'으로 양분된 재일조선인 사회에서 좌와 우 어느 한 쪽에도 온전히 소속될 수 없었던 그가 중간파의 입장에 감정적으로 공명했을 가능성이 상당히 커 보이기 때문이다. 물론 장혁주가 이 시기 좌파에 동정적인 것은 결코 아니었다는 점에서, 중간파에 대한 그의 감정이입이 정확한 사태 파악은 아니었다고 할 수 있을지도 모른다. 그러나 중간파 내에도 실은 여러 종류의 스펙트럼이 존재했고, 1948년 이후에는 김구와 같은 확실한 우파 정치인도 남북협상 쪽으로 노선을 전환한 상황을 감안하자면, 중간파에 대한 장혁주의 동일시가 전적으로 어색한 것만도 아니었다. 재일조선인 사회의 좌와 우 "양쪽 편 모두가 민족을 모욕했다고 한꺼번에 들고 일어나는" 경험을 겪었던 것으로 이 시기 자신의 입장을 정리하는 장혁주이고 보면, 더욱 그러하다. 현실 그대로의 남한도 아니며 북한도 아닌, 미답의 새로운 길을 모색하려 했던 남한 '중간파'의 정치적 시도와 곤경에 그는 스스로를 어렵지 않게 동일시할 수 있지 않았을까.

3.

'김명인'이 애초부터 심신 쇠약의 상태로 등장하기 때문에, 이 소설의 실제 화자 ― 주인공 역할은 그의 딸인 여고생 '옥희'가 맡고 있다. 아버지나 어머니는 말할 것도 없고, 할머니에서 여동생, 사촌들에 이르기까지 그녀는 대가족의 구성원들이 하나 둘씩 사라지거나 죽음을 맞이하는 과정을 내내 지켜보는 고통스런 목격자이다. 동시에 그녀는 완전한 폐허를 딛고 서서 홀로 여전히 삶을 이어가야 한다는 점에서, 작가가 의도적으로 민족의 운명과 겹쳐 놓은 인물이기도 하다.("불쌍한 옥희! 이 나라의 운명을 꼭 빼 닮았구나, 너는!")

물론, '옥희'라는 인물이 화자로 선택된 데 대해서는 독자의 평가가 엇갈릴 수도 있을 듯하다. 작가의 애초 소설적 기획이 중간파의 정치적 몰락을 생생하게 보여주는 것이라고 한다면, 그 과제를 오롯이 담당하기에는 그녀의 위치가 아직 너무나 어리고, 여리고, 주변적이기 때문이다. 사실, 『무궁화』는 전작 『아, 조선』에 비하면 재현의 규모가 훨씬 확장된 소설이라고 할 수 있다.[2] 『아, 조선』의 경우, 주인공의 가족이 홀어머니 슬하의 단출한 남매로 이루어졌다면, 『무궁화』의 스케일은 배 이상으로 확대되어 있다. 시간 차원에서는 한일합방을 지켜보았던 조부모 세대 인물을 포함하며, 옥희네 일가가 속한 전통적 지주 계급의 갑작스러운 몰락이라는 문제까지 시야에 넣고 있다. 그러나 모처럼 넓어지고 깊어진 재현의 무대는 소설이 진행되면 될수록, 어린 옥희를 중

---

2   김학동, 「張赫宙의 『아, 조선(嗚呼朝鮮)』, 『無窮花』론―6・25전쟁의 형상화에 엿보이는 작가의 민족의식」, 『일본학연구』24, 단국대 일본학연구소, 2008.

심으로 모든 서술과 서사의 에너지가 집중되면서 애초의 기획 의도가 어디론가 휘발되는 느낌이 실은 없지 않다. 옥희 할머니가 '민족', '민족적인 것'의 상징으로 지나치게 과부하되어 묘사된 점, 소설이 진행될수록 조상의 위패를 모신 사당이 거의 '주술적인' 경지에 이르게 된 것도 다소 아쉬운 대목이다. 현실 정치 세력으로서, 남북을 오가며 민족의 비전을 제시했던 중간파가 사라진 자리에 남아 있는 것들이라 하기에는 너무 고색창연하지 않은가, 묻고 싶어지기도 한다.

이런저런 아쉬움들에도 불구하고, 『무궁화』는 한국전쟁을 재현한 소설의 계보 속에서 상당히 인상적인 위상을 차지할 것으로 보인다. 일본어로 쓰여졌기 때문에, 이 소설이 이데올로기적으로 상당히 유연할 수 있었다는 사실은 비록 이미 쇠약하고 몰락한 모습일지라도 남북협상파를 재현의 소재로 취했다는 점만 보아도 드러난다. 단정 수립 직후 남북협상파 정치인, 문화인들이 겪은 극심한 검열과 탄압으로 인해, 이 시기 한국어로 된 텍스트에서 남북협상파의 존재 자체를 발굴해내는 일이 좀처럼 쉽지 않았다는, 한국문학사의 저 변경할 수 없는 사실을 떠올려 보면 어떨까.

더욱이, 남한이든 북한이든 한국전쟁 중 가장 많은 인명 손실과 파괴를 야기했던 미군 공습이 동시대 소설 속에서 기이할 만큼 과소 재현되어 있다는 사실을 생각해보자.(설령 공습이 재현되었다 하더라도 오히려 인민군의 침략과 과오를 응징하는 인과응보라는 식의 묘사에 머물러 있는 것이 대부분이다.) 양적으로나 질적으로나 『무궁화』가 공습을 재현하는 데 쏟은 관심은 확실히 예외적인 경우에 속한다.

물론, 장혁주뿐만 아니라 당대 현재 진행형으로 한국전쟁을 일본어로 재현한 사례들이 없지 않다는 점도 기억해 둘 만하다. 장혁주와는 정치적 입장이 판이했던 재일조선인 허남기는 국제적으로도 악명 높았던 거제도 포로수용소의 실상을 1952년 장편 서사시 형식으로 그려낸 바 있다. 『거제도巨濟島』라는 제목에 '세계의 양심에 호소한다世界の良心に訴える'는 부제가 달린 시집이었다.

　　일본어로 쓰인 이 작품들은 우리에게 익숙한 한국전쟁의 재현 관습을 어떻게 상대화하며 한국 독자들에게 어떤 새로운 독서와 해석의 기회를 제공해줄 것인가. 언어는 존재의 집이라 비유했던 하이데거Heidegger식으로 말한다면, 일본어에 존재를 의탁했던 그들의 눈을 통해 우리 스스로의 모습을 낯설게 응시하는 기회가 되었으면 하는 바람이다.